Michael Gerard Bauer

Ismael

Bereit sein ist alles

In der achten Klasse hatte Ismael noch das Selbstwertgefühl einer Amöbe. Doch diese Zeiten sind endgültig vorbei. In der Zwölften konzentriert er sich lieber von Anfang an auf das Wesentliche. Mit seinen Freunden Bill, Scobie, Ignatius und Razz diskutiert Ismael die großen Fragen der Menschheit, stellt eine Schulmeisterschaft auf die Beine und gesteht Kelly Faulkner, seiner Angebeteten, wie fantastisch sie ist. Weil Ismael und seine Kumpel für etwas kämpfen, was ihnen wichtig ist, wachsen sie spielend leicht über sich hinaus. Und stellen erleichtert fest, dass man mit Humor und Hartnäckigkeit (fast) alles erreicht – in der Schule, auf der Bühne und sogar in Sachen Liebe.

Michael Gerard Bauer, geboren 1955 in Brisbane (Australien), studierte an der dortigen Queensland-Universität Literatur, Wirtschaftswissenschaften und Pädagogik. Sein Debüt ›Running Man‹ war nominiert für den Deutschen Jugendliteraturpreis und wurde mit dem Katholischen Kinder- und Jugendbuchpreis 2008 ausgezeichnet. ›Ismael. Bereit sein ist alles‹ ist der letzte Teil der dreibändigen Serie rund um Ismael und seine redegewandten Freunde, ›Nennt mich nicht Ismael!‹ und ›Ismael und der Auftritt der Seekühe‹.

Ute Mihr, geboren 1959, studierte Anglistik, Slavistik und Philosophie in Tübingen, St. Paul/Minneapolis und Moskau. Sie leitet eine Agentur für literarische Übersetzungen und übersetzt selbst u.a. die Bücher von Michael G. Bauer, Eoin Colfer, Neal Shusterman und Gary Paulsen. Ute Mihr lebt in Tübingen.

Michael Gerard Bauer

Ismael
Bereit sein ist alles

Aus dem Englischen von
Ute Mihr

dtv

Michael Gerard Bauer in der Reihe Hanser:
Running Man
Nennt mich nicht Ismael!
Ismael und der Auftritt der Seekühe
Ismael – Bereit sein ist alles

Alle Shakespeare-Zitate aus William Shakespeare:
Sämtliche Werke, ed. Lambert Schneider, Darmstadt 1984.

MIX
Papier | Fördert gute Waldnutzung
FSC® C019821
www.fsc.org

6. Auflage 2025
2013 dtv Verlagsgesellschaft mbH & Co. KG
Tumblingerstraße 21, 80337 München
produktsicherheit@dtv.de

Titel der Originalausgabe: ›Ishmael and the Hoops of Steel‹
(Omnibus Books, a division of Scholastic Australia Pty Limited)

Umschlagillustration: Peter Schössow
Satz: Satz für Satz. Wangen im Allgäu
Druck und Bindung: Druckerei C.H.Beck, Nördlingen
Printed in Germany · ISBN 978-3-423-62554-8

Meinem Sohn Joe – für alles,
was du zu den Ismael-Büchern beigetragen hast,
vor allem aber dafür, dass du sie magst.

Inhalt

Elftes Schuljahr
Erstes Halbjahr

Elftes Schuljahr
Zweites Halbjahr

Zwölftes Schuljahr
Erstes Halbjahr

Zwölftes Schuljahr
Zweites Halbjahr

Elftes Schuljahr
Erstes Halbjahr

Wie ekel, schal und flach und unersprießlich
Scheint mir das ganze Treiben dieser Welt!

William Shakespeare, Hamlet I,2, Zeile 133 bis 134

1
Ismael anrufen!

Ich klickte meinen Posteingang an. Drei Mails. Die erste hatte den Betreff: *Ismael anrufen!* Mein Herz machte einen Satz, als hätte es sich von einem Sprungbrett abgestoßen. Ich glaube, es schlug einen perfekten Dreifachsalto rückwärts in einen felsenfesten Stand:

Eine E-Mail von Kelly Faulkner.

Hast du gehört, was ich gesagt habe? Kelly Faulkner, die die Welt mit ihren eisblauen Augen zum Stillstand bringen und sie mit ihrem Lächeln wieder in Bewegung setzen konnte, hatte mir tatsächlich eine E-Mail geschrieben, eine richtige E-Mail. Mir! Ismael Leseur, dem weltweit einzigen Patienten mit Ismael-Leseur-Syndrom. Wenn du noch nie vom Ismael-Leseur-Syndrom (kurz ILS) gehört hast, schätze dich glücklich! Es zerstört nämlich das Gen für »normales Verhalten« und offenbart der Welt stattdessen den Idioten, der in einem steckt. Und ich muss es wissen, denn ich bin dieser Mensch. Wenn du mir nicht glaubst, lies meine beiden Tagebücher. Aber Vorsicht, sie sind nichts für schwache Nerven.

Keine Sorge, du hast nichts zu befürchten. ILS ist nicht ansteckend. Du erkrankst nur, wenn du den Nachnamen »Leseur« trägst. Außerdem müssen deine Eltern einem bizarren Geburtsritual folgen und entscheiden, dir den Namen »Ismael« zu geben, nach dem Erzähler in Herman Melvilles altem Walfänger-Roman *Moby Dick*. Eigentlich stehst du also auf der sicheren

Seite, wenn du nicht zufällig *ich* bist. Falls doch, steckst du echt in der Klemme.

Aber vielleicht ging es ja aufwärts. Eine persönliche E-Mail von Kelly Faulkner war ein deutliches Zeichen dafür, dass ich endgültig vom ILS geheilt war und mein Leben von jetzt an ziemlich rocken würde. Jedenfalls rockte es, als wir uns das letzte Mal sahen.

Das war vor ungefähr sechs Wochen, am Ende des zehnten Schuljahrs, am Abend des großen Comeback-Konzerts der Seekühe, der alten Band meines Vaters. An diesem Abend katapultierte sich mein Leben vom Level »ziemlich bemitleidenswert« auf »potenziell perfekt«. An diesem Abend fand Kelly nämlich zufällig ein Gedicht, das ich für sie geschrieben hatte, und sie küsste mich – auf den Mund. Und jedes Mal, wenn ich an diesen Kuss dachte (was plus/minus zehnmal am Tag vorkam, allerdings häufiger plus), kribbelten meine Lippen. Danach war Kelly mit ihrer Familie nach Neuseeland gefahren, um dort Verwandte zu besuchen. Seither hatte ich sie nicht gesehen und auch nichts von ihr gehört.

Jetzt stand ihr Name in fetten, großen Buchstaben vor mir auf dem Computerbildschirm wie ein großes Weihnachtsgeschenk, das beste, das ich jemals in meinem Leben bekommen würde, und schrie danach, geöffnet zu werden. Aber ich öffnete die Mail nicht. Noch nicht. Das Beste wollte ich mir bis zuletzt aufheben, also ging ich mit dem Cursor auf die Mail darunter, die »Dringende Nachricht« im Betreff hatte, und klickte sie an.

Sie war von einem Mr Mbootu aus Nigeria. Hä? Mister wer? Ich las weiter. Wow, heute war mein Glückstag. Auch wenn ich Mr Mbootu nicht von einer Thomson-Gazelle unterscheiden konnte, wollte er mir offenbar die Hälfte von 50 Millionen

Dollar schenken, die er in einem Banktresor gefunden hatte. Wenn das nicht *großzügig* war! Und es kam noch besser! Ich musste ihm nur meinen Namen und meine Adresse schicken, sonst nichts. Gebongt! Ach so, und ein paar blöde, kleine Bankangaben. Aber kein Problem! Ich könnte ihm Mums und Dads Kontodaten geben. Sie hätten bestimmt nichts dagegen. Und wenn Kelly Faulkner dann erfuhr, dass ich Multimillionär werde. Sie wäre beeindruckt, keine Frage. Vielleicht könnte ich mit einem Teil des Geldes ein Medikament gegen das ILS entwickeln. Tausend Dank, Mister M! Klasse Typ!

Ich drückte *löschen*.

25 Millionen Dollar verpufften im Äther. Was wollte ich mit Geld, wenn Kelly Faulkner mir eine Mail geschrieben hatte? Ich wollte sie immer dringender lesen, aber zuerst musste ich alle anderen Ablenkungen beseitigen. Kelly und ich mussten allein sein. Ich checkte die nächste ungelesene Mail. Im Betreff stand *Denk GROSS!*. Ich öffnete sie.

Jemand wollte meinen »Pennis« vergrößern.

Hmmmmmmmm ... verführerisch. Aber war ich bereit, meinen »Pennis« in die Hände von jemandem zu legen, der so nachlässig mit seiner Rechtschreibung war? ICH GLAUBE NICHT! (Meine Englischlehrerin Miss Tarango wäre sooo stolz auf mich.)

Ich drückte noch einmal mit dem Finger auf die Löschtaste.

Nur eine Mail war jetzt noch übrig – Kellys. Ich bewegte den Cursor darüber und sah zu, wie sich das kleine I-förmige Ding in eine dickliche, zeigende Patschhand verwandelte. Mein Herz hatte das Sprungbrett verlassen und war auf den allerhöchsten Sprungturm geklettert. Es spähte jetzt auf ein klitzekleines Viereck aus Wasser, das sehr tief unter ihm lag. Als ich

Kellys Mail anklickte, machte mein Herz einen Satz nach vorn und überließ sich dem freien Fall.

Eine Menge lilafarbener Buchstaben hüpfte auf den Schirm. Die ersten beiden lauteten *Hallo, Ismael.* Was Besseres habe ich nie gelesen. Ich wollte die Faust in die Luft recken, aber ich hatte keine Zeit. Meine Augen rasten auf dem Bildschirm hin und her.

Ich wollte mich dazu zwingen, langsamer zu lesen. Ich wollte mir Zeit nehmen, damit ich jeden Buchstaben, jede Silbe, jedes Satzzeichen genießen könnte, die Kelly mir geschrieben hatte. Aber ich versagte jämmerlich. Während mein Herz sich immer noch vom höchsten aller hohen Sprungtürme herabstürzte, sausten die Wörter nur so vorbei.

... Ferien liefen gut ... tut mir leid, dass ich nicht früher gemailt habe ... schlechte Internetverbindung ... viel Schnee ... Ski fahren ... Spaß ... eisig kalt ... bei Verwandten ... viele verschiedene Orte ... Herr der Ringe ... die nicht so gute Nachricht ... Vater ... neuer Job ... Planänderung ... kann es nicht fassen ... meine Eltern haben beschlossen ...

Waaaaaaaaaaaaaaaas!

Ich las den letzten Satz noch einmal.

Und noch einmal.

Dann zwang ich mich, ihn ein letztes Mal zu lesen.

Mein Herz raste nicht mehr im freien Fall nach unten. Es war abrupt gestoppt worden.

Jemand hatte das Wasser aus dem Sprungbecken abgelassen.

2
Das fantastische Licht der totalen Erleuchtung

»So ein Mist, absoluter Bockmist. Ich meine, du weißt schon ...«

»Was Mist ist?«

»Die Mutter von allem Mist, Mann. Die Mist-Mutter!«

Falls ihr es nicht mitgekriegt habt: Mein bester Freund Orazio Zorzotto, besser bekannt als Razz, Razza oder Razzman, wies in seiner ihm eigenen, erfreulich subtilen Art darauf hin, dass die Neuigkeiten von Kelly und ihrer Familie, die beschlossen hatte, *auf Dauer* in Neuseeland zu bleiben (ja, du hörst es hier zum ersten Mal), in der Tat großer Mist waren.

Razz stieß einen langen Atemzug aus, bevor er seine abschließende knappe Zusammenfassung der Situation gab.

»*Monumentaler* Mist!«

Wir saßen in meinem Zimmer. Kellys E-Mail war am Tag zuvor gekommen, und in zwei Tagen begann das neue Schuljahr. Razz schnitt eine Grimasse.

»Die Familie der Kelster bleibt in Neuseeland, weil ihr Dad einen neuen Spitzenjob bekommen hat, was?«

Ich hatte eigentlich keine Lust zu reden, aber ich tat es trotzdem.

»Jep. Er soll Chef einer großen Wetterstation werden. Kelly ist nicht sehr glücklich darüber.«

»Ja, Sally ist auch ganz down.«

Razz meinte Sally Nofke, Kellys beste Freundin, und seit dem Comeback-Konzert der Seekühe konnte man wohl auch sagen, dass sie mit Razz zusammen war.

»Mensch«, sagte Razz und schüttelte ein letztes Mal langsam den Kopf. »Mist-Express, alle einsteigen. Nächster Halt – Mist Hauptbahnhof.«

Ich musste es Razz lassen. Er traf den Mistnagel genau auf den Mistkopf. Und ich hatte tatsächlich gedacht, dass dieses Schuljahr ganz anders werden würde. Ich hatte gedacht, dass ich das Ismael-Leseur-Syndrom für immer los wäre. Hatte Barry Bagsley (Oberpeiniger und Experte darin, mir das Leben zur Hölle zu machen) nicht sein Versprechen gehalten und mich und meine Freunde in Ruhe gelassen? Und war Kelly Faulkner (oberste Göttin und Expertin darin, mir den Himmel auf Erden zu bereiten) nicht direkten Wegs aus meinen Träumen in mein wirkliches Leben getreten? Klingt all das nach Dingen, die einem ILS-Patienten zustoßen? Auf keinen Fall! Ich hatte all das hinter mir! Das sollte *mein* Jahr werden. Dieses Jahr sollte mir *gehören*!

Wuh-Waaaaaaaaaaaaaaaaa! *Alles falsch. Die korrekte Antwort lautete:* »Dieses Jahr wird so richtig zum Kotzen!« *Danke, dass du teilgenommen hast. Der Nächste bitte!*

Eine Weile war es still in meinem Zimmer. Ich lag auf meinem Bett und starrte an die Decke, während Razz an meinem Schreibtisch saß und einen Stift in der Hand drehte.

Vermutlich wollten wir uns beide darüber klar werden, welches Ausmaß diese ganze Mistsituation tatsächlich hatte. Wir verharrten in unseren Positionen, bis Razz den Stift packte und den Kopf nach hinten warf:

»Tja, das wird ein bisschen verzwickt, deshalb sollten wir uns besser bald ans Werk machen.«

»Ans Werk machen? Womit ans Werk machen?«

Razz sah mich an, als müsse ein Blinder sehen, was seine Gedanken in dieser Sekunde in den Hyperraum transportiert hatten.

»Na, eine neue Freundin für dich zu finden!«

»Was?«

»Versteh mich nicht falsch, ich mag die Kelster wirklich und so. Sie ist echt cool. Aber sie ist weg, Mann. Neues Spiel. Es hat keinen Sinn, alles auf eine Karte zu setzen und dem Schnee von gestern nachzutrauern.«

»Waaaaas?«

»Im Ernst, du musst nach vorn schauen und weitermachen, Mann.«

Ich war echt nicht in der Stimmung, noch einmal in den Brunnen von Razz' bodenlosem Enthusiasmus zu fallen.

»Weitermachen? Warum? Wozu? Wohin ich gehe, was immer ich mache, ich bleibe ich, und das heißt, dass alles immer nur in Scheiße endet.«

»Das ist genau die richtige Einstellung, Leseur!«, sagte Razz, sprang von seinem Stuhl auf und packte mich am Arm. »Komm. Es ist erst Viertel vor zwölf. Wenn wir uns beeilen, kommen wir gerade noch so zum Bahnhof, dass du dich vor den Zwölf-Uhr-Sechser werfen kannst.«

Ich schob seine Hand von meinem Arm und legte mich wieder hin. »Saukomisch, Razz. Nein, wirklich, ich lach mich kaputt – *innerlich.*«

»He, ich will dir ja nur helfen, Mann. Ich weiß, dass diese ganze Kelly-Sache echter ...«

»Mist ist? Ja, aber ich bin mir *ziemlich* sicher, dass wir das bis zu diesem Punkt schon geklärt hatten.«

Razz rutschte zum Fußende des Bettes. »Pass auf, Mann, du darfst nicht einfach aufgeben. Stell dir das Ganze so vor wie damals, als du diesen Wahnsinnsabgang von deinem Fahrrad gemacht hast. Klar? Und du weißt, was du tun musst, wenn so was passiert, richtig?«

»Jaaa, lass mich raten. Mich sofort in medizinische Behandlung begeben, viel Ruhe, viel Flüssigkeit und unter keinen Umständen, ich wiederhole, unter keinen Umständen zulassen, dass mein verrückter Freund mich dazu überredet jemals in meinem Leben wieder auf etwas zu steigen, was einem Fahrrad nur entfernt ähnelt?«

»Sau – komisch, Ismael. Nein, wirklich, ich lach mich kaputt – *innerlich*«, sagte Razz in einer jämmerlichen Imitation meiner Worte. Dann setzte er sein ernstes Gesicht auf.

»Komm schon, Mann, das sollte unser tolles Jahr werden, erinnerst du dich? Was ist mit all den Dingen, die wir zusammen machen wollten, du und Kelly und ich und Sally? Du weißt schon, Partys, Kino, Disco ... das Abschlussvorfest. Das können wir alles immer noch machen, Mann. Wir müssen dich nur mit einem neuen Mädel zusammenbringen, jetzt, wo Kelly aus dem Rennen ist.«

»Und wie? Einfach so? Razz, ich habe zwei *Jahre* gebraucht, um mich mit Kelly ›zusammenzubringen‹. Meinst du nicht, du bist einen Hauch zu ambitioniert?«

»Auf keinen Fall, Mann! Jetzt hast du ja zwei Jahre wertvolle Mädelsjagderfahrung hinter dir. Du bist absolut fit für den Wettkampf der Liebe. Wir müssen die ganze Sache nur ein bisschen intensivieren. Du weißt schon, auf den Zwischenhändler verzichten, direkt an die Quelle gehen und sich nicht in die Karten schauen lassen.«

»Jaaaaaaaaa ... und wann genau hast du das *Klischee-Lexikon* verschluckt?«

Razz verdrehte ein bisschen die Augen.

»Ich will damit nur sagen, dass wir unsere Anstrengungen auf Mädels konzentrieren sollten, die ... leichte Ziele sind.«

»Leichte Ziele? Was zum Teufel soll das nun wieder heißen?«

»Na, weißt du, Mädels, zu denen du schon eine gewisse Verbindung hast, wie Freundinnen von Sally ... oder die Schwestern von Typen aus unserer Stufe ... oder sonst eine Ver...« – Razz erstarrte, seine Augen weiteten sich, und eine letzte Silbe fiel aus seinem Mund – »...wandte.«

Er wandte sich mir zu und schüttelte dabei ungläubig den Kopf.

»Ich bin ein Genie! Ich bin ein *echtes* Genie. Nein, ernsthaft, Mann, es stimmt. Ich hatte eine Erleuchtung, eine Razzman-Spezialerleuchtung. Weiche zurück, Ismael. Und bedecke deine Augen, Mann, bevor sie geblendet werden vom fantastischen Licht der totalen Erleuchtung, die über meinem Kopf glühen muss.«

»Razz, wovon sprichst du?«

»Wovon ich rede? Ich rede davon, dass deine gierigen Gebete um Mädels vielleicht erhört werden, Ismael. *Darüber* rede ich.«

»Ehrlich? Und inwiefern genau werden meine gierigen Gebete um Mädels erhört?«

Razz öffnete den Mund, um etwas zu sagen. Dann schloss er ihn wieder.

»Nö, du musst wohl oder übel warten. Ich muss erst noch ein paar Sachen abklären, um sicher zu sein. Ich möchte dich ja nicht umsonst total heiß machen. Ich sag's dir, wenn ich mir sicher bin.«

Mehr bekam ich nicht aus ihm heraus. Als Razz später ging, sagte er: »Wart's einfach ab, Ismael. Wenn ich das gebacken kriege, dann ist das eine richtig große Sache!« Er sah so aufgeregt wie ein Friseur bei einer Werwolfversammlung aus.

Wundert's dich, dass ich ein sehr mulmiges Gefühl bei der ganzen Sache hatte?

3
Der Kurze, der Lange und der Knuddlige

Ich hatte nicht viel Zeit, mir Gedanken darüber zu machen, was für eine Überraschung Razz für mich in petto hatte, denn zwei Tage später begann das neue Schuljahr, und mein Leben schaltete in den Schnellgang.

Am St Daniel's war eigentlich alles beim Alten, bis auf ein neues Kunst-Zentrum, das während der Ferien fertiggestellt worden war ... und uns. Wir waren anders, weil wir zum ersten Mal die Schuluniform der Seniors trugen: lange graue Hosen und ein hellblaues Hemd mit einer blau-gold gestreiften Krawatte. Im Winter und zu besonderen Gelegenheiten kam noch ein Jackett dazu.

Auch wenn ich es nur ungern zugebe, aber meine neue Senior-Uniform gab mir das Gefühl, etwas Besonderes zu sein. Mum meinte, ich sähe wie ein richtiger Mann aus. Sogar meine kleine Schwester Prue, das Beinahe-Genie, widersprach nicht. Gewissermaßen. Tatsächlich sagte sie: »Aus einer gewissen Entfernung mit entsprechend gedimmtem Licht und durch einen Weichzeichner betrachtet kommt er einem echten Mann ganz passabel nahe.« Ein echt großes Lob. Dad meinte, ich hätte die »Zwangsjacke des Establishments« an, was immer das heißen sollte.

Unser erster Schultag begann mit einer Versammlung der ganzen Stufe elf in der Turnhalle.

Auf dem Weg dorthin holte ich Razz ein. Er war kaum zu übersehen. Seine Krawatte baumelte wie eine Schlinge um den Hals. Sein neues blaues Hemd hing aus der Hose und war mit

Schweißflecken übersät. Außerdem fehlten zwei Knöpfe, und an der Seite war es von einem Grasfleck verunziert, der sich auf der Hose fortsetzte.

»Mann, weißt du, wie diese Dinger funktionieren?«, fragte Razz und zog und zerrte an seiner Krawatte, als wäre sie eine blau-gold gestreifte, magersüchtige Python. Ich wollte ihn gerade vor einer fast sicheren Selbststrangulierung bewahren, als uns von hinten eine vertraute Stimme wie der Schlag mit einem Kantholz traf.

»Mr Zorzotto, bitte sagen Sie es mir. Ich *muss* es wissen. Was war es genau?«

Razz und ich wirbelten herum und blickten in Mr Barkers Gesicht. Es schäumte nicht gerade über vor Freude. Eine Augenbraue war hochgezogen.

»Bitte, Sir?«

»Ich würde zu gern wissen, was es war, Mr Zorzotto. Wurden Sie von einer Herde ausgebrochener Pferde hierhergeschleppt, oder waren Sie das unglückliche Opfer mehrerer Blitzschläge?«

»Habe Fußball gespielt, Sir.«

»Fußball?« Mr Barker zog auch die andere Augenbraue hoch und musterte Razz' Uniform. »Fußball?«, wiederholte er, bevor er Razz einmal umrundet hatte.

»Ist die Haupttribüne über ihnen zusammengebrochen, Mr Zorzotto? Wurden Sie bei einem Fanauflauf niedergetrampelt? Oder hat jemand in Ihrer Nähe einen großen Feuerwerkskörper gezündet?«

Mr Barker war immer noch der unangefochtene Sultan des Sarkasmus.

Razz legte das Gesicht in Falten, als ob er ernsthaft über diese Möglichkeiten nachdächte. »Nö, nichts dergleichen. Hab bloß ein bisschen gekickt, mehr nicht.«

»Bloß ein bisschen gekickt?«, wiederholte Mr Barker, während ein beunruhigendes Lächeln auf seinem Gesicht erstarb. »Nun, Mr Zorzotto, ich empfehle Ihnen *nachdrücklich,* sich ›ein bisschen zu säubern‹, bevor Sie auch nur daran *denken,* sich Ihren Mitschülern heute Morgen in der Turnhalle anzuschließen. Ich hoffe, ich habe mich deutlich ausgedrückt.«

Das hatte er. Mr Barker war hervorragend darin, sich deutlich auszudrücken. Wir sahen ihm nach, wie er zur Turnhalle schritt und dabei mit den Fingern schnipste, um auf Müll auf dem Boden aufmerksam zu machen und Schüler anzuhalten, den Müll aufzusammeln.

»Meinst du, er leidet an einer Persönlichkeitsstörung?«

Ich wusste genau, was Razz meinte. Letztes Jahr hatten wir herausgefunden, dass Mr Barker ein großer Fan der alten Band meines Vaters war, den Seekühen. Er sprang sogar als Manager des Comeback-Konzerts ein, als sich der eigentliche Manager mit dem ganzen Geld und einem Großteil der Band-Ausrüstung vom Acker gemacht hatte. Eine Weile erschien er uns damals fast ... menschlich. Manchmal lächelte er sogar. Und auf dem Konzert *tanzte* er mit Razzs' Mum. Derzeit versuchte die Band, eine Neuauflage ihres alten Albums herauszubringen. Sie wollten sogar wieder auftreten. Und Dad sagte, wenn es so weit wäre, solle Mr Barker ihr Vollzeit-Manager werden. Aber hier in der Schule hatte er sich wieder vollkommen in den stellvertretenden Schulleiter Barker zurückverwandelt, den Mann, der einem das Leben höchstwahrscheinlich zur Hölle machte.

»Eher so eine Batman- und Bruce-Wayne-Geschichte«, antwortete ich. »Zwei Identitäten, ein Mensch, sodass sie niemals zugleich an ein und demselben Ort sein können.«

»Mag sein. Allerdings kann ich mir nicht vorstellen, wie Barker in Leggings und Cape durch die Gegend hüpft. Du etwa?«

Während ich erfolglos versuchte, mir das vorzustellen, zupfte und zerrte Razz halbherzig an seiner Schuluniform herum. Dann folgten wir dem Strom der Schüler in die Turnhalle. Bald hatten wir entdeckt, was wir suchten.

»Ach, da sind sie ja«, rief Razz vergnügt. »Der Kurze, der Lange und der Knuddlige.«

Drei Gesichter sahen in unsere Richtung. Sie gehörten James Scobie, Ignatius Prindabel und Bill Kingsley. Razz' Beschreibung stimmte haargenau.

Trotz seines Markenzeichens – gebückter Gang – war Ignatius Prindabel fast einen Kopf größer als Bill und ungefähr drei Köpfe größer als Scobie. Wenn man seine hohe Stirn hinzunahm, die den Haaransatz zurückzudrängen schien, und die rund zwanzig Zentimeter Handgelenk, die aus jedem Hemdsärmel herausragten, könnte man schwören, dass Prindabel wuchs, während man ihn ansah.

James Scobie dagegen sah aus, als ob seine neue Uniform ihn verschlucken wollte, und zwar erfolgreich. Sein Hemd bauschte sich um seinen kleinen, runden Bauch, und seine Hosenbeine falteten sich aufgrund eines akuten Mangels an Beinlänge über seinen blitzblank gewienerten Schuhen wie eine Ziehharmonika. Er war das menschliche Äquivalent dieser kleinen, faltigen chinesischen Hunde.

Aber wer Razz und mich Stielaugen machen ließ, war Bill Kingsley.

»Auweia, Billy Boy. Wird der Rest von dir später angeliefert, oder was?«

Worauf Razz hier so taktvoll hinwies war der Umstand, dass Bill nicht mehr so »knuddlig« war wie am Ende des letzten Schuljahrs. Versteht mich nicht falsch, es gab immer noch ziemlich viel Bill, aber wenn man genauer hinsah, wie er sein neues blaues Hemd ausfüllte, dann war da eindeutig nicht so viel, wie man eigentlich erwartet hätte.

Bill antwortete Razz mit dem üblichen Achselzucken.

»Komm schon, Billy. Lass es raus. Weih uns in dein Geheimnis ein, bevor du komplett verschwindest.«

Bill zuckte wieder die Achseln, brachte aber noch ein gemurmeltes »Eigentlich nichts ... nur ... ihr wisst schon ... einiges gemacht ... nur Essen ... und Zeug« heraus.

»Nur Essen und Zeug? Meine Güte, Kingsley, geht's auch ein bisschen *ungenauer*? Was für ein Zeug? Ein Dschungeleinsatztraining? Eine kalorienarme Wasserdampfdiät – essen Sie, so viel Sie können? Ein Zusammenstoß mit einem neuen, Fett verzehrenden Virus? Spuck's aus, Bilbo.«

Bill schaute uns alle der Reihe nach an und ließ seinen Blick dann auf Razz ruhen.

»Nur Hula-Hoop.«

»Gehupft?«

»Nicht gehupft, sondern gehulahoopt.«

»Gehulahupt?«

»Ich habe einen Hula-Hoop-Reifen bekommen.«

Razz sah einen Augenblick lang völlig verwirrt aus, dann schlug er sich mit der Hand vor die Stirn.

»Ey, Mann, nein! Nicht dein Ernst, oder? Du hast nicht etwa eines dieser Gummibänder, die man sich um den Bauch binden kann, um ihn auf die Größe einer Erbse zusammenzuquetschen?«

»Nein, ich habe einen Hula-Hoop-Reifen, einen ganz normalen Hula-Hoop-Reifen.«

Razz runzelte die Stirn. »Einen normalen Hula ... wie in ...«

Bill schluckte. »Wie in ... Hoop.«

»Einen normalen Hula«, wiederholte Razz langsam, »wie

in ... *Hoop?* Also so ein rundes Plastikding, das ... *Mädels* ... um ihren Bauch kreiseln ließen, ganz früher, bevor irgendwas richtig *Gutes* erfunden wurde?«

Bill setzte zu einer Antwort an, bekam sie aber nicht raus.

»Wisst ihr, dass der Rekord für die meisten Hula-Hoop-Umdrehungen, die eine Person ohne Unterbrechung schaffte, bei hundertundfünf liegt? Ich glaube, es war jemand aus China. Und dass der größte Hula-Hoop-Reifen einen Umfang von 1569,72 Zentimeter hatte. Das sind fast sechzehn Meter. Er gehörte einem Amerikaner.«

Razz behielt dieselbe ungläubige Miene, aber ließ den Blick langsam von Bill zu Ignatius wandern.

»*Wie*, Prindabel? Sag's mir bitte. Wie kannst du dir so was merken? Und was noch unheimlicher ist und mich fast in den Wahnsinn treibt: *Warum* merkst du dir so was?«

»Ganz einfach. Im letzten Sommerlager für extreme Naturwissenschaftler haben wir die Eigenschaften von Wellenbewegungen und der Zentripetalkraft untersucht. Und um unser Verständnis für das Thema zu verbessern, mussten wir sehr detailliert recherchieren und verschiedene Beispiele von ...«

Razz klopfte Prindabel aufmunternd auf die Schulter.

»Schon gut, Prindabuddy, schon gut. Ich wusste, dass es eine absolute Streber-Erklärung geben musste.«

»Sie kommen gerade wieder total in Mode ... Hula-Hoop-Reifen, meine ich.«

Meinte Bill. Scobie und ich nickten ihm aufmunternd zu. Razz glotzte nur.

»Es gibt auf der ganzen Welt Hula-Hoop-Treffen. Meine Mum hat darüber gelesen. Und dann wurde auf einem Aushang im Gemeindehaus ein Hula-Hoop-Kurs angeboten. Sie hat sich angemeldet, und es hat ihr richtig gut gefallen. Sie hat sich sogar einen eigenen Hula-Hoop-Reifen gekauft und hat zu Hause dauernd geübt. Ist richtig gut geworden. Und hat wahnsinnig abgenommen. Mum wollte, dass mein Vater es auch mal probiert. Aber er wollte nicht. Meinte, das wäre nur was für Frauen und Kinder.«

»Etwa nicht?«, bot Razz an.

»Ja, nun, jedenfalls meinte Mum, ich solle es probieren. Und das habe ich gemacht. Ich war ein hoffnungsloser Fall, aber Mum gab mir ein paar gute Tipps. Wie ich meine Füße stellen oder wie ich die Hüften schwingen musste und so. Ich hab dann rasch den Dreh herausbekommen und jeden Tag geübt. Abgenommen habe ich dann auch ein bisschen. Jetzt lerne ich gerade ein paar Kunststücke. Das Lasso, den Steigflug und den Sinkflug kann ich schon. Und ich arbeite an der Drehtür, dem Korkenzieher und dem Poknaller. Ich denke, ich …«

Razz kniff die Augen zu und hielt Bill eine Handfläche vors Gesicht.

»Hör auf, Bilbo, bitte hör auf. Mir ist schlecht. Du darfst *nie wieder* davon anfangen, ja? Dass du die Kilos killst, ist ja fantastisch, aber mit manchen Dingen sollte man sich wirklich nicht outen, die sollte man lieber für sich behalten.«

Bill sah Razz an, sagte aber nichts, denn Mr Barkers Stimme durchschnitt die Turnhalle.

»Also, meine Herren, los geht's. Ich möchte, dass alle nach vorn kommen und sich setzen, und zwar sofort. Wir haben heute Morgen eine Menge zu besprechen.«

Wir schlurften mit all den anderen aus unserer Stufe zu den Stuhlreihen, die vorn in der Turnhalle aufgebaut waren. Mr Barker stand auf der Bühne.

»Kommt schon. Raus aus den Federn! Die Ferien sind vorbei. Ich möchte, dass Sie sich alle setzen und aufmerksam zuhören.

Ach ja, und dann brauche ich zwei Freiwillige hier oben bei mir. Lassen Sie mich schauen ... Ja, können *Sie* bitte heraufkommen, Mr Carlson-Steel ... und dann noch ... *Sie*, Mr Zorzotto? An Ihnen beiden werden wir demonstrieren, wie man die Senior-Uniform richtig beziehungsweise falsch trägt.«

»Mannomann«, flüsterte Razz uns aufgeregt zu. »Bin gespannt, wofür er *mich* nimmt!«

4
Die fabelhaften Fünf

Bestimmt bedauerte Mr Barker am Ende, dass er Razz als Beispiel dafür ausgewählt hatte, wie man die Uniform nicht tragen sollte.

Gerard Carlson-Steel stand mit rotem Kopf wie eine Schaufensterpuppe mitten auf der Bühne, während Mr Barker uns all die perfekten Eigenschaften seiner perfekten Uniform erklärte.

Bei Razza war das ein *bisschen* anders.

Kaum hatte Mr Barker ihn aufgerufen, ging Razz in Supermodel-Modus. Er schwebte über die Bühne, posierte mit abgespreizten Armen und warf zornige Blicke ins Publikum. Dann hüpfte er an den Rand der Bühne, lockerte seine Krawatte und öffnete langsam noch einen Knopf seines Hemdes, bevor er sich mit einer dramatischen Bewegung umdrehte und mit wiegenden Hüften zur Mitte der Bühne zurückging.

Es war eine echte Performance, und sie brachte Razz acht Minuten nach Beginn des neuen Schuljahrs die Auszeichnung ein, schneller als jeder andere Schüler in der Geschichte des

St Daniel's eine Arreststrafe kassiert zu haben. Wahrscheinlich brachten das anfeuernde Geschrei und die schrillen Pfiffe bei Mr Barker das Fass zum Überlaufen.

Als sich der Jubel über Razz' Catwalk-Kapriolen gelegt hatte, ging die eigentliche Arbeit des Tages los. Zuerst sprach unser Schulleiter, Bruder Jerome, zu uns, danach Mr Barker. Grundsätzlich sagten beide dasselbe: Dass dieses Jahr sehr wichtig sei, dass sie jetzt sehr viel mehr von uns erwarteten, weil wir Seniors und damit die Ältesten in der Schule waren, dass wir Reife zeigen müssten (böse Blicke von Mr Barker in Richtung Razz); dass wir ernsthaft über unsere zukünftige berufliche Laufbahn (welche Laufbahn?) nachdenken müssten; dass wir uns in allen Bereichen des Schullebens engagieren sollten; dass wir unbedingt lernen und die ganze Zeit total konzentriert sein müssten (superböse Blicke von Mr B in Richtung Razzman). Mr Barker meinte, in diesem Jahr gehe es darum, »gut informiert zu sein und reife Entscheidungen zu treffen«.

Razz neben mir schob die Unterlippe nach vorn und nickte. Dann flüsterte er mir aus dem Mundwinkel heraus zu:

»Apropos Entscheidungen. Was wäre dir lieber, ein gut aussehendes Mädel mit nicht ganz so scharfen Kurven oder ein nicht so gut aussehendes Mädel, das richtig gut gebaut ist?«

Sosehr ich meine brandneue Senior-Reife demonstrieren wollte, indem ich Razz' Frage einfach ignorierte, ertappte ich mich dabei, dass ich ernsthaft darüber nachdachte. Schließlich holte Miss Tarango, die an der Seitentür erschien und auf die Bühne strebte, mich wieder in die Wirklichkeit zurück.

Zustimmendes Gemurmel erhob sich bei den Elftklässlern. Miss Tarango hatte eine solche Wirkung auf andere. Sogar Bruder Jerome und Mr Barker schienen aufzublühen, als sie zu ihnen trat. Und es war schwer, nicht so zu reagieren. Miss T war so fröhlich und so energiegeladen, dass sie wahrscheinlich im Dunkeln leuchtete. Auf der Bühne redeten Mr Barker und Miss Tarango ein bisschen miteinander, bevor Mr Barker das Mikrofon wieder anknipste.

»Danke. Beruhigen Sie sich, meine Herren. Wir müssen eine Wagenladung offizieller Details besprechen. Aber zuerst habe ich eine wichtige Ankündigung. Wie Sie wissen, ist unser langjähriger Oberstufenberater Mr Carver letztes Jahr in den Ruhestand gegangen, sodass wir einen Ersatz benennen mussten. Und ich freue mich sehr, Ihnen sagen zu können, dass Miss Tarango dankenswerterweise eingewilligt hat, diese Aufgabe zu übernehmen.«

Jubel, Applaus und Stimmengewirr erfüllten die Turnhalle. Miss Tarango schenkte uns ihr schönstes doppeltes Grübchen-Lächeln und übernahm das Mikro.

»Danke, Jungs. Ich freue mich wirklich sehr darauf, in den kommenden zwei Jahren eure Stufenberaterin zu sein. Ich schätze eure Unterstützung, und ich werde sie sicherlich brauchen. Ich weiß, dass ich in große Pantoffeln schlüpfe.«

Diese Bemerkung brachte Miss Tarango einen großen Lacher ein. Mr Carver war früher Rugby-Stürmer gewesen und hatte international gespielt. Sein Spitzname an der Schule war »Andre, der Riese« gewesen. Miss Tarango hätte wahrscheinlich ihren kleinen rot-schwarzen Mini in einem seiner Schuhe parken können.

Nachdem sie uns gesagt hatte, was wir hoffentlich in diesem kommenden Jahr erreichen würden, machte sie sich an die »Wagenladung offizieller Details«. Zuerst mussten wir erfahren, dass die gute Nachricht über Miss Tarangos Wahl zur Stufenberaterin dadurch ein bisschen neutralisiert wurde, dass sie keine Klassenlehrerstunden mehr übernehmen konnte.

Dann erfuhren wir, dass die Lerngruppen vom letzten Schuljahr vollkommen umorganisiert worden waren. Wir wussten, was das bedeutete: Die Chance, dass Razz, Scobie, Bill, Ignatius und ich wieder in einer Gruppe sein würden, lag bei null. Und es kam noch schlimmer. Offenbar sollten die Klassenlehrergruppen auch für den Englischunterricht bestehen bleiben. Das hieß, dass wir auch in diesem Fach nicht zusammen sein würden. Im Kopf fügte ich meiner rasch wachsenden Sammlung noch mehr Mist hinzu.

Wenn wir in der Klassenlehrerstunde und in Englisch nicht zusammen waren, dann hieß das, dass wir überhaupt nicht mehr viel zusammen sein würden. Das lag an unserer unterschiedlichen Fächerwahl. Nach Razz' Definition belegte Scobie den »Kurs für die zukünftige Weltherrschaft«, weil er Fächer wie Rechtswissenschaften und Wirtschaft gewählt hatte. Ignatius hatte sich für den »Kurs für extreme Nerds« entschieden mit vielen naturwissenschaftlichen Fächern und Mathematik für sehr weit Fortgeschrittene. Bill und ich hatten die »Gemischte Platte«, denn wir hatten von allem ein bisschen genommen. Razza selbst hatte sich für »Oberstufe für Dummies« eingeschrieben, weil er die Themen Film und Fernsehen, Gesundheit und Sport und »McHappy-Mathematik« belegt hatte.

Auf der Bühne begann Miss Tarango die Schüler für die vier Englisch-Kurse vorzulesen. Sie begann mit ihrer eigenen Gruppe. Die Namen waren alphabetisch sortiert. Wir hielten die Luft an, warteten und hofften, während Miss T sich durch die Liste arbeitete. Keiner von uns war dabei. Wir rutschten alle noch ein bisschen tiefer in unsere Stühle. Razz neben mir so tief, dass er fast verschwand.

Dann las Miss T die zweite Liste vor, den Kurs von Ms Verity. Auch auf dieser Liste stand keiner von uns. Jetzt blieben nur noch zwei Kurse, Mr Slatterys und Mr Kruegers. Miss Tarango begann mit Mr Slatterys. Ungefähr bei der Hälfte fiel Bills Name. Ein paar Namen später wurde meiner vorgelesen. Dann Prindabels. Dann Scobies. Nicht zu fassen!

Wir alle sahen Razz an. Er hatte sich aufgerichtet und saß ganz vorn auf der Stuhlkante. Seine Finger trommelten nervös auf der Rücklehne des Stuhls vor ihm. Es war noch nicht alles verloren. »Zorzotto« würde ganz am Ende der Liste stehen, wenn er überhaupt drauf war. Miss T las weitere Namen vor.

»Jared Wilson. Matthew Wozniaki. Melvin Yip.«

Dann legte sie das Blatt, von dem sie abgelesen hatte, auf den Tisch. Razz hörte auf, mit den Fingern zu trommeln, und ließ stattdessen den Kopf in seine Hände fallen. Er seufzte lang. Miss T goss sich ein Glas Wasser ein und nahm ein paar Schlucke. Dann räusperte sie sich.

»'tschuldigung, Jungs, ich bin es nicht gewöhnt, so viel zu reden. Wo war ich stehen geblieben?« Sie nahm die Liste wieder auf. »Mit dem Kurs von Mr Slattery waren wir durch, oder? Nein, einen Augenblick. Tut mir leid. Ein Name fehlt noch ... und das wäre ... mal schauen ... ach, Orazio Zorzotto.«

Razz stieß einen wilden Freudenschrei aus und schob den Stuhl vor sich so heftig weg, dass Ryan Babic sich bäuchlings auf dem Turnhallenboden wiederfand. Bruder Jerome und Mr Barker funkelten Razz in Stereo an. Miss Tarango schaute kurz auf, als Ryan Babic auf seinen Stuhl zurückkletterte und dabei Razz nicht gerade im Flüsterton beschimpfte. Ich könnte wetten, dass Miss T sich sehr beherrschen musste, um ihre Grübchen unter Kontrolle zu behalten.

Nach der Versammlung gingen wir alle direkt zum Schwarzen Brett unserer Stufe, um auf den Namenslisten nachzuschauen, ob das auch wirklich wahr war.

Wir konnten unser Glück nicht fassen. Aber dort stand es schwarz auf weiß. Wir waren alle ins Mr Slatterys Englischkurs, und damit nicht genug: Wir hatten Mr Guthrie als unseren Klassenlehrer gezogen.

»Hoffentlich seid ihr nicht allzu enttäuscht von eurem neuen Kurs, Jungs.«

Wir wirbelten herum, und vor uns stand Miss Tarango in einem Sonnenfleck. Ihre kurzen, fransig geschnittenen blonden Haare glänzten, und ihre Zähne und Augen sahen aus, als wären sie von hinten beleuchtet. Wenn sie in einem Film aufgetreten wäre, dann hätte man schwören können, dass es jemand mit dem Retuschieren und den Spezialeffekten ein bisschen zu gut gemeint hat. Sie sah aus, als hätte sie den Sommer verschluckt.

»Nö, ist doch total geil, Miss«, sagte Razz. »Wir haben alle denselben Klassenlehrer. Wie stehen die Chancen für so was?«

Prindabels Miene erhellte sich.

»Nun, wenn du die exakte Wahrscheinlichkeit berechnen willst, musst du berücksichtigen, dass es vier verschiedene Kursgruppen gibt, also hat jeder von uns eine Chance von eins zu vier, in einer bestimmten Gruppe zu sein, aber weil wir zu fünft sind, musst du noch multiplizieren mit ...«

Razz hielt Ignatius den Mund zu. »Machen Sie sich um ihn keine Sorgen, Miss. Ein paar von seinen Soundkarten zicken rum.«

Miss Tarango lachte. Dann trat sie ein bisschen näher zu uns heran. Sie sah aus wie der Sommer, aber sie duftete wie der Frühling. Von ihren Ohrläppchen baumelten goldene Ohrringe in Form winzig kleiner Bücher.

»Also, ganz unter uns, Jungs, *Wahrscheinlichkeit* spielte in dieser Sache keine große Rolle. Der Oberstufenberater erstellt die Klassenlisten, natürlich nach Rücksprache mit dem Kollegium, und ich fand es nur sinnvoll, meine Debattiermannschaft nicht auseinanderzureißen. So ist es viel leichter, Treffen zu vereinbaren oder vielleicht auch mal eine Klassenlehrer- oder Englischstunde für letzte Vorbereitungen zu nutzen.«

»Genial, Miss, danke«, sagte Scobie. »Das ist eine große Hilfe. Es ist ohnehin nicht ganz einfach, immer alle zusammenzubringen. *Einige* von uns sind nämlich ein bisschen unzuverlässig.«

»He, was schaust du mich an?«, fragte Razz. Dann legte sich seine Stirn in Falten, und er schaute zurück zu Miss Tarango. »Aber, Miss, wenn Sie doch alle Listen erstellt haben, wie kommt es dann, dass Sie uns nicht in Ihren Englischkurs genommen haben?«

»Nun, Orazio, auch wenn ich sehr versucht war, das zu tun, dachte ich mir, es wäre vielleicht klug, ein bisschen abzuwarten, bevor ich meine neu erworbene Macht missbrauche und die anderen Englischlehrer dadurch vor den Kopf stoße, dass ich mir alle Starschüler rauspicke.«

Razz nickte zustimmend. »Ja, ich verstehe, Miss. Vermutlich haben sie alle gehofft, dass sie mich für ihren Englischkurs ziehen würden, was? Auch wenn das bedeutete, dass sie sich auch mit den anderen vier Losern abfinden müssen.«

Miss Tarango lächelte süß. »Kein Kommentar, Orazio.«

»Ich versteh schon, Miss. Sie wollen die Gefühle der Typen hier nicht verletzen, richtig?«

Scobie räusperte sich übertrieben und verzog dann den Mund zur einen und dann zur anderen Seite. »Herzlichen Glückwunsch zu Ihrer Ernennung zur Oberstufenberaterin, Miss.«

»Danke, James. Ich glaube, man hielt mich als Einzige für so verrückt, dass ich mich darauf einlasse. Es ist eine große Verantwortung. Vor allem, wenn man die Nachfolge einer St-Daniel's-Legende wie Mr Carver antritt. Ich habe übrigens auch seine Rolle als Vertrauenslehrerin von Charlton übernommen.«

»Vertrauenslehrerin von Charlton? Sie werden das ganz fantastisch machen. Aber Sie sollten Ihre Ansprachen zum Thema *Es ist überhaupt nicht schlimm, Letzter zu sein* überarbeiten.«

»Nun, ich hoffe, dass ich in dieser Hinsicht das Ruder herumreißen kann, Orazio, aber da bin ich wirklich auf eure Hilfe angewiesen, Jungs. Okay?«

Wir nickten alle eifrig. Verdammt, wir würden uns mit Honig bestreichen und vor einer Meute Bären tanzen, wenn Miss Tarango uns darum bäte.

»Großartig, danke, Jungs. Ich wusste, ich kann darauf zählen, dass mir die Fabelhaften Fünf den Rücken freihalten.«

Dann ließ sie mit einem kurzen Winken ein paar leuchtend orangefarbene Fingernägel vor uns aufblitzen, wirbelte herum und entfernte sich mit flotten Schritten.

Wir hielten ihr bereits den Rücken frei.

So ähnlich wenigstens.

5
Onkel Dings und Tante Bums

Unser neues Klassenzimmer konnte man nicht verfehlen. Überall stand Mr Guthrie. Nicht buchstäblich, natürlich. Lehrer durften die Wände von Klassenzimmern nicht beschreiben. Das blieb den Schülern vorbehalten.

Spaß beiseite: Man wusste sofort, dass Mr Guthrie hier residierte, denn jeder Zentimeter Wand und das ganze Schwarze Brett waren mit Postern und Artikeln zu jedem Thema, jeder Sorge und jeder Ungerechtigkeit zugekleistert, von der die Menschheit je gehört hatte. Es gab Material über den Klimawandel, über Recycling, über Obdachlosigkeit, über Flüchtlinge, Walfang, politische Gefangene, Rodung, Komatrinken, Umweltverschmutzung, Armut, Atommüll, Verschuldung der Dritten Welt, Kinderarbeit, Artenschutz, CO_2-Fußabdrücke, erneuerbare Energien, Landrechte, die Rechte von Frauen, Schwulen, Arbeitern und Tieren. An der nächsten Wand hingen ... Nun, ihr könnt es euch vorstellen.

Unser Sportlehrer Mr Hardcastle nannte Mr Guthrie gern »St Daniel's' bäumeumarmenden Hippie«. Wenn er ihn nicht als »Mister Käsetuch« oder »Mr Batik« bezeichnete. Bruder Jeromes Beschreibung traf es besser. Er sagte, Mr Guthrie sei »St Daniel's' Schutzheiliger der hoffnungslosen Fälle«. In Klasse neun gaben Razz und ich ihm den Spitznamen »Pele«, nachdem er in dem großen Fußballturnier der vier Häuser ein echt irres Siegertor für die Charlton Chiefs geschossen hatte. Später fanden wir dann heraus, dass die meisten Lehrer ihn »Woody« nannten. Ich dachte zuerst, weil er immer ein Armband mit Holzperlen trug. Aber dann hörte ich meinen Dad über einen berühmten alten Sänger namens Woody Guthrie reden und schloss daraus, dass der Name wahrscheinlich daher kam.

Eigentlich hatte Mr Guthrie ja einen richtigen Namen: Er hieß Emerson. Emerson Guthrie. Nicht besonders eingängig. Aber ein bisschen ungewöhnlich, eben ein bisschen wie Mr Guthrie. Mit seinem Schopf aus kurzen, elastischen Dreadlocks und seinem schütteren Bart sah er aus wie ein großer, dünner Elf. Und dann waren da noch seine Klamotten: Mr Guthrie stand nicht gerade auf Designermarken, außer sie tauchten in Secondhandshops auf oder kamen aus Fairem Handel.

In Mr Guthries Klassenzimmer erfuhr ich dann endlich, was Razz damit gemeint hatte, als er sagte, meine gierigen Gebete um Mädels seien erhört worden. Alles begann damit, dass er sich mit einem irren Grinsen im Gesicht auf den Stuhl neben mir schob.

»Ismael, mein Junge. Geile Neuigkeiten! Alles in Butter, Mann.«

»Was ist in Butter?«

»Die Sache, über die wir bei dir zu Hause gesprochen haben.«

»Du meinst, dass meine gierigen Gebete um Mädels erhört worden sind?«

»Genau!«, sagte Razz. Er trommelte auf das Pult und veranlasste Mr Guthrie, mit gerunzelter Stirn vom Klassenbuch aufzuschauen.

»Und inwiefern sind meine Gebete erhört worden, Razz?«

Ein irres Flackern lag in Razz' Augen. Es war dasselbe irre Flackern, das immer aufschien, kurz bevor noch irrere Wörter aus seinem irren Mund barsten. Ich machte mich auf das Schlimmste gefasst. Er beugte sich näher zu mir und breitete die Hände aus, als wolle er ein Kaninchen aus einem Hut zaubern.

»Cindy Sexton!«, sagte er mit einem Grinsen, das einen Schwarm hungriger Haie verscheucht hätte.

Ich starrte eine Weile in das wahnsinnige Gesicht mit den strahlenden Augen, das vor mir schwebte.

»Razz, ich glaube nicht, dass meine Eltern damit einverstanden wären, dass ich mit einem Porno-Star anbandle.«

Razz zuckte zurück und zeigte anklagend mit dem Finger auf mich.

»He, du redest von meiner *Cousine!*«

»Deiner *Cousine?*«

»Ja, pass lieber auf, dass Onkel Henry und Tante Carla nicht hören, dass du so was über ihre Tochter sagst.«

»Du willst also, dass ich mit einer deiner *Cousinen* anbandle? Meinst du *das?*«

Razz nickte voller Begeisterung.

»Mit einer deiner Verwandten?«

Er nickte weiter.

»Mit jemandem, der durch seine Geburt verwandt ist mit ... *dir?*«

Er hörte auf zu nicken.

»Mann, ist dein Gehirn immer noch im Ferien-Überwinterungsmodus? Ja, sie ist meine Cousine, okay? Ihre Familie zieht in ein paar Wochen aus dem Süden hierher. Ich wollte es dir nicht sagen, bevor es ganz sicher ist, aber jetzt haben sie ein Haus, und alles ist gut. Siehst du nicht, wie wunderbar das aufgeht, Mann? Kelly zieht aus, und Cindy zieht ein. Das ist der Kreis der Liehiiiiiiiiiiiiibe! Das ist Schicksal, Mann, Schicksal!«

»Razz, ehrlich gesagt glaube ich nicht, dass es eine so tolle Idee ist, mit deiner Cousine anzubandeln.«

Das war definitiv mein offizieller Einstieg in den Wettbewerb um die Untertreibung des Jahres. Was mich betraf, entsprach der Gedanke, mit einer Cousine von Razza anzubandeln, in etwa einer verwesenden Leiche: Er stank nicht nur zum Himmel, sondern jagte mir auch eine Heidenangst ein.

»Was redest du da, Mann? Das ist perfekt. Alle Planeten stehen in einer Reihe. Kapierst du das nicht? Cindy sorgt sich wegen des Umzugs und weil sie dann neu in der Stadt ist und niemanden kennt. Mein Onkel und meine Tante sorgen sich, weil sie unglücklich ist. Meine Mum sorgt sich um die beiden, und ich sorge mich, weil ich dann mit Cindy herumhängen und ihr alles zeigen muss, obwohl ich viel lieber mit Sally zusammen wäre. Und du bist ja sowieso Mister Jammerlappen, weil du dich in eine Kelly-Faulkner-freie Zone verwandelt hast. *Aber* .... Wenn du und Cindy zusammenkommt, sind alle glücklich!«

Das klang langsam alles bestürzend vertraut.

»Eieieinen Augenblick. Das ist mal wieder eine von deinen berühmten ›Win-Win-Win-Win-Situationen‹, was? Du weißt schon, so wie letztes Jahr, als du mich dazu überredet hast, in Kellys Tagebuch zu lesen, um herauszufinden, ob sie mich mag? Weißt du noch, wie *diese* Geschichte ausgegangen ist? Weißt du noch, wie Kelly mich abgrundtief verachtet hat, weil sie hereinkam, während ich ihr Tagebuch las, nachdem jemand – das heißt *du* – beschlossen hatte, es wäre ein guter Augenblick, um pinkeln zu gehen, obwohl dieser Jemand – das heißt *du* – mir *versprochen* hatte, vor der Tür Wache zu halten? Weißt du *das* noch?«

Razz zog den Kopf ein. »Ja, da waren vielleicht ein paar *kleinere* technische Störungen im Verlauf, *aber* am Ende ging doch alles gut aus, oder etwa nicht? Ich meine, wenn ich mich recht erinnere, kam es am Ende dazu, dass jemand – das heißt *du* – an einer ernsthaften speichelaustauschenden Aktion mit jemandem – das heißt *Kelly Faulkner* – beteiligt war. Ich wette, dass du dich *daran* erinnerst. Egal«, sagte Razz, »du kannst die beiden Situationen nicht vergleichen. Das hier ist was *ganz* anderes.«

»Inwiefern?«

»Na, wenn du mit Cindy ausgehst, macht das *sechs* Leute glücklich: Onkel Henry, Tante Carla, Cindy, Mum, mich und dich. Wir werden alle begeistert sein. Eigentlich ist das also gar keine Win-Win-Win-Win-Situation, sondern eine Win-Win-Win-Win-Win-Situation. Und das macht die Sache noch viel besser.«

Ich kniff die Augen zusammen. Wenn ich ihn nicht sah, würde er vielleicht einfach verschwinden.

»Und noch was, Mann ...«

Leider nicht.

»... warte, bis du sie gesehen hast, Mann. Sie heißt vielleicht Sexton, aber mütterlicherseits fließt Zorzotto-Blut durch ihre Adern. Sie ist also absolut scharf. Kein Witz. Wenn ich Sal nicht hätte, würde ich vielleicht sogar selbst versuchen, sie anzubaggern.«

Ich öffnete ein Auge.

»Du? Ich denke, sie ist deine *Cousine.«*

»Cousine *dritten* Grades. So krank bin ich nun auch wieder nicht.«

»Aber ... hast du nicht gerade gesagt, Cindy wäre die Tochter von deinem Onkel Dings und deiner Tante Bums?«

»Onkel *Henry* und Tante *Carla.* Ja, das stimmt schon. Aber sie haben noch zwei *andere* Töchter, capito, zwei *ältere,* also ist Cindy meine dritte Cousine, Dummkopf.«

Ich öffnete beide Augen und fixierte Razz mit meinem Blick. Dann wartete ich, bis er sich nicht mehr beherrschen konnte, damit ich wusste, dass er nur einen Witz gemacht hatte. Er hielt meinem Blick stand.

»Also o-kaaaaaaaaaaaaay«, sagte ich. »Was macht dich eigentlich so sicher, dass sie überhaupt an mir interessiert ist? Wenn sie so scharf ist, wie du sagt, doch wohl eher nicht.«

Razz runzelte die Stirn und richtete den Blick spähend in die Ferne. »Cindy *nicht interessiert?«* Razz spähte noch angestrengter, als ob er auf der Oberfläche der Sonne ein Staubkörnchen entdecken wollte. »Nun, das ist vermutlich durchaus ... *möglich.*«

Etwas in Razz' Antwort bereitete mir Sorgen, aber ich ließ es einfach mal stehen. Ich hoffte, die ganze Sache »Cindy und ich« würde sich in Luft auflösen, wenn wir einfach nicht mehr darüber redeten. Als es zur ersten Stunde klingelte, sagte ich also zu Razz nur: »Ich denk darüber nach.«

Am Abend bekam ich eine Mail von thebigZ@hypermail.com: »Schau dir das Bildchen an, Mann!«

Ich stöhnte. Warum ließ Razz mich nicht einfach in Ruhe, damit ich mich erbärmlich fühlen konnte und niedergeschlagen und mich in Frieden in nichts auflösen? War das von einem besten Freund zu viel verlangt? Warum ging das nicht in seinen Dickschädel, dass ich weder Cindy noch sonst jemanden wollte? Ich wollte nur Kelly. Ich wollte Kelly mit den eisblauen Augen und dem umwerfenden Lächeln. Ich wollte Kelly mit ihrem Killerlachen und ihren Elektroschock-Lippen. Ich wollte Kelly ... die viele hundert Kilometer weit weg war ... in einem anderen Land ... und nicht zurückkam ... nie wieder.

Eine große, schale Leere breitete sich in meinem Körper aus, wuchs und veränderte sich. Ich stöhnte noch einmal, aber scrollte dann die Seite hinunter zu dem Foto. Auf den ersten Blick erkannte ich die Küche der Zorzottos. Razz und seine Mutter saßen am Tisch, zwischen ihnen eine stattliche Frau, vermutlich Tante Carla. Onkel Henry hatte wohl das Foto gemacht. An der Stirnseite des Tisches, der Kamera am nächsten, entdeckte ich ein Mädchen mit lockigen schwarzen Haaren. Sie trug ein blau-weiß gestreiftes Top und weiße Shorts. Sehr kurze weiße Shorts. Alle auf dem Bild lächelten. Am meisten lächelte das schwarzhaarige Mädchen. Unter das Foto hatte Razz geschrieben:

»Zeit für die Entscheidung: HEISS, ODER?«

Ich vergrößerte das schwarzhaarige Mädchen, bis nur noch ihr Gesicht und ihr Oberkörper den Bildschirm füllten und sah sie mir genau an. Dann klickte ich auf *antworten*, tippte ein Wort mit fünf Buchstaben und klickte *senden*. Es gibt ein paar so offensichtliche Dinge, dass man nicht einmal ein Beinahe-Genie wie meine Schwester Prue sein musste, um sie herauszubekommen. Folgender Satz gehörte auf jeden Fall auf diese Liste:

Cindy Sexton war ganz bestimmt *nicht* »ODER«.

6
Der Lebensretter der Liebe

Am nächsten Morgen in ersten Stunde in Mr Guthries Klassenzimmer war Razz eine One-Man-Cindy-Sexton-PR-Kampagne auf vollen Touren. Während Mr Guthrie die Einträge in das Klassenbuch vornahm und sonstigen Verwaltungskram erledigte, brummte Razz mir die Ohren voll.

»Hab ich's dir nicht gesagt, Mann? Hab ich's nicht gesagt? Ist sie geil oder nicht? Ich hab's dir gesagt. Hatte ich recht oder hatte ich recht? Warte, bis sie hierherzieht. Du wirst schon sehen. Du und Cindy. Das wird so geil!«

Zum Glück bewahrte mich Miss Tarango vor einem dauerhaften Verlust meines Gehörs, weil sie auf einmal an unserer Tür auftauchte.

»Entschuldigen Sie die Unterbrechung, Mr Guthrie, aber könnte ich einen Augenblick mit den Jungs sprechen?«

Mr Guthrie sprang so schnell von seinem Stuhl auf, dass er einen Stapel Papier auf den Boden stieß. »Ja, ja, natürlich. Hört mal alle her«, fügte er, an uns gewandt, hinzu, während er die Blätter einsammelte und dabei fast rücklings über seinen Stuhl gefallen wäre. Ich war mir sicher: Wenn Mr Guthrie wirklich von allem, was ihm wichtig war, ein Poster an der Wand seines Klassenraums hätte, dann wären unsere Wände mit Miss Tarangos Gesicht bepflastert.

»Okay, Jungs, ich habe wichtige Infos für den Kunstmarkt, der schon alsbald stattfinden wird«, sagte Miss T, während sie ihre Hand-outs verteilte.

Mit dem Kunstmarkt wollte die Schule die offizielle Einweihung *»des* Anbaus« oder *»unseres* Anbaus« feiern, wie es alle am St Daniel's höchst kreativ nannten. Der Anbau bestand aus einem brandneuen Kunstzentrum und ein paar neuen Klassenzimmern. Die offizielle Einweihung sollte mit dem jährlichen Schulmarkt verbunden werden, der immer am letzten Wochenende des ersten Halbjahres stattfand. Wie Miss Tarango berichtete, wurden die Elfer gebeten, sich an diesem Tag als Führer zur Verfügung zu stellen. Eine Liste, auf der sich Freiwillige eintragen konnten, wollte sie ein wenig später in der Woche noch verteilen.

Als Miss Tarango ihre Ansprache an uns beendet hatte, blieb sie noch und half Mr Guthrie die Jungen auszusortieren, die Probleme mit ihrem Stundenplan hatten. Als Miss Tarango so dicht neben ihm stand, sah Mister G aus wie ein Ertrinkender, der sich nicht traut, um eine Schwimmweste zu bitten. Ich wusste genau, wie ihm zumute war. Ich war oftmals in Kelly Faulkners Gegenwart fast ertrunken.

»Weißt du, ich glaube, Woody könnte ganz gut meine Expertenhilfe gebrauchen. Vielleicht ist es Zeit, dass ich mit meiner Zauberkunst nachhelfe.«

Ich rutschte auf meinem Stuhl herum, um Razz direkt anschauen zu können:

»Deiner *Zauberkunst?* Und was für ein *Zauber* soll das genau sein?«

»Natürlich mein Partnervermittlungszauber, Alter. Du weißt doch, wie ich dich und die Kelmeister zusammengebracht habe.«

»Razz, ich möchte jetzt nicht rummäkeln oder undankbar erscheinen, aber eigentlich hast du uns nicht ...«

»Und jetzt bringe ich dich mit Cindy zusammen. Mann, ich bin ... ich bin der Lebensretter der Liebe. Ja, genau. Genau das bin ich, Mann«, sagte Razz und blickte träumerisch in die Ferne. »Der Lebensretter der Lieeeeehieeeeeeeebe ... immer im Dienst ... um die gebrochenen Herzen zu retten ... vor der Unterströmung der Zurückweisung.«

Mein Magen zog sich ein bisschen zusammen, und nicht *nur* wegen der Rettung gebrochener Herzen vor der Unterströmung der Zurückweisung. Sondern auch, weil er Cindy erwähnte. Auch wenn sie wirklich »scharf« war, hatte ich irgendwie gehofft, Razz hätte vergessen, dass er mich mit ihr zusammenbringen wollte.

»Jep, ich glaube, ich könnte meinen genialen Zauber anwenden und Woody und Miss T zusammenbringen. Denn ich sage dir, der Typ braucht alle Hilfe, die er bekommen kann.«

Obwohl ich dachte, dass es keine gute Idee wäre, wenn Razz im Privatleben von Miss Tarango und Mr Guthrie herumfuhrwerkte, sagte ich nichts. Denn, so meine Überlegung, wenn Razz von diesem Projekt abgelenkt wäre, hätte er keine Zeit, um sich einen irren Plan für mich und Cindy auszudenken. Auf diese Weise könnte ich es vielleicht umgehen, wieder die Hauptrolle in einer demütigenden Katastrophe zu spielen. Aber, du wirst es nicht glauben – ich irrte mich gründlich.

Und wie gründlich ich mich irrte, sollte ich schon bald beim Kunstmarkt erfahren.

7
Lasst es knaaaaaaaallen!

Ein paar Wochen später berief Scobie eine erste Planungssitzung für die nahende Debattiersaison ein. Wir saßen alle um einen Tisch in einem der Besprechungszimmer der Bibliothek. Nun, wenn ich alle sage, dann meine ich alle außer Razz. Als er endlich eintrudelte, ignorierte er die anderen und hüpfte auf den Platz neben mir.

»Hey, Ismael! Warte, bis ich dir die geile Neuigkeit erzähle, Alter. Echt *geil!*«

»Und um was geht es?«

»Cindy ist jetzt da, und sie kommt zum Kunstmarkt!«

Bevor ich antworten konnte, mischte Prindabel sich ein.

»Cindy? Cindy wer?«

»Cindy Sexton«, warf Razz ihm an den Kopf, als wäre es selbstverständlich. Scobie, Bill und Ignatius sahen sich fragend an.

»Also ... hat diese *Cindy* etwas mit dem Unterhaltungsprogramm zu tun, das die Schule nach Miss Tarangos Auskunft für den Markt organisiert hat?«, fragte Scobie.

»Ich will's hoffen«, sagte Prindabel, »klingt nach einer Stripperin.«

Ignatius war mit dieser Bemerkung so zufrieden, dass er mit dem Kopf auf und nieder wackelte und abgehackte Zischlaute zwischen den Zähnen hervorstieß. Bei ihm bedeutete das, dass er lachte. Bill schnaubte, und Scobie dehnte seinen Mund zu einer absolut geraden, horizontalen Linie.

Razz sah alle voller Verachtung an.

»Was ist los mit euch? Kriegt euch wieder ein. Cindy Sexton ist zufällig meine Cousine. Und ich sorge dafür, dass unser Ismael mit ihr zusammenkommt. Cindy ist die neue Kelly!«, verkündete er stolz.

Drei Köpfe drehten sich in meine Richtung, als wären sie Kompassnadeln und ich der Nordpol. Dank Razz wussten sie schon alles über mich und Kelly und dass sie in Neuseeland bleiben würde. Aber bislang hatte ich es geschafft, die ganze Cindy-Geschichte unter dem Teppich zu halten. Wie gesagt, bis jetzt.

Ignatius lehnte sich über den Tisch und reckte einen langen, knochigen Zeigefinger hoch.

»Äh, nur eine Frage zur Klarstellung, Ismael«, sagte er. »Habe ich gerade richtig gehört, dass unser *hochgebildeter* Kollege Mr Zorzotto gesagt hat, du würdest ... mit seiner .... *Cousine* ... ›zusammenkommen‹?«

»Nein, nun, vielleicht. Ich weiß nicht genau. Schau mal, das ist alles ...«

»Aber du *ziehst es in Betracht?* Du denkst tatsächlich darüber nach, möglicherweise mit Orazios *Cousine* auszugehen?«

»Ich bin mir nicht sicher. Vielleicht. Ich weiß nicht. Ich habe eigentlich nicht ...«

Aber Prindabel war richtig in Fahrt. Normalerweise brachten ihn höchstens komplizierte quadratische Gleichungen oder das Sezieren von Kröten so in Wallung. Er beugte sich noch weiter in meine Richtung und tippte beim Sprechen mit dem Finger auf die Tischplatte.

»Um ganz sicherzugehen, dass ich die Situation richtig verstehe, formuliere ich sie noch einmal anders. Du ziehst ernsthaft die Möglichkeit in Betracht ... mit einem weiblichen Abkömmling ... eines Bruders oder einer Schwester ... von Orazios Vater oder Mutter ... auszugehen?«

Das war zu viel für Razz.

»Ja! Ja! Ja! Es reicht! Er hat es verstanden! Wir *alle* haben es verstanden! Sie ist meine Cousine. Was ist los mit dir, Prindabel? Warst du krank, als wir im Kindergarten die glückliche Familie durchgenommen haben? Oder hast du dir einen Virus eingefangen, als du einen USB-Stick als Schnuller benutzt hast? Ober haben sie dir in der Cyborg-Fabrik, wo sie dich zusammengeschraubt haben, nichts über ›menschliche Dinge‹ wie Familienstammbäume beigebracht?«

Prindabel hob die Hände und sagte nichts mehr. Er lehnte sich in seinen Stuhl zurück und sah mich weiterhin mit weit aufgerissenen Augen an, als würde ich freiwillig mit nacktem Körper einen Bauchklatscher in ein Becken mit gespannten Mausefallen machen wollen.

»Gut. Also, Mann, was ich sagen wollte, bevor mich Professor von der Klapse hier unterbrach: Cindy wird beim Kunstmarkt dabei sein, Sal übrigens auch. Aber es kommt noch besser: Als ich Cindy von dir erzählt und ihr dein Foto in der Schulzeitung gezeigt habe, schnappte sie fast über vor Begeisterung. Begeisterung auf Wachstumshormonen, Mann!«

Das Bild von meinem Computerbildschirm leuchtete in meinem Kopf auf. »Echt?«

»Ja, echt. Ist also alles in Butter«, meinte Razz, fügte dann aber im Nachklapp noch hinzu, »natürlich nur, solange Onkel Henry nichts von dir erfährt.«

»Was? Warum? Was ist das Problem mit mir?«

Razz lachte und klopfte mir auf den Rücken.

»Auweia, Ismael, wie viel Zeit haben wir? Nein, im Ernst, Mann, Onkel Henry tickt aus, wenn er herausfindet, dass du es mit seiner Tochter treibst.«

»Was? Aber ich treibe es nicht mit seiner Tochter.«

»*Noch* nicht.«

Als er das sagte, ließ Razz seine Augenbrauen wie kleine Kolben auf und nieder hüpfen, während ich mir vorstellte, sie ihm auszureißen und in seine Nase zu stopfen.

»Außerdem«, sagte er, als er mit seiner Augenbrauenübung fertig war, »bedeutet für Onkel Henry ›sie anschauen‹ schon so viel wie ›es mit ihr treiben‹. Er ist ein *klitzekleines* bisschen überfürsorglich.«

»Was? Das hast du mir nicht gesagt. Was soll dann das ganze Gerede von der Win-Win-Win-Win-Win-Win-Situation? Einer der Gewinner war angeblich Onkel Henry. Du hast gesagt, alle wären ›begeistert‹, wenn Cindy und ich zusammenkommen.«

»*Habe* ich das?«, sagte Razz, und eine Welle des Erstaunens schwappte kurz über sein Gesicht, bevor sie spurlos verschwand. »Nun, da hab ich wohl ein *bisschen* übertrieben. Du erinnerst dich doch an die Argumentationstechniken, die wir im letzten Schuljahr bei Miss Tarango gelernt haben.«

»Ein bisschen übertrieben? Dann hast du also *eigentlich* gemeint, Onkel Henry wäre völlig außer sich, als du ›begeistert‹ gesagt hast, oder?«

»So würde ich es nicht ausdrücken.«

»Wie wäre es mit ›so wütend, dass er vor Mord nicht zurückschrecken würde‹?«

Das war ein Vorschlag von Prindabel. Scobie nickte beifällig. Bill schnaubte wieder. Razz schüttelte den Kopf und wandte sich dann wieder an mich.

»Pass auf, es ist sowieso egal. Ich habe alles im Griff. Wenn ich euch bekannt mache, wird Sal so tun, als wäre sie deine Freundin. Was Onkel Henry nicht weiß, macht ihn nicht heiß ... und du bist hoffentlich aus dem Schneider. «

»Razz, das wird langsam ein bisschen verrückt. Vergessen wir das Ganze lieber.«

»Was? Das geht nicht! Ich habe Cindy schon alles erzählt. Was soll ich jetzt tun? Ihr sagen, dass du ihr einen Korb gibst? Das kann ich nicht machen. Du weißt doch, wie Mädels sind. Absolut empfindlich, Mann. Sie sind nicht wie wir Typen. Willst du Cindy das Herz brechen und ihr Selbstbewusstsein total zerstören? Willst du *das* auf dein Gewissen laden?«

»Natürlich nicht, aber ich glaube nicht ...«

»Großartig, dann sind wir startklar. Du und Cindy auf dem Kunstmarkt. Lasst es knaaaaaaaallen!«

Auf dieses Stichwort hin erschallte das erste Klingeln zum Ende der Mittagspause, als würde es die nächste Runde einläuten.

»Muss los«, meinte Razz, hatte sich schon umgedreht und ging zur Tür. »Mir ist gerade eingefallen, dass ich wahrscheinlich wegen der Hausaufgaben bei Mr Rameesh nachsitzen muss.«

Bevor jemand antworten konnte, jagte Razz schon wie ein Irrer durch die Bibliothek, wich dabei geschickt aus und schlängelte sich durch den Strom von Jungen, die bereits hinausstürmten. Erst als er versuchte, sie alle zu schlagen, indem er eine Abkürzung nahm und durch den Eingang hinausgehen wollte, kam es zur Katastrophe. Denn die kleinen Schranken am Eingang und Ausgang schwingen immer nur in eine Richtung. Wir sahen, wie Razz gegen die Schranke prallte, sich mit einer vollen Körperdrehung in der Luft überschlug und dann mit dem Rücken auf dem Teppich aufschlug. Eine verständnisvolle Meute von Jungs lachte, johlte und applaudierte wild, während die Bibliotheksaufsicht Mr Fitler Razz anfunkelte wie ein geistesgestörter Killer, der gerade entdeckt hat, dass jemand mit seiner persönlichen Äxte-Sammlung hantiert.

In unserem Besprechungsraum schob Scobie seinen Stuhl mit einem langen Schleifgeräusch zurück und stand auf.

»Also gut«, sagte er, während er verschiedene Blätter zusammenschob, die er vor sich ausgebreitet hatte, und zurück in einen Schnellhefter steckte. »Ich danke euch allen, dass ihr heute teilgenommen habt. Es war eine fruchtbare und informative Diskussion. Für unser nächstes Planungstreffen könnten wir vielleicht erwägen, mit unserer Tradition zu brechen, und tatsächlich etwas planen.«

Dann verzog er den Mund, blieb bei dieser Grimasse und verließ den Besprechungsraum. Bill folgte ihm nach draußen.

Nur Ignatius und ich blieben zurück. Draußen stand Mr Fitler vor Razz und gestikulierte. Sein Gesicht leuchtete pink. Razz hatte sich vom Fußboden aufgerappelt und versuchte, die verbogene Schranke gerade zu biegen. Er schlug sich ganz wacker, bis ein Teil abbrach, das er in den Händen hielt, und der Rest auf den Boden fiel. Mr Fitlers Gesicht verfärbte sich von Pink zu einem besorgniserregenden Vulkanausbruchsrot. Hinter mir ertönte Prindabels Stimme.

»Sie ist *seine* Cousine.«

»Na ja, Cousine *dritten* Grades«, korrigierte ich, ohne mich umzudrehen.

»Was? Aber hat er nicht gesagt ...«

Ich hob die Hand. »War nur ein Scherz«, informierte ich ihn.

Aber irgendwie war mir nicht sehr nach lachen zumute.

8
Küss mich, Blödmann!

Der Sonntag mit dem großen Kunstmarkt rollte ziemlich schnell heran. Er ging von zwei bis sechs und sollte mit der offiziellen Einweihungsfeier für die beiden Anbauten enden. Razz und ich verbrachten die erste Stunde als Führer im Kunstzentrum. Danach wollten wir uns mit Sally und den Sextons treffen.

Ich war mir mit der ganzen Cindy-Geschichte immer noch unsicher, beschloss aber, dass es vielleicht langsam Zeit wäre, nicht mehr zu trauern und Trübsal zu blasen, weil Kelly nicht mehr da war, sondern einfach mit meinem Leben weiterzumachen. Schließlich konnte ich nichts ändern, und wer weiß, vielleicht war ein bisschen Cindy Sexton genau das, was ich brauchte.

Ich hatte keine Ahnung, wie mich diese Worte noch verfolgen sollten.

Als unsere Schicht als Führer vorüber war, kauften Razz und ich uns an einer der Buden etwas zu trinken und warteten darauf, dass Sally auftauchte. Es dauerte nicht lang.

»He, Jungs, was sehr ihr scharf aus! James Bond muss sich warm anziehen.«

Als Führer mussten wir unsere komplette Senior-Uniform samt marineblauem Jackett tragen. Wir sahen vermutlich recht adrett aus. Sally Nofke konnten wir allerdings nicht das Wasser reichen. Sie trug Jeans mit einem gelben Trägertop. Ihr langes dunkles Haar war geflochten und nach hinten gebunden. Sie nahm zuerst Razz kurz in den Arm und dann mich. Manche Dinge sind einfach viel zu schnell zu Ende. Nachdem wir uns ein bisschen unterhalten hatten, machten wir uns auf den Weg zum Vordereingang des Hauptverwaltungsgebäudes, wo wir Cindy und ihre Familie treffen sollten. Sie warteten schon auf uns. Razz stellte uns vor.

Es gab allseits ein großes Hallo, und alle lächelten. Nur Onkel Henry nicht, der mit Müh und Not ein knappes Kopfnicken zustande brachte. Razz redete mit einer Geschwindigkeit von einer Million Meilen pro Stunde, und ich ergriff die Gelegenheit, mir Cindy Sexton erstmals aus der Nähe anzuschauen. In echt sah sie noch besser aus als auf meinem Computerbildschirm. Ihre Haare lockten sich um ihr Gesicht und rahmten ihre großen, braunen Augen ein, und sie hatte Lippen, die aussahen, als wären sie dafür gemacht, geküsst zu werden.

Vielleicht hatte ich diese Lippen ein bisschen zu eingehend betrachtet, denn ich merkte plötzlich, dass Onkel Henry mich musterte. Onkel Henry war recht groß und dick. Sein Schädel war rasiert, und er trug einen dunklen Anzug. Er hätte einen guten Bestatter abgegeben, und so wie er mich ansah, glaube ich, er wäre nur zu gern *mein* Bestatter gewesen.

Sally muss denselben Gedanken gehabt haben, denn sie rückte näher an mich heran. Ihr Arm drückte gegen meinen Arm, und sie ließ ihre Hand in meine gleiten. Sie war warm, und sie passte genau. Sally lächelte Onkel Henry an und lehnte den Kopf gegen meine Schulter. Es funktionierte. Onkel Henry hörte auf, mich auf die richtige Sarggröße zu taxieren, und ließ Tante Carla mit einem kurzen Augenbrauenheben und einer kleinen Handbewegung wissen, dass es Zeit war zu gehen. Während Cindy ihren Eltern und ihrem Bruder zum Abschied zuwinkte und versprach, »brav« zu sein, spürte ich, wie Sallys Hand aus meinen Fingern schlüpfte. Ja, manche Dinge waren wirklich zu schnell zu Ende.

Dann wirbelte Cindy herum, und ihr Gesicht explodierte in einem Lächeln.

»O mein Gooooooootttttt! Endlich frei! Ich dachte schon, sie würden gar nicht mehr gehen«, sagte sie, während sie an ihrem Kleid und ihrem Gürtel rumfummelte, bis ihr Rock wie durch Zauberhand auf einmal so kurz war, dass er seiner eigentlichen Aufgabe kaum noch gerecht wurde. »Und zwei so scharfe Typen«, quiekte sie in meine und Razz' Richtung und legte jedem von uns eine Hand mit knallroten Fingernägeln auf die Brust. »*Anzüge,* o mein Gott! Hab dich noch nie so sexy gesehen, Razta. Und *duuuuuu«,* sagte sie, und dann traf mich die volle Wucht ihrer großen braunen Augen, einer blendend weißen Reihe von Zähnen und dieser Küss- mich-jetzt-Lippen. »Ismy, Süßer, so werde ich dich nennen. O mein Gott! Was meinst du, Sal?«

Sally lachte und öffnete den Mund, um zu antworten, aber sie war zu langsam.

»Ohhhh, deine Zöpfe sind einfach toll. Süüüüüüß. Mit meinen Haaren kann ich gar nichts machen. Nicht zu bändigen. Und deine Haut. *Waaaahn – sinn!* Was benutzt du? Etwas Teures? Bestimmt isst du keine Schokolade. Bei mir sprießt es schon, wenn ich Schokolade nur *anschaue.* Wahrscheinlich, weil ich auch esse, wenn ich schaue. Echt! Ich bin *so* ein Vielfraß! Und, o mein Gott, woher hast du dieses Top? Es ist einfach zauberhaft. Sieht perfekt aus an dir. Mir würde es nicht stehen. Auf keinen Fall. Viel zu große Titten. Nicht, dass ich mich beklagen würde. Andere auch nicht, oder?«, sagte sie, bohrte mir den Finger zwischen die Rippen und zwinkerte mir zu.

Ich lächelte blöde und versuchte verzweifelt, meinen Blick oberhalb ihrer Brust zu halten. Es gelang mir nicht. Cindy erwischte mich. Sie drohte mir mit dem Finger und fing an zu singen: »Ismy ist ein böser Junge, böser Junge.« Meine Ohren waren wahrscheinlich knallrot, aber ihr klingelndes Telefon rettete mich. Cindy kramte in ihrer Tasche und zog ein glitzerndes Handy hervor.

»Rach! Hi! Ja, ja. Ich bin jetzt da. Genau! Ja, ja, er steht vor mir. Ja, ist er. *Total!* Direkt vor mir. Na klar, stimmt das. Es ist waaaaaaahr. Warte, warte, ich zeig's dir.« Cindy richtete ihr Handy auf mich und löste aus. Sie schaute den Bildschirm an, drückte ein paar Tasten, hielt sich das Telefon wieder ans Ohr und quiekte: »Du bist ja blöd, Rach! Raus hier! Du bist gemein! Nein! Auf keinen Fall! Nein! Na ja, *vielleicht.«* Sie quiekte wieder, nur noch lauter. »Muss los. Bis bald, Süße. Ja, mach ich. Ja, ja, mach ich. ICH MACH ES! Bis später, du Prachtmädel.«

Cindys Finger flogen noch einmal auf ihrem Telefon herum. »Schau. Hab dich gerade auf meiner Facebook-Seite gepostet. Ist doch in Ordnung, oder?«, sagte sie, klappte das Telefon zu und schob es zurück in ihre Tasche. Dann ergriff sie meinen Arm und hielt ihn fest, als wollten wir gleich zusammen aus einem Flugzeug springen.

»Okay, worauf warten wir noch? Was zuerst? Ich bin für den Turbo Twister oder den Autoscooter. Was meint ihr? Aber wir sollten alles mal ausprobieren, und ich meine wirklich alles, auch das Karussell, Jungs. Okay, Sally? Kommt, den Turbo zuerst. Und du musst mich gut festhalten, Ismy, und beschützen, denn ich hab totale Muffe. Und, damit du gewarnt bist. Wahrscheinlich schrei ich ein bisschen. Kommt, Jungs! Los! Woooohooooo!«

Cindy zog uns alle in die Richtung, wo die Arme des Turbos im Kreis herumsausten.

»Erzähl mal was über dich, Ismy. Magst du Musik? Was ist deine Lieblingsband oder dein Lieblingssänger? Ich liiiiiiiiebe Musik! Ohne meinen iPod würde ich eingehen. O mein Gott. Ich singe dauernd. Stimmt's, Razta? Liest du gern? Kennst du die Vampir-Schulen-Serie? Ich bin ein totaler Fan. Total! O mein Gott! Du glaubst es nicht. Du solltest mein Schlafzimmer sehen. *Das* würde dir bestimmt gefallen, was? Du kleiner Teufel, du!«

Wieder bohrte sich ein Fingernagel in meine Rippen.

»Egal, Die Bücher sind ziemlich gut, besonders das erste, ›Liebesbisse‹, aber die Filme sind noch viel besser. In den Filmen *siehst* du Tyson Woods ohne Hemd, in den Büchern gibt es nur die Wörter und so. Was für ein Körper, Sal, was? Ein Adonis! Er ist soooo süß! Hätte nichts dagegen, wenn er sich bei mir in ein wildes Tier verwandeln würde. Treibst du Sport, Ismy? Ich mach nicht viel, aber ich tanze. So halte ich mich fit. Was ist mir dir, Sal? Wie kommst du zu deiner tollen Figur? Du bist bestimmt eine Superathletin. Oder machen du und Razz vielleicht immer mal wieder einen kleinen Work-out zusammen, was? O mein Gott! Kommt, Leute. Der Turbo ist dran!«

Man konnte sich wirklich leicht mit Cindy Sexton unterhalten. Das lag vor allem daran, dass man selbst nichts sagen musste. Mit ihr zusammen zu sein war wie auf dem Turbo zu fahren – aber dauernd. Es machte Spaß und war aber zugleich Furcht einflößend, und nach einer Weile drehte sich einem alles im Kopf.

Am Ende waren wir wirklich mit allem gefahren, und Cindy hatte nicht gescherzt, was das Schreien betraf. Als wir fertig waren, klingelten mir die Ohren, und ich hatte Abdrücke von Fingernägeln in meinem Arm, die wie eine Reihe kleiner Smileys aussahen.

Es wurde gerade dunkel, als wir zurück zur offiziellen Einweihung mussten. Von den Senior-Schülern wurde erwartet, dass sie anwesend waren. Wir waren fast angekommen und mussten nur noch den Weg zwischen dem alten Schulblock und den Anbauten überqueren, als Razz und Sally plötzlich abbogen.

»Razz, wo geht ihr hin?«

»Ähm, wir dachten, die Mädels wollen sich rasch den Neubau anschauen, bevor wir reingehen.«

»Aber es geht schon los. Außerdem seht ihr da unten ohnehin nichts. Der Weg führt einfach nur auf die Rückseite des Gebäudes.«

»Ooooooo, das klingt aber spannend«, säuselte Cindy.

Razz und Sally lächelten sich an und verschwanden in der Dunkelheit. Cindy zog mich ihnen hinterher. Nach ein paar Schritten zog sie mich auf die Seite.

»Das ist sooooooo interessant. Was ist das?«, sagte sie und zeigte auf ein Fallrohr.

»Das ist ein Fallrohr. Für Wasser, du weißt schon.«

»Erstaunlich«, sagte sie. »Und warum heißt das so?«

»Vermutlich, weil es ein Rohr ist und weil Wasser darin nach unten fällt.«

»Wow! Du bist so schlau«, sagte sie, legte die Hände auf

meine Brust und schob mich nach hinten, bis ich die kühlen Steine der Wand im Rücken spürte. Dann bewegte sie sich langsam nach vorn und drückte ihren Körper an meinen. Zuerst kam ihre Brust an, mit deutlichem Vorsprung. Große braune Augen sahen zu mir auf. Ein merkwürdiges Lächeln lag auf ihrem Gesicht. Ihre Lippen öffneten sich leicht, und ich sah eine Reihe perfekter weißer Zähne, die weißer waren als die Zähne in jeder Zahnpasta-Werbung.

Während Cindy Sextons Gesicht immer näher kam, blitzten Bilder von Kelly Faulkner durch meinen Kopf. Ich erinnerte mich an unseren Kuss, an die sanfte Berührung von Kellys Lippen und den elektrischen Schlag, der durch meinen Körper schoss, als sie langsam mit meinen Lippen verschmolzen. Jetzt schaute ich auf andere Lippen. Und sie schienen zu schreien: »Küss mich, Blödmann!« Das klang nach einem hervorragenden Vorschlag. Ich zielte mit meinen kümmerlichen Lippen auf Cindys pralle Riesenlippen und hoffte das Beste.

Aber auf das, was dann geschah, war ich nicht vorbereitet.

9
Eine turboaufgeladene Kobra!

Cindys Lippen berührten meine Lippen. Sie drückten sich auf sie. In meiner Brust detonierte etwas, und Stoßwellen zuckten durch alle Teile meines Körpers. Manche Teile zuckten mehr als andere.

Cindy stöhnte und umschloss meinen Mund komplett mit

ihrem Mund. Sie schmeckte nach Erdbeeren. Die Welt draußen schmolz dahin, und dem größten Teil von mir ging es ebenso. Ich bestand nur noch aus einem Mund und Lippen. Das war alles, was zählte. Cindy öffnete ihren Mund noch weiter und drängte heftiger in meinen hinein. Auf einmal hatte ich den Mund voller Zunge, und der größte Teil davon gehörte nicht mir!

Eine Sekunde lang fühlte es sich wirklich gut an, dass Cindy Sextons Zunge in meinen Mund einzog. Aber das war, bevor sie durchdrehte und sich hin und her warf wie eine turboaufgeladene Kobra. Behände schlüpfte sie in alle Winkel meines Mundes und erforschte bohrend und stochernd jede Lücke und jede Höhlung in meinen Zähnen. Nicht mal mein Zahnarzt war so gründlich!

Ich versuchte verzweifelt, Cindys wahnsinnige Zunge durch Gegenangriffe mit meiner Zunge zu bändigen. Aber es war hoffnungslos. Sie kämpfte in einer völlig anderen Liga. Ihre Zunge war größer, kräftiger, schneller und offenkundig kampferprobt. Eine Olympiasieger-Zunge! Meine dagegen ließ sich leicht und rasch ins Abseits drängen, niederschlagen und auszählen. Cindy stöhnte noch einmal und drückte ihren Mund noch fester gegen meinen. Die Killerzunge glitt noch tiefer. Sie hatte meine Mandeln im Visier!

Ich wich zurück. Cindy und ich ploppten mit einem schmatzenden Geräusch auseinander. Ich schnappte nach Luft und versuchte, daran zu denken, dass ich durch die Nase atmen musste. Cindy leckte sich die Lippen. Sie schienen doppelt so groß geworden zu sein. Vielleicht hatte sie sie mit einem speziellen Pumpmechanismus ausgestattet, wie es ihn in diesen Jogginghosen gibt. Okay, jetzt machte ich mich lächerlich. Ich musste mich beruhigen und auf Runde zwei vorbereiten. Ich sah Cindy an. War da ein irres Glitzern in ihren Augen, oder spiegelte sich nur das Licht des Mondes? Keine Zeit, das zu klären. Sie ging wieder in Ausgangsstellung. Ich holte tief Luft, während wir näher aneinander heranrückten. Unterdessen dachte ich *Wenn ich sie nur dazu kriegen könnte, die ganze Sache ein bisschen ruhiger anzugehen, dann könnte das echt gu...*

AAAAAAAAARRRRRRRRGH!

Die Turbozunge war zurück und übte Vergeltung! Ich hätte schwören können, dass ein gigantischer Salamander in meinem Mund durchdrehte. Ich wich zurück, und wir lösten uns mit einem schmatzenden Geräusch voneinander. Cindy runzelte ein bisschen die Stirn, aber dann ging sie erneut zum Angriff über. Ich rührte mich nicht vom Fleck, versuchte, ruhig zu bleiben und nicht die Nerven zu verlieren, aber als ihr Mund sich öffnete und ich diese verrückte Zunge sah, die bereit war, zuzuschlagen wie eine große pinkfarbene Muräne, konnte ich nicht anders: Ich zuckte zurück und drehte im letzten Moment den Kopf zur Seite.

AAAAAAAAARRRRRRRRGH!

Cindy hatte sich an meinem Hals festgebissen und saugte wie ein mit Steroiden vollgepumpter Blutegel. In dichter Folge rasten mir Schauder die Arme und Beine hinunter. Das war schlimmer, als festgehalten und gekitzelt zu werden. Ich stand kurz vor einem hysterischen Anfall. Immer wieder sagte ich mir *Beruhige dich, beruhige dich, beruhige dich, beruhige dich,* während ich verzweifelt versuchte, meine Hyperventilation in den Griff zu bekommen, damit ich die Situation richtig beurteilen konnte.

Mein Hals fühlte sich heiß und nass an. Das Blut pochte mir in den Schläfen. Cindy nuckelte immer noch an mir wie ein Kälbchen. Ich spürte, wie ihre Zunge meine Haut kitzelte. Sie war direkt an der Drosselvene. Das ist eine der vier großen

Halsvenen, musst du wissen. Wir haben im Biologieunterricht bei Mr Kalkhovnic alles über diese Vene gelernt. Sie versorgt das Hirn mit Blut. He, einen Augenblick. Wenn nun dieses Genuckel die Blutzirkulation störte? Was, wenn mein Gehirn mangelhaft mit Blut versorgt wurde? Kleine blinkende Punkte schwebten auf einmal vor meinen Augen wie ein winziges, geräuschloses Feuerwerk.

Plötzlich fühlte ich mich ganz benommen. Vielleicht war Cindy verrückt? Was wusste ich denn schon von ihr? Vielleicht hatte sie zu viele Vampir-Filme gesehen. Vielleicht *war* sie sogar ein Vampir. Mein Gott, und heute war Vollmond! Natürlich! Kamen Vampire nicht immer bei Vollmond raus? Oder galt das nur für Werwölfe und Gruftis? Augenblick mal, spürte ich da nicht Zähne an meinem Hals? Wurde mein Puls schwächer? Trank sie etwa gerade schon mein Blut? Moment mal, wer sagt, dass ich dran bin? Ich zog den Hals weg. *PLOPP!* Sie war von mir getrennt.

Cindy kicherte. Ich warf ihr einen prüfenden Blick zu. Gott sei Dank troff kein Blut von ihren Eckzähnen. Ja, ich geb's zu, vielleicht war ich in diesem Punkt ein bisschen hysterisch. Wahrscheinlich eine Folge der mangelnden Blutversorgung meines Gehirns. Oder einfach ein Mangel an Gehirn. Ich versuchte zu lächeln, aber Cindy ging wieder auf mich los. Mein Gott, sie war ein weiblicher Terminator. Sie war die Terminatrix! Oder vielleicht die Zunginatrix! Was immer sie war, sie ließ sich nicht aufhalten. Ihr Mund öffnete sich wieder. Waren ihre Zähne schon immer so spitz gewesen? Wieder zielte sie auf meine Drosselvene. Ich spürte ihren heißen Atem auf meiner feuchten Haut und geriet in Panik. In einem letzten Versuch, meinen Hals zu retten, zog ich die Schultern hoch und drückte mit schräg gelegtem Kopf das Kinn auf die Brust.

AAAAAAAAARRRRRRRRGH!

Sie verschlang mein Ohrläppchen! Sie war gar kein Vampir! Sie war ein Kannibale auf Diät! Sie aß Ohrläppchen-Linguine! Im Biologieunterricht ließ Mr Kalkhovnic uns unsere Ohrläppchen mit den Ohrläppchen unserer Mitschüler vergleichen, um individuelle Unterschiede deutlich zu machen. Meine Ohrläppchen sind nicht angewachsen. Aber jetzt fühlte es sich an, als sollte eines meiner Ohrläppchen auf Dauer von mir getrennt werden! Es war komplett in Cindys Mund. Es wurde gelutscht, gekaut und an den Rändern beknabbert. Aber, um die Wahrheit zu sagen, fühlte sich das Geknabbere langsam aber sicher ziemlich gu...

AAAAAAAAARRRRRRRRGH!

Eine riesige Schnecke bohrte sich langsam in meinen Gehörgang. Uuuuuuuuuuuh! Wann hatte ich diesen Gehörgang zum letzten Mal gereinigt? Ich konnte mich nicht erinnern. Ich konnte nicht denken. Ich konnte nicht *hören*! Das war kein Wunder. Ein Tsunami rollte durch meinen Kopf! Cindy schlang die Arme enger um meinen Hals und zog sich höher. Sie stand auf Zehenspitzen. Ihre Zunge schlängelte sich immer tiefer in mein Ohr hinein. Bohrte sie nach Öl, oder was?

Aber Moment mal! Die kleinsten, empfindlichsten und zerbrechlichsten Knöchelchen des ganzen Körpers befinden sich im Innern des Ohrs. Hatte Mr Kalkhovnic das nicht gesagt? Und sie hatten diese komischen Namen. Wie hießen sie noch mal? Hammer, Amboss und Schraubenschlüssel? Nein, halt, nicht Schraubenschlüssel, sondern Steigbügel. Ja, genau. Der Hammer, der Amboss und der Steigbügel. Sie waren unglaublich klein und auf wundersame Weise so miteinander verbunden, dass wir Töne hören können. Und jetzt sollten meine kleinen Knöchelchen vom Godzilla der Zungenwelt vollgesabbert werden! Ich drehte den Kopf und wich zurück. SCHLÜRF! Mein von der Zunge befreites Ohr fühlte sich kalt und klebrig an, aber wenigstens für den Augenblick waren mein Hammer, mein Amboss und mein Steigbügel in Sicherheit.

Cindy grinste mich an. Sie sagte etwas, aber in meinem rechten Ohr knackte und knisterte es immer noch ganz merkwürdig. Mampfte jemand Cornflakes in meinem Innenohr?

»Was? Wie bitte?«

Cindy sah sich um und wiederholte ihre Worte langsam mit einem schiefen Lächeln. »Ich *sagte* … möchtest du, dass ich …« KNACK! KNISTER! KALL!

Was hat sie gesagt? Wie lautete das Ende ihrer Frage?

Möchtest du, dass ich …

… meine Zunge mit einem Beruhigungspfeil impfe?

… noch einen Liter Blut aus dir raussauge?

… dein Ohrläppchen wieder festmache?

… deinen Hammer, deinen Amboss und deinen Steigbügel wieder hochwürge?

Ich hatte keine Ahnung, was Cindy gefragt hatte, aber wenigstens wurde gerade nicht in mir gebohrt, an mir genuckelt und geknabbert, deshalb lächelte ich sie mehr oder weniger an und bewegte den Kopf so, dass ein halbes Nicken und ein halbes Kopfschütteln dabei herauskam.

Cindy schob die Lippen nach vorn und blinzelte mir zu. Dann stupste sie mich mit dem Finger in den Bauch, drehte ihn und zog ihn langsam tiefer. Ich hatte keine Ahnung, was hier ablief, deshalb lächelte ich sie einfach wieder an. Sie zog die Nase kraus, während sie näher an mich herantrat und etwas flüsterte. Aber ich hörte wieder nur jemanden Cornflakes mampfen: *KNACK! KNACK! KNISTER! KNACK!! KNISTER!* Während das Grinsen sich weiter auf ihrem Gesicht ausbreitete.

In diesem Augenblick kam ein Lichtkegel den Weg herab. Er hüpfte über die Wand, bevor er auf meinem Gesicht landete. Cindy sprang quiekend zurück. Fast gleichzeitig ertönte von weiter unten noch ein Quieken. Das Licht sprang von meinem Gesicht zu Cindys. Dann schoss es an uns vorbei und erfasste Razz und Sally, die sich gerade voneinander lösten.

Das Licht kam von einer Taschenlampe.

Und die Taschenlampe lag in Mr Barkers Hand. Seine Stimme fraß sich wie ein Tunnelbohrer zu uns vor, der sich seinen Weg durch ein Felsmassiv bahnt.

»Würden Sie mir bitte *genau* erklären, was Sie hier unten machen, Mr Leseur, während oben jeden Augenblick die Eröffnungszeremonie beginnt?«

Mein Kopf war auf einen Schlag absolut leer. Aber irgendwie ging mir ganz automatisch die perfekte Standardantwort für solche Gelegenheiten über die Lippen.

»Nichts, Mr Barker …«

Und genau *hier* hätte ich aufhören sollen. Genau *hier* hätte ich meinen Mund halten und einfach einstecken sollen, was Mr Barker austeilen würde. Aber machte ich das? Ooooooo nein! Ich hatte ein bisschen mehr zu sagen, nicht wahr? Etwas *Brillantes.* Etwas, was mir einen Eintrag in die Geschichtsbücher vom St Daniel's sichern würde. Ja, genau, denn ich musste noch das hinzufügen:

»Wir haben den Mädchen nur unsere Anbauten gezeigt.«

10
Ein vergammeltes Stück Scheiße

»Halt, halt, halt. Das Beste hab ich euch noch gar nicht erzählt.«

Die Schüler in der Klassenlehrerstunde am Montagmorgen wurden leise, und die vielen neugierigen Gesichter, die sich um Razza geschart hatten, drängten sich noch näher.

»Das Beste ist ... Er schaut Mr Barker an und sagt ... er sagt ... ›Oh, tut mir leid, Sir, wir haben den Mädchen nur unsere *Anbauten* gezeigt‹!«

Die letzten Wörter waren kaum aus Razz' Mund geplatzt, da fiel er schon vor Lachen nach Luft schnappend vornüber und hämmerte mit den Fäusten auf sein Pult. Der Pulk von Schülern um ihn herum explodierte in einem gemischten Chor aus Gestöhne, Gejohle und wieherndem Gelächter. Und dann regneten sprachliche Perlen von seltener Beobachtungsgabe und großem Scharfsinn auf mich hernieder.

»*Gut*, Ismael.«

»Leseur ist Kult ... NEIN!«

»Was für ein (sucht es euch aus, Leute):

(a) Depp!

(b) Tollpatsch!

(c) Idiot!

(d) Blödi!

(e) vergammeltes Stück Scheiße (oder Worte mit ähnlicher Aussage)!

(f) Alles, was oben genannt wurde.«

»Für *deinen* Anbau brauchst du keine Baugenehmigung, was, Leseur.«

»Vielleicht hilft ein Mikroskop.«

»Wusste gar nicht, dass Leseur überhaupt einen Schwanz hat.«

Das war Aldo »Boggo« Bogolas Beitrag. Die Raffinesse und Brillanz der rasiermesserscharfen Bonmots flachte danach ein bisschen ab. Nur das Erscheinen von Mr Guthrie rettete mich.

»Kommt schon. Nehmt euch einen Stuhl und seid ruhig. Ich muss mit allen sprechen, die das Exkursionsformular noch nicht abgegeben haben.«

Ich setzte mich widerwillig neben Razz.

»Vielen Dank ... *Kumpel*«, sagte ich zu ihm. »Jetzt weiß ich, an wen ich mich wenden muss, wenn ich ein Geheimnis bewahren möchte.«

Razz lümmelte auf seinem Stuhl und erholte sich von seinem Lachanfall. Er sog Luft ein und klopfte sich auf die Brust, als müsste er seinen Herzschlag beruhigen. Nach ein oder zwei Minuten flog sein Kopf zur Seite, und er sah mich an.

»Tut mir leid, Mann. Aber es gibt zu viel Elend und Not auf der Welt, als dass man ein Stück Gold wie dieses nicht mit anderen teilt. ›Wir zeigen den Mädchen nur unsere Anbauten.‹ Total abgefahren, Mann!« Dann warf er den Kopf zurück und lachte eine ganze Weile lautlos in sich hinein. Schließlich wischte er sich mit dem Handrücken die Augen und warf sich nach vorn über sein Pult.

»Aber egal, Mann, was ist mit Cindy? Hab ich dir's nicht gesagt? Sie ist der Hammer, was? Sollen wir am Wochenende alle zusammen ins Kino gehen oder so?«

»Ich weiß nicht, Razz.«

»Du weißt *was* nicht?«

»Ich und Cindy und so.«

Ich wusste, dass Razz mich anglotzen würden, als würden auf meinem Kopf Spaghetti sprießen, deshalb starrte ich einfach weiterhin in den Terminplaner auf meinem Pult.

»Was meinst du, du weißt nicht mit dir und Cindy? Was gibt's da nicht zu wissen, Mann? Ihr seid doch super miteinander ausgekommen.«

»Ja ... mehr oder weniger.«

»Mehr oder weniger! Mehr oder weniger! Ich bring dich mit einem übel geilen Mädel zusammen, ihr tanzt einen Zungentango für Fortgeschrittene, und dann ist sie über dir wie Prindabel über einem neuen Motherboard. Wenn das deine Vorstellung von ›mehr oder weniger gut miteinander auskommen‹ ist, dann kann ich es nicht erwarten, was passiert, wenn du dich mit jemandem wirklich gut verstehst.«

»Ich finde einfach, dass sie nicht mein Typ ist.«

»Nicht dein Typ! Was *fehlt* dir, Mann?«

Ich hörte auf, meinen Planer zu mustern, und musterte stattdessen Razz. »Was meinst du, was mir *fehlt*? *Nichts* fehlt mir, okay? Warum sollte mir was *fehlen*?«

»Nun, ich will das so taktvoll wie möglich formulieren. Du weißt, dass Miss Tarango immer meint, Jungs müssten mit ihrer weiblichen Seite in Kontakt treten? Mann, ich glaube, dass du über den Zaun gesprungen bist und dein Lager dort aufgeschlagen hast.«

»Was! Worauf willst du raus?«

»Beruhige dich, Ismael! Kein Grund für einen Tussi-Anfall. Ich möchte nicht, dass du deine Mascara verschmierst.«

»Komm, das ist doch lächerlich, Razz. Pass auf, mir fehlt nichts. Okay? Cindy ist toll, aber sie ist einfach ... Ich weiß nicht ... sie ist einfach ...«

»... nicht Kelly Faulkner?«

»Nein, es ist nicht nur das. Wir sind einfach verschieden, das ist alles. Cindy ist zu ... sie ist zu ... sie ist einfach zu ... *viel* ... für mich.«

»Zu viel? Auweia, tut mir leid, Alter. Soll ich dich das nächste Mal mit einer zusammenbringen, die merkwürdig aussieht und dich für einen totalen Wichser hält? Würde dir *das* mehr Spaß machen?«

»Das habe ich nicht gemeint, und du weißt es ganz genau.«

»Ich *weiß*, Mann, dass jeder Typ in diesem Raum sich durch eine Steinmauer durchfressen würde, um mit Cindy ausgehen zu dürfen, besonders nach deiner Anbau-Geschichte.«

Das letzte Wort setzte sich in meinem Kopf fest, aber ich entgegnete nichts. Ich hatte keine Lust mehr zu streiten. Razz neben mir kippelte auf seinem Stuhl nach hinten.

»Also gut, Mann, also gut«, sagte er, schloss die Augen und schüttelte den Kopf. »Das heißt wohl zurück zum Reißbrett. Ich hoffe nur, dass Cindy es nicht zu schwer nimmt.«

Ich dachte über Razzas Worte nach, als Mr Guthrie um Aufmerksamkeit bat.

»Danke, Jungs. Bevor die Zeit um ist, wollte ich euch dafür loben, dass ihr beim Kunstmarkt am Wochenende ausgeholfen habt. Super Einsatz. Ich habe nur begeisterte Rückmeldungen bekommen, besonders über unsere Gästeführer aus Stufe elf.«

»Ähhh, Sir? Ich habe aber eine Beschwerde gehört.«

Alle drehten sich zu Danny Wallace um, der sich hinten im Klassenzimmer gemeldet hatte.

»Wirklich, Danny? Das erstaunt mich.«

»Ja, Sir, mich auch, aber offenbar war jemand mit Ismael nicht sehr zufrieden.«

Mr Guthrie warf mir einen besorgten Blick zu.

»Ismael?«

»Ja, sie hat sich darüber beklagt, dass seine persönliche Führung durch den *Anbau* ... zu *kurz* war.«

Die anderen brachen in lautes Gelächter aus. Ich saß mit einem gequälten, »wirklich-sehr-witzig«-Lächeln auf dem Gesicht da. Mr Guthrie sah uns an, als wären wir alle verrückt geworden.

Als ich an diesem Tag die Klassenlehrerstunden verließ, ging mir eine Sache durch den Kopf, und es war nicht Danny Wallace' Witz. Es war vielmehr, was Razz darüber gesagt hatte, dass alle anderen Jungen in der Klasse sich durch eine Steinmauer hindurchfressen würden, um die Chance zu bekommen, mit Cindy auszugehen. Wenn das stimmte – warum war ich dann anders? Nur wegen Kelly Faulkner? Oder gab es eine andere Erklärung?

Vielleicht fehlte mir ja tatsächlich was?

11
Zeig mir die Sonnencreme!

Nach unserer schmerzlichen Trennung gelang es Cindy irgendwie, sich zusammenzureißen und sich durch ihr Leben zu kämpfen. Zwei Tage nach dem Kunstmarkt lernte sie in einem Einkaufszentrum einen Typen kennen, und die beiden wurden, was Mum gern »eine Einheit« nennt. Oder wie Razz es auszudrücken beliebte: »Sie war über ihm wie geschmolzener Käse über einer heißen Frikadelle.«

In der Schule hatte ich eigentlich keine Zeit, über Cindy

oder Kelly oder überhaupt über irgendjemanden nachzudenken. Klasse elf war wie gedopte Klasse zehn. Es ging nur um Hausaufgaben, Referate, Tests und Lernen – und dann wieder alles von vorn. Und um den Spaß noch zu vergrößern, würde in nur zwei Wochen die Debattiersaison starten.

Kaum hatte Mr Fitler Razz' Bibliotheksverbot wegen »der Zerstörung schulischen Eigentums« und weil er sich »wie ein Wilder benommen« hatte, aufgehoben, reservierte Scobie das Besprechungszimmer für ein weiteres Treffen. Mr Fitler schien sich seiner Sache nicht allzu sicher, denn er ging alle paar Minuten an der Tür vorbei und spähte zu uns herein. Razz hatte viel zu viel anderes im Kopf, als dass er das bemerkt hätte.

»Mensch, was hat die Beckenwal sich dabei nur gedacht? Ist sie wahnsinnig geworden?«

Die Beckenwal, über die Razz sich ausließ, war eigentlich Miss Heckenvaal, unsere Lehrerin für neuere Geschichte. Sie wurde nicht nur Beckenwal genannt, weil sich das mehr oder weniger mit ihrem Namen reimte, sondern weil sie eher zur Fraktion der »Beleibteren« oder »Rundlichen« gehörte. Sie sah ein bisschen aus wie ein kopflastiges Fass mit Beinen, und sie war eine der besten Lehrerinnen der Schule.

»Ich meine, wir nehmen die ganzen Weltkriege durch, die wir letztes Jahr schon hatten. Einiges davon war ganz schön cool. Aber die Geschichte des Feminismus? Tickt die nicht ganz richtig? Wozu brauchen wir das? Sehr ihr hier etwa irgendwelche *Mädels*?«, sagte Razz, breitete die Arme weit aus und schaute sich mit wildem Blick um. »Na? Sie weiß schon, dass das hier eine reine *Jungen*schule ist, oder?«

»Vielleicht«, bemerkte Scobie und spähte über den oberen Rand seiner kleinen, runden Brille, »geht es genau *darum*.«

»Worum? Worum soll es gehen?«

»Na, gerade weil wir eine reine Jungenschule sind, denkt Miss Heckenvaal vielleicht, dass es gut wäre, wenn wir ein gewisses Verständnis und Mitgefühl für die Kämpfe und Herausforderungen der anderen Hälfte der Bevölkerung bekämen.«

Prindabel hob sofort seinen offiziellen »Einspruchsfinger«.

»Korrektur. Die anderen 50,2 Prozent der Bevölkerung, um genau zu sein – zumindest nach der jüngsten Volkszählung. Die Lebenserwartung von Frauen ist nämlich ungefähr ...«

»Vielen Dank, Mr Google. Kann ich Sie an diesem Punkt stoppen?«, unterbrach Razz. »Vielleicht könnten Sie Ihrer Suchmaschine ein bisschen Ruhe gönnen, bevor wir alle hier eine Überdosis Langeweile abbekommen, okay?«

Razz drehte sich langsam wieder zu Scobie, ließ aber den Blick bis zuletzt auf Ignatius ruhen.

»Ja, das ist ja alles schön und gut, Scobes, aber warum müssen wir dauernd was über die Angelegenheiten der *Mädels* lernen, obwohl die über uns *Jungs* gar nichts lernen? Was ist mit *unseren* Kämpfen und *unseren* Herausforderungen?«

»Wie zum Beispiel?«

»Nun ... wenn ein Typ zum Beispiel zu einem Mädel sagt, dass sie eine geile Figur hat. Manche Mädels mögen das, aber andere meinen, der Typ wäre ein sexistisches Schwein, und wollen ihm die Augen auskratzen. Woher weißt du, was du sagen darfst? Was ist mit *dieser* Herausforderung? Ich meine, wenn die Mädels nicht wollen, dass wir sie anglotzen, warum tragen sie dann überhaupt Klamotten, die uns so viel zu glotzen geben? Wo ist die Unterrichtseinheit darüber?«

Scobie verzog den Mund einen Moment in die eine und dann in die andere Richtung. »Vielleicht solltest du diese Punkte bei Miss Heckenvaal ansprechen. Ich fände es höchst interessant, ihre Antwort darauf zu hören.«

Bill, Ignatius und ich lächelten. Razz ließ ein kurzes Lachen hören.

»Sehe ich aus, als würde ich mich freiwillig für ein Selbstmordkommando melden?« Dann wandte er sich an uns andere: »Ihr seid doch meiner Meinung, was diesen Feminismuskram angeht, oder?«

Ignatius und ich brachten genug Enthusiasmus auf, um mit den Achseln zu zucken. Bill murmelte ein paar Worte.

»Ich finde ein paar Dinge schon ganz interessant.«

Razz lächelte ihn gönnerhaft an und klopfte ihm auf den Rücken.

»Ja, ja, *natürlich*, mein Hula-Hoop-Junge, und wir *alle* wissen auch, *warum*?«

Bill setzte zu einer Erwiderung an, aber Razz war schon weitergegangen.

»Und noch was. Was ist mit diesem Scheißlied, mit dem sie uns quält? Ich sage euch, das ist unnatürliche Grausamkeit, Leute. Wetten, dazu steht was in diesem Genfer Korrektionsding.«

»Richtigstellung – Ko*nvent*ion, nicht Ko*rrekt*ion«, warf Ignatius ein und hatte wieder den Zeigefinger erhoben.

»Richtigstellung, Prindalaberer, wen interessiert's!«, gab Razz mit einem ein wenig anders erhobenen Zeigfinger direkt zurück.

Das »Scheißlied«, das Razz meinte, war »I'm a Woman« von Helen Reddy. Ich denke, es war okay, dass wir es uns einmal anhören mussten, denn laut Miss Heckenvaal war es der »Ruf zu den Waffen« und die »Hymne« der Frauenbewegung in den 1970er Jahren. Aber in letzter Zeit hatte sie das Lied eher als Waffe gegen uns eingesetzt.

Wahrscheinlich war das nur die Rache für all das Gestöhne

und Gelächter und die schlauen Bemerkungen, die sie zu hören bekam, als sie uns das Lied zum ersten Mal vorspielte. Wenn die Klasse jetzt ein bisschen laut ist oder nicht gut genug mitarbeitet, sagt Miss Heckenvaal nur: »Klingt so, als wären wir in der Stimmung für ein Liedchen, Jungs!« Und dann schmettert sie die ersten Zeilen: Dass sie eine Frau ist und mit so vielen Stimmen schreit, dass man sie nicht ignorieren kann oder so. Und alle fangen an wie wild zu arbeiten, damit sie aufhört.

(Der echte Liedtext darf natürlich nicht mit dem verwechselt werden, den Danny Wallace dichtete: *Ich bin eine Frau im Evaskostüm, mein Hintern ist so dick, dass man ihn nicht ignorieren kann / Wenn ich zu viel esse / dann setz ich hinten an.*)

Im Besprechungszimmer versuchte Scobie, das Gespräch wieder auf Kurs zu bringen.

»Na ja, wir behandeln den Feminismus ja nur in diesem Schuljahr, vielleicht gefällt dir dann das nächste Thema besser. Jetzt zu unserer ersten Debatte ...«

Aber Miss Heckenvaal war nicht Razz' einziges Problem.

»Und was ist mit Film und Fernsehen? Mr Nelson hat uns am ersten Tag des Schuljahrs eine Riesenhausarbeit aufgebrummt. Wir müssen in ein paar Wochen abgeben, und es steht noch haufenweise Arbeit an. Eine *Hausarbeit* für Film und Fernsehen. Was ist hier los? Ich dachte, wir würden uns in diesem Fach Filme anschauen und so. So ein Beschiss!«

»Worum geht es bei der Hausarbeit?«, fragte ich, obwohl Scobie nicht allzu erfreut schien von meiner Nachfrage.

»Wir müssen einen Werbespot für die Gemeinde drehen. Bill und ich arbeiten zusammen. Bei uns geht es darum, was man tun muss, damit man sich gefahrlos in der Sonne aufhalten kann. Wir sollen einen kurzen Film drehen und einen Bericht schreiben und alles. Sal und eine ihrer Freundinnen sollten eigentlich in dem Film auftreten, aber sie meinen, ich müsste das Skript ändern, sonst würden sie es nicht tun.«

»*Du* hast das Skript geschrieben?«

»Ja, Prindabella, das habe ich. Und es ist übel geil, auch wenn es mein eigener Text ist. Es ist monumental.«

»Wie kommt's dann, dass es den Mädels nicht gefällt, wenn es doch so *monumental* ist?«

»Keine Ahnung. Wer weiß schon, was in so Mädelsköpfen vorgeht? Als ich Sally gefragt habe, was damit nicht in Ordnung ist, hat sie nur gesagt: ›Wenn du das nicht weißt, dann gibt's eh keine Hoffnung für dich.‹ Was soll ich damit anfangen? Kann ich Gedanken lesen? Ich bin doch kein Hellseher.«

Damit verschwand Razz unter dem Tisch. Als er wieder auftauchte, hielt er einen Schnellhefter hoch, aus dem ein Fächer loser Blätter hing, die verzweifelt versuchten, dem Hefter zu entkommen.

»Hier ist das Skript«, sagte Razz und zog ein paar zerknitterte A4-Blätter heraus. »Das ist der Teil, gegen den sie stänkern.«

Razz strich das Skript auf dem Tisch glatt und begann zu lesen.

Szene: Draußen. Neben einem Swimmingpool. Ein Mädchen (Britney Parker) sitzt auf einem Handtuch. Es trägt einen Bikini. Ein zweites Mädchen (Amber Jackson) kommt zu ihm.

»Britney und Amber?«, sagte Ignatius grinsend.

»Ja, Prindabelly. Das sind Mädelsnamen. Du erinnerst dich, Mädels? Das sind die, die schreiend weglaufen, wenn du auftauchst.«

Das Grinsen auf Ignatius' Gesicht erstarb, und Razz las weiter.

AMBER: Hi, Britney!

BRITNEY: Hi, Amber!

AMBER: Mensch, Britney du siehst echt heiß aus in deinem neuen Bikini! Aber wenn du so viel knuspriges Fleisch zeigst, solltest du lieber ein bisschen Sonnencreme auftragen.

BRITNEY: Sonnencreme? Auf keinen Fall! Ich arbeite an meiner fantastischen Sonnenbräune. Das mögen die Jungs.

Bill, Ignatius, Scobie und ich schauten uns an. Razz warf ein strahlendes Grinsen in die Runde: »Ziemlich gut, was? Aber wartet ab. Es kommt noch besser.

AMBER: Britney Parker, ich weiß, dass die Jungen dich nur mögen, wenn du heiß aussiehst, aber wie kannst du heiß aussehen, wenn deine Haut ganz trocken und ledrig ist und du überall Hautkrebs hast?

BRITNEY: Mensch, daran hab ich noch gar nicht gedacht. Was soll ich tun, Amber?

AMBER: Mach es wie ich: Trag immer einen Hut, nimm eine Sonnencreme mit Lichtschutzfaktor 30 oder mehr, und halte dich nicht länger als eine Viertelstunde in der Sonne auf. Dann hast du so eine wunderbare Haut wie ich, und die Jungs werden nicht die Hände von dir lassen können.

BRITNEY: Du meinst, wenn ich immer einen Hut trage, 30+ Sonnencreme benutze und mich nicht länger als eine Viertelstunde in der Sonne aufhalte, werden alle Jungs mich haben wollen?

AMBER: Genauso ist es. Wenn du einen Hut trägst, 30+ Sonnencreme benutzt und dich nicht länger als eine Viertelstunde in der Sonne aufhältst, kannst du dir jeden Jungen aussuchen, den du haben möchtest.

»Hab ihr gemerkt, wie ich mit ein bisschen Wiederholung unsere Botschaft betont habe?«

Wir nickten.

»Genial«, sagte Ignatius.

»Inspiriert«, fügte ich hinzu.

»Subtil«, schloss Scobie.

»Cool!«, meinte Razz und nahm sein Manuskript wieder auf.

BRITNEY: Fantastisch, Amber! Worauf wartest du? Zeig mir die Sonnencreme!

AMBER: Ich hab die 30+ zufällig gerade hier.

BRITNEY: Toll. Dann leg ich mich hier auf das Handtuch, ziehe mein Oberteil aus, und du cremst mir mit der 30+ den Rücken ein.

AMBER: Cool!

BRITNEY: Mmmmmmmmmmmmmmmmmmmmmm, das fühlt sich soooooooooooooooo gut an!

AMBER: Fühlt sich gut an und tut gut!

BRITNEY: Wenn du fertig bist, dann creme ich dich ein.

AMBER: Geil.

In diesem Augenblick kommen zwei Jungs vorbei und pfeifen in Richtung Britney und Amber.

AMBER: Siehst du, Britney? Wie ich dir gesagt habe. Jungs lieben Mädels, die sich nur mit Schutz in der Sonne aufhalten.

BRITNEY: Ja, du hast vollkommen recht, Amber. Ich glaube, ich habe heute eine wertvolle Lektion darüber gelernt, wie ich mich sicher in der Sonne aufhalten kann, was?

AMBER: Und was für eine wertvolle Lektion war das?

BRITNEY: Nun, ich habe gelernt, dass du nicht brennen musst, um heiß zu sein!

Britney und Amber lachen und reiben sich gegenseitig mit massenweise Sonnencreme ein. Dann fangen sie an zu ringen. Ausblenden. Ende.

Nachdem Razz fertig gelesen hatte, klatschte er das Skript auf das Pult. »Angeblich ist das ›beleidigend‹. Könnt ihr das fassen? Wie kann das beleidigend sein? Es steht kein einziges Schimpfwort drin.«

Razz schaute rundum in die vier verstörten Augenpaare, die sich auf ihn richteten.

»Was?«, fragte er.

Am Ende des Tisches räusperte sich Scobie. Dann schloss er die Augen und senkte den Kopf.

»Wir wollen uns an den Händen fassen und ein stilles Gebet zur Unterstützung von Miss Heckenvaal sprechen, in der Hoffnung, dass es ihr in diesem Augenblick größten Schmerzes und in den qualvollen und fordernden Monaten helfen wird, die gewiss vor ihr liegen.«

»Amen«, antworteten Bill und Ignatius und ich im Chor.

»Was?«, fragte Razz noch einmal und sah verwirrt in die Runde. »Nein, Leute, im Ernst, *was*?«

12
»Sonne – aber sicher!« – Bills und Razz' großartiges Abenteuer

Zwei Wochen später hatten wir unsere erste Debatte des Jahres gegen die Concordia High School gewonnen, und die Dreharbeiten zu »›Sonne – aber sicher!‹ – Bills und Razz' großartiges Abenteuer«, wie es bekannt wurde, waren abgeschlossen. An einem Montagmorgen holte ich Razz vor der Schule ein und fragte ihn, wie der Dreh am Wochenende gelaufen war.

»Nicht schlecht. Jedenfalls ist alles fertig. Allerdings konnten wir uns noch nichts davon anschauen. Für heute nach der Schule habe ich mir im Medienraum einen Computer reserviert. Dann überprüfe ich das Material. Bill hat gefilmt, und ich mach die Bearbeitung.«

»War Sally letztendlich einverstanden?«

»Jep. Wir haben bei ihr zu Hause gefilmt, damit wir den Pool als Kulisse hatten. Ihre Freundin Jess kam auch. Erinnerst du dich noch an sie? Sie war letztes Jahr auch auf Sals Party.«

»Ja, klar.«

Wie könnte ich sie vergessen? Ein Bild von Jess in einem gewissen gelben Bikini hatte sich für immer auf meiner Netzhaut eingebrannt.

»Lass mich raten, Razz. Du hast Jess nicht zufällig für die Rolle von Britney ›Oh! Warum zieh ich nicht einfach mein Bikini-Oberteil aus‹ Parker gecastet?«

»Ja, ähm«, sagte Razz und druckste herum. »Die Mädels wollten unbedingt, dass wir diesen Teil mehr oder weniger weglassen. Sie meinten, ihre Rollen würden nach zwei ›sexbesessenen Hohlköpfen‹ oder so klingen. Unglaublich. Dann wollten sie, dass die ganze Szene umgeschrieben wird. Ich durfte sie nicht anfassen. Bilbo musste sie schreiben.«

»Schauspielerinnen sind zuweilen sehr eigen«, sagte ich zu ihm.

»Da hast du allerdings recht«, meinte Razz und verdrehte die Augen. »Egal. Billy hat sich reingekniet und alles vollkommen verändert. Meiner Meinung nach hat er die besten Stellen rausgenommen. Aber den Mädels hat es gefallen. Sally hat sich fast nicht mehr eingekriegt von wegen ›moderner Mann‹. Ich bitte dich! Unser Hula-Hoop-Junge, ein moderner Mann? Können wir überhaupt sicher sein, dass er von diesem *Planeten* stammt? Jedenfalls ist alles im Kasten, wie wir Filmleute sagen. Jetzt hängt es an mir, dass das Material bearbeitet wird und bis nächste Woche fertig ist.«

Razz sah bei dieser Vorstellung ein bisschen entmutigt aus, deshalb ging ich im Anschluss an ein kurzes Amnesty-Treffen mit Mr Guthrie nach der Schule in den Medienraum hinüber, um zu sehen, wie Razz klarkam. Ich fand ihn allein in einer der Kabinen. Die Videokamera war an einen Computer angeschlossen.

»Wo ist Bill? Ich dachte, er würde dir helfen.«

»Musste los. Seine Mum hat angerufen. Irgendein Notfall in Hulahausen. Er hatte wohl einen Termin vergessen.«

»Wie sieht's aus?«, fragte ich und zeigte mit dem Kopf auf den Computer, auf dessen Schirm ein Standbild von Sallys Garten mit dem Pool zu sehen war.

»Ja, nicht schlecht so weit. Ich mache zuerst mal einen Schnelldurchlauf, um die besten Takes rauszusuchen. Hast du Lust hierzubleiben? Da kommen bald ein paar ziemlich gute Aufnahmen, auf denen Jess *fast* einen Bikini anhat.«

Dann warf Razz den Kopf zurück und schlug mit der flachen Hand auf den Tisch.

»Ach, nein, Moment. Ich hab ganz vergessen, dass du auf so was nicht stehst. Könnte wie Cindy sein, was? Ein bisschen ›zu viel‹ für dich, was, Kumpel?«

Ich schenkte ihm ein gequältes Lächeln. »Rutsch mal.«

Ich quetschte einen Stuhl neben Razz, und er drückte auf *Play*. Nach nur zehn Minuten waren mir vier Dinge kristallklar.

Erstens: Britney und Amber hatten durch Bills Umarbeitung des Skripts eine vollständige Persönlichkeitsveränderung durchgemacht, sodass sie jetzt wie echte Menschen erschienen. Zweitens: Sally und Jess konnten wirklich spielen. Drittens: Razz und Bill konnten es nicht. Viertens: Egal wie die Qualität des fertigen Produkts aussah, allein Jess im Bikini war den Eintrittspreis wert.

Es dauerte ungefähr eine halbe Stunde, um alle Takes anzuschauen. Nach einer letzten Szene mit Sally und Jess sprang Razz vor die Kamera und schrie: »Schnitt! Das wäre geschafft, Leute!«

Darauf folgte allgemeines Gejohle und Geschrei, und dann sagte Sally: »Kommt, wir essen was. Legt eure Sachen einfach alle in mein Zimmer.«

Das Bild auf dem Schirm kippte weg und wackelte, als ob gerade die Erde bebte, dann wurden immer wieder Bills pummelige Hände eingeblendet, die die Kamera von dem Stativ abschraubten. Razz neben mir schüttelte den Kopf.

»Nein, nicht schon wieder. Meine Güte, wie oft haben wir ihm das gesagt? Schalt erst die Kamera aus, Bilbo!«

Hinten auf dem Computerschirm war ein wildes Durcheinander von Farben und Licht zu sehen, dann wacklig und verschwommen der Pool, der Himmel, Sally, Razz und Jess und schließlich ruckartig hüpfende Bilder von Bills Jogginghose auf dem Weg hinunter zum Haus. Razz schrie den Computer an.

»Shire an Bilbo! Shire an Bilbo! Das ist das Kommando der Sternenflotte. Hören Sie mich? Schalten Sie die Kamera ab! Ich wiederhole. SCHALTEN-SIE-DIE-KAMERA-AB!«

Merkwürdigerweise reagierte Bill nicht auf Razz' Bitten, und die hüpfenden Bilder dauerten an, bis der ganze Bildschirm schwarz wurde. Sie hatten das Haus betreten. Als sich die Kamera schließlich an die Lichtverhältnisse im Haus angepasst hatte, gab es noch ein bisschen mehr von dem verschwommenen Zeug, das an einen Zyklon der Kategorie fünf erinnerte, und dann kam alles zu einem Halt. Langsam krochen ein Stück Steppdecke, Wände, ein Schreibtisch, ein Stuhl, ein Spiegel und ein paar Poster in das Bild.

»He, das ist Sals Zimmer. Er hat die Kamera einfach auf ihr Bett gelegt. Moment! Hula-Hoop-Junge! Schau, das grüne Licht! Es ist genau vor deiner Nase! Es bedeutet, dass die Kamera noch an ist. Mach deine Augen auf! Es ist direkt dort auf der Oberseite! Du kannst es unmöglich verfehlen, außer du bist der größte ...«

Auf einmal erschien Billys Hinterteil in Nahaufnahme auf dem Bildschirm. »Wooooouuuuuuw! Informier die NASA! Ich glaube, wir haben einen neuen Planeten entdeckt!«

Bill bewegte sich von der Kamera weg durch das Zimmer. Vor Sallys Schreibtisch blieb er stehen und betrachtete ein großes Poster an der Wand, auf dem ein Fußballer gerade einen Ball schlägt.

»Liverpool!«, sagte Razz voller Verachtung. »Wo ist das AC-Mailand-Poster, das ich ihr besorgt habe? Wusste gar nicht, dass Bilbo sich für Fußball interessiert.«

Bill blieb ein paar Sekunden vor dem Poster stehen, dann drehte er sich um und ging hinaus. Zurück blieb ein leeres Zimmer. Es sah aus wie ein richtig langweiliger Bildschirmschoner. Razz neben mir brach in lärmenden Beifall aus.

»Bravo! Bravo! Sehr gut, Bilbo! Fantastisch! Ein Meisterwerk! Nie zuvor habe ich eine so geniale Filmkunst gesehen. Oscarreif. Diese Kameraführung! Diese Einstellungen! Die Farben! Das Zusammenspiel von Licht und Schatten! Die Dramatik! Ich hatte das Gefühl, *direkt* dabei zu sein! Und jetzt *das*. Das Paradestück! Niemals zuvor in der Geschichte des Films wurde ein *Zimmer* so ... so ehrlich ... so einfühlsam ... so leidenschaftlich ... so *wahrhaftig* dargestellt. Mir fehlen die Worte. Er ist einfach so ... so ... so zimmer-haft.«

Razz und ich starben fast vor Lachen.

»Warum hat er das On-Licht nicht gesehen?«, rief Razz dem Himmel zu. »Ist er blind?«

In diesem Augenblick erregte eine Bewegung auf dem Schirm unsere Aufmerksamkeit. Jemand hatte Sals Zimmer betreten. Es war Razz. Er trug eine Sporttasche. Dann ging er durch das Zimmer, blieb direkt vor der Kamera stehen und warf seine Tasche auf das Bett. Das Bild auf dem Schirm hüpfte eine Weile auf und ab, bis es sich wieder beruhigte. Razza warf einen prüfenden Blick in den Spiegel über Sallys Schminktisch und verließ den Raum.

»Ja, weißt du, das On-Licht ist ziemlich klein, und ...«

Auf dem Schirm hatte inzwischen Jess den Raum betreten. Sie trug noch ihren Bikini und hatte sich ein Handtuch um die Taille gewickelt. Sie packte ein paar Sachen in eine Tragetasche. Razz beugte sich vor.

»Richtig, Jess konnte nicht zum Lunch bleiben. Ich hab sie auf dem Flur getroffen. Sie musste direkt gehen. Sagte nicht mal richtig Tschüss. Wollte wohl mit ihrem Freund Brad ins Kino oder so. Offenbar waren sie ...«

Razz hörte auf zu sprechen, denn Jess war in die Mitte des Zimmers getreten und bürstete sich dort die langen blonden Haare. Zuerst war das Bild ein bisschen unscharf, aber dann stellte sich der Autofokus auf sie ein. Sie füllte den ganzen Bildschirm aus. Die Kamera liebte sie nicht einfach, sie war völlig in sie vernarrt. Jess beugte sich vor, bürstete die Haare nach unten und warf dann den Kopf zurück, während sie sich aufrichtete. Razz stöhnte. Ich verstand genau, was er meinte. Bei Jess musste sich ein Bikini-Oberteil seinen Unterhalt verdienen. Zum ersten Mal im Leben war ich auf ein Stück Stoff eifersüchtig.

»Ismael, mein Freund, das nennen wir Film- und Fernseh-Freaks eine klassische Halbtotale. Siehst du, wie er den größten Teil des Körpers einfängt von ...«

Jess hatte das Handtuch abgelegt und aufs Bett geworfen. Jetzt fasste sie mit beiden Händen auf den Rücken und biss sich dabei vor Anstrengung auf die Unterlippe. Es war eindeutig klar, was sie vorhatte.

Jess Hambleton wollte sich das Bikini-Oberteil ausziehen.

13
Hau »(a) Ja, verdammt!« rein

Razz' Nase berührte fast den Bildschirm, als das Bild von Jess stehen blieb. Er fing fast augenblicklich an zu fluchen, den Computer zu schütteln und die Verbindungen zu überprüfen. Dann entdeckte er meinen Finger auf der *Pause*-Taste.

»Spinnst du? Was machst du da, Mann?«

»Razz, vielleicht sollten wir erst einmal ein bisschen nachdenken.«

Razz' Blick bohrte sich einen Augenblick lang in mich, dann wanderte er durch den Raum.

»Ja, ja, du hast vollkommen recht. Gut gemacht, Ismael!«, sagte er, bevor er von seinem Stuhl aufsprang, die Tür zum Schneideraum schloss, die Vorhänge am Fenster neben uns zuzog und den Computerbildschirm so drehte, dass er vom Lehrerbereich nicht eingesehen werden konnte. »Wir wollen ja nicht unterbrochen werden, nicht wahr? Okay, drück die Taste, Kumpel!«

Mein Finger blieb, wo er war.

»Worauf wartest du?«, fragte Razz und schaute in alle Richtungen. »Hab ich was übersehen?«

»Razz, ich glaube nicht, dass wir das anschauen können.«

»Sicher können wir das. Schau, es ist ganz einfach. Gib her, ich zeig es dir. Du drückst einfach auf *Play*.«

Razz streckte die Hand nach der Kamera aus, aber ich nahm sie weg.

»Ich weiß, dass wir das anschauen *können*. Aber ich meine, wir *sollten nicht*. Es ist nicht richtig. Es ist ... falsch.«

»Falsch? Wir haben hier Jess Hambleton, die sich gleich ausziehen wird. Wir haben *Pause*, *Rewind* und sogar *Slow Mo*. Mann, das ist so richtig, dass es schon gar nicht mehr lustig ist. Das ist so, als hätten wir den ersten Preis im Lotto gewonnen! Falsch ist nur, dass du diese Taste nicht drückst!«

»Du würdest also gern hier sitzen und Jess dabei begaffen, wie sie sich auszieht?«

»Ist das eine Fangfrage, oder was? Nein? Also, dann, hau *(a) Ja, verdammt!* rein.«

»Ich fass es nicht. Bist du ein Spanner, oder was?«

»Ein Spanner? Was laberst du? Das ist nicht so. Ich krieche nicht wie irgendein Mistkerl im Dunkeln herum und spioniere Jess nach. Ich habe das nicht *geplant*. Das ist nur eine glückliche Fügung, Mann. Die beste und glücklichste Fügung, die ich *jemals* erlebt habe.«

»Das ist Quatsch, Razz. Es ist einfach falsch, und du weißt es.«

»Was jetzt, bist du mein Gewissen? Was ist denn überhaupt so falsch daran? Es tut doch keinem weh. Jess wird es nie erfahren, und mir wird es auf keinen Fall wehtun. Wie wär's also, wenn du einfach die Taste drücken würdest?«

»Nein, es ist falsch.«

Razz warf die Hände in die Luft und ließ sich auf seinem Stuhl nach unten rutschen, bis sein Kopf auf der Lehne ruhte. Er starrte an die Decke.

»*Warum* ist es falsch? Warum? Erklär mir das. Los ... erzieh mich. Noch besser, du bist ein Debattierer. Überzeuge mich. Los. Sagen wir, das Thema lautet: *Ist es falsch zuzuschauen, wie Jess sich nackt auszieht*, und du vertrittst die Pro-Seite. Los, lass mich deine Gliederung hören.«

»Das ist doch blöd.«

»Wo liegt dein Problem, Ismael? Du laberst hier die ganze Zeit rum, wie falsch es ist. Kannst du das nicht irgendwie begründen?«

Razz grinste mich an und drehte Däumchen auf seinem Bauch, während er wartete.

»Also gut. Du willst meine Argumente? Das willst du? Also, hier sind sie. *Erstens.* Das Video anzuschauen ist eine grobe Verletzung der Privatsphäre, und die Privatsphäre gehört zu den grundlegenden und wesentlichen Rechten, die ein menschliches Wesen hat. *Zweitens.* Dass das Video zufällig aufgenommen wurde und du es nicht geplant hast, macht es nicht richtig. Das ist so ähnlich, als würdest du an einem offenen Banktresor vorbeikommen und es okay finden, das Geld zu nehmen, weil du den Tresor ja nicht aufgebrochen hast. *Drittens.* Du findest es in Ordnung, das Video anzuschauen, weil Jess es ja nie erfahren würde. Aber wenn es für dich und für mich in Ordnung ist, dann hättest du vermutlich auch keine Probleme damit, dass Leute wie Danny Wallace oder Bagsley es anschauen, wenn sie es *zufällig* finden würden. Und wie wäre es, wenn jemand anders auf dem Video wäre? Jemand wie ... *Sally*? Das wäre auch in Ordnung für dich, ja? *Viertens.* Auch wenn Jess es niemals erfährt, ist es falsch. Wenn sie die *Wahl* hätte, und das *weißt* du ganz genau, würde sie nicht wollen, dass irgendwelche Leute ihr beim Ausziehen zuschauen, sonst hätte sie sich nämlich gar nicht erst die Mühe gemacht, in Sallys Zimmer zu gehen, um dort allein zu sein. Und wenn du etwas tust, von dem du *weißt*, dass es den anderen verletzt oder beschämt, dann *muss* das falsch sein. Und *schließlich* ist alles noch viel *schlimmer*, wenn die Person, der gegenüber du das *Falsche* tust, eine *Freundin* ist. Eine Freundin, die überhaupt nur auf dem blöden Video ist, weil sie *dir* bei deiner Hausarbeit hilft. Du sollst deine Freunde nicht ausnutzen, Razz. Und weißt du, warum? Weil es FALSCH ist!«

Die ganze Zeit, während ich sprach, hatte Razz dagesessen und die Decke gemustert. Jetzt drehte er träge den Kopf zu mir und runzelte die Stirn.

»Das ist *alles*? *Das* sind deine Argumente? Mehr hast du nicht?«

»Was!? Na, und was hast *du*? Komm, lass hören, wie du argumentieren würdest. Gib mir Kontra.«

»Also gut.«

Razz schob seinen Stuhl zurück und ging in die Mitte des Raums.

»Sehr geehrte Vorsitzende. Meine Damen und Herren. Ich möchte *en detail* die Argumente des Kontra-Teams darstellen.«

Dann machte er eine gedankenschwere Pause, um die richtigen Worte zu finden.

»Jess Hambleton«, sagte er endlich. »NAAAAAAACKT!«

Razz warf sich wieder in seinen Stuhl.

»Gibt's zu, Ismael. Ich habe einen Erdrutschsieg errungen. Und jetzt drück *Play*.«

Ich stand auf und ging zur Tür.

»He, warte! Was machst du? Wohin gehst du?«

»Du hattest recht, Razz. Ich bin nicht dein Gewissen. Wenn du meinst, dass es in Ordnung ist, das Video anzuschauen, dann mach es. Das ist absolut deine Entscheidung! Aber ich halte es für falsch, und das ist meine Entscheidung. Deshalb gehe ich. Aber nur, wenn wir uns auf eine Sache verständigen: Wenn du mit Gucken fertig bist, dann löschst du das Video. Okay?«

Ich streckte die Hand nach der Klinke aus.

»Nein, warte, Mann. Ich schau den Film nicht ohne dich.«

»Warum nicht?«

»Also ... wenn du ihn nicht schaust ... aber ich ihn schaue ... dann komme ich rüber wie ein Widerling.«

»Na ja, meine Güte, Razz, wenn dir die Jacke passt ...«

»Was!«

Razz beugte sich nach vorn und schlug langsam im Rhythmus seiner Worte mit dem Kopf auf das Pult auf: »ICH-GLAUB-DAS-NICHT. KANN-NICHT-SEIN. NUR-EIN-SCHLECHTER-TRAUM.«

»Schluss jetzt. Ich gehe.«

Ich drehte mich um, aber Razz streckte den Arm aus und bekam ein Stück meines Hemds zu fassen.

»Waaaaarte«, sagte er und legte sich die Hand an die Stirn, als hätte er eine Mega-Migräne. Dann gab er mir die Kamera. »Hier, nimm sie. Du musst es tun, Mann. Ich bring es nicht übers Herz.«

Ich nahm die Kamera und drückte auf *Rewind*. Auf dem Bildschirm flog ein Handtuch vom Bett und wickelte sich um Jess' Taille. Dann verwuschelte sie sich im Eiltempo die Haare mit einer Bürste, wackelte ein bisschen herum (begleitet von einem Stöhnen, das Razz von sich gab) und trippelte rückwärts außer Sicht. Ich drückte *Stop*, legte die Kappe auf die Linse und drückte *Record*.

Neben mir nahm Razz ein Lineal vom Tisch und packte es wie ein Samurai-Schwert mit zwei Händen. Er drehte ein Ende zu sich, stieß es sich in die Rippen und drehte es rasch durch seinen Bauch. Während seine Augen sich nach oben verdrehten, sank er in einem stillen Häufchen auf dem Boden in sich zusammen. Das einzige Geräusch im Raum waren jetzt das leise Brummen der Videokamera und die Worte, die von der zerknautschten Gestalt auf dem Teppich emporschwebten.

»Was *fehlt* dir, Mann?«

14
Ein tödlicher, benzingetriebener motorisierter Hamburger

Jetzt hatte Razz mich schon zum zweiten Mal gefragt, ob mir etwas fehlt. Das erste Mal wegen Cindy. Nun wegen Jess. Am Abend lag ich im Bett, und allerhand Fragen kreisten in meinem Kopf herum.

War ich wirklich anders als die anderen Jungs in meinem Alter? Hätte jeder andere männliche Sechzehnjährige sich um ein zweites Date mit Cindy gerissen? Hätten sie alle vergnügt die *Play*-Taste gedrückt, um sich Jess Hambleton anzuschauen? Diese Fragen hielten mich eine Ewigkeit lang wach. Vielleicht hatte ich zum Abendessen auch ein bisschen zu viel Fast Food gegessen.

Jedenfalls hatte ich das Gefühl, schon seit Stunden wach zu liegen, als ich mich umdrehte, um auf dem Radiowecker nach der Uhrzeit zu schauen. Aber was ich sah, war der große Monitor eines Herzüberwachungsgeräts. Eine grüne Linie lief über einen schwarzen Bildschirm. Im Rhythmus meines Herzschlags machte sie scharfe Ausschläge nach oben. An der Spitze jedes einzelnen Ausschlags erschien einen Augenblick lang ein kleines Bild von Kelly Faulkners Gesicht, das dann wie eine Seifenblase zerplatzte.

Okay, dachte ich, vielleicht bin ich ja doch eingeschlafen, und das ist *möglicherweise* ein Traum.

Ich betrachtete das Zimmer genauer. Es sah aus wie ein Krankenhauszimmer, und mein Bett war einem Operationstisch verdächtig ähnlich. Ich stellte fest, dass ich einen pinkfarbenen Pyjama trug, der mit vielen kleinen weißen Walen bedeckt war. Ein Arzt kam herein. Oder um ein *bisschen* genauer zu sein: Ronald McDonald in einem weißen Mantel. Auf seiner Brust war ein überdimensionales Namensschild. Darauf stand in runden Regenbogenbuchstaben *Ronald McDoctor – Operateur der Clowns*. In der einen Hand hielt er einen Hamburger und in der anderen eine Kettensäge.

Ja, jetzt war ich mir fast hundertprozentig sicher, dass ich träumte.

»Was ist hier los?«, fragte ich.

»Ich habe eine sehr traurige Nachricht für dich«, sagte Ronny. »Ich fürchte, du leidest an der schwersten Form des Ismael-Leseur-Syndroms, die mir jemals begegnet ist, und sie gerät außer Kontrolle. Ich muss sofort operieren, sonst können wir dich abschreiben.«

Ich sprang von dem Tisch herab und schrie: »Ich werde mich nicht von einem Clown operieren lassen, der sich nicht einmal Schuhe in der richtigen Größe kaufen kann!« (Ich hätte auch vorschlagen können, dass er sich eine natürlichere Haarfarbe zulegen und auch beim Auftragen des Make-ups ein bisschen zurückhaltender sein könnte.)

Er verfolgte mich um den Tisch herum, während ich ihm über die Schulter zurief: »Das Ismael-Leseur-Syndrom gibt es in Wirklichkeit gar nicht! Das ist nur eine blöde Erfindung, die ich mir als kleines Kind ausgedacht habe, um eine Entschuldigung zu haben, wenn ich Mist gebaut hatte. Mir fehlt nichts! Ich bin vollkommen normal!«

Ronny blieb wie angewurzelt stehen und lächelte. (Das Lächeln war aufgemalt. Was sonst sollte er tun?) »Ach, gut, dann ist ja alles in Ordnung«, sagte er und ließ die Kettensäge fallen.

Wie leicht ging das? Ein echtes Kinderspiel. Ich war ziemlich stolz auf mich, aber dann hielt RM seinen Hamburger hoch.

Er war riesig. Außerdem hing eine merkwürdige Kordel aus ihm heraus, die ich vorher nicht bemerkt hatte. Ronny packte sie und riss sie nach unten. Tödlich blutbeschmierte Klingen schnellten heraus und rotierten so schnell, dass sie miteinander verschmolzen. Rückblickend könnten diese tödlichen, blutbeschmierten Klingen auch Rote-Bete-Scheiben gewesen sein. Das war der Beweis – ein tödlicher, benzingetriebener motorisierter Hamburger. So was gab es nicht! Das war *definitiv* ein Traum, und ich wollte raus!

Ich versuchte, mich zu wecken, aber ich hätte ebenso gut in einem Betonblock schlafen können. Dann erinnere ich mich nur daran, dass der Killerhamburger weg war. Ronny Mac hielt an seiner Stelle Prues alte Ringo-Klammerpuppe hoch und gurrte: »Weißt du noch, was damals in der neunten Klasse passiert ist? War *das* normal?« Dann zeigte er auf eine Plastikflasche mit Sirup, die auf dem Boden lag. Er sprang mit den Füßen darauf und drückte sie platt. Eine gelbe Flüssigkeit ergoss sich über mich. »Letztes Jahr?«, sagte er. »Sallys Poolparty? Die hast du nicht etwa vergessen, oder? Willst du mir sagen, dass *das* normal war?« Dann griff er in seine Tasche und zog ... Einen Augenblick, war das wirklich, was ich dachte, was es war? Er hielt die Hand hoch. Eine Zunge, so groß wie der Rüssel eines Baby-Elefanten, schlängelte sich auf seiner Handfläche. »Und *das*? Glaubst du ehrlich, so etwas passiert *normalen* Menschen?«

Jetzt stand Ranga Ronny drohend über mir, während ich in einer Ecke kauerte. Aus diesem Blickwinkel sah er mit seinen wilden Haaren und dem irren Lächeln aus wie eine farbenprächtige Version von Razz. Das war ein sehr tröstlicher Gedanke – abgesehen von dem riesigen blitzenden Messer, das er in der Hand hielt.

»*Alter*«, sagte McUnheimlich, »du musst dir keine Sorgen machen, *Alter*. Ich schlitz dich nur auf, *Alter*, und schau nach, was dir fehlt, *Alter*. Vielleicht bist du nicht echt? Blindgänger. Hey, Alter. Hier sprich McFantastisch!«

Auf einmal war der ganze Raum voll von merkwürdigen Menschen mit drei Augen im Kopf oder mit Köpfen, die verkehrt herum auf den Körpern saßen, oder mit Körpern von Fischen oder Kröten oder so. Es war wie eine Versammlung von Mutanten. Sie drängten sich an Ronny vorbei und stießen mich mit Stöcken und Speeren und Sesambrötchen und Viertelpfündern an. Dabei skandierten sie: »WAS *FEHLT* DIR, MANN! WAS *FEHLT* DIR, MANN! WAS *FEHLT* DIR, MANN! WAS *FEHLT* DIR, MANN!«

Mit einem Ruck wachte ich auf. Ich war wieder in meinem Zimmer. He, wisst ihr was? Es war alles nur ein Traum! (Bitte sagt Miss Tarango nicht, dass ich das geschrieben habe. Sie würde mich killen.) Aber in diesem Augenblick war mir alles egal. Ich war einfach nur froh. Mir fehlte überhaupt nichts. Ich war wie alle anderen. Ich war vollkommen normal. Ich hatte kein Ismael-Leseur-Syndrom. Wie sollte ich auch? Es hatte ja sowieso nie existiert!

Natürlich irrte ich mich.

Es gibt das Ismael-Leseur-Syndrom natürlich. Und um das zu veranschaulichen, sollte ich die Frage an mich: »Was fehlt dir eigentlich?« bald wieder im wirklichen Leben hören. Nur stellte das nächste Mal nicht Razz diese Frage.

Sondern ich.

15
Reden im Gegensatz zu *reden*

Unsere Debatte in der zweiten Runde würde in weniger als zwei Wochen stattfinden. Und da Bill und Razz sich mit ihrer Hausarbeit für Film und Fernsehen beeilen mussten, beschlossen wir, dass Ignatius, Scobie und ich als Mannschaft antreten würden. Außerdem beschlossen wir, dass Razz und Bill von den Vorbereitungen befreit wären.

Jetzt, wo nur wir drei an den Treffen teilnahmen, schienen sie glatter zu verlaufen, und wir brachten in sehr kurzer Zeit sehr viel zustande. Aber ohne Razz waren sie natürlich bei Weitem nicht so lustig. Auf dem Heimweg von unserem letzten Treffen nach der Schule entdeckte ich Razz, der bei den Sportplätzen unter einem Baum saß. Er war beim Fußballtraining gewesen, aber das war zu Ende, und er war als Einziger noch da. Beim Näherkommen erkannte ich, dass er nicht sehr glücklich aussah. Vermutlich hatte das mit der Sonnencreme-Hausarbeit zu tun.

»He, Razz, ein kleiner Tipp. Wenn sie die Netze abhängen und jeder zusammenpackt und nach Hause geht, ist das normalerweise ein subtiler Hinweis darauf, dass das Fußballtraining vorbei ist.«

Er schaute halbherzig auf.

»Was? Ach ja ... ja, vermutlich.«

Dann konzentrierte er sich wieder darauf, Grashalme auszureißen und auf seine Hände zu starren.

»Razz, das war ein Scherz. Du weißt schon noch, was ein Scherz ist, oder? Der eine sagt etwas Saukomisches, und der andere lacht sich einen ab.«

Diesmal gelang ihm nicht einmal ein halbherziger Blick.

»Ja ... ja, richtig ... tut mir leid.«

Jetzt war ich besorgt. Ich ließ mich neben ihn auf den Boden fallen.

»Alles in Ordnung? Ist was mit deiner Hausarbeit?«

Es schnippte mit dem Finger einen kleinen Zweig weg und fuhr sich mit der Hand durch die Haare.

»Nö, das nicht ... Es geht um Sally.«

»Was ist mit ihr?«

»Sie hat was zu mir gesagt.«

»Was?«

»Sie hat zu mir gesagt, dass wir ... reden müssen.«

Ich wartete ab, ob er mehr sagen würde. Aber Razz sah mich nur mit verzweifeltem Blick an.

»*Reden*«, wiederholte er, als ob Sally von ihm verlangt hätte, einen Basejump in einen aktiven Vulkan zu machen.

»Na und? Damit hattest du doch noch nie Probleme.«

»Nein, du kapierst es nicht, Mann. Sie hat nicht davon gesprochen, dass wir einfach reden. Sie meinte, wir müssten *reden.*«

»Ja, klar. Jetzt versteh ich. Wenn du es so ausdrückst, ist alles klar. Reden im Gegensatz zu *reden*. Super, wie du das erklärt hast, Razz. Jemals daran gedacht, dein eigenes Wörterbuch zu schreiben?«

Aber irgendetwas hatte alle Spaßknochen aus Razz entfernt, sodass nur noch ein langweiliger Klumpen Ernsthaftigkeit zurückgeblieben war.

»Sieht nicht gut aus, Mann. Sie hat nicht rumgealbert. Sie klang überhaupt nicht glücklich. Hat nur die ganze Zeit gesagt, dass wir ... reden ... müssen, als wäre es wahnsinnig wichtig.«

Während ich Razz zuhörte, entwickelte sich eine unangenehme Frage in meinem Kopf.

»Razz, du meinst doch nicht ... Ich meine, Sally würde nicht wollen ... du weißt schon ... dass ihr beide miteinander ...«

Razz sah einen Augenblick lang verständnislos zu mir herüber, dann ging ein Licht in seinen Augen an.

»Nein ... auf keinen Fall, Mann ... Nein, das nicht. Sally war von Anfang an sehr ehrlich mit mir. Sie möchte nichts zu Heftiges, bevor sie die Zwölfte hinter sich hat. Schule und Lernen kommen zuerst. Das hat sie mir gesagt. Ich finde es nicht schlimm, wahrscheinlich, weil sie es wert ist. Aber manchmal ist es schon ganz schön schwer!«

»Meine Güte, Razz, zu viel Information auf einmal!«

Als nicht einmal das ihm ein Lächeln entlocken konnte, gab ich auf.

»Was denkst du dann, worüber sie reden will?«

Razz holte Luft.

»Das kann nur eines sein. Sie will Schluss machen. Ich wusste, dass sie zu schlau für mich ist. Zu gut für mich.« Razz hob einen Stein auf und warf ihn außer Sichtweite. »Sie ist einfach zu ... *alles* für mich.«

Das letzte Mal hatte ich ihn so trübselig gesehen, als er im vergangenen Jahr einen blöden Witz gemacht und Sally damit sehr gekränkt hatte. Es war schon komisch. Er hatte normalerweise so ein dickes Fell, dass er jede Beleidigung, jede herabsetzende Bemerkung, die Barry Bagsley oder sonst jemand ihm entgegenschleuderte, einfach mit einem Lachen abtat. Aber von Sally reichte ein Blick oder ein Wort, und er war am Boden zerstört.

»Ich *mag* sie wirklich, Mann ... sogar mehr als das.«

Razz drehte den Kopf weg und blinzelte in den Himmel.

»Aber ich kapier's nicht. Warum sollte sie sich denn trennen wollen? Hast du was gesagt oder was getan?«

»Ich hatte gar keine Zeit, was zu tun.«

»Wann hast du sie zuletzt gesehen?«

»Als Bill und ich bei ihr zu Hause gefilmt haben. Sie war den ganzen Tag supergut drauf, hat gelacht, Witze gerissen. Danach war sie vollauf mit Prüfungen beschäftigt und dann eine Woche im Camp. Wir wollten was zusammen machen, sobald sie wieder zu Hause war. Sie wollte unbedingt. Deshalb hab ich sie gleich nach meinem Spiel am Samstag angerufen und gefragt, was sie machen will. Sie klang total down. Ich dachte, sie wäre einfach müde. Dann schlug ich das nächste Wochenende vor, und da hat sie es dann gesagt. Zuerst müssten wir ... reden. Sie hat gesagt, wir könnten das nicht am Telefon diskutieren, sondern von Angesicht zu Angesicht.«

Von Angesicht zu Angesicht? Razz hatte recht. Das klang nicht gut.

»Und wann soll das jetzt stattfinden? Wann werdet ihr zwei ... reden?«

»Sie kommt morgen Abend zur Debatte. Ich treffe mich dort mit ihr. Da macht sie dann Schluss mit mir.«

»Aber wenn ihr beiden vor zwei Wochen wunderbar miteinander ausgekommen seid und seither nichts passiert ist. Warum sollte sie dann Schluss machen?«

»Ich glaube, ich weiß es. In dem Camp muss was passiert sein.«

»Und was?«

»Na, sie hat jemanden kennengelernt.«

»In einem Schul-Camp mit einem Rudel anderer Mädchen? Wen soll sie da kennengelernt haben?«

»Manchmal sind da auch andere Schulen – Jungenschulen.

Sie sollen natürlich in getrennten Bereichen bleiben, aber diesen Mistkerlen kannst du nicht über den Weg trauen. Weißt du noch, als wir in der Achten im Camp waren und ein paar Jungs dabei erwischt wurden, als sie sich bei den Mädchenduschen herumgetrieben haben?«

»Aber sicher ... warst du nicht einer von ihnen?«

»Das gehört hier überhaupt nicht zur Sache, Ismael. Es zeigt nur, dass Sally im Camp leicht einen Typen kennenlernen konnte. Und jetzt will sie sich von mir trennen.«

»Ja, aber das passt doch gar nicht zu Sally. Du machst dir wahrscheinlich völlig umsonst Sorgen.«

Das sagte ich zu Razz, aber ich war nicht sicher, ob ich es selbst glaubte.

»He, Kumpel, tu mir einen Gefallen, und bleib nach der Debatte, wenn ich mit Sally reden muss, einfach auch noch ein bisschen da, okay? Nur falls ich dich brauche.«

»Mich brauchen? Aber was kann ich tun?«

»Weiß nicht. Einfach da sein ... schätze ich.«

Ich hatte zwar keine Ahnung, welche Hilfe ich ihm sein könnte, aber ich willigte trotzdem ein. Wenn der beste Freund sich in ein schwieriges Gespräch stürzte, konnte man ja wenigstens in seiner Ecke auf ihn warten und ihn verarzten, wenn alles vorbei war.

16
Ein Präriehund im Koffeinrausch

Den ganzen nächsten Tag war Razz nicht er selbst. Er war sehr ruhig und ernst und hob sich nicht von seiner Umgebung ab. Fast wie ein ganz normaler Mensch. Es war gruselig. Abends dann, kurz vor dem Beginn unserer Zweitrundendebatte, war Razz von »sehr ruhig« in den Status »hyper-hibbelig« gewechselt.

Er saß im Publikum und hielt nach Sally Ausschau. Vom Podium aus sah ich seinen Kopf, der sich rasch hin und her bewegte wie ein Präriehund im Koffeinrausch. Sally kam erst, als die Debatte schon angefangen hatte. Jess begleitete sie. Sie schlüpften in der Pause zwischen zwei Sprechern leise herein und schnappten sich einen Stuhl gleich neben der Tür. Sally schenkte Razz ein knappes und Scobie, Ignatius und mir vorn auf dem Podium ein nicht so knappes Lächeln. Meine Hoffnungen für Razz sanken.

Nur fürs Protokoll: Wir gewannen die Debatte. Damit hatten wir zwei von zwei Debatten gewonnen. Am Schluss gab es die üblichen Glückwünsche und tröstenden Worte, und alle redeten noch eine Weile, bevor sie sich auf den Heimweg machten. Als Scobie, Bill und Ignatius gegangen waren, um unsere Mannschaft aus der Achten anzufeuern, blieben nur noch ich, Razz, Sally und Jess in dem Raum zurück.

Sallys Augen sahen ein bisschen verquollen aus, als hätte sie die ganze Nacht nicht geschlafen. Beide Mädchen wirkten angespannt. Razz bemühte sich, das Gespräch in Gang zu halten, aber er kämpfte auf verlorenem Posten.

»Tolle Debatte, was? Keine Ahnung, wie die Jungs das ohne meine Unterstützung hingekriegt haben.«

Die Mädchen brachten ein schwaches Lächeln zustande.

»Es ist natürlich kaum bekannt, dass ich den größten Teil von Scobies Texten schreibe. Ohne mich wäre er nichts.«

Das Lächeln der Mädchen wurde noch schwächer.

»Diesmal war er ganz auf sich allein gestellt. Ich war zu sehr damit beschäftigt, den Sonnenschutz-Film zu schneiden, damit ihr beide noch heißer rüberkommt.«

Das Lächeln der Mädchen erstarb. Sally richtete ihre ernsten dunklen Augen auf Razz.

»Können wir jetzt reden?«

Razz versuchte guten Mutes zu bleiben, aber sein Optimismus wirkte, als wäre er zu Brei zermahlen worden.

»Reden ... ja, klar ... ja ... kein Problem. Dort okay?« Razz zeigt auf das Klassenzimmer nebenan. Sally nickte und ging durch die Verbindungstür, während Razz hinter ihr hertrottete. Wenn seine Schultern noch ein bisschen tiefer gehangen hätten, wären seine Hände über den Boden gestreift. Sie schlossen die Tür hinter sich, und ich blieb mit Jess allein in einem leeren Raum zurück. Ich blieb stehen und kam mir blöd vor, bis sie sich setzte und auf den Stuhl neben ihr klopfte.

»Komm, setz dich. Könnte eine Weile dauern.«

Es ging mir durch den Kopf, dass es meinem nach der Geschichte mit den Anbauten recht angeschlagenen Ruf guttun könnte, neben Jess Hambleton gesehen zu werden. Also hoffte ich, dass jemand aus meiner Klassenlehrerstunde den Gang herunterkäme.

»Tolle Debatte«, meinte sie. »Ich könnte das nicht. Ich kann schon reden. Mum sagt immer, ich könnte einem das Ohr abkauen. Aber ich kann nichts wirklich Schlaues sagen, das ist das Problem. Scobie war fantastisch. Ich höre ihm zu und denke die ganze Zeit ›Wow!‹. Aber du warst auch klasse.«

»Danke. Es ist schon sehr hilfreich, wenn ich nicht in Ohnmacht falle.«

Jess' Mund öffnete sich zu einem großen O. »Ach ja, das warst *du* letztes Mal, nicht wahr? Du bist auf Kelly gefallen. Wir haben bei uns in der Schule davon gehört. Ich hab damals immer nur gesagt *O mein Gott, das ist sooooo lustig!* Nicht für dich, natürlich. Oder für Kelly.« Jess' Lächeln wurde schwächer. »Mein Gott, sie fehlt mir.«

»Mir auch!«, wollte ich sagen, aber ich tat es nicht. Dann biss Jess sich auf die Unterlippe und schwieg. Sie saß da und starrte auf das Whiteboard, als ob sie einen Röntgenblick hätte und in den angrenzenden Raum sehen könnte.

Ich folgte ihrem Blick. »Was da drüben wohl passiert?«

Jess antwortete nicht, aber als ich sie ansah, hatte sie den Kopf gesenkt und wischte sich etwas Feuchtes unter den Augen weg.

»Jess? Was ist los? Alles in Ordnung?«

Ihr Gesicht sah ganz zerknittert aus.

»Ich habe Sal alles kaputt gemacht. Es ist alles meine Schuld. Ich hätte meine große Klappe halten sollen.«

»Was meinst du damit? Was hast du getan? Was ist passiert?«

Jess schüttelte den Kopf und tupfte sich mit einem Papiertaschentuch die Augen.

»Ich wollte gar nichts sagen. Überhaupt nichts. Aber dann waren wir im Camp, und Sal fragte: ›Was ist los? Geht's dir nicht gut?‹ Ich antwortete: ›Nein, es ist nichts. Mir geht's gut, wirklich.‹ Aber sie dann: ›Nein, geht es dir nicht. Du musst mir sagen, was los ist. Ich bin deine Freundin.‹ Und sie hat ja recht, aber ich wollte ihr nichts sagen, gerade *weil* sie meine Freundin ist und weil ich weiß, dass es ihr alles kaputt macht. Aber sie sagte immerzu: ›Du musst es mir sagen. Ich bin deine Freundin. Ich kann dir helfen.‹ Und ich sagte weiterhin: ›Nein, wirklich. Mir geht's gut. Es ist keine große Sache.‹ Aber sie sah natürlich, dass das nicht stimmte, und deshalb hat sie nicht lockergelassen, bis ich ihr erzählt habe, was los ist. Ich hab's also getan. Ich wollte es nicht, ich wollte es wirklich nicht, aber ich hab's getan. Und jetzt wünsche ich, ich könnte es zurücknehmen, weil es Sal alles kaputt machen wird, genau wie ich es vorhergesehen habe. Meine Güte, ich bin manchmal so ein Idiot!«

Jess neben mir blinzelte an die Decke, während sich dicke Tränen in ihren Augen sammelten und dann ihre Wangen hinabkullerten. Razz würde wahrscheinlich sagen, dass mir etwas fehlt, denn ich musste unwillkürlich denken, dass Jess Hambleton keineswegs einen winzigen Bikini brauchte, um schön zu sein.

»Aber um was ging es denn? Was hast du ihr gesagt?«

Jess stöberte in ihrer Handtasche und putzte sich dann mit einem großen Bausch Papiertaschentuch die Nase.

»Ich habe ihr gesagt ...«

Aber in diesem Moment stürmte Razz herein und packte mich am Arm.

»Komm, Alter! Ich brauch dich!«

»Warum?«

»Weil nur du mich retten kannst.«

17
Eine grobe Verletzung der Piratsphäre

Razz griff sich auch Jess, und so wurden wir beide durch die Tür in das nächste Klassenzimmer gezogen, wo Sally stand und sehr verwirrt aussah.

»Los, sag es ihm. Sag Ismael, was du gerade eben mir gesagt hast.«

Die Verwirrung auf Sallys Gesicht wurde in dem Maße größer, wie die Farbe ihrer Wangen intensiver wurde.

»Aber das ist nicht Ismaels Problem. Es hat nichts mit ihm zu tun.«

»Doch, hat es. Sag's ihm einfach ... *bitte*.«

Sally strich sich die Haare hinter die Ohren und holte tief Luft.

»Also gut. Als Jess und ich zusammen im Camp waren, hat sie mir erzählt .... dass an dem Tag, als wir bei mir zu Hause gefilmt haben ... jemand die Videokamera in meinem Zimmer aufgebaut hat ... um sie beim Umziehen zu filmen. Und sie sagte, die Person, die in meinem Zimmer war, bevor sie hineinging, sei ... Razz gewesen.«

Razz' Augen waren wie Satellitenschüsseln auf mich gerichtet: »Siehst du! Siehst du! Sag es ihnen, Ismael! Sag's ihnen!«

Und ich sagte es ihnen.

»Razz hat die Kamera nicht dort aufgestellt. Es war Bill.«

Sally und Jess sahen sich an. Beide machten ein verwirrtes Gesicht und lachten ein bisschen.

»Bill?«, sagten sie gleichzeitig, bevor Sally übernahm. »Nach allem, was ich von Bill weiß, bin ich mir *ziemlich* sicher, dass er so etwas nicht tun würde. Aber egal, er hätte die Aufnahmen sowieso nicht gesehen. Nur die Person, die den Film geschnitten hat, konnte die Aufnahmen anschauen. Und wir alle wissen, wer das war.«

»Sag es ihnen, Ismael. Sag's ihnen!«

Razz schien nichts anderes mehr sagen zu können.

»Bill hat die Kamera nicht absichtlich dort platziert. Es war ein Zufall. Er hat sie einfach auf dem Bett liegen gelassen und vergessen, sie abzuschalten. Ich habe das gesehen, als ich zusammen mit Razz die anderen Aufnahmen angeschaut habe.«

»Genauso war es. Wie Ismael gesagt hat. Genau das ist passiert. Und die Aufnahme, wie Bill die Kamera liegen lässt, habe ich noch.«

Die Mädchen sahen sich stirnrunzelnd an.

»Aber wenn ihr Bill gesehen habt, dann müsst ihr mich auch gesehen haben.«

Razz und ich nickten in Richtung Jess.

»Aber, Razz ... warum hast du dann nichts zu Sally oder zu mir gesagt, nachdem du das Video angeschaut hattest? Warum hast du dich nicht verteidigt?«

Jetzt war es an uns, die Stirn zu runzeln.

»Mich verteidigen?«, fragte Razz. »Gegen was?«

»Gegen all das, was ich dir an den Kopf geworfen habe, als ich das kleine grüne Licht oben an der Kamera gesehen und herausgefunden habe, dass sie immer noch läuft.«

»Du hast das grüne Licht *gesehen*?«

»Ja, klar, nur ein Idiot hätte es nicht gesehen. Ich hab es gerade noch rechtzeitig gesehen. Ich hab dir richtig die Meinung gegeigt, bevor ich die Kamera ausgeschaltet habe.«

Sally runzelte jetzt heftig die Stirn und sah Razz an.

»Warum wisst ihr das nicht? Wenn ihr das ganze Band angeschaut habt, müsst ihr gesehen haben, was Jess gemacht hat.«

»Wir haben nur gesehen, dass sie reinkommt, den Rest nicht«, sagte Razz. »Nicht das kleinste bisschen.«

»Wie kommt's?«, fragte Sally.

»Weil wir den Film gestoppt haben. Als wir gesehen haben, dass Jess ihr Oberteil ausziehen will, haben wir das Video gestoppt.«

Sally und Jess musterten Razz jetzt, als hätte er nicht nur behauptet, Elvis sei noch am Leben, sondern auch darauf beharrt, dass er halbtags im örtlichen Supermarkt arbeitet, zusammen mit seinen Freunden John Lennon, Kurt Cobain und Michael Jackson.

»Ihr wollt damit sagen, dass ihr *aufgehört* habt, das Video zu schauen, *bevor* Jess ihr Oberteil ausgezogen hat?«

Razz nickte, als würde sein Leben davon abhängen. Beide Mädchen durchbohrten ihn mit ihren Blicken und warteten darauf, dass er einknickte. Aber das passierte nicht. Also bohrten sie die Speere ihrer Blicke in mich. Ich meinte, ich müsste zusammenbrechen und gestehen, obwohl ich unschuldig war.

»Es stimmt, Sal. Ich war dabei. Wir stoppten das Video, als wir sahen, was als Nächstes passieren würde, du weißt schon, mit Jess und dem Oberteil und so ... und dann haben wir was anderes drübergespielt.«

Zum Glück war die Decke über uns, sonst wären Jess' und Sallys Augenbrauen schon im Weltall verschwunden gewesen.

»Ihr habt das Video gestoppt ... und habt was anderes drübergespielt?«

Diesmal nickte ich Sal nach guter alter Manier zu, als würde mein Leben davon abhängen. Den Mädchen hatte es offenbar die Sprache verschlagen. Razz hingegen hatte keine solchen Probleme.

»Ja, natürlich, Was denkt ihr denn, was wir sind? Perverse oder ... Voyeure, oder was?«

Ich warf Razz einen warnenden Blick zu, aber er ignorierte mich völlig und feuerte weiter.

»Ich meine, wenn Jess gewollt hätte, dass wir ihr beim Ausziehen zuschauen, dann hätte sie sich vor unseren Augen im Wohnzimmer umgezogen, während wir uns zurücklehnen und zusehen.«

Diese Vorstellung störte Razz' Konzentration, und er zögerte ein bisschen, bevor er seinen Gedankengang fortsetzte.

»Äääääääähhhhmmmm .... Also ... wie schon gesagt ... natürlich haben wir das Video gestoppt und was drübergespielt. Es anzuschauen wäre so was von übel daneben gewesen. Das wäre ... wie eine ... wie eine ... das wäre wie eine grobe Verletzung der Piratsphäre gewesen.«

»Ähm, ich glaube, du meinst ›Privatsphäre‹, Razz.«

»Was? O ja, natürlich ... Privatsphäre«, sagte Razz und warf mir nun seinerseits einen warnenden Blick zu. Einen Augenblick lang waren wir in einen stummen Auge-zu-Auge-Kampf verwickelt. Dann schreckte uns ein lautes Stöhnen von Jess auf.

»Ohhhhhhhhhh«, jaulte sie, als ob sie heftige Schmerzen hätte. »Das ist soooooo süüüüüüüüüüüüüüüüüß! Ihr seid einfach faaaaantaaaaaastiiiiiiiisch, Jungs! Ihr seid beide absolut fantastisch!«

Jess stürzte sich auf Razz und umarmte ihn stürmisch. Dann warf sie die Arme um mich und drückte ihren Körper so fest an meinen, dass wir auch zwei Legosteine gewesen sein könnten, die man aufeinandersetzt. Als Jess sich schließlich von mir löste, trat sie einen Schritt zurück und schaute uns alle mit einem übertrieben traurigen Clownsgesicht an.

»Es tut mir echt leid. Ich hab mich verhalten wie eine richtig dumme Blondine. Was bin ich für ein Trampel! Ich hätte wissen müssen, dass ihr beide niemals so was Krankes machen würdet. Oh! Da fällt mir was sein. Ich muss Brad anrufen und ihm Bescheid sagen. Er hat fest vor, dir die Lichter auszublasen, Razz. Ist er nicht süüüüüüüß!«

Jess zog ihr Handy heraus und ging auf den Flur.

Sally nahm Razz bei der Hand.

»Mir tut es auch sehr leid.«

Razz schüttelte traurig den Kopf.

»Ich verstehe nur nicht, wie du denken konntest, ich würde so was tun. Ausgerechnet ich! Ich meine, selbst wenn Jess zufällig gefilmt worden ist, kann ich nicht glauben, dass du meinst, ich würde mir das anschauen. Mensch, das wäre, das wäre ... als würde man Geld aus einem offenen Banktresor nehmen und sagen, dass es okay ist, weil man den Tresor ja nicht selbst aufgebrochen hat. Aber es wäre nicht in Ordnung. Es wäre ... *falsch*.«

Ich unterdrückte den Drang, die Augen zu verdrehen, falls Sally mich anschauen würde.

»Wie ich schon sagte, Sal, hier geht es um *Privatsphäre*. Und ich finde, die Privatsphäre gehört zu den wichtigsten Rechten, die jeder ...«

»Es war Ismaels Idee, das Video nicht anzuschauen, nicht wahr?«, sagte Sal ohne Umschweife.

»Absolut«, antwortete Razz sofort.

»Wahrscheinlich musste er dir den Arm verdrehen, was?«

»Mööööglich.«

Razz grinste und spähte zu Sally hinüber, als würde er sich

auf einen Schlag gefasst machen. Aber Sally holte nicht zu einem Haken aus. Stattdessen trat sie vor und drückte einen besonders dicken, feuchten und langen Kuss auf seine Lippen. Als sie sich schließlich voneinander lösten, sah Razz aus, als wäre der größte Teil seiner Energie und ein Gutteil seines Hirns aus ihm herausgesogen worden.

»Und wofür war das?«, fragte er, als wäre er gerade aufgewacht.

Sally schenkte ihm ihr schönstes, herzerweichendes Lächeln.

»Deine Belohnung dafür ... dass du dir den Arm hast verdrehen lassen.«

»Ja, das habe ich, nicht wahr? Das war eine unglaubliche Anstrengung für mich. Riesig. Ich denke also, ich verdiene ...«

»Übertreib es nicht, Orazio«, sagte Sally mit der Endgültigkeit einer Guillotine. Dann wandte sie sich an mich.

»Danke, Ismael. Ich bin *so* froh, dass du Razz' Freund bist. Keine Ahnung, was er ohne dich tun würde.«

Dann umarmte sie mich.

Ich war auch froh, dass ich Razz' Freund bin. Aber später am Abend, als ich allein hinter Razz und Sally ging und den beiden zusah, wie sie Händchen hielten und miteinander lachten, konnte ich mich nicht enthalten, mir vorzustellen, wie es wäre, wenn ich den Platz mit dem Razzman tauschte. Und wenn es nur für eine ganz kurze Zeit wäre.

Ja, genau, dachte ich und schüttelte den Gedanken von mir ab. Als ob das jemals passieren würde.

Elftes Schuljahr

Zweites Halbjahr

Dies über alles: sei dir selber treu,
Und daraus folgt, so wie die Nacht dem Tage,
Du kannst nicht falsch sein gegen irgendwen.

William Shakespeare, Hamlet, I,3, Zeile 78 bis 80

18
Der alkoholische Däne

Unser erstes Halbjahr als Seniors endete im üblichen Feuersturm von Hausarbeiten und Prüfungen. Einige wärmten sich an dem Feuerschein, viele erlitten leichte Verbrennungen, und einige kamen in dem Inferno um.

Im Debattieren fing das zweite Halbjahr nicht besonders gut an. Unsere Debatte in der dritten Runde endete mit einer unerwarteten Niederlage. Miss Tarango beschrieb die Entscheidung der Richter an diesem Abend diplomatisch als »ein wenig merkwürdig und nicht leicht nachzuvollziehen«. Razz bezeichnete sie als »vollkommen irre, Mann!«. Als Miss Tarango ihn daran erinnerte, dass man Schiedsrichter nicht kritisiert, sagte er: »Ja, Sie haben völlig recht, Miss. Man soll niemals schlecht von Hirntoten reden.«

Diese Niederlage bedeutete, dass wir nur dann hoffen konnten, es zum vierten Mal ins Schuljahresfinale zu schaffen, wenn wir die letzte Runde gewannen. Wir hatten uns in der Bibliothek getroffen, um uns genau darauf vorzubereiten, aber wie immer war Razz nicht ganz bei der Sache.

»*Hamlet*? Wir lesen *Hamlet*? Ich kapier immer noch nicht, warum der Slattery uns zwingt, *Hamlet* zu lesen, wenn alle anderen Kurse *Macbeth* lesen. Und *Macbeth* ist tausendmal besser, weil es viel kürzer ist.«

Razz und Mr Slattery hatten schon in der letzten Stunde genau darüber diskutiert. Die Diskussion verlief ungefähr so:

»*Hamlet?* Warum lesen wir *Hamlet*, Sir? Alle anderen lesen diesen *Macdeath*.«

Mr Slattery zog seine Hose am Gürtel hoch, um sicherzustellen, dass sie altmodisch weit oben auf seiner schmalen Taille saß. Alles an ihm war adrett und penibel, von den rasiermesserscharfen Bügelfalten in seiner Hose und seinem Hemd bis zu seinem niemals verstrubbelten, glatt nach hinten gestrichenen, perfekten feuerroten Haaren. Er tänzelte zu Razz' Pult. Buchstäblich. Denn außer Englisch- und Französischlehrer war Mr Slattery ganz offensichtlich auch ein begeisterter Tänzer. Er stützte eine Hand in die Hüfte und stellte sich vor Razz in Positur. Wenn man sich ein Cape und zwei degenähnliche Teile dazu dachte, hätte er einen ziemlich guten Stierkämpfer abgegeben.

»Sie meinen wohl *Macbeth*, Mr Zorzotto, und auch wenn das ebenfalls ein wirklich ausgezeichnetes Stück ist, geradezu ein Meisterwerk, lesen wir *Hamlet*, weil ich der Ansicht bin, dass dieses Stück Shakespeares Genie in seiner ganzen ... Erhabenheit besonders gut zum Ausdruck bringt.«

Razz sah nicht so aus, als würde er auf »Erhabenheit« stehen.

»Aber warum lesen wir überhaupt ein Stück, das vor tausend Jahren geschrieben wurde? Warum können wir nicht was Relevantes lesen?«

Nach zwanzig Jahren Lehrerdasein war Mr Slattery auf so einen Einwand gut vorbereitet, und seine Augen leuchteten auf. »Aber *Hamlet ist* relevant, Mr Zorzotto. Hier geht es um den Konflikt zwischen Denken und Handeln. Sehen Sie, Prinz Hamlet oder der melancholische Dänenprinz, wie er auch bekannt ist, ist ein Denker, Philosoph und Dichter und *doch*«, sagte Mr Slattery, und sein Finger schoss in prindabelscher Manier in die Luft, »wird er von seinem Vater aufgefordert, ein Kämpfer zu werden, ein Actionheld, wenn Sie so wollen. Als solcher ist Hamlet hin- und hergerissen zwischen dem Denken und dem Handeln, zwischen dem Nachdenken über die Tat und dem Ausführen der Tat. Ich würde sagen, das Thema nachzudenken, bevor man handelt, ist für jeden relevant, *besonders* für männliche Teenager wie Sie, Mr Zorzotto, die zuweilen ein wenig *unüberlegt* handeln.«

Razz ließ sich nicht beeindrucken.

»Dann geht es in diesem Stück nur über einen vorsintflutlichen Prinzentypen, der rumsitzt und darüber nachdenkt, was zu tun, aber eigentlich gar nichts tut?«

Mr Slattery klopfte mit den Fingerspitzen beider Hände gegeneinander – wie eine Spinne, die auf einem Spiegel Trampolin springt. »Nun ja ... das und ... Mord, Rache, Inzest, Betrug, Tod, Wahnsinn, Selbstmord, Liebe, Lust und Übernatürliches.«

Razz schaute ihn vollkommen unbeeindruckt an.

»Was? Keine Autorennen?«

Daraufhin gab Mr Slattery es mehr oder weniger auf, Razz vom Nutzen der *Hamlet*-Lektüre zu überzeugen.

Bei unserem Debattiertreffen raufte Razz sich frustriert die Haare.

»Und kann mir jemand sagen, warum diese Blödmänner damals zu Shakespeares Zeit nicht Englisch gesprochen haben? Die meiste Zeit hab ich keine Ahnung, wovon die Rede ist. Und noch was. Der alte Willy ist doch angeblich ein Genie, oder? Warum dann all das Gerede? Er könnte doch Hamlets Alten einfach von den Toten auferstehen und sagen lassen: ›He, Hammy, dieser Claudius hat mich umgebracht, damit er König sein und sich meine Frau unter den Nagel reißen kann. Bring ihn für mich um, ja?‹ Und dann könnte Hamlet darauf antworten: ›Klar, Dad, mach ich. Da kannst du drauf wetten. Bin schon unterwegs.‹ Auf diese Weise würde wenigstens was *passieren*, und wir würden ein bisschen Action sehen. Außerdem wäre das Stück viel kürzer.«

»Interessante Theorie«, meinte Scobie. »Meinst du nicht, dass das die Komplexität von Hamlets Charakter ein kleines bisschen aushöhlen würde?«

»Ach, Mann, lass mich mit Hamlets Charakter in Frieden. Der alte Slats hat mich schon vollgesülzt mit dem teleskopischen Dänen oder wie er ihn nennt.«

Prindabel hatte den Kopf in eine Ausgabe des *New Scientist* gesteckt und reckte, ohne die Augen von der Seite zu wenden, einen krummen Finger in die Höhe. »Melancholisch«, murmelte er.

»Ja, danke für deinen Beitrag, Professor. Okay, ja, gut, der *alkoholische* Däne, was immer.«

Prindabels Finger hob sich wieder in stummem Protest, bevor er das Interesse verlor und zurück auf das Pult sank.

»Ich meine doch nur, Scobes, wäre es nicht besser, wenn Hamlet einfach alles andere vergessen und einfach weitermachen würde?«

»Vielleicht diskutieren wir das ein anderes Mal, Orazio?«, schlug Scobie vor. »Denn *wir* müssen jetzt wirklich weitermachen und das Thema für die nächste Debatte vorbereiten. Wir treten gegen Claremont an, und die gehören sicher zu den besten Mannschaften im Wettbewerb. Wenn wir nicht ein paar richtig gute Argumente finden, die ihren Argumenten ebenbürtig sind, dann verlieren wir auch die nächste Debatte und sind wieder nicht in der Endrunde.«

Leider fanden wir keine, verloren und waren wieder nicht in der Endrunde.

19
Jedi-Kurs für Fortgeschrittene

Ein paar Tage nach unserer Niederlage in der vierten Debattenrunde setzte Scobie seine übliche Nachbesprechung an, damit wir herausfanden, was wir richtig gemacht hatten und was falsch und wie wir uns im Hinblick auf nächstes Jahr verbessern könnten. Doch wie sich herausstellt, sollten wir etwas sehr viel Interessanteres herausfinden.

Wie immer kam Razz als Letzter.

»Tut mir leid, dass ich zu spät bin, Herr Scobemeister. Musste nachsitzen wegen der Uniform. Apropos, hat jemand meine Krawatte gesehen? Oder mein Senior-Abzeichen? Egal, vergesst es, nicht so wichtig. Aber hört mal. Ihr wisst doch, dass ich mit Sally zum Abschlussvorfest vom Lourdes gehe, oder?«

Wie konnten wir es nicht wissen? Razz redete seit Wochen von nichts anderem.

»Also, ein paar Mädels haben immer noch keine Partner, deshalb suchen sie noch Freiwillige. Sie wollen einfach Namen aus einem Hut ziehen und Paare bilden. Wollt ihr mitmachen? Los, auf geht's. Am Samstag in zwei Wochen ist es so weit.«

»Das schließt Ignatius und mich aus«, sagte Scobie nach einem Blick in seinen Schülerkalender. »Wir sind an diesem Wochenende beim Kurs für fortgeschrittene Naturwissenschaftler. Mit Übernachtung.«

Razz stieß einen lauten Pfiff aus. »Eine zweitägige wissenschaftliche Übernachtungsparty, was? Abgefahren! Wahrscheinlich platzen eure Bunsenbrenner fast schon vor lauter

Vorfreude. Und dass ihr auch genügend saubere Laborkittel mitnehmt, ja? Und beim Essen müsst ihr an eure Periodischen Tafelmanieren denken.«

Scobie schenkte ihm ein übertrieben breites Lächeln: »Wir werden *ganz viele* Notizen und Fotos machen und sie auf deiner Facebook-Seite posten, Orazio.«

»Toll, Scobes. Ich bemühe mich sehr, meine Begeisterung zu zügeln, und weißt du was? Es ist mir gelungen! Also gut. Ihr beide seid definitiv draußen. Aber was ist mit dir, Ismael? Vielleicht hast du Glück und ziehst eine zweite Kelly Faulkner.«

»Ich glaube nicht, Razz. Ich möchte mit niemandem zusammengespannt werden, den ich nie zuvor gesehen habe.«

»Was hast du bloß wieder für Sorgen? Angst vor Fremden? Fürchte dich nicht. Der Razzman wird dir zu Hilfe eilen, wenn ein Mädel sich weigert, sich an dir schadlos zu halten.«

»Danke, Mann, aber ich glaub, ich komme klar.«

»Komm schon, Alter. Vielleicht kann Sally da auch was drehen. Du weißt schon, sicherstellen, dass du dich nicht mit einem dieser superschlauen Mädels abfinden musst, die aussehen wie Frankensteins Braut oder so.«

»Hast du von der Unterrichtseinheit *Geschichte des Feminismus* eigentlich was mitbekommen, Orazio?«

»Was?«

»Egal«, sagte Scobie und summte ein paar Takte, die sich verdächtig nach »I'm a woman« anhörten. Razz ignorierte ihn.

»Was meinst du, Ismael?«

Ich schüttelte den Kopf. Langsam hatte ich genug davon, mich zu Dingen überreden zu lassen, bei denen ich mir nicht sicher war. Sollte Razz doch denken, dass mir etwas fehlte. Ausnahmsweise wollte ich mal mit jemandem ausgehen, den *ich* mir aussuchte.

Razz verdrehte die Augen. »Alles klar, Alter, ja, dann lass es eben.«

Er zeigte über den Tisch auf Bill.

»Hula-Hoop-Junge! Sieht so aus, als müsstest du dich der verzweifelten Mädelsschar erwehren. Bring vielleicht besser dein Lichtschwert mit.«

Bill ließ den Blick über den Tisch schweifen und murmelte. »Tut mir leid, Razz ... Ich möchte auch nicht gehen.«

Razz schlug sich mit der Hand gegen die Stirn.

»Du auch nicht, Bilbo? Und was ist deine Entschuldigung, Mann? Musst du zum Jedi-Kurs für Fortgeschrittene, oder was? Oder bist du auch zu sehr damit beschäftigt, einem Mädel nachzutrauern, das eine Million Kilometer weit weg ist wie Ismael hier? Komm schon, Alter, wo ist dein Problem?«

Die Wolken, die Bills Blick verschleiert hatten, schienen sich ein bisschen zu verziehen, als er die Augen auf Razz richtete.

»Ich habe kein Problem. Ich möchte einfach nicht hingehen, das ist alles.«

»Und warum nicht?«

Bill schüttelte den Kopf. »Interessiert mich ... nicht wirklich.«

»Interessiert dich nicht? Interessiert dich nicht? Wie kann dich das nicht interessieren? Es gibt Essen, Tanz, Mädels.« Razz hielt für jeden Punkt seiner Aufzählung einen Finger hoch. »Das kommt für dich ziemlich nah an drei von drei Treffern, Dicker.«

Bill sah Razz direkt an und schaute dann auf seine pummeligen Hände.

»Zwei von drei ... wenn du es genau wissen willst.«

»Okay, vergiss den Tanz. Futter und bagger die Mädels an. Klingt immer noch nach einem geilen Abend.«

Auf der anderen Seite des Tisches dachte Bill ernst über Razz' Worte nach, bevor er antwortete.

»Es geht nicht ums Tanzen. Ich tanze gern«, sagte er. »Früher, als ich klein war, hab ich dauernd getanzt. Mum und ich haben immer zu ihren alten Kassetten getanzt. Die ABBA-Kassetten waren die besten.«

»Ist es dann das Essen? Passt du auf, was du isst, Bill?«, fragte ich.

»Nein, eigentlich nicht«, antwortete er. »Vielleicht halt ich mich ein bisschen zurück, und dann hab ich ja den Hula-Hoop-Reifen.«

»Na«, meinte Prindabel, »wenn es nicht das Tanzen ist und nicht das Essen, dann lässt ein einfaches Ausschlussverfahren nur die Folgerung zu, dass du kein Interesse hast an ...«

Ignatius brach ab, als ihm dämmerte, wohin sein logisches Ausschlussverfahren führen würde.

Bill beendete den Satz für ihn: »Mädchen«, sagte er.

An diesem Punkt trat im Gespräch eine Pause ein, aber dann wagte Ignatius sich vor: »Du hast ... *im Augenblick* ... kein Interesse an Mädchen?«

»Grundsätzlich ... kein Interesse.«

Bill hielt seine Augen angestrengt auf seine Finger gerichtet. »Ihr könnt es auch wissen. Ich wollte es euch schon ewig sagen.«

Schweigen. Steinkaltes Was-zur-Hölle-sollen-wir-jetzt-sagen-Schweigen.

Prindabel runzelte die Stirn. »Du willst uns ... also ... sagen, dass du zu den ... grob geschätzten ... 2,1 Prozent der Bevölkerung gehörst, die behaupten ...«

Bill nickte.

Schweigen. Die lange Version. Ich versuchte zu verstehen,

was Bill uns gesagt hatte, wurde aber immer wieder von einem verwirrenden Bild in meinem Kopf daran gehindert.

»Aber Bill ... letztes Jahr ... beim Konzert meines Dads ... hast du mit Sally getanzt ... und du hast ... ziemlich *glücklich* ausgesehen?«

Bill lächelte, ohne aufzublicken. »Das war ich auch. Sally ist echt nett, außerdem tanzt sie toll. Das war so wie damals, als ich immer mit Mum getanzt habe.«

»Dann war es nicht, weil ...«

Bill schüttelte den Kopf.

»Gut.«

Schweigen. Diesmal der Director's Cut mit zusätzlicher Verlegenheit und nie zuvor gesehener Beschämung. Wie immer blieb es Scobie überlassen, ein Floß aus Wörtern zu bauen und uns zu retten.

»Nun, Bill«, sagte er und warf die Hände nach vorn. »Ich würde sagen, ein Glückwunsch ist angebracht. Du bist definitiv der Gewinner des Wettbewerbs um die beste und originellste Ausrede dafür, nicht mit Orazio zum Abschlussvorfest vom Lourdes zu gehen.«

Erleichtertes Lachen ergoss sich über den Tisch, als Scobie und Bill sich die Hände schüttelten, und Bill endlich die Kraft fand, den Blick zu heben und zu lächeln. Aber kaum eine Sekunde später bemächtigten sich Kummer und Zweifel seiner Züge.

Scobie, Ignatius und ich folgten Bills Blick über den Tisch. Er führte zu Razz. Sein Gesicht war von Ekel verzerrt, der sich mit voller Wucht gegen Bill Kingsley richtete.

»Razz?«, sagte Bill und schaffte es kaum, den Namen auszusprechen. »Razz ... alles in Ordnung?«

Alle am Tisch hielten die Luft an und warteten auf die Antwort. Razz schüttelte langsam den Kopf und verzerrte den Mund in ein hässliches, verwundertes, höhnisches Grinsen.

»Du stehst wirklich auf ... ABBA?«

20
Die heiße Elfenbraut

Nach Bills überraschender Mitteilung brauchte Scobie keinen Gedanken mehr daran zu verschwenden, die vergangene Debattiersaison Revue passieren zu lassen.

Razz fand es »total cool«, dass Bill »vom anderen Ufer« war, auch wenn es seiner Ansicht nach einen völligen »Mangel an gutem Geschmack« zeigte. Und zum Beweis fügte er hinzu: »Meine Güte, ich habe sogar Freunde, die sind Fans von Manchester United. Ist das zu fassen? Manchester *United*!«

Wir anderen sahen ihn fragend an, während er fortfuhr.

»Und ihr solltet meinen Onkel Georgiou kennenlernen. Als der sich geoutet hat – Mannomann. Er hat einmal im Monat eine Show im italienischen Club – ›Lieblingsmelodien‹. Ein paarmal hab ich am Schlagzeug ausgeholfen. Ihr solltet seine Kostüme sehen. Mum sagt, jeder Pfau würde gelb werden vor Neid. Onkel Georgiou ist der Bruder meines Vaters. Er hat meiner Mum und mir viel geholfen. Er ist ein toller Typ.« Das Lächeln auf Razz' Lippen gefror. »*Tausendmal* besser, als mein Dad jemals war.«

Aber auch wenn Razz Bills Mitteilung »total cool« fand, hieß das nicht, dass sie für ihn einen Sinn ergab.

»Bilbo, du fährst doch total auf den *Herrn der Ringe* ab, oder?

Dann verrate mir: Wenn du die Wahl zwischen diesem Typen Aragorn hättest, von dem du dauernd redest, und dieser heißen Elfenbraut, auf die er im Film so scharf ist ...«

»Du meinst Arwen? Eigentlich ist sie nur eine Halbelbin. Sie und Aragorn lernen sich kennen, als ...«

»Ja, wunderbar, aber *sie*. Meine Frage ist: Willst du mir ehrlich sagen, Mann, dass du wirklich *ihn* nehmen würdest, wenn du die Wahl zwischen den beiden hättest?«

Bill schob die Unterlippe vor. »Vielleicht ein bisschen alt ... aber wenn ich die Wahl hätte ... ja.«

»Mannomann«, sagte Razz. »Nicht zu fassen. Gehörst du dann eher zum Team Jacob oder zum Team Edward?«

»Also«, sagte Scobie, nahm seinen Stift und klopfte mit ihm auf das leere Papier, das vor ihm lag, »so *faszinierend* all das auch sein mag, möchte ich euch allen in Erinnerung rufen, dass wir uns hier eigentlich zu einer Nachbesprechung versammelt haben und ...«

»Ja, warte kurz, Scobes. Nur noch eine Frage, okay?«

Scobie legte den Stift auf das Papier, ließ sich nach hinten in seinen Stuhl fallen und gab Razz mit einer müden Handbewegung zu verstehen, dass er weiterreden soll.

»Cool. Okay, Bilbo, sag mal. Du hast gesagt, dass du letztes Jahr gern mit Sally getanzt hast, ja? Wenn du jetzt die Möglichkeit hättest, mit jemandem ganz eng und intim zu tanzen, wenn würdest du nehmen, Sally oder ... mich?«

»Ganz bestimmt Sally«, kam es wie aus der Pistole geschossen von Bill.

Razz zeigte mit dem Finger auf ihn. »Aaaaaa-HA!«, rief er, als hätte er Bill dabei ertappt, dass er ihm das Pausenbrot klaut. Dann runzelte er plötzlich die Stirn. »Stopp mal. Was gefällt dir an mir nicht?«

»Das ist doch ein ganz hervorragendes Diskussionsthema für eine Folge *Doctor Phil*«, warf Scobie ein.

»Hier könnte eine Doppelfolge nötig sein«, schlug Ignatius hilfsbereit vor.

Razz hielt sich den Bauch.

»Ha, ha, ha. Ihr beide solltet als Comedy-Team auftreten«, sagte er, »aber hier noch ein kleiner Hinweis: Keiner von euch beiden sollte dabei sein, ja?«

Dann wandte er seine Aufmerksamkeit wieder Bill zu.

»Komm schon, Hula-Hoop-Junge. Warum ziehst du Sally mir vor?«

»Sie tanzt besser als du ... und ich sehe dich nicht *so* ... überhaupt nicht.«

»Was! Warum nicht? Bin ich dir nicht gut genug? Ist es das? Nicht *attraktiv* genug? Ihr Typen seid doch alle gleich, interessiert euch nicht die Bohne für Köpfchen oder Persönlichkeit. Euch geht's nur um erstens Aussehen, zweitens Aussehen und drittens Aussehen. Ich habe auch Gefühle!«

Razz warf sich nach vorn auf den Tisch und schluchzte leise.

»Wir können ja immer noch ... Freunde sein«, sagte Bill lächelnd.

»Ja, klar. Die alte ›Lass uns Freunde sein‹-Abfuhr, ja?« Razz richtete sich mühsam auf. »Nun, Bilbo, sieht so aus, als müsste ich ohne dich zum Abschlussvorfest gehen. Aber Sal wird mich über die Enttäuschung hinwegtrösten. Dein Verlust, ihr Gewinn.«

Wie sich herausstellen sollte, liefen die Dinge nicht ganz so, wie Razz geplant hatte.

21
Wirklich und wahrhaftig genewtont

Als der Tag des Abschlussvorfestes im Lourdes-College endlich kam, fiel es Razz schwerer als sonst, sich auf den Unterricht zu konzentrieren. Aber er lernte trotzdem etwas an diesem Tag. Ignatius bezeichnete es als eine »schmerzhafte, aber wertvolle Lektion über das dritte newtonsche Gesetz der Bewegung«.

Es passierte während der Mittagspause in der Sporthalle beim jährlichen Fußballhallenturnier, das die verschiedenen Häuser vom St Daniel's untereinander austrugen. Razz war Kapitän der Mannschaft von Charlton. Es blieben nur noch wenige Minuten zu spielen, und wir führten mit gutem Abstand – vor allem, weil Razz sicher der beste Fußballspieler der ganzen Schule war. Auf dem Platz kam keiner an ihn heran – bis Liam Bannerman mit ihm zusammenstieß.

Fairerweise muss man sagen, dass Liam Bannerman eigentlich keine Schuld hatte. Aber an einem bestimmten Punkt des Spiels sprangen Liam und Razz gleichzeitig hoch, um den Ball zu köpfen. Sie prallten in der Luft zusammen, und Liams wesentlich schwererer Körper sorgte dafür, dass Razz in Richtung Seitenwand geschleudert wurde. Das Ergebnis war nicht schön. Und laut Prindabel lag das einzig und allein am dritten newtonschen Gesetz der Bewegung.

»Denn«, wie Ignatius uns ganz wunderbar erklärte, »wenn ein Körper A (Razz' Kopf) eine Kraft auf einen anderen Körper B (eine solide gemauerte Wand) auswirkt, dann übt B (die solide gemauerte Wand) eine gleich große, aber entgegengesetzt gerichtete Kraft auf den Körper A (Razz' Kopf) aus.« Oder einfacher ausgedrückt: Als Razz' Kopf gegen die Wand schlug, schlug die Wand zurück. Und die Wand gewann. Der arme Razz wurde wirklich und wahrhaftig genewtont.

Mr Guthrie und Mr Hardcastle waren als Erste bei ihm. Mr Hardcastle hielt Razz drei Finger vor die Augen.

»Wie viele Finger sind das, Orazio?«

Razz blinzelte und beugte sich nach vorn. »Sie meinen *außer* diesen sechs?«

»Auf die Krankenstation des Internats«, schloss Mr Hardcastle aus dieser Antwort. »Sofort!«

Mr Guthrie erlaubte Scobie und mir zu bleiben, während die Schwester von der Krankenstation Razz untersuchte. Sie brauchte nicht lang für die Diagnose. »Schwere Gehirnerschütterung. Minimale Gefahr eines Schädelbruchs.«

Aber es kamen noch schlimmere Nachrichten für Razz.

»Er muss sofort zum Röntgen ins Krankenhaus. Auch wenn nichts gebrochen ist, werden sie ihn zur Beobachtung über Nacht dabehalten.«

»Waaaaaas?«, lallte Razz. »Das geht nicht. Auf keinen Fall. Muss heute Abend zum Abschlussporfest.«

»Er meint Abschlussvorfest«, erklärte ich. »Im Lourdes-College.«

Razz richtete seinen glasigen Blick auf mich. »Ja, ja, genau, Prindabuggle. *Du* sagst es. Sag ihnen, dass ich nicht ins ... Kankenhaus ... äh, Hankenkaus ... Kank... Ich kann da nicht hin. Muss mit Sal zu dem Abschussvorfest.«

An dieser Stelle gab Razz es auf, uns davon zu überzeugen, dass er unverletzt war.

Mr Guthrie rief Mrs Zorzotto an und verabredete sich mit ihr im Krankenhaus. Scobie und ich erboten uns, auch mitzukommen, aber Mr Guthrie sagte, wir könnten nicht viel tun.

Also ließ er sich meine Nummer geben und sagte, er werde mich anrufen, wenn es etwas Neues gebe.

Zwei Stunden nachdem ich nach Hause gekommen war, kam der Anruf. Mr Guthrie meinte, das Röntgenbild habe gezeigt, dass nichts gebrochen ist, und Razz gehe es schon viel besser, aber um auf der sicheren Seite zu sein, bestand der Arzt darauf, dass er eine Nacht im Krankenhaus bleibe. Ungefähr zehn Minuten später bekam ich noch einen Anruf. Ich erkannte die Stimme sofort.

»Razz! Wie geht es dir? Alles in Ordnung?«

»Ja, ja, abgesehen von dem Typen, der in meinem Kopf Landminen lostritt, geht's mir gut. Aber hör mal, Mann, du musst mir helfen. Du musst mir einen Riesengefallen tun.«

»Ja, klar, Razz, alles. Spuck's aus.«

Schon als diese Worte meinen Mund verließen, fragte ich mich, auf was ich mich jetzt wieder einließ.

»Danke, Mann. Nur du kannst das tun. Und ich würde dich nicht bitten, wenn es nicht wirklich wichtig wäre. Ich stehe echt in deiner Schuld, Alter, wirklich.«

Meine Fantasie arbeitete auf Hochtouren die schauerlichsten Möglichkeiten ab. Hatte Razz wegen des Zusammenpralls die Kontrolle über seine Blase verloren? Brauchte er jemanden, der seine Bettpfanne leerte? Oder schlimmer?

Razz' Stimme drang flehentlich durch den Hörer und erlöste mich von meinem Elend.

»Du musst an meiner Stelle mit Sally zum Abschlussvorfest gehen, Mann.«

Ich muss zugeben, dass es ein ziemlicher Karrieresprung war, mit Sally zu dem Abschlussvorfest zu gehen – verglichen damit, Razz' Bettpfanne zu leeren. Dennoch war ich ein bisschen überrascht.

»Ich? Warum ich?«

»Weil sie sonst nicht gehen würde. Du musst es tun, Alter. Sal freut sich schon seit einer Ewigkeit darauf. Sie hat ein neues Kleid gekauft, und sie hat sich ihre Haare ganz besonders machen lassen. Sie sagt zwar, dass es ihr nichts ausmacht, wenn sie den Ball verpasst, aber es macht ihr was aus, Mann. Sie wäre total enttäuscht. Ihre Mum hat sie hergebracht, damit sie mich besuchen kann, und ich hab gesehen, dass sie geweint hat. Und das ist alles meine Schuld.«

»Razz, du bist ja wohl kaum absichtlich mit dem Kopf gegen die Wand geknallt.«

»Ja, ich weiß, Mann, ich weiß. Aber ich hab's ihr trotzdem vermasselt, ohne mich groß anzustrengen. Also komm schon, machst du es, Ismael? Es ist ihr großer Abend.«

»Und was meint Sally?«

»Sie wollte gar nicht gehen, bis ich dich vorgeschlagen habe. Du bist der einzige Mensch, mit dem sie gehen würde. Das hat sie gesagt. Komm schon, Alter. Sie will wirklich. Ich kann nicht mit ihr gehen. Machst du es? Bitte.«

Ich konnte eigentlich nur eine Antwort geben.

»Ja, wenn du dir absolut *sicher* bist, dass es für Sally okay ist. Dann ja, klar, kein Problem.«

»Geil! Das ist großartig, danke, Mann. Du bist Kult, Kumpel, ein echter Held!«

Das war eine Premiere. Razz hatte mich Held genannt. Das fühlte sich weitaus besser an als seine dauernden Fragen danach, was mir fehlt. Ismael Leseur – Held. Das hatte einen netten Klang.

Aber ich müsste noch rausfinden, ob es zutraf oder nicht.

22
Pass auf, Billy Shakespeare!

Kaum hatte ich das Gespräch mit Razz beendet, ging alles ganz schnell. Mum bügelte ein paar Klamotten für mich, und ich verschlang ein halbes Sandwich, bevor ich unter die Dusche hüpfte. Ich hatte mich gerade angezogen, da fuhr Mrs Zorzotto vor und brachte ein ziemlich cooles Jackett, das Razz sich extra für diesen Abend zugelegt hatte, und ein paar Rosen, die er Sally schenken wollte. Weniger als eine Stunde nach meiner Zustimmung zu der ganzen Aktion setzte Razz' Mum mich vor dem Haus der Nofkes ab.

Mrs Nofke begrüßte mich an der Tür und führte mich ins Wohnzimmer. Dort redete ich mit ihr und Mr Nofke über Razz' Unfall, bis Sally hereinkam. Ich könnte euch viel über sie erzählen. Ich könnte euch die Farbe ihres Kleids beschreiben und wie es geschnitten war. Und ich könnte euch von ihren langen dunklen Haaren erzählen und wie kunstvoll sie hochgesteckt waren. Doch nichts würde auch nur annähernd beschreiben, wie wunderschön sie aussah.

»Hi«, sagte sie lächelnd.

Auch ihr Lächeln war wunderschön. Aber es fehlte etwas. Und es fehlte, weil ich vor ihr stand. Es fehlte, weil ich nicht derjenige war, den Sally Nofke eigentlich in diesem Augenblick anlächeln wollte. Nicht für mich hatte sie sich so schön gemacht.

Ich sagte ebenfalls »Hi« und reichte ihr Razz' Blumen. Dann sagte ich ihr, wie toll sie aussieht, aber es klang erbärmlich, und ich suchte in meinem Hirn verzweifelt nach etwas Besserem. Und ich fand: »Wirklich toll!« Genial! Pass auf, Billy Shakespeare! Konkurrenz im Anmarsch! Sally wurde ein bisschen rot. Mr Nofke ging hinaus, um sich »fertig zu machen«, damit er uns zu der Veranstaltung fahren konnte. Mrs Nofke meinte, sie wolle »die Rosen lieber ins Wasser stellen«.

Kaum hatten Sallys Eltern den Raum verlassen, bildete sich eine kleine Falte auf ihrer Stirn, als ob sie einen kleinen stechenden Schmerz verspürte, und ihr Lächeln wurde ganz schief. »Danke, dass du das tust, Ismael«, sagte sie. »Es macht dir hoffentlich nicht allzu viel aus?«

»Ausmachen? Machst du Witze? Nachdem ich Himmel und Hölle in Bewegung gesetzt habe, um einen Auftragskiller anzuheuern, der Razz mit dem Kopf voraus gegen eine Wand schleudert?«

Ich weiß schon, was ihr denkt: *Wie kommt er jetzt darauf?* Wenigstens war Sally so freundlich, ein Lachen zustande zu bringen.

»Danke, Ismael. Aber echt, es tut mir leid, dass ich dich da reinziehe. Du hattest sicher tausend andere Dinge zu tun.«

Erstaunlicherweise schien Sally tatsächlich zu glauben, dass dies zutreffen könnte.

»Na ja, Mum wollte, dass ich den Vogelkäfig ausmiste. Wirklich schade, dass ich das verpasst habe. Sei's drum. Aber eigentlich müsste ich mich bei dir entschuldigen.«

»Du? Warum denn?«

»Weil ich nicht Razz bin.«

Sally schüttelte den Kopf.

»Na, dann müsste ich mich auch bei dir entschuldigen, oder? Du weißt schon. Dafür, dass ich nicht Kelly bin.«

Da lächelten wir beide, und ich versuchte, mir vorzustellen, dass Kelly Faulkner vor mir steht, aber das Bild verschwamm immer zu Sally.

»Weißt du, was wir meiner Meinung nach machen sollten?«, sagte sie. »Wir sollten vergessen, wer wir *nicht* sind, und uns daran halten, wer wir *sind*, und einfach Spaß haben, was meinst du?«

»Klingt nach einem guten Plan«, antwortete ich.

»Dann auf unseren Plan und auf uns«, sagte Sally und prostete mir mit einem imaginären Glas zu. Ich folgte ihrem Beispiel, und wir stießen mit zwei unsichtbaren Drinks an.

Und einen Großteil des Abends lang funktionierte unser Plan auch wunderbar. Ich hatte sogar so viel Spaß, dass ich schon fast ein schlechtes Gewissen bekam: Ich tanzte, lachte und redete hier mit Sally, während der arme Razz im Krankenhaus festsaß und mich für einen Helden hielt.

Ich verdiente diesen Titel nicht. Wahre Helden müssen sich großen Herausforderungen stellen. Sie müssen sich Prüfungen unterziehen. Warum sollte ich dann ein Held sein? Sally Nofke auf das Abschlussvorfest des Lourdes-Colleges zu begleiten war einfach. Da wurde ich überhaupt nicht auf die Probe gestellt.

Aber das sollte noch kommen, und zwar ziemlich heftig.

23
Fokussieren ist für Warmduscher!

Die Probleme begannen gegen Ende des Abends, als Sally und ich uns eine Tanzpause gönnten. Die Nacht war schwül, und wir zerflossen beide fast. Deshalb gingen wir hinaus auf einen Hof, auf dem Tische und Bänke standen, um uns abzukühlen. Während Sally einen Platz für uns suchte, holte ich die Getränke.

Vor mir stand eine lange Schlange von Leuten, die alle dieselbe Idee hatten. Als ich mich gerade anstellen wollte, bohrte sich ein Ellbogen in meinen Rücken. Ich drehte mich um und sah, dass er zu Danny Wallace gehörte. Er war mir im Lauf des Abends schon ein paarmal über den Weg gelaufen, aber ich hatte es immer geschafft, Abstand von ihm zu wahren. Jetzt stand er mit zwei Styropor-Bechern in der Hand vor mir.

»He, Leseur, ich hab hier zwei überzählige Limos. Willst du sie?«

Normalerweise meide ich Danny Wallace, vielleicht nicht gerade wie die Pest, aber wie jede andere ansteckende Krankheit, die große Teile der Menschheit auslöschen kann. Aber in diesem Augenblick waren mein Mund und meine Kehle so trocken, dass ich Sorge hatte, sie würden nie wieder mit mir reden, wenn sie nicht bald etwas Flüssiges bekommen.

»Warum überzählig?«

»Ich hab sie für Freunde besorgt, aber die haben sich verkrümelt, keine Ahnung, wohin. Jetzt mach mal, Leseur. Willst du sie oder nicht? Sonst kipp ich sie weg.«

Ich warf einen prüfenden Blick auf die Ansammlung von Körpern vor mir, schaute zu Sally hinüber, die sich mit einer Hand Kühlung für ihr gerötetes Gesicht zufächelte, und dann zurück zu den beiden Bechern mit kühler, klarer Flüssigkeit.

»Ja, gut, okay. Danke!«

Danny gab mir die Becher.

»Kein Problem, Leseur. Wir Jungs vom St Daniel's müssen zusammenhalten und uns gegenseitig helfen, was?«

Das waren nicht gerade Worte, die ich jemals aus Danny Wallace' Mund erwartet hätte, aber vielleicht zeigten Mr Barkers Reden über die »reifen und verantwortungsbewussten Seniors« langsam doch Wirkung. Wie auch immer, bevor ich etwas antworten konnte, war Danny Wallace schon auf dem Weg zu einem eng beieinanderstehenden Grüppchen in der anderen Ecke des Hofs.

Ich betrachtete die beiden Becher mit den Getränken. Außen perlten dicke Kondenstropfen, und die Becher lagen kühl und feucht in meinen Händen. Meine Kehle dagegen fühlte sich an, als wäre sie mit einer Mischung aus Erde und grob gemahlenem Glas ausgekleidet. Ich drängelte mich rasch zu Sally durch.

»Das ging aber flott«, meinte sie, als ich ihr einen Becher reichte.

Mehr als ein schnelles Lächeln und ein Nicken brachte ich nicht zustande, bevor ich meinen Becher zum Mund führte und die Hälfte seines Inhalts in einem Schuck hinunterstürzte. Die zweite Hälfte schwappte der ersten bereits hinterher, als eine Kettenreaktion von Empfindungen durch meinen Körper jagte.

Zuerst verwandelte sich die wohltuende Schlange aus labender Flüssigkeit, von der ich erwartet hatte, dass sie sich meine Kehle hinunterschlängeln würde, auf einen Schlag in einen sengenden Strom aus zischender, knisternder Lava. Nachdem er sich seinen Weg durch meine Speiseröhre geätzt hatte und in meinem Magen in einem Feuerball explodiert war, schoss er direkten Wegs in meinen Kopf hinauf, gab für meine Gehirnzellen eine Vernichtungsstrategie aus, bevor er in einer Wand aus Flammen aus meinem Mund herausbrach. Um ganz ehrlich zu sein, sah ich zwar keine Flammen aus meiner Kehle züngeln, als ich keuchte und würgte wie ein fehlgezündetes Düsentriebwerk, aber ich spürte sie definitiv.

Sally hatte wohl ähnliche Empfindungen, denn als ich mein

Gehuste so weit im Griff hatte, dass ich sie anschauen konnte, schnaufte sie, als würde sie versuchen, Trickkerzen auszupusten, und ihre Augen tränten. Zum Glück hatte sie nicht wie ich den ganzen Becher auf einmal hinuntergestürzt. Sie keuchte blinzelnd einen halb vollen Becher an.

»Woher ... hast du ... das ... Das ist ... Wodka ... purer Wodka«, keuchte sie röchelnd.

Ich schaute zu Danny Wallace und seinen Freunden hinüber. Und das war gar nicht so einfach. Meine Augen und mein Gehirn arbeiteten offenbar in völlig verschiedenen Zeitzonen. Aber auch wenn ich sie nur verschwommen wahrnahm, sah ich, dass sie auf mich und Sally zeigten und sich vor Lachen die Bäuche hielten. Sie kriegten sich immer noch nicht ein vor Lachen, als sie auf ihrem Weg zurück in den Saal an uns vorbeidefilierten. Danny Wallace schlug mir auf die Schulter und sagte: »Das flutscht, was, Leshhuer?«, bevor er lachend hinter seinen Freunden herstolperte.

»Tut mir leid, Sally. Angeblich Limo ... Mein Fehler ... Hätte wissen müssen ... dass Wallace ... nur Blödsinn ... im Hirn hat.«

Und das stimmte. Bekanntlich hatte Razz einmal gesagt, wenn man Danny Wallace drei Viertel seines Gehirns entfernen würde, wäre er immer noch überqualifiziert dafür, er selbst zu sein. Worauf Danny, was noch bekannter ist, geantwortet hatte, wenn man Razz drei Viertel seines Gehirns entfernen würde, dann wäre er ein Halbidiot.

»Würde mich nicht überraschen ... wenn Amanda Duggan ihn auf die Idee gebracht hätte«, sagte Sally und beäugte das blonde Mädchen neben Danny misstrauisch. »Sie würde mich sooo gern in Schwierigkeiten bringen.« Dann holte Sally tief Luft, schüttelte den Kopf und blinzelte ein paarmal. »Jetzt brauche ich echt ein Glas Wasser.«

»Ich hol welches«, sagte ich und sprang auf.

Keine gute Entscheidung. Ich hatte nicht bemerkt, dass mein Gehirn einfach wie ein etwas zu flüssiger Pudding in meinem Schädel hin und her schwappte. Nachdem sich in meinem Kopf alles wild gedreht und meine Augen ganz allein einen kleinen Spaziergang unternommen hatten, plumpste ich mit einem dumpfen Schlag auf die Bank zurück. Vermutlich muss man mit so was rechnen, wenn man nur ein halbes Sandwich gegessen und dann bis zur Erschöpfung getanzt hat, bevor man alles damit abrundet, dass man einen großen, randvoll gefüllten Becher mit purem Wodka hinunterstürzt.

»Langsam!«, sagte Sally und packte mich an der Schulter, damit ich nicht schwankte. »Du bleibst hier sitzen. Ich bin gleich wieder da. Versuch, in der Senkrechten zu bleiben.«

Ich blieb allein sitzen und konzentrierte mich auf die anspruchsvolle Aufgabe, die Sally mir gestellt hatte. Zu meiner großen Freude gelang es mir, nicht mit dem Kopf voraus auf dem Asphalt zu landen, aber es wollte mir nicht gelingen, meine Augen in den Griff zu bekommen. Sie lehnten es kategorisch ab, sich zu benehmen. Die einzige Botschaft, die zu meinen Pupillen vordrang, lautete: »Fokussieren ist für Warmduscher!«

»Da, trink das«, sagte Sally und reichte mir einen großen Styropor-Becher. »Ich hab schon.«

Ich öffnete den Mund und trank. Noch nie hatte die Verbindung aus zwei Wasserstoffatomen mit einem Sauerstoffatom so gut geschmeckt. Sally setzte sich neben mich und riss eine Dose Cola auf. Sie nahm einen langen Schluck und reichte die Dose dann an mich weiter: »Das tut dir vielleicht auch gut.« Ich nahm die Dose und bewies erstaunliche Zurückhaltung, weil ich sie nicht gleich ganz leer trank.

»Geht's dir jetzt besser?«

Ich nickte, und alles um mich herum, Menschen, Lichter, Tische, Stühle und Sally tanzten auf und ab und verschmolzen miteinander, bevor sie sich wieder trennten und auf ihre Plätze zurückfielen. Ich bewegte meinen Kopf, diesmal langsamer, von rechts nach links und sah zu, wie die Welt verschwamm und dann wieder Konturen gewann. Es war ein bisschen so, als würde ich eine Schneekugel schütteln. Irgendwie war das schon cool. Ich richtete den Blick auf die bunten Lichter, die am Eingang zum Saal angebracht waren, und wiegte dann den Kopf langsam hin und her. Die Lichter zogen regenbogenbunte Schweife hinter sich her.

»Alles in Ordnung, Ismael?«

»Hä?«

Ich drehte mich zu Sally. Ich sah sie wie durch einen Weichzeichner. Sie glühte. Meine Güte war sie ...

»Ob alles in Ordnung ist. Ich fühle mich ein bisschen duselig, aber du hast mindestens doppelt so viel gehabt wie ich.«

»Nein, nein. Mir geht's gut. Echt. Ich hab nur die Lichter abgecheckt, sie drehen sich so komisch«, antwortete ich.

Aus irgendeinem Grund fand ich das schrecklich lustig und musste ein Lachen unterdrücken. Sally sah mich merkwürdig an. Oder vielleicht sah ich sie ja auch merkwürdig an. Egal, jedenfalls fing die Musik wieder zu spielen an, während das merkwürdige Gegucke stattfand, und die Leute strömten zurück in den Saal.

»Wäre vielleicht ganz gut, wenn wir hier draußen bleiben würden und ein bisschen ausnüchtern. Was meinst du?«

Wieder nickte ich. Diesmal drehte sich nicht alles so schrecklich, nur mein Kopf schwebte hin und her wie ein benebelter Heißluftballon, und alles bewegte sich einen Tick oder zwei langsamer. Ich verankerte meinen Blick auf Sally, damit ich nicht davontrieb, und hatte dabei das Gefühl, gar nicht richtig da zu sein, als ob ich sie im Fernsehen sehen würde oder in einem Film oder so. Ich betrachtete ihr Gesicht genau. Sie hatte wirklich tolle Augen – von der Farbe dunkler Schokolade. Es gefiel mir, wie sie funkelten und wie die Haut im Augenwinkel kleine Fältchen bildete, wenn sie lachte. Ich mochte das Funkeln und die Fältchen. Die funkelnden Fältchen. Ich musste mir ein Kichern verkneifen. Ihre Augenbrauen mochte ich auch sehr. Ich mochte es, dass sie so dunkel waren und dass sie ihre Form veränderten, wenn sie die Stirn runzelte oder lachte oder wenn sie traurig war oder überrascht. Und ihre Zähne. Sie waren fantastisch. Ich mochte es, wie sie hinter ihren Lippen hervorkrochen, wenn sie lächelte. Und dass sie nicht perfekt und gerade waren, aber trotzdem irgendwie perfekt aussahen.

Und weißt du, was ich noch mochte? Ich mochte die Haarsträhne, die sich aus ihrer Frisur gelöst hatte und jetzt an ihrer Wange herabhing. Und ich mochte die kleine Stelle an ihrem Nacken, die rot von ein bisschen zu viel Sonne war. Ach, und die eine winzige Sommersprosse auf ihrem Nasenflügel. Und das kleine »M«, das sich in der Mitte ihrer Oberlippe bildete. Und die Art ...

»Was? Was ist los«, sagte Sally und fuhr sich mit der Hand über den Mund.

»Wie bitte?«

»Was ist los? Was habe ich da? Ist da was Ekliges?«

»Nein, 'tschuldigung, da ist nichts. Alles in Ordnung. Da ist wirklich nichts. Nichts.«

»Sicher? Du würdest es mir sagen, wenn da was wäre, Ismael, oder? Du würdest mich nicht total verschmiert rumlaufen lassen, oder?«

»Nein, natürlich nicht. Bei dir ist alles in Ordnung ... alles.«

»Warum schaust du mich dann so an?«

»Ich war mir gar nicht bewusst, dass ich dich anschaue. Ich habe nur ...«

»Nur was?«

Ich wusste natürlich, wie dieser Satz weiterging. *Ich habe nur ... gedacht, wie toll und wunderschön du bist.* Und das war die Wahrheit. Ich geb's zu. Ich konnte an nichts anderes denken, während ich Sally Nofke anschaute. Nur daran, wie toll und wunderschön sie war. Aber nie im Leben würde ich diese Worte jemals ihr gegenüber aussprechen.

»Ich habe nur ... gedacht, wie toll und wunderschön du bist.«

Was? Ich hatte das nicht laut gesagt, oder? Auf keinen Fall! Ich schaute Sally an. Sie schaute zurück. Dann stieß sie ein nervöses Lachen aus und fummelte an ihrer Kette herum.

»Ja, gut. Ich glaube, dieser Wodka hat ein paar Gehirnzellen mehr k.o. geschlagen, als wir gedacht haben.«

»Nein, nein, das ist alles wahr. Du bist so. Du bist toll. Richtig toll.«

Auf einmal war es, als hätte mein Mund einen eigenen Willen, und dem war es egal, was er sagte.

»Alles an dir ist großartig. Du bist ... unglaublich.«

Sallys dunkle Augen bohrten sich in mich wie chirurgische Sonden. Aber nicht einmal das konnte mich bremsen.

»Du bist schön. Wirklich. Du bist so schön, dass es wehtut.«

Okay, könnte mir bitte jemand den Mund zuhalten? Wie wär's mit Klebeband? Hat niemand so was parat? Vielleicht ein paar überzählige Socken?

Sallys dunkle Augenbrauen zogen sich in einem Stirnrunzeln zusammen, und ihre Nase kräuselte sich.

»Tut weh? Wie meinst du das?«

Nein. Nichts. Gar nichts. Ich meine gar nichts. Eigentlich rede ich ja gar nicht. Niemals! Ein geschwätziger Irrer hat meine Stimmbänder als Geiseln genommen und zwingt sie dazu, idiotische Sachen zu sagen.

»Das hat meine Mum mal gesagt. Als Prue zur Welt kam. Erinnerst du dich an Prue? Meine kleine Schwester? Du hast sie beim Konzert meines Dads kennengelernt.«

»Scobies größter Fan.«

»Ja, das ist sie. Sie ist ein Beinahe-Genie, weißt du. Ich übrigens nicht. Nur falls du dich fragst.«

Ich kicherte. Großartig! Jetzt lachte ich über meine eigenen armseligen, gar nicht lustigen Witze. Wie cool! Zu meinem großen Glück war Sally einfach zu nett, um nicht zu lächeln.

»Nun, ich hatte in der Tat meine Zweifel an deinem Status als Genie, nachdem du einen Liter Wodka trinken musstest, um herauszufinden, dass es keine Limo war.«

»Ja«, sagte ich mit erhobenem Zeigefinger, »aber es ist nur meine Blödheit, die mich verrät.«

Diesmal lachte Sally und gewährte einen kurzen Blick auf ihre perfekt nicht perfekten Zähne, bevor sie die Lippen wieder zusammenpresste. Mein Gott hatte sie hübsche Li...

»Was wolltest du über Prue und deine Mum sagen?«

»Was? Ach ja, Prue kam viel zu früh zur Welt. Sie war winzig klein, und es sah nicht so aus, als würde sie es schaffen. Eine halbe Ewigkeit lag sie in diesem Plastikbehälter mit all den Schläuchen. Mum und Dad konnten sie nur von außen anschauen.«

»Wie schrecklich.«

Sallys Gesicht sah ganz zerknittert aus, und ihre Augen verwandelten sich in kleine Seen von Traurigkeit. Sie konnte auf so unterschiedliche Art und Weise schön sein.

»Und einmal sagte Mum zu mir, dass sie noch nie im Leben etwas tun musste, das ihr schwerer gefallen ist. Sie sagte, dass es wehtue, Prue auch nur anzuschauen.«

»Weil sie so klein und so hilflos war?«

Ich schaute zu Sally Nofke auf. Das Licht aus dem Saal fiel in ihre Augen. Sie strich sich die gelöste Haarsträhne hinter das Ohr, hörte aber auf damit, als sie bemerkte, dass ich sie beobachtete.

»Ja ... und weil sie so schön war ...«

Sag es nicht! Sag es nicht! SAG ES NICHT!

»... genau wie du ...«

Sallys Mundwinkel krochen langsam ein kleines bisschen nach oben, fielen aber dann wieder herab.

»... und weil sie da war ...«

Okay, jetzt reichte es. Du hast deine Aussage gemacht. Du kannst jetzt die KLAPPE HALTEN!

»... und sie war so nah ...«

Der Rest der Welt war in dumpfen Nebel gehüllt. Es gab nur noch Sally und mich.

»... aber man durfte sie nicht anfassen.«

Tu es nicht! Tu es nicht! TU ES NICHT!

Ich tat es.

Ich rutschte näher. Ich beugte mich nach vorn.

Mein bester Freund, der Kumpel, der fand, ich wäre Kult und ein Held, lag in diesem Augenblick mit einer Gehirnerschütterung im Krankenhaus. Und ich küsste seine Freundin.

Was fehlte mir eigentlich!

24
Habe ich schon erwähnt, dass ich ein Idiot bin?

Als ich Sally Nofke an diesem Abend küsste, schrie jedes Atom in meinem Körper: »Sieh her, Cindy, *das* ist es, was ich gemeint habe!« Ich hoffte, es würde niemals aufhören, aber es hörte auf, und zwar schon nach wenigen Sekunden. Da zog Sally sich zurück, und ihre Augen verdunkelten sich.

Sie schüttelte den Kopf und sah mich an, als wäre ich ein wandelnder Toter, und zwar offensichtlich einer von der besonders abstoßenden Sorte.

»Was *mache* ich hier? Das *darf nicht* sein.«

»Sal, es tut mir leid. Das war falsch. Ich hätte das nicht tun sollen. Ich bin ein Idiot. Ja. Wirklich. Es tut mir leid. Ich bin ein Idiot.«

Der entsetzte Ausdruck auf ihrem Gesicht wurde von Verwirrung weggespült. Sally saß einfach da, starrte auf den Boden und schüttelte den Kopf.

»Aber du warst es nicht allein«, sagte sie.

»Egal. Ich hab angefangen. Ich bin ein Idiot. Das war falsch. Es war dumm. Habe ich schon erwähnt, dass ich ein Idiot bin?«

Wir saßen eine ganze Weile schweigend da und schauten uns nur immer wieder an. Schließlich brachte ich den Mut auf, etwas zu sagen.

»Vielleicht hattest du recht damit, dass der Wodka einen ganzen Haufen meiner Gehirnzellen k.o. geschlagen hat. Und ich hatte sowieso keine überschüssigen. Eigentlich gehören sie auf die Liste der bedrohten Arten.«

Ein kleines verhaltenes Lächeln erschien auf Sallys Lippen.

»Ich fühle mich schrecklich.«

»Sal, dich trifft keine Schuld. Wenn ich nicht gewesen wäre, dann wäre gar nichts passiert.«

»Vielleicht. Aber ich habe dich nicht gehindert. Und es ist nicht nur wegen der ... Küsserei«, sagte sie und warf mir einen scheuen Blick zu.

»Wie meinst du das?«

»Na ja ... am Anfang des Abends, seit du mich abgeholt hast, dachte ich immer nur an Razz und dass ich lieber bei ihm wäre als bei dir. Tut mir leid, das klingt schrecklich, oder?«

»Mach dir deswegen keine Gedanken.«

»Wie auch immer. Nach einer Weile beschloss ich, mir einen möglichst schönen Abend zu machen, und versuchte, nicht mehr an Razz zu denken.«

»Da ist doch nichts gegen einzuwenden.«

»Nein, aber dann dachte ich irgendwie nicht mehr an ihn, ohne mich wirklich darum zu bemühen.«

Sally schaute weg und zupfte am Saum ihres Kleides herum.

»Und dann ... als ich dann wieder an Razz dachte, lag das daran, dass ich mir überlegte, mit wem ich lieber zusammen wäre ... mit dir oder mit ihm.«

Ich konnte kaum glauben, was ich da hörte. Sally wandte sich mir mit ihrer ganzen schmerzerfüllten Schönheit zu.

»Ich habe mir sogar überlegt, wie es gewesen wäre, wenn Razz und ich uns nicht kennengelernt hätten und es nur dich und mich gegeben hätte. Wahrscheinlich hab ich dich deshalb nicht davon abgehalten.«

Sally legte eine Hand auf meine.

»Ich mag dich *wirklich*, Ismael. Ehrlich. Du bist ein klasse Typ. Jedes Mädchen wäre glücklich, mit dir zusammen zu sein ... aber ...«

Sie musste nicht mehr sagen. Das »aber« sagte alles.

»Tut mir leid«, flüsterte sie.

»He, kein Problem«, sagte ich. »Wenn ich zwischen Razz und mir wählen müsste, dann würde ich mich auch für Razz entscheiden.«

Sally lächelte mit geschlossenen Lippen und drückte meine Hand.

»Es war ein so wunderbarer Abend. Ich möchte nicht, dass irgendwas ihn verdirbt. Hast du was dagegen, dass wir einfach zurückspulen und die letzte Szene rausschneiden?«

»Überhaupt nicht. Und mein Kopf wäre überaus dankbar, wenn wir richtig zurückspulen und die Szene mit Danny Wallace und dem Wodka ebenfalls rausschneiden.«

»Gute Idee. Und sorg dafür, dass du auch Amanda Duggan rausschneidest. Ach ja, und die Sequenz, in der ich aussah, als würde ich eine ganze Katze hochhusten.«

Obwohl das eigentlich gar nicht so schrecklich lustig war, lachten Sally und ich. Und dann konnten wir nicht aufhören. Jedes Mal, wenn wir uns anschauten, fingen wir wieder an. Schließlich stießen wir uns mit den Schultern an und wischten uns die Tränen aus den Augen. Als ich mich so weit erholt hatte, dass ich verständliche Worte herausbrachte, wollte ich ihr nur eine Frage stellen.

»Sal, wenn ich den Film schneide.«

Sie nickte.

»Kann ich eine kleine Sequenz drinlassen?«

»Welche?«

»Die Sequenz, in der ich dir sage, wie toll und wunderschön du bist?«

Sallys Oberlippe schob sich ein bisschen hoch, und in ihrem Kinn erschien eine kleine Falte. Einen Augenblick lang dachte ich, sie würde anfangen zu weinen. Aber sie beugte sich vor, küsste mich auf die Wange und umarmte mich. Dann lehnte sie sich wieder zurück und zeigte mit dem Finger auf mich.

»Ismael, wenn du *diese* Sequenz rausschneidest«, sagte sie, »hau ich dir persönlich eine rein.« Sie hörte sich an, als würde sie das auch so meinen.

Danach ging der Ball ziemlich schnell zu Ende. Ein Highlight war noch, als Danny Wallace (der sich offenbar zu viele »Limos« gegönnt hatte) während einer leidenschaftlichen Umarmung auf der Tanzfläche sehr beeindruckend auf Amanda Duggans Rücken kotzte. Das beendete den Abend mehr oder weniger, und Sally und ich gingen zusammen zum Vordereingang, wo Mr Nofke uns schon erwartete.

Zu Hause im Bett ließ ich in meinem Kopf jede einzelne Minute noch einmal Revue passieren. Wenn ich zu der Kuss-Szene kam, tat ich sogar, worum Sally gebeten hatte: Ich schnitt sie heraus. Aber ich warf sie nicht weg. Das konnte ich nicht. Stattdessen ließ ich sie in einer Endlosschleife laufen. Und während ich das tat, stahl sich ein Gedanke in meinen Kopf: *Wenn es Razz nicht gäbe, könnte mein Leben perfekt sein.*

Endlich hatte ich herausgefunden, was mir fehlte.

Ich war ein elender Mistkerl.

25
Gebt mir ein Messer!

»Du bist der Größte, Mann!«

Der Unterricht hatte noch nicht begonnen. Ich saß im Klassenlehrerzimmer und schrieb noch an einer Englischhausaufgabe, als Razz mich bei der Schulter packte und freundlich schüttelte.

»Sally findet, dass du fantastisch warst am Samstag. Ich schulde dir echt was, Alter. Du hast das Ding geschaukelt.«

»Das war keine große Sache, Razz. Wirklich nicht. Vergiss es.«

»Keine große Sache, jetzt untertreib mal nicht, Mann! Ohne dich hätte Sally ihr neues Kleid nicht tragen können, sie hätte sich nicht die Haare machen lassen und mit ihren Freunden rumhängen können und alles. Außerdem sagt sie, dass sie richtig viel Spaß hatte. Nicht *zu* viel, hoffe ich, sonst muss ich dich umbringen!«

Das tat er bereits. Nach allem, was mit Sally passiert war, fühlte sich jede freundliche Bemerkung von Razz wie ein Messer an, das mir im Bauch steckte. (Nicht, dass ich schon mal ein Messer im Bauch hatte, aber ich schätze, es wäre nichts, was mir besonders gefallen würde.) Razz klopfte mir wieder auf den Rücken und kletterte auf den Stuhl neben mich.

»Und was macht dein Kopf?«, fragte ich ihn.

»Ganz gut – ein bisschen empfindlich. Sie haben mich Sonntagmorgen aus dem Krankenhaus entlassen. Haben nur gesagt, dass ich es ein bisschen langsam angehen lassen soll.«

»Es wird dich erstaunen, dass die Wand wohl wieder vollständig genesen wird.«

»Sehr witzig. Hast du das ganze Wochenende daran gearbeitet?« Dann spähte er in mein Workbook. »Was machst du da eigentlich?«

»Hamlet. Wir sollten uns doch bis heute den Claudius-Monolog anschauen.«

»Das hättest du bestimmt am Wochenende hingekriegt, wenn du nicht Sally und mir ausgeholfen hättest. Tut mir leid, Mann. Ich schulde dir echt was.«

Möchte noch jemand ein Messer in den Bauch?

»Schon gut, Razz, wirklich. Es war nichts. Vergiss es einfach.«

Ich fand, dass es Zeit war, das Thema zu wechseln, deshalb zeigte ich auf meine aufgeschlagene *Hamlet*-Ausgabe.

»Hast du dir das schon angeschaut?«

»Nö, aber ich habe eine Entschuldigung aus gewalztem Gold, Mann. Gehirnerschütterung, Krankenhaus, Attest vom Arzt, Schrieb von meiner Mutter – besser geht's kaum. Sogar Slats wird beeindruckt sein.«

Razz zog sich mein Buch heran und begann zu lesen.

»*Oh, meine Tat ist faul, sie stinkt zum Himmel.* Mann, von was labert der alte Claudius da? Ist ihm was in die Hose gegangen, oder so?«

»Nicht ganz. Er redet davon, dass er Hamlets Vater getötet hat, um dann seine Mutter zu heiraten. Er fühlt sich schuldig.«

Stell dich hinten an, Claudius!

»Ja, das sollte er wohl auch. Die beiden waren Brüder, was? Seinem Bruder müsste Hamlets Vater doch vertrauen können. Schöner Bruder.«

Mein alter Bauch fühlte sich langsam an wie ein Nadelkissen.

»Auweia, was ist denn das? *Die stärkre Schuld besiegt den star-*

ken Vorsatz, und wie ein Mann, dem zwei Geschäft' obliegen / Steh' ich im Zweifel, was ich erst soll tun.«

»Weiß ich auch nicht genau, aber Claudius betet. Vermutlich möchte er, dass ihm vergeben wird, aber er fühlt sich zu schuldig, um um Vergebung zu bitten. Irgend so was.«

Gib mir ein Messer, ich erspar dir die Mühe und steche eine Weile selbst auf mich ein.

Bevor Razz noch mehr Fragen stellen konnte, wurde ich glücklicherweise von Scobie, Bill und Ignatius gerettet, die hereinkamen.

»Orazio, willkommen zurück im Land der Lebenden. Wie geht's deinem Kopf?«

»Keine Sorge, Scobes. Hab versucht, denen im Krankenhaus beizubiegen, dass mir nichts fehlt, aber sie haben mir nicht zugehört.«

James und die anderen beiden zogen ein paar Stühle heran und setzten sich um unsere Bank herum.

»Haben sie irgendwelche Untersuchungen gemacht?«

»Aber sicher, Prindabuddy. Sie haben in mir rumgestochert, mir glänzende Dinge in jede Öffnung geschoben, die sie finden konnten, und meine Ellbogen und Knie mit diesen verrückten kleinen Hämmern beklopft. Es war übel. Sogar so einen Scan vom Gehirn haben sie gemacht.«

»Ach, wirklich?«, sagte Ignatius. »Und haben sie eins gefunden?«

Razz verzog den Mund im Stile Scobies und wartete, während Bill und Ignatius schnaubten und zischten und die Fäuste gegeneinanderschlugen, um Prindabels Witz zu feiern. Scobie presste den Mund in einem schmalen Lächeln zusammen und präsentierte sein übliches zustimmendes Nicken.

»Weißt du, P-buddy, für *dich* war das eigentlich gar nicht

übel. Das war sogar *fast* ein bisschen witzig. Was ist los, Mann? Du hast dir doch nicht etwa von einer dubiosen Internetseite eine Persönlichkeit runtergeladen?«

Ignatius wischte Razz' Kommentare beiseite und genoss die Zustimmung zu seinem seltenen Anfall von Humor.

»Wie war das Essen, Razz?«

»Nicht schlecht, Hula-Boy. Sie hatten ein sehr nette Auswahl an verschiedenen Sorten von ›fad‹ mit ein paar köstlichen und kreativen Beilagen von der Art ›Was zur Hölle *ist* das?‹. Aber, Jungs, wollt ihr was wirklich Interessantes hören?«

Keine Einwände.

»Also. Weil ich nicht allein duschen durfte, falls ich ohnmächtig werde oder so, hat mich eine Pflegekraft ... mit dem Schwamm gewaschen. Wisst ihr, wie das funktioniert? Du liegst nackt im Bett ... und sie waschen dich ... mit einem *Schwamm*. Deshalb sagt man, mit dem *Schwamm* waschen.«

Blicke schossen wie Querschläger durch die Gruppe, und jeder rückte automatisch näher heran.

»Ja, so war das«, fuhr Razz fort. »Und was meint ihr, wer mich mit dem Schwamm gewaschen hat? Ganz jung ... vielleicht erst zwanzig oder so ... sehr gut aussehend ... und *echt gut* gebaut.«

Razz hielt inne und lehnte sich zurück.

» Ja, *und*?«

»Und *was*, Prindabuddy?«

»Und *wie* war es?«

»Nicht schlecht, aber ich *persönlich* hätte es vorgezogen, wenn die Pflegekraft weiblich gewesen wäre.«

Stöhnen erfüllte den Raum, und der enge Kreis vergrößerte sich wieder.

»Ihr macht es euch zu leicht«, sagte Razz. »Wo ist die Herausforderung? Und Billy, hör auf zu sabbern. Sieht nicht gut aus.«

Im Englischunterricht am Nachmittag behandelte Mr Slattery mit akribischer Genauigkeit den Claudius-Monolog. Und auch wenn ich nicht gerade in einer Liga mit Big C spielte (die Freundin deines besten Freundes zu küssen konnte schließlich nicht ganz mithalten damit, einen König zu töten und ihm die Frau auszuspannen), so konnte ich die Schuldgefühle und den Wunsch, »etwas dagegen zu tun«, durchaus nachempfinden.

Die folgenden Wochen trug ich dieses Gefühl in meinem Innern mit mir herum. Razz war immer noch Razz, und ich war immer noch ich, aber es fühlte sich an, als wäre ein Schatten oder ein Vorhang zwischen uns, den nur ich wahrnahm.

Erst am letzten Tag vor den kurzen Ferien in der Mitte des Schulhalbjahrs beschloss ich, endlich den Vorhang zwischen uns wegzuziehen.

26
»Fatale Schwäche«-Dings

Die erste Hälfte des zweiten Halbjahrs endete mit einer Schulversammlung in der Turnhalle. Nachdem wir entlassen waren, blieben Razz und ich noch eine Weile da und halfen Miss Tarango, ein paar Kisten »Korrekturen für die Ferien« in ihr Auto zu tragen. »Die Freuden des Englischlehrerdaseins«, nannte sie es.

Als wir fertig waren, hatten wir die ersten Busse verpasst.

Wir saßen auf der Ziegelmauer vor dem College und hatten ungefähr zwanzig Minuten Wartezeit vor uns. Mir war das gar nicht unrecht. Ich hatte schon den ganzen Tag nach einer Gelegenheit gesucht, mit Razz zu reden. Aber ich brauchte dennoch eine Weile, um den Mut aufzubringen und etwas zu sagen, und noch länger, um eine Lücke in der Wortlawine zu finden, die sich aus Razz' Mund ergoss. Schließlich tat sich eine der seltenen Lücken auf, und ich schlug zu.

»He, Razz, wir fahren fast die ganzen Ferien über an den Strand. Wir sehen uns also erst wieder danach ... und da ist ... das gibt es eine *Sache* ... äh ... von der ich denke ... dass du sie wissen solltest.«

Der Mop aus schwarzen Haaren neben mir hörte auf, zu einem inneren Rhythmus auf und nieder zu wippen, und ein ernstes Gesicht wandte sich mir zu. »Falls es um die Vögel und die Bienen geht, Mann, da bin ich schon völlig cool.«

»Razz, ich mein es ernst. Es ist wichtig. Ich muss dir ... ich *will* dir ... etwas sagen ... über mich.«

Razz sah mich besorgt an: »Warte, du gibst mir jetzt nicht einen Bill Kingsley, oder?«

»Was? Was! Nein! Wie um Himmels willen kommst du denn darauf?«

»Lass mich nachdenken«, sagte Razz. »Zuerst war da die Sache mit Cindy, dann hatten wir die Geschichte mit Jess ...«

»He, ich hab dir das mit Cindy erklärt! Und ich erinnere mich vage daran, dass die ›Geschichte mit Jess‹ für dich bei Sally ganz gut funktioniert hat.«

»Okay, vergiss Cindy und Jess. Aber wie war das, als wir auf dem Sportplatz das heiße Mädel gesehen haben, das in der knappen Shorts und dem engen Top gejoggt ist?«

»Und was war da?«

»Na, *du* hast gesagt, dass es dir gefällt, wie ihr Pferdeschwanz beim Laufen hin und her schwingt. DU hast gesagt, das würde *süß* aussehen.«

»Ja, und?«

»Ja, *und?*« Razz sah mich ungläubig an. »Von all den geilen Teilen dieses Mädels, die wippten und wackelten, hat du dir ihren *Pferdeschwanz* angeschaut!?«

»Das ist doch blöd. Ich bin nicht wie Bill, und das *weißt* du. Wenn ich so wäre, dann gäbe es keine Kelly, oder? Und wir müssten auch nicht dieses dämliche Gespräch führen, weil es ... diese *andere* Sache ... von der ich dir erzählen muss ... und von der ich wünschte ... ich hätte sie nie getan ... gar nicht gäbe.«

Vermutlich hörte sogar Razz an meiner Stimme, dass es mir ernst sein könnte.

»Okay. Tut mir leid, Kumpel. Schieß los. Sag's mir.«

»Nun, es ist so ... etwas ist passiert, und ich denke, du solltest es wissen. Ich habe sozusagen etwas *getan,* aber eigentlich wollte ich es gar nicht ... oder vielleicht wollte ich es auch ... Ich weiß es nicht mehr. Jedenfalls war es falsch, und ich hab ein schlechtes Gewissen, und wenn ich es ungeschehen machen könnte, dann würde ich das tun, denn es war alles meine Schuld. Einzig und allein meine Schuld. Also, es ist so ...«

Razz musterte mich eingehend.

»Geht es darum, dass du Sally beim Abschlussvorfest geküsst hast?«

»Was? Du *weißt* davon?«

»Jep.«

»Und woher?«

»Sally hat's mir erzählt.«

»Wann?«

»Am Wochenende nach dem Ball. Sie war bei mir, und wir haben Filme geschaut. Sie war sehr still. Da hab ich sie gefragt, was los ist. Und sie hat mir alles erzählt. Hat gesagt, dass sie ein schlechtes Gewissen hat. Wollte keine Geheimnisse haben. Aber dann bat sie mich, dass ich dir nichts davon sage, dass sie es mir erzählt hat. Da soll mal einer schlau draus werden.«

Ich betrachtete Razz' Gesicht, fand aber nicht heraus, was in ihm vorging.

»Und als sie es dir erzählt hat ... war das ... *okay* für dich?«

»Machst du Witze, Mann? Ich wollte dir eine reinhauen. Echt.«

»Und warum hast du's dir anders überlegt?«

»Mir anders überlegt? Wer sagt, dass ich's mir anders überlegt habe? Ich habe nur auf die Gelegenheit gewartet, dich allein zu erwischen, ohne Zeugen ...« Razz brach plötzlich ab und ließ den Blick einmal über den einsamen Horizont schweifen. »He, waaaaaarteeeee eine Minute ...«

Dann lachte er. Aber nicht sehr.

»Razz, es tut mir leid. Wirklich. Ich weiß nicht, was los war. Ich wollte nicht, dass es passiert. Es ist einfach passiert. Ich würde es dir nicht zum Vorwurf machen, wenn du mir eine reinhauen würdest.«

»Nö, ist schon gut, Mann. Sal hat mir von Wallace erzählt und dem Schnaps und allem. Mensch, der Typ lässt Volldeppen alt aussehen. Sie hat alles erklärt. Ich seh' die ganze Sache ganz cool. Außerdem schulde ich dir noch was, weil du in der Geschichte mit Jess meinen Hals gerettet hast.«

»Ich fühle mich trotzdem total beschissen. Du bist mein Freund. Mein bester Freund. Ich hätte es nicht tun sollen. Niemals. Auch nicht, wenn ich ein Dutzend Wodkas intus gehabt hätte.«

»Ein Dutzend Wodkas? Du? Mann, wenn du ein Dutzend Wodkas gehabt hättest, hätte sogar Danny Wallace einen Zungenkuss bekommen. Das heißt, wenn sie *dich* nicht zuerst wieder hätten wach küssen müssen.«

Wir lächelten beide. Dann wussten wir eine Weile nicht mehr, was wir sagen sollten. Razz fiel als Erstem wieder etwas ein.

»Wenn du die Wahrheit wissen willst, Mann: Ich hatte viel mehr Angst, als dass ich wütend war, als Sal mir erzählt hat, was passiert ist.«

»Angst? Angst wovor?«

»Vor tausend Sachen. Angst, dass Sal dich nehmen würde statt mich. Angst, dass ich sie verloren hatte, Angst, dass alles den Bach runtergehen würde. Dass *wir* den Bach runtergehen.«

Razz ließ den Blick in die Ferne schweifen.

»Du wirst sie auf keinen Fall verlieren, Razz. Sally mag dich sehr. Das ist eine echte Schwäche von ihr, aber es nun mal so. Du musst dir keine Sorgen machen. Null.«

»Ja, vielleicht.« Er schien nicht sehr überzeugt, deshalb beschloss ich, ihn zu überzeugen.

»Weißt du, was sie an diesem Abend zu mir gesagt hat?«

Razz wandte sich mir zu.

»Sie hat mir gesagt ... dass sie die ganze Zeit, die sie mit mir zusammen war, auch wenn sie ihren Spaß hatte ... immerzu nur an ... dich gedacht hat.«

Razz' Augen leuchteten auf.

»Echt, Mann? Das sagst du nicht einfach nur so?«

»Es waren genau ihre Worte.«

Jedenfalls *einige* ihrer Worte. Dann breitete sich wieder Schweigen aus, bis ich bemerkte, dass ein Lächeln über Razz' Gesicht kroch.

»Was? Was ist los?«

»Ich fass es nicht, dass du es mir gesagt hast. Ich fass es nicht, dass du wirklich die Sache mit dir und Sally gebeichtet hast, obwohl du es gar nicht musstest. Jeder andere hätte die Klappe gehalten. Aber nicht du, Mann.«

Razz grinste und schüttelte den Kopf.

»Ja, nur weiter. Lass es raus. Ich weiß schon, was du sagen willst. Dass mir was fehlt, richtig?«

»O ja, in der Tat«, sagte Razz. »Dir fehlt ganz sicher was. Und ich glaube, ich hab gerade eben rausgefunden, was. Du bist wie Hamlet, Mann. Echt. Ihr denkt beide zu viel nach, und ihr habt beide so ein ›fatale Schwäche‹-Dings, von dem der Slattery dauernd labert.«

»›Fatale Schwäche‹-Dings? Wow, Razz, ich bin beeindruckt. Du hörst doch im Unterricht nicht etwa zu?«

»Manchmal komm ich nicht drumrum.«

»Was ist dann meine fatale Schwäche?«

»Ist das nicht offensichtlich, Mann? Du bist zu nett. Das ist dein großes Problem. Du musst immer das Richtige tun. Deshalb brauchst du auch mich, als Ausgleich sozusagen.«

»Es musste ja einen Grund geben, warum ich mich mit dir abfinde.«

»Ja, wir sind einfach ein gutes Team«, meinte Razz. Dann schnalzte er mit den Fingern und zeigte auf mich. »He, was mir gerade einfällt. Wenn du Hamlet bist, dann bin ich eigentlich dieser Horatio.«

»*Mein guter Freund; vertauscht mir jenen Namen.*«

»Hä?«

»Das sagt Hamlet zu Horatio – dass er glücklich ist, ihn einen Freund zu nennen.«

»Cool! Wie kannst du dir das nur merken? Bei mir ist das hoffnungslos.«

»Keine Ahnung. Bleibt einfach in meinem Gedächtnis hängen. Egal, aber dass du Horatio sein sollst ... Ich hab das Gefühl, dass er nicht ganz so abgedreht ist wie du.«

»Echt? Na ja, vielleicht bin ich die extreme Version. Oder vielleicht bin ich ein Cyborg. Du weißt schon, halb Horatio, halb Orazio.«

»Horazio?«, regte ich an. Ich fand das gar nicht so schrecklich witzig, aber Razz schlug sich auf die Oberschenkel und machte sich fast in die Hose vor Lachen.

»Horazio! Mann, einverstanden, Ismael. Das ist genial.«

In diesem Augenblick bog am Ende der Straße Razz' Bus um die Ecke. Razz sprang von der Mauer herab und warf sich die Tasche über die Schulter.

»Bis dann, Kumpel. Ruf an, wenn du vom Meer zurück bist.«

»Ja, okay. Und Razz ... Danke ... Du weißt schon ...«

»Vergiss es«, sagte Razz und sprang in den Bus. Er zog seine Karte durch, suchte sich einen Platz und streckte den Kopf aus dem Seitenfenster: »Tschüss, süßer Prinz. Mögen ... ähmmmm ... haufenweise Engel ... ähmmmmmmm .... dir was richtig Gutes tun!«

Die anderen Leute im Bus glotzten Razz an. Da sie sowieso glotzten, dachte ich mir, könnte ich dafür sorgen, dass es sich auch richtig lohnte.

»Tschüss, Horazio!«, rief ich zurück. »Ich werde euch im Innern meines Herzens tragen, in meinem Herz der Herzen.«

Als ich auf meinen Bus wartete, überlegte ich, wie Razz wohl mit der Prüfung klarkommen würde, die nach den Ferien anstand. Wenn er sich die Zitate wirklich nicht merken konnte, dann würde ihm die mündliche *Hamlet*-Prüfung ganz schön Kummer machen.

Ausnahmsweise hatte ich mal recht. Ich hatte nur keine Ahnung, wie recht ich hatte.

27
Die Rückkehr der Intelligenzbestien

Wir hatten endlich die Zielgerade des elften Schuljahres erreicht, und die Lehrer legten Wert darauf, dass wir das auf keinen Fall vergaßen. Sie wiesen dauernd darauf hin, wie wichtig alles sei und wie wenig Zeit wir noch hätten und wie stark sich unsere letzten Hausarbeiten und Prüfungen auf unsere Noten insgesamt auswirken würden. Das war natürlich alles sehr wahr. Aber abgesehen von der mündlichen *Hamlet*-Prüfung beschäftigte mich das Abschlussvorfest der elften Klasse am meisten.

Anders als der Lourdes-Ball fand unser Abschlussvorfest traditionell nach den Prüfungen in der letzten Schulwoche statt. Mit dem Ball und der Feier wurde das ganze Schuljahr gewürdigt, aber auch der Augenblick, an dem die Elftklässler offiziell zu den ältesten Schülern der Schule wurden. Es waren zwar noch zwei Monate Zeit, aber der Druck, eine Partnerin zu finden, baute sich bereits auf.

Wer am Abschlussvorfest teilnehmen wollte, musste eine Partnerin haben. Ohne Ausnahme. Wenn man ein so erbärmlich hoffnungsloser Fall war, dass man selbst niemanden fand, wurde man mit einem der Mädchen zusammengespannt, die en gros von den örtlichen Schulen eingeladen wurde. Das bot einem die einzigartige Chance, als absoluter Loser dazustehen. Diese sehr reale Möglichkeit schwebte immer drohender über mir. Ich konnte nur daran denken, wie toll mein Leben gewesen wäre, wenn Kelly nicht weggezogen wäre und sie mich zum Abschlussvorfest begleitet hätte.

Aber warum sollte ich mich quälen? Kelly war weg. Und mit jedem Tag trieb sie weiter davon. Schon seit Ewigkeiten hatte ich keine Mail mehr von ihr bekommen, und in der letzten hatte sie eigentlich auch nicht viel gesagt. Sogar Sally meinte, sie würde nichts von ihr hören. Ich bemühte mich angestrengt, die ganze Abschlussvorfest-keine-Partnerin-Loser-Geschichte aus meinem Kopf zu verdrängen. Aber dann wurde sie dank Razz in einer Mittagspause das Hauptgesprächsthema.

Scobie, Bill, Ignatius und ich aßen an einem Tisch im Senior-Bereich, als Razz höchstpersönlich hereinstürmte und sich zu uns gesellte.

»He, Jungs. Ich hab mir gerade überlegt, dass wir uns am besten ganz früh anmelden und einen Tisch für das Abschlussvorfest organisieren, damit wir alle zusammensitzen können. Das wird gigantisch.«

»Ich komm nicht.«

Alle Augen am Tisch drehten sich zu Bill.

»Wozu«, sagte er mit dem typischen Kingsley-Schulterzucken. »Ich habe keinen Partner. Und wenn ich einen hätte ...«

»Warum tust du dich nicht für den einen Abend mit einem Mädel zusammen, Billy Boy? Du musst nur reden und tanzen. Du musst sie nicht heiraten. Und wir werden alle da sein.«

Bill schüttelte den Kopf. Er war nicht bereit, sich umstimmen zu lassen.

»Und was ist mit dir, Prindabundel? Du hast doch wohl nichts dagegen, mit einem Mädel zusammengespannt zu werden und sie für einen Abend unglücklich zu machen, oder?«

Ignatius sah Razz verständnislos an.

»Ich habe meine eigene Partnerin.«

Razz warf sich nach hinten, als ob er den vollen Rückstoß einer Panzerfaust abbekommen hätte.

»Was? Meine Güte, Prindabuster«, sagte Razz und fasste sich an die Brust. »Einen Augenblick lang habe ich schon gedacht, du meinst es ernst. Aber weißt du, mit so was scherzt man nicht. Ich hätte einen Herzinfarkt erleiden können. Es gibt gewisse Grundgesetze des Universums, und wir Menschen haben im Lauf der Zeit gelernt, uns auf sie zu verlassen. So was wie die Schwerkraft und dass die Sonne das Zentrum unseres Sonnensystems ist und dass du eine absolute No-go-Area für Mädels bist.«

»Dann bereite dich auf einen akuten Herzinfarkt vor, Orazio, denn es ist so: Ich habe eine Partnerin für das Abschlussvorfest.«

Razz beugte sich zu Ignatius hin und schenkte ihm ein verständnisvolles Lächeln.

»Prindabubbles. P-bud. Dir ist schon klar, dass wir unter ›Partnerin‹ nicht deinen Laptop verstehen, auch wenn du mühsam einen Bildschirmschoner mit einem Mädchengesicht runtergeladen hast. Und ich bin mir ziemlich sicher, dass es auch gegen die Regeln ist, wenn du deine Vorfest-›Partnerin‹ in einem Labor gebaut, geklont, aufgeblasen oder durch Elektroden im Gehirn ins Leben gebracht hast.«

Ignatius hörte geduldig zu und sagte dann: »Nun, dann ist wohl alles in Ordnung.«

Razz wollte noch etwas sagen, aber Scobie war schneller.

»Wer ist sie, Ignatius?«

»Maude Everingham. Sie geht aufs Morley Girls' College. Du kennst sie, James. Sie hat auch an dem Wochenendkurs für fortgeschrittene Naturwissenschaftler teilgenommen.«

Wir wandten uns alle zu Scobie um. Er hob die Augenbrauen.

»Hervorragend.«

»Was?«, unterbrach Razz. »Echt? Der Pi-Mann hat tatsächlich ein echtes lebendiges Mädel an Land gezogen, *ohne* Chloroform oder ein federunterstütztes Fangnetz?«

»Absolut«, sagte Scobie.

»Prindabuddy, du bist der Hammer! Wie hast du das gemacht, Mann? Komm schon, erzähl uns alles darüber.«

»Nun«, sagte Ignatius und wurde fast lebhaft, »es war während der Chemiestunde an besagtem Wochenende. Wir machten eine quantitative chemische Analyse mit einer zweiwertigen Säure, die wir zur Bestimmung der Äquivalenzpunkte mit einer starken Base titrierten.«

»Red einfach weiter, P-bud«, sagte Razz. »Nach dem Gesetz des Durchschnitts wirst du irgendwann einmal zufällig was sagen, was ich verstehe.«

»Wir haben ein Titrationsexperiment gemacht, Orazio.«

Razz schaute ihn verständnislos an.

»Sei's drum, am Ende der Analyse«, fuhr Ignatius fort, »mussten wir unsere Ergebnisse mit jemandem vergleichen. Maude arbeitete an dem Platz neben mir, deshalb fragte ich sie, ob ich ihre Titrationskurven sehen darf, und sie sagte Ja.«

»Was! Ihr habt euch gerade erst kennengelernt, und dann zeigt sie dir schon ihre Titrationskurven? Du lässt nichts anbrennen, was? Du bist der Hammer, Prindabuster! Du bist der Hammer.«

Ignatius wirkte ein bisschen verwirrt, redete aber weiter.

»Na ja, ich habe ihre überprüft, und dann hat sie sich meine angeschaut ...«

»O mein Gott, halt dir die Ohren zu, Ismael!«

»... dann haben wir uns ein bisschen unterhalten, während wir unsere Pipetten und Messgläser ausgewaschen haben ...«

»Hör auf Mann. Es sitzen Kinder am Tisch!«

»... und so haben wir uns kennengelernt. Nach dem Kurs haben wir uns Mails geschrieben. Letztes Wochenende waren wir zusammen in der Da-Vinci-Ausstellung im Museum. Da hab ich sie gefragt, ob sie zum Vorfest mitkommt, und sie hat wieder Ja gesagt.«

Ignatius verschränkte seine Spinnenfinger miteinander und lächelte uns an.

»Hervorragende Arbeit«, meinte Scobie, während sich Bill und Ignatius gefährlich dezentriert abklatschten und ich mein »O-mein-Gott-sogar-Ignatius-hat-eine-Partnerin-was-fehlt-mir-bloß«-Gesicht hinter einem anzüglichen Grinsen versteckte.

»Prindabundle, du rockst! Ich hab mich in dir getäuscht, Alter. Bei dir läuft alles glatt, Mann. Superglatt! So glatt, dass man dich auf den Boden legen und beim Golfen für den Abschlag benutzen könnte.«

Ignatius dachte eine Sekunde darüber nach, dann bohrte er seinen berühmt-berüchtigten Zeigefinger in den Äther.

»Oder«, sagte er, »so glatt ... dass der Reibungskoeffizient gleich null ist.«

»P-buddy«, sagte Razz mit glasigen Augen und leichtem Kopfschütteln, »du bist der unangefochtene Champion des Streber-Humors.«

Ignatius war offenbar auch dieser Ansicht. Es dauerte eine ganze Weile, bis er seinen zischenden Lachanfall unter Kontrolle hatte. Als er so weit war, wandte Razz seine Aufmerksamkeit Scobie zu.

»Also dann haben wir mich und Sally, P-buddy und die Titrationskönigin. Und was ist mit dir, Herr Scobmeister, hast du ein Fräulein organisiert?«

Scobie rutschte auf seinem Stuhl hin und her. Sein Mund vollführte einen Verrenkungsmarathon, und auf seinen Wangen breiteten sich zwei pinkfarbene Kleckse aus.

»Einen Augenblick«, sagte Razz mit immer breiterem Grinsen. »Wisst ihr, was ich denke? Natürlich hat Scobes jemanden organisiert. Vielleicht die scharfe kleine Schwester eines gewissen Jemand?«

Auf Scobies Wangen legte sich noch eine Schicht Rot.

»Aha! Hab ich mir's doch gedacht. Scobes und Prudles wieder zusammen. *Die Rückkehr der Intelligenzbestien*!«

Scobie warf einen Blick in meine Richtung. »Nun, nachdem Orazio das Thema aufgebracht hat ... Ich habe in der Tat darüber nachgedacht ... solange das für dich okay ist, Ismael ... und deine Eltern es erlauben ... und natürlich vor allem, wenn Prue will ... dass ich vielleicht ...«

»Für Mum und Dad ist das bestimmt okay. Und für mich ist es auch in Ordnung«, sagte ich. (Außer natürlich abgesehen von der Kleinigkeit, dass jetzt sogar meine kleine Schwester, die erst in der Zehnten war, einen Partner für mein Vorfest hatte, während ich noch allein dastand. Ich spürte geradezu, wie sich der Buchstabe L in meine Stirn einbrannte.)

»Wir alle wissen, dass Prudles es kaum erwarten kann«, sagte Razz. »Cool! Dann sind Sal und ich, Mr und Mrs Titration und die Mensa-Zwillinge angemeldet. Bleibt nur noch Ismael. Schon eine Idee?«

Das Spotlight schwang herum und fiel auf mich. Großartig.

»Wofür?«

»Ach, zum Beispiel wie man das Abschmelzen der Polkappen rückgängig machen könnte«, sagte Razz strahlend, bevor er ungeduldig seufzend meinte: »Wen du zum Vorfest einlädst.«

»Ich hab mir eigentlich noch gar keine Gedanken darüber gemacht.«

Lügner.

»Es ist ja sowieso noch genug Zeit.«

Lügner.

»Außerdem geht's mir ein bisschen wie Bill. Ich weiß gar nicht sicher, ob ich überhaupt hingehen will.«

LÜGNER!

»Sei nicht blöd, Mann. Natürlich kommst du. Und mach dir keine Sorgen, Alter. Wir haben noch genug Zeit. Ich denk mir was aus. Bleib ganz ruhig. Der Razzman kümmert sich um deinen Fall und lässt seine Magie wirken.«

Während ich in das lächerlich zuversichtliche Gesicht vor mir schaute, musste ich unwillkürlich daran denken, dass Razz' »Magie« oft das Potenzial hatte, schrecklich falsch zu laufen, und letztlich war ich dann derjenige, der in zwei Teile gesägt wurde. Wie sich herausstellen sollte, handelte sich diesmal der Razzman selbst den Ärger ein. Er wurde zwar nicht in zwei Teile gesägt oder in die Luft gesprengt oder so (wenigstens nicht buchstäblich), aber er bekam die geballte Ladung von zehn Tagen Nachmittagsarrest ab.

Und alles nur wegen Bilbo, dem Barden und dem melancholischen Dänenprinzen.

28
Stürmisches Geräusch versenkten Ofens

Eigentlich brachte Scobie die Sache ins Rollen. Schließlich hatte er die Idee gehabt, uns gemeinsam in dem Raum, den wir für unsere Debattiertreffen reserviert hatten, auf die mündliche *Hamlet*-Prüfung vorzubereiten. Für die mündliche Prüfung mussten wir eine Passage aus *Hamlet* auswählen, sie vor der Klasse deklamieren, genau erklären und ihre Bedeutung für das Stück als Ganzes und die heutige Gesellschaft erläutern. Ein Klacks! Außer dem Teil, in dem man den Text vor der Klasse deklamieren, genau erklären und seine Bedeutung für das Stück als Ganzes und die heutige Gesellschaft erläutern sollte. Dieser Teil war ziemlich knifflig.

Jedenfalls fanden wir Scobies Idee sehr gut, gemeinsam zu üben. Vor allem, weil James ein Shakespeare-Experte war und wir von ihm profitieren würden. Zuerst konzentrierten wir uns auf das Deklamieren. Wir mussten keine Requisiten oder Kostüme benutzen, wenn wir nicht wollten, aber auswendig mussten wir den Text schon können. Wie ich an jenem Nachmittag an der Bushaltestelle vorhergesehen hatte, hatte Razz damit seine Probleme.

»Welche Passage hast du, Orazio?«

Razz blätterte durch sein Buch, legte es dann vor Scobie und strich mit der Hand über den Bund, damit es nicht zuklappte.

»Die hier, Scobes. Hammy spricht mit seiner Mum.«

»Okay. Gut. Ich lese zwei Zeilen von dem, was die Königin sagt, um dich ein bisschen einzuführen, und dann setzt du ein.«

Razz baute sich auf und stellte sich mit stählernem Blick in Positur. Scobie und ich waren ganz hinten im Klassenzimmer, um die Lautstärke zu prüfen. Bill und Ignatius saßen vorn. Ignatius soufflierte, und Bill kaute an seinem Lunch. Scobie fing an zu lesen.

»Du weißt, es ist gemein: Was lebt, muss sterben / Weswegen scheint es so besonders dir?«

Auf einmal machte Razz einen Satz nach vorn und schlug mit der Faust wütend auf Bills Pult. Wir anderen fuhren zusammen. Bill kleckerte Eiskaffee auf sein Kinn.

»*SCHEINT*, gnäd'ge Frau! Nein *IST*; mir gilt kein ›*SCHEINT*‹.«

Nachdem wir den ersten Schreck verdaut hatten, waren wir alle ziemlich beeindruckt. Wir warteten auf mehr, aber Razz stand bewegungslos vorn wie eine sehr verärgerte Schaufensterpuppe.

Prindabels flüsternde Stimme kroch von der Seite herein: *»Nicht bloß mein düstrer Mantel, gute Mutter ...«*

Razz erwachte zum Leben, als hätte jemand den *Pause*-Knopf losgelassen. »Ja, das ist richtig, ich weiß, ich weiß. Sag nichts, sag nichts. ›Nicht bloß mein wüster Mantel, gute Mutter.‹«

»*Düstrer* Mantel, nicht *wüster* Mantel«, unterbrach Prindabel.

»Düster? Bist du sicher? Warum soll sein Mantel düster sein?«

»Sein Mantel ist dunkel«, erklärte Scobie geduldig. »Er trägt einen dunklen Mantel, weil sein Vater, der König, vor Kurzem gestorben ist, du erinnerst dich?«

»Okay, okay, okay. Ich hab's verstanden.«

Razz stützte sich auf und konzentrierte sich.

BUMMS! Seine Faust krachte wieder auf Bills Pult. Wir alle fuhren wieder zusammen. Bill schüttete den Eiskaffee in seinen Schoß.

»*SCHEINT*, gnäd'ge Frau! Nein *IST*; mir gilt kein ›*SCHEINT*‹ ... Ähhhhhmmmm ... Ach ja. Nicht bloß mein *düstrer* Mantel, gute Mutter oder ... ähhhmmm nicht nur mein ähhhhmmmm ... irgendwas mit seinen *Klamotten*, oder?«

Prindabel schüttelte den Kopf: »*Noch die gewohnte Tracht von ernstem Schwarz.*«

»Ja, genau. Noch die bewohnte Fracht von fernstem Knarz.«

Ignatius warf den Kopf nach hinten, aber Scobie signalisierte ihm, dass er einfach weitermachen sollte.

»*Noch stürmisches Geseufz' beklemmten Odems.*«

»Ja, klar. Noch stürmisches Geräusch versenkten Ofens.«

Scobie hob wie ein Verkehrspolizist die Hand in Richtung Ignatius.

»Orazio, hast du überhaupt versucht, das auswendig zu lernen?«

»Ja, natürlich, Scobie, ganz sicher.«

»Das klingt aber nicht so.«

BUMMS!

»*SCHEINT*, gnäd'ge Frau! Nein *IST*; mir gilt kein ›*SCHEINT*‹ ...«

Bill trocknete sich mit dem Hemdsärmel das Gesicht ab.

»Orazio, wir sehen, dass du den ersten Vers intus hast, aber was ist mit dem Rest?«

»Ich hab's versucht, Scobes, aber wie kannst du was im Gedächtnis behalten, was für dich keinen Sinn ergibt?« Razz schnappte sich das Buch von Ignatius. »Was soll ›stürmisches Geseufz' beklemmten Odems‹ überhaupt bedeuten?«

»Tiefes Seufzen.«

»Ja, okay, das war leicht, für den Anfang, aber was ist mit ›im Auge der ergieb'ge Sturm‹ oder ›gebeugte Haltung des Gesichts‹?«

»Das erste sind Tränen und das zweite eine traurige Miene.

Hör zu, Orazio. Hamlet erklärt hier Gertrud, dass er keine Show abzieht oder nur so tut, als wäre er traurig, indem er seufzt und weint und schwarz trägt. Er sagt, dass er nicht traurig zu sein *scheint*, sondern tatsächlich traurig *ist*. Sein Schmerz ist echt. All diese anderen Dinge sind nur so was wie Accessoires, die man tragen kann, um traurig zu *erscheinen*. Sie sind die ›Gebärden‹ und des ›Kummers Kleid‹. Das alles knüpft an eines der Hauptthemen des Stückes an – Schein versus Sein.«

»Ja, gut, das hätte Slattery uns alles erklären können.«

»Ich denke, du wirst feststellen, dass er das getan hat.«

»Oh.«

»Aber warum hast du diese Passage überhaupt ausgesucht, wenn du sie nicht verstehst?«

»Na, die Passage muss doch mindestens zehn Zeilen haben, oder? Und diese ist total cool, weil sie nur elf hat.«

»Ach, das beruhigt mich«, sagte Scobie. »Ich hatte schon Angst, du hättest keinen guten Grund gehabt.«

Razz pausierte, um seinen Text auswendig zu lernen, und wir andern waren an der Reihe. Ignatius kam als Nächster und machte seine Sache als Geist von Hamlets Vater ziemlich gut. *»Verdammt auf eine Zeitlang, nachts zu wandern.«* Razz hielt das für eine ausgezeichnete Wahl, denn seiner Ansicht nach brauchte Ignatius nicht viel Make-up, um einen Toten zu spielen. Ich folgte auf Ignatius mit meinem Claudius-Monolog. Damit konnte ich mich wenigstens identifizieren. Ich fand, es lief okay. Natürlich bei Weitem nicht so gut wie bei Scobie, der ganz textsicher und brillant war wie immer, als er den Klassiker *Sein oder Nichtsein* vortrug.

Zuletzt kam Bill. Er spielte Polonius in der Szene, in der dieser seinen Sohn Laertes berät. Der Anfang lief gut.

»... Gib den Gedanken, die du hegst, nicht Zunge,
Noch einem ungebührlichen die Tat.
Leutselig sei, doch keineswegs gemein.
Den Freund, der dein und dessen Wahl erprobt
Mit eh'rnern Reifen klammr' ihn an dein Herz.«

»Was?«, unterbrach Razz. Er sah von seinem Text auf und brachte Bill vollkommen aus dem Konzept. »Wen hat dieser Typ ausgewählt und in eiserne Reifen eingewickelt?«

Scobie warf den Kopf zurück und murmelte etwas in Richtung Decke. Bill schien sich wie immer nicht besonders aufzuregen.

»Polonius rät Laertes, wenn er wirklich gute Freunde findet, soll er an ihnen festhalten und zu ihnen stehen. Das ist doch mit ›Mit eh'rnern Reifen klammr' ihn an dein Herz‹ gemeint, Scobie, oder? Dass sie sozusagen so wichtig sind, dass man sie mit dem stabilsten Ding, das man auftreiben kann, an sich binden soll.«

Scobie nickte.

»Kohlenstoffnanoröhrchen wären besser«, meinte Ignatius.

Alle schauten ihn an.

»Ja, Kohlenstoffnanoröhrchen. Das sind diese winzigen Teile, die hundertmal belastbarer sind als Stahl. Wenn man etwas *wirklich* Stabiles will, dann wäre das das Material der Wahl.«

»Mit Kohlenstoffnanoröhrchen klammer ihn an dein Herz«, sagte Scobie. »Ich glaube, für den Augenblick sollten wir uns an den Originaltext halten. Willst du noch mal vorn anfangen, Bill ... bevor ich anfange zu schreien?«

»Schreien? MIR GILT KEIN ›SCHREIEN‹!«, rief Razz.

Im zweiten Anlauf kam Bill durch, ohne auch nur ein Wort zu vergessen. Und er war gut, vor allem im letzten Teil.

»Dies über alles: sei dir selber treu,
und daraus folgt, so wie die Nacht dem Tage,
Du kannst nicht falsch sein gegen irgendwen.«

Bill legte wirklich viel Gefühl in diese drei Zeilen. Als er fertig war, applaudierten wir stürmisch. Offenbar war ich nicht der Einzige, der sich mit seiner gewählten *Hamlet*-Passage identifizieren konnte.

In den wenigen Wochen danach trafen wir uns noch dreimal zum Üben. Razz konnte sich seine Verse viel besser merken, nachdem Scobie sie ihm alle erklärt hatte. Aber am Ende machte nicht der Deklamationsteil der *Hamlet*-Prüfung Razz Kummer. Und auch nicht seine eigene Präsentation.

Sondern Bills.

29
Stör die Piranhas nicht, Mann

Wir übten noch einmal zusammen, bevor die *Hamlet*-Prüfungen begannen. In den vorherigen Sitzungen hatten wir alle unsere Vorträge ein paarmal gehalten. Das heißt alle außer Bill.

Der Polonius-Monolog lief gut bei Bill, aber er hatte Probleme mit Teilen seiner Analyse. In unserer letzten Übungseinheit wollte er endlich einen kompletten Durchgang versuchen. Wir anderen hatten uns im Raum verteilt. Razz saß neben mir. Sein Kopf lag hinten auf der Lehne seines Stuhls, und sein Körper war in einer geraden Linie in einem Winkel von ungefähr dreißig Grad zum Boden ausgestreckt. Die Augen hatte er geschlossen. Er sah aus, als würde er schlafen. Oder als würde er im Koma liegen. Anderen Leuten beim Reden zuzuhören verlangte Razz einiges ab.

Bill legte los. Wie er die Passage und ihre Bedeutung für das Stück als Ganzes erklärte, war gut. Dann ging er zum letzten Teil der Aufgabe über, in dem er darstellen sollte, welche Bedeutung die Passage für die heutige Gesellschaft hat. Er schaute von seinem Blatt auf und zögerte einen Augenblick, bevor er weitersprach.

»Meiner Ansicht nach liegt die Bedeutung der Rede des Polonius für unsere heutige Gesellschaft vor allem in der Zeile ›sei dir selber treu‹. Auch wenn die Welt heute in vieler Hinsicht offener und toleranter ist als früher, gibt es immer noch viele Gegenden, wo Menschen diskriminiert oder verfolgt werden wegen ihres Glaubens, wegen ihrer Herkunft oder ihrer Kultur oder einfach weil sie versuchen, sich selbst und dem, was sie sind, treu zu sein. Das sieht man besonders in der Frage der sexuellen Ausrichtung.«

Razz neben mir hob den Kopf langsam von der Stuhllehne hoch.

»Zum Beispiel können auch heute viele homosexuelle Männer und Frauen wegen der leider immer noch bestehenden Vorurteile und Diskriminierung sich selbst nicht treu sein. Ich kann mich persönlich damit identifizieren ...«

Neben mir katapultierte sich ein Körper nach vorn wie aus einem Schleudersitz. Razz riss Bill das Manuskript aus der Hand, und seine Augen überflogen die Seite. Dann hielt er inne und sah Bill entsetzt an.

»Bist du wahnsinnig, Bill? Das kann du nicht sagen!«

»Warum nicht? Es ist wahr.«

»Viele Dinge sind wahr, Mann. Zum Beispiel dass Miss Heckenvaal ein Hinterteil hat, das so groß ist wie ein kleines Land, aber wenn du alle Tassen im Schrank hast, sagst du das nicht laut.«

»Was? Dann soll ich mich verstecken und etwas vorgeben, was ich nicht bin?«

»Jetzt kapierst du langsam, Billy Boy!«, sagte Razz und stieß ihn in den Oberarm. »Nur bis die Zwölfte vorbei ist. Dann kannst du in einem Tutu aus einer Torte steigen, wenn's dir Spaß macht.«

»Warum soll ich bis dahin warten? Ich schäme mich nicht für das, was ich bin.«

»Es geht hier nicht um Scham. Es geht um Selbsterhaltung, Mann. Glaubst du, mein Onkel Georgiou ist in der Schule in seinen Bühnenkostümen rumgelaufen? Billy, hör mir zu. Schule ist wie ... wie das Überqueren eines breiten Stroms, okay? Am anderen Ufer des Stroms ist das Leben nach der Schule, und darauf bewegst du dich zu, ja? Aber zuerst musst du den ganzen Weg über den Strom bewältigen. Kannst du mir folgen?«

»Ich denke ja«, sagte Bill und sah ungefähr so überzeugt aus wie wir anderen.

»Cool. Aber hier kommt der Haken. In dem Strom – der, denk daran, eigentlich die *Schule* ist – schwimmen fleischfressende Piranhas. Nicht viele, aber genügend. Also, Billy, ich sage nur: Stör die Piranhas nicht, Mann, während du den Strom überquerst. Warte einfach, bis du den Strom *hinter* dir hast. Dann such dir einen netten sicheren Pool, wo du planschen und synchronschwimmen kannst, so viel du willst.«

»Danke, Razz, ich werde sicher daran denken, wenn ich das nächste Mal am Amazonas bin.«

»Nein, Bilbo. Du verstehst mich nicht. Schau mal, es geht

nicht um einen *echten* Strom oder *echte* Piranhas, es geht eigentlich um ...«

»Ja, ich versteh schon, Razz. Aber ihr wisst es doch auch, und es hat sich nichts verändert.«

Razz legte einen Arm um Bills breite Schultern.

»Das liegt daran, dass wir alle wunderbare menschliche Wesen sind. Aber leider gibt es ein paar Leute in unserer fröhlichen Schulgemeinde hier am St Daniel's, zum Beispiel Leute, die Schwielen an den Knöcheln ihrer Hände haben, weil sie beim Gehen über den Boden schleifen – und die sind anders. Meine Güte, Billy, du weißt es doch. Erinnerst du dich, wie Bagsley und die anderen Typen dir das Leben schwer gemacht haben, als du so dick warst? Was meinst du, wie sie auf dein letztes Status-Update reagieren?«

»Das sind nur ein paar.«

»Aber sie reichen aus, wie bei den Piranhas.«

»Aber wenn ich mir doch selbst treu sein will?«

»Schau mal. Ich weiß, dass jeder den alten Shaky für eine Art Gott oder so hält, aber lass uns einfach mal einen Augenblick auf dem Teppich bleiben. Wenn der große Willy hier am St Daniel's auftauchen und seine blumigen Worte und sein Ihr und Euch von Stapel lassen würde, würde ich ihm weniger als eine von Prindabels Nanosekunden geben, bis er die freudige Erfahrung machen würde, dass ihm jemand den Kopf in einer Senior-Toilette versenkt. Ich will dir doch nur helfen, Mann. Deshalb sage ich dir als dein Freund: Bill, *tu es nicht.*«

Bill hob sein verwirrtes Gesicht und blickte in die Runde.

»Scobie, was würdest du an meiner Stelle tun?«

Ich denke, jeder im Raum wusste, was James »Ohne Angst« Scobie tun würde. Aber wir fragten uns, was er Bill antworten würde.

»Es spielt keine Rolle, was ich tun würde, wenn ich du wäre, Bill, denn ich bin nicht du. Es geht also nur darum, was sich für dich richtig anfühlt.«

»Aber ich bin mir nicht mehr sicher.«

Scobie hielt den Blick auf Bill gerichtet, als würde er ihn röntgen.

»Wissen es deine Eltern schon? Hast du es ihnen gesagt?«

»Mum weiß Bescheid. Ich hab's ihr gesagt, aber ich glaube, sie wusste es schon.« Dann sah Bill auf einmal sehr unglücklich aus. »Mein Vater weiß es nicht. Mum sagte, sie würde es ihm an meiner Stelle sagen. Aber ich muss es selbst tun.«

Während Scobie noch nickte, klingelte es zum Ende der Mittagspause.

Bill nahm Razz das Vortragsmanuskript aus der Hand. »Ich glaube, ich muss noch ein bisschen darüber nachdenken«, sagte er und verließ den Raum.

Razz schüttelte den Kopf. »Wir dürfen nicht zulassen, dass er das tut, Scobes. Wir dürfen es einfach nicht.«

»Wenn er sich dafür entscheidet«, sagte Scobie, »dann müssen wir es wohl.«

30
Der grimmigste seiner grimmigen Tage

Die *Hamlet*-Prüfungen waren für den kommenden Montag angesetzt, ebenso alle Sportfotos für die Schulzeitung. Razz war bei recht vielen beteiligt und musste sich vor der Schule direkt in der Turnhalle melden. Er war nicht dabei, als Bill uns seine Entscheidung eröffnete.

»Ich mach's nicht«, sagte er.

Ich weiß nicht, ob ich erleichtert für ihn oder enttäuscht von ihm war. Und ich glaube auch nicht, dass Bill es genau wusste.

»Wie kommt's?«, fragte ich. »Doch nicht nur wegen Razzas Einwänden, oder?«

»Nein. Die Piranhas haben mir keine Angst gemacht«, sagte Bill mit einem halbherzigen Lächeln. »Eher deine Frage, James. Ob meine Eltern Bescheid wissen, weißt du. Wie gesagt, mein Vater weiß es noch nicht, und ich glaube nicht, dass ich es in die Welt posaunen sollte, bevor ich mit ihm gesprochen habe. Aber ich hab keine Ahnung, wann das sein wird.«

»Du wirst den richtigen Augenblick finden«, sagte Scobie.

»Das ist gar nicht so leicht. Er ist selten zu Hause, weil er dauernd irgendwo in der Welt was baut. Demnächst ist er ein halbes Jahr in Ägypten. Und auch wenn er zu Hause ist, reden wir nicht besonders viel miteinander. Wir machen eigentlich gar nichts besonders viel miteinander.«

»Aber es geht schon klar mit ihm, oder?«

»Nein«, antwortete Bill.

Wieder einmal fand Scobie die Worte, um die Dinge ins Lot zu bringen.

»Also, Bill, ich persönlich glaube, dass du die richtige Entscheidung getroffen hast und warten willst, bis du mit deinem Vater gesprochen hast. Das hätte ich an deiner Stelle auch getan. Und Bill«, fügte Scobie hinzu. »Ich wäre stolz, wenn ich du wäre.«

Es war nicht gerade ein Lächeln, das da auf Bills Gesicht erschien, aber zu diesem Zeitpunkt hätten wir mehr auch nicht erhoffen können.

Danach ging alles ziemlich schnell. Nach der Klassenlehrerstunde hatten wir Englisch, und Bill war als Erster dran. Nach einer großartigen schauspielerischen Leistung als Polonius wollte er gerade mit dem analytischen Teil seiner Präsentation beginnen, als Razz an der Tür erschien. Mr Slattery bedeutete ihm mit einer wedelnden Handbewegung, schnell hereinzukommen und sich auf einen der freien Plätze hinten im Klassenzimmer zu setzen. Ich saß vorne in der zweiten Reihe neben Scobie und erhaschte einen kurzen Blick auf Razz' angespannte Miene, als er vorbeiging.

Bill begann mit seiner Analyse. Ich drehte mich ein paarmal um und versuchte, Blickkontakt mit Razz aufzunehmen, um ihn wissen zu lassen, dass er sich keine Sorgen darum machen musste, was Bill sagen würde. Aber Razz konzentrierte sich zu sehr auf die Präsentation. Dann kam Mr Slattery zu mir, berührte mich an der Schulter und forderte mich auf, still zu sitzen und zuzuhören. Also gab ich auf. Razz würde es bald genug selbst merken, dachte ich. Aber was ich dachte und was dann tatsächlich passierte, hatte so wenig miteinander zu tun, dass es sich auch in verschiedenen Dimensionen der Zeit hätte abspielen können.

Alles ging recht glatt, bis Bill beim letzten Teil seines Vortrags angelangt war, der Bedeutung von Polonius' Rede für die moderne Gesellschaft. Ich riskierte einen kurzen Blick über die Schulter in Richtung Razz. Er rutschte herum, als stünde sein Stuhl in Flammen. Ich schüttelte den Kopf. Mr Slattery warf mir noch einen finsteren Blick zu. Ich schaute wieder nach vorn. Gut, in einer Minute würde alles vorbei sein. (Kann nicht jemand schnell eine SMS an Nostradamus schreiben und ihm sagen, dass sein Arbeitsplatz immer noch sicher ist.)

Ich wandte meine Aufmerksamkeit wieder Bill zu. Von unseren gemeinsamen Übungsstunden wusste ich, dass er gleich am Ende angelangt sein würde.

»... Zum Beispiel können auch heute noch viele homosexuelle Männer und Frauen wegen der leider immer noch bestehenden Vorurteile und Diskriminierung sich selbst nicht treu sein. Ich kann ...«

Das Schrappen eines Stuhls, der zurückgeschoben wird, übertönte den Rest von Bills letztem Satz mehr oder weniger, von dem ich nur noch verstand: »... diese Situation nur als ungerecht und unerträglich bezeichnen.«

Das schrappende Geräusch des Stuhls wurde überlagert von wildem Händeklatschen und lauten Rufen: »Bravo, Billy! Genau meine Meinung! Bravo! Richtig! Nieder mit der Diskriminierung! Wir haben genug gelitten!«

Die ganze Klasse drehte sich auf ihren Stühlen um. Danny Wallace wachte erstmals in dieser Stunde auf. Mr Slattery nahm eine dramatische Pose ein.

»Mr Zorzotto, setzen Sie sich auf der Stelle wieder hin!«

Bill sah entsetzt aus: »Razz, schon gut. Ich ...«

Aber Razz hatte es sich zur Aufgabe gemacht, Bill nicht reden zu lassen, und er war entschlossen, sie auch durchzuführen. Er kletterte auf seinen Stuhl und rief: »Wir lassen uns nicht unterdrücken! Wir sind lange genug unterdrückt worden! Wir müssen uns erheben und die Ungleichheit jetzt beenden!«

Die Farbe von Mr Slatterys Gesicht passte jetzt zu seinen Haaren. Ich bin mir ziemlich sicher, dass man Marshmallows auf ihm grillen könnte.

»Mr Zorzotto, das ist die letzte Warnung. Wenn Sie nicht sofort von dem Stuhl runterkommen und sich setzen, wird das sehr unangenehme Folgen für Sie haben.«

Aber Razz war seiner Sache so verpflichtet, dass es kein Zurück gab. Er trat auf das Pult und skandierte: »Was wollen wir? Gleichheit! Wann wollen wir sie? Sofort!«

Ein paar Jungs aus der Klasse machten mit. Sie klatschten und antworteten Razz im Chor. Auf Mr Slatterys Gesicht stand eine Kernschmelze kurz bevor. Und als ich dachte, dass es nicht schlimmer kommen könnte ... kam es schlimmer. Razz breitete die Arme aus und fing an zu singen. Das Lied kannten alle aus Miss Heckenvaals Geschichtsunterricht nur zu gut:

»I AM A WOMAN«, jaulte Razz, und auch wenn er alleine war, konnte man ihn nicht ignorieren.

Warum er dachte, dies sei der richtige Song für diesen speziellen Anlass, werde ich nie erfahren. Wenigstens hatte er so viel Verstand, dass er von Danny Wallace' Version Abstand nahm.

Während Mr Slattery brüllte, um sich Gehör zu verschaffen, schmetterte Razz eine Strophe der Feminismus-Hymne nach der anderen. Miss Heckenvaal wäre stolz gewesen. Razz informierte uns gerade aus vollem Hals darüber, dass er ein Embryo war und noch einen langen Weg vor sich hatte, als Mr Barker an unserer Tür erschien und sich dort aufbaute wie Gevatter Tod. Jeder Ton, jedes Wort, jede Note, jedes Schlurfen, jedes Murmeln erstarb. In unserem Klassenzimmer war es still wie in einem Leichenschauhaus. Wir alle blickten wie Zombies in das Gesicht unseres stellvertretenden Schulleiters.

Auch am grimmigsten seiner grimmigen Tage hatte Mr Barker niemals *so* grimmig ausgesehen.

31
Hmmmmmmm

Mr Barker schrie nicht, als er Razz befahl, vom Pult herabzusteigen und in sein Büro zu kommen. Seine Stimme war sogar kaum lauter als ein Flüstern. Aber sie war dennoch das Furchterregendste, was ich je gehört habe.

Selbstverständlich hatte ich Mr Barker schon oft wütend gesehen. Wir alle hatten das schon. Er war stellvertretender Schulleiter. »Wütend zu sein« war sein Job. Und Mr Barker war ein echter Profi. Manchmal, da bin ich mir ganz sicher, sorgte er dafür, dass er wütender erschien, als er tatsächlich war, nur der Wirkung wegen. Hamlet würde wahrscheinlich sagen, dass Mr Barkers Gesicht und seine Stimme nur »Kleid und Zier« der Wut waren. Aber das galt nicht für den Tag, als er in der Tür stand, während Razz ganz in sein Geseufze vertieft war. An diesem Tag sagte alles an ihm: »Mir gilt kein ›*SCHEINT*‹!«

Nachdem Razz wie ein Gefangener, der eine Verabredung mit dem elektrischen Stuhl hat, aus dem Klassenzimmer geschleppt worden war, wurde er den ganzen Tag über nicht mehr gesichtet. Ich erwartete schon fast, dass jede Minute die Polizei vorfuhr und Mr Barker wegen eines entsetzlichen im Affekt begangenen Verbrechens festnahm. Schließlich tauchte

Razz nach Schulschluss wieder auf, als ich an der Bushaltestelle wartete.

»Razza, was ist passiert? Was hat Barker gesagt? Was hat er dir aufgebrummt?«

Razz rasselte emotionslos sein Strafenregister runter.

»Eine schriftliche Entschuldigung an Mr Slattery, an Bill und an die Klasse, zehn Tage lang Nachmittagsarrest. Außerdem muss ich bis zum Ende der mündlichen Prüfungen während der Englischstunden vor Mr Barkers Büro arbeiten, und wenn ich mir noch einmal was zuschulden kommen lasse, kein Vorfest.«

»Oje, das ist ganz schön viel. Mr Barker muss ziemlich sauer gewesen sein.«

»Möglich. Offenbar bin ich ›unreif und ichbezogen‹, und es fehlt mir an ›Respekt vor meiner Schule, meinen Lehrern, meinen Mitschülern und mir selbst‹. Außerdem habe ich ›keine Ahnung, wie man sich angemessen benimmt‹. Ich betrachte ›das Leben als einen Witz‹. Und angesichts des Umstands, dass ich offensichtlich keine Mühe gescheut habe, ›Bill und seinen Vortrag zum Gespött‹ zu machen, bin ich auch noch ›völlig unsensibel gegenüber den Gefühlen und Ansichten anderer‹.«

»Was? Das ist Blödsinn. Hast du nicht erklärt, warum du das gemacht hast?«

»Ich versuche zu *verhindern,* dass andere herausfinden, was mit Bill los ist. Warum sollte ich dann bei Barker die Klappe aufreißen? Ich hab einfach gesagt, dass ich es aus Spaß gemacht habe. Was spielt das für eine Rolle? Barker hält mich doch so oder so für einen Loser. Er hat fast den ganzen Tag mit meiner Mutter telefoniert. Sie hat morgen nach der Schule einen Termin bei ihm, wenn ich meinen ersten Arrest absitze.«

»Deine Mum trifft sich mit Mr Barker?«

»Na und?«

»Nichts«, sagte ich so beiläufig wie möglich.

Razz fuhr sich mit den Fingern durch die Haare.

»Egal, ist mir alles egal. Es hat sich gelohnt, Bilbo davon abzuhalten, sich ins Knie zu schießen.«

»Äh, Razz ... ich muss dir was sagen.«

Razz schaute mich aus müden Augen an.

»Wenn du mir wieder sagen willst, dass du noch einmal mit Sally rumgeknutscht hast, dann muss ich dich umbringen. Das ist dir klar, oder?«

»Danke für die Warnung. Dann behalte ich das für mich und erzähl dir dafür die andere Geschichte. Razz, Bill hatte beschlossen, gar nichts zu sagen. Nicht, bis er den Mut gefunden hat, mit seinem Vater zu reden. Wir haben es auch erst heute Morgen erfahren, als du bei deinen Sportaufnahmen warst.«

Razzs Kinn fiel auf seine Brust, und er stöhnte. Ich sage nur »Seufzeratmung« und »deprimierter Gesichtsausdruck«.

Als Bill am nächsten Tag von dem Arrest erfuhr, wollte er sofort zu Mr Barker gehen, aber Razz hielt ihn zurück. Dabei stellte sich heraus, dass der Arrest nicht die einzige Sorge des Razzman war.

»Deine Mutter und Mr Barker sind also verabredet? Hmmmmmm.«

Razz' Augen verengten sich zu Schlitzen.

»Was meinst du damit, Hmmmmmm-Prindabel?«

»Nichts.«

»Hörte sich für mich nicht nach einem ›Nichts-Hmmmmmm‹ an. Man sagt nicht ohne Grund ›Hmmmmmm‹.«

»Nein?«, sagte Prindabel. »Hmmmmmm.«

Razz sah uns nacheinander argwöhnisch an. Alle außer Scobie wichen seinem Blick aus.

»Was habt ihr, Jungs? Was ist los? Los, Scobes, sag's mir.«

»Nun, Orazio, Ignatius spielt vielleicht darauf an, dass deine Mutter und Mr Barker beim Seekühe-Konzert letztes Schuljahr *offensichtlich recht gut* miteinander ausgekommen sind.«

Eine Sekunde verstrich, bis Razz' Gesicht sich zusammenfaltete, als wäre es von einem heftigen Erdstoß getroffen worden.

»Was? Ihr denkt doch nicht ... dass meine Mum ... und Mr Barker?« Razz' nur halb beendete Frage hing in der Luft. »Das ist dummes Zeug!«

»Wahrscheinlich hast du recht«, meinte Scobie beruhigend, »*obwohl* du ja erwähnt hast, dass deine Mutter und Mr Barker schon den *ganzen Tag* telefoniert hatten. Man könnte also geneigt sein, sich zu fragen, *warum* ein persönliches Treffen für ... *notwendig* ... erachtet werden sollte.«

Razz betrachtete uns, als wären wir Mitglieder einer merkwürdigen Sekte, die Bandwürmer anbetet.

»Ihr spinnt doch alle. Ihr habt alle viel zu viel *Hamlet* gelesen. Ihr seid alle übergeschnappt. Wie er. Da läuft gar nichts zwischen meiner Mutter und Barker. Jetzt nicht und in Zukunft nicht. Sie treffen sich einfach wegen *mir*, mehr nicht.«

»Bist du auch dabei?«, fragte Ignatius.

»Nun ... nein ... aber ...«

Weiter kam Razz nicht. Vermutlich wurde er von verstörenden Vorstellungen überwältigt. Ignatius fügte noch ein paar hinzu.

»Orazio *Barker*. Klingt doch nett, oder? Vielleicht kannst du zukünftige Arreststrafen zu Hause im Kreis der Familie absitzen. Sehr bequem.«

Razz ahmte in vortrefflicher Weise Mr Barkers grimmigste aller grimmigen Mienen nach und richtete sie mit laserähnlicher Intensität auf Prindabel.

In den kommenden paar Tage gingen die restlichen mündlichen *Hamlet*-Prüfungen ohne weiteren Zwischenfall über die Bühne. Am nächsten kamen wir einer irgendwie aufregenden Situation, als Danny Wallace in seine Präsentation ein kurzes Bauchrednerprogramm mit Yoricks Schädel einbaute und als Melvin Yip mit der sachkundigen Unterstützung von Xiang Chu die Schwertkampfszene zwischen Hamlet und Laertes so aufführte, dass sie eher an Samurai als an Shakespeare erinnerte. Scobie taufte sie »Kauernder Hamlet, Verborgenes Gift«.

Die anderen Präsentationen waren eher traditionell. Scobie lieferte ein kraftvolles und sehr bewegendes Porträt eines sehr kleinwüchsigen Hamlets ab. Ignatius zeigte allen, dass er als Toter bemerkenswert überzeugend sein konnte. Und ich war letztlich recht zufrieden mit meinem Claudius. Ja, ihr habt richtig gehört. Ich war zufrieden mit einer mündlichen Präsentation. Nie im Leben hätte ich gedacht, dass ich so etwas mal sagen würde. Drei Jahre debattieren machten sich endlich bezahlt.

Als Letzter kam Razz an die Reihe. Und er versetzte alle in Erstaunen. Er machte keine Witze und setzte keine einzige Zeile seines Vortrags in den Sand. Ganz in Schwarz gekleidet mit Lederjacke gab er ein ziemlich beeindruckendes Bild ab. Sogar Mr Slattery meinte, er sei »angenehm überrascht« von den »tief gehenden Erkenntnissen« in Razz' Analyse, besonders was das Thema »Schein versus Sein« betraf.

Zufälligerweise hatten Scobie und ich am Tag nach Bills Präsentation in Mr Barkers Büro über genau dieses Thema lange mit unserem stellvertretenden Schulleiter diskutiert. Du weißt schon, wie ein Mensch als der eine »erscheinen« kann, aber in »Wirklichkeit« überhaupt nicht so ist. Und zufälligerweise beschloss Mr Barker genau an diesem selben Tag, dass Razz im

Rahmen seines Arrests Mr Murphey, der die Aufsicht über das Junior-Wohnheim hatte, helfen sollte, die außerschulischen Aktivitäten für die Internatsschüler aus der achten und neunten Klasse zu organisieren.

Abgesehen von ein paar Nachmittagen, die Razz mit den Internatsschüler in Mr Slatterys Tanzunterricht verbringen musste, durfte er im Rahmen seines Arrests also hauptsächlich Sport organisieren und treiben. Ausnahmsweise eine echte Win-Win-Situation. Mr Murphy meinte, Razz sei ein »Geschenk des Himmels«, und Razz gefiel die Arbeit mit den Internatsschülern so gut, dass er sie auch nach seinem Arrest fortsetzte.

Außerdem verabredete sich Mr Barker für ein weiteres Treffen mit Mrs Zorzotto, um Razz' Fortschritte zu besprechen.

Hmmmmmm.

32
Suhlen in Selbstmitleid für Fortgeschrittene 401

Nach der Aufregung um Razz' »Coming out« schleppte sich das Schuljahr auf die Ziellinie zu. Bald ragte am Horizont drohend ein Tsunami von Abschlussprüfungen und Hausarbeiten auf, und wir alle erklommen die höheren Lagen des schulischen Wissens, damit die Wogen der Unwissenheit uns nicht in einer unergründlichen See des Versagens ertränken würden. (Habe ich unsere kurze Unterrichtseinheit in Englisch über den sinnbildlichen Gebrauch von Sprache erwähnt?) Als die Prüfungswoche für die Seniors schließlich ihren Lauf genommen hatte, blieb nur noch das gefürchtete Vorfest.

Razz bemühte sich wirklich, mit Hilfe seiner »Magie« eine Partnerin für mich zu finden. Er und Sally schleppten mich zu verschiedenen Partys und Tanzveranstaltungen, aber ich lernte niemanden kennen. Razz' Schuld war das nicht. Ich eigne mich einfach nicht dafür, rasch einen guten Eindruck zu hinterlassen. Das ist okay für Typen wie Jess' Freund Brad. Die Mädels werfen einen Blick auf ihn und sagen: »Klasse, den nehm ich!« Wenn man aber aussieht wie ich, dann kommt eher: »Hmmmmmm, nichts anderes im Angebot?« Ich brauche eine Weile. So ähnlich wie Schimmel.

Aber genau das war das Problem. Was die Partnerinnensuche betraf, hatte ich einfach keine Zeit mehr. Schließlich kam der letzte Tag, an dem man seinen Namen noch auf die Liste derjenigen setzen konnte, die für Mädchen so scheißuninteressant sind, dass man sie dazu zwingen muss, ihre Partnerin zu werden. Miss Tarango hatte die Liste am Schwarzen Brett der elften Klasse aufgehängt, und ich trug mich schweren Herzens ein. Kurz überlegte ich, ob ich noch LOSER hinzufügen sollte, aber da fiel mir ein, dass Mr Slattery gesagt hatte, man solle beim Schreiben überzählige Wörter vermeiden.

Ungefähr eine Woche später erfuhr ich, dass die für mich ausgewählte Partnerin Raychell Taylor hieß und ans Claremont College ging. Mehr wusste ich nicht über sie. Natürlich verbrachte ich die nächsten anderthalb Wochen ausschließlich damit, mir vorzustellen, wie Raychell Taylor wohl aussah und wie sie wohl *sein* würde. Wenn's nach meiner Mum ginge, spielte das alles gar keine Rolle. Offenbar hatte ich, und zwar völlig unabhängig davon, wer meine Partnerin sein würde, nur dafür zu sorgen, dass sie sich »amüsierte« und sich nicht »ausgeschlossen oder vernachlässigt« fühlte. Mum sagte das ungefähr hundertmal zu mir. Sie hielt es also wohl für sehr wichtig.

Das Abschlussvorfest der Elftklässler fand in der Old Hall statt. Am Abend mussten sich alle von der Loser-Liste mit Miss Tarango im Foyer treffen, damit wir mit unseren Partnerinnen bekannt gemacht werden konnten. Wir sahen ungefähr so entspannt aus wie eine Herde Kühe vor einem Schlachthof. Für die meisten von uns wäre das die reizvollere Option gewesen.

Dann sah ich Raychell Taylor. Was den Schlachthof betraf, hatte ich eine Galgenfrist bekommen. Sie sah toll aus – bis auf den »Hmmmmmm, nichts anderes im Angebot?«-Ausdruck, der über ihr Gesicht huschte, als man uns bekannt machte. Wenigstens war sie so nett und versuchte, ihn zu überspielen. Aber ich wusste, dass er irgendwo hinter Raychells breitem Lächeln lauerte, und ich war mir ziemlich sicher, dass der Abend nicht im Entferntesten lang genug sein würde, um ihn zu vertreiben.

Ich will damit nicht sagen, dass das Vorfest eine Katastrophe war oder so. Keineswegs. Raychell hatte eine tolle Persönlichkeit und kam problemlos mit allen aus – auch wenn ihr Blick ein bisschen häufiger, als ich mir gewünscht hätte, zu den anderen Tischen und zu ihrem Handy wanderte. Aber wir waren eine vergnügte Truppe. Außer mir und Raychell gab es noch Razz und Sally (die endlich für den Richtigen ein neues Kleid tragen und so schön sein konnte, dass es wehtat), Ignatius und Maude (die wirklich nett war und alle zum Lachen brachte, außer wenn sie Dinge sagte, die sich nach Ignatius anhörten; dann war sie Furcht einflößend), Scobie und Prue (die Schnürschuhe trug und ein Kleid, das sie aus einem Kleid unserer Großmutter geschneidert hatte, und dennoch mehr als jede andere wie ein Super-Model aussah), eine gute Freundin von Sally namens Alyce (die supernett war) und Gerard

Carlson-Steel (der abgesehen davon, dass er immer noch den Titel des unangefochtenen Champions der perfekt getragenen Schuluniform innehatte, auch ein netter Kerl war). Ich wünschte nur, dass auch Bill bei uns gewesen wäre.

Insgesamt war der Abend ziemlich gut, und er enthielt sogar eine Szene, die ich auf jeden Fall in der Kategorie fantastisch einordnen würde. Sie passierte gegen Ende der Veranstaltung, als ich nach draußen ins Foyer schlenderte. Keine Sorge, ich habe Raychelle nicht »vernachlässigt«. Sie fühlte sich seeeeehr wohl. Sie hatte sich treiben lassen und war an einem anderen Tisch bei ein paar Freunden vom Claremont College gelandet. Mum wäre zufrieden. Als ich das letzte Mal nachschaute, »amüsierte« sie sich definitiv – mit Gary Horsham. Razz und Sally und alle anderen tanzten irgendwo.

Ich ging hinüber zu einem der großen Foyer-Fenster. Draußen goss es in Strömen. Auf der anderen Seite des Haupthofs konnte ich gerade noch die Turnhalle ausmachen. Ziemlich genau vor einem Jahr war ich dort gewesen – in der Turnhalle der Schule beim Comeback-Konzert der Seekühe.

Seither hatte sich einiges geändert. Die Band hatte noch ein paar Gigs zusammen gespielt, und inzwischen gab es eindeutige Pläne, das alte Album neu aufzulegen und rauszubringen, vielleicht sogar mit ein paar neuen Songs.

Für mich hatte sich auch einiges geändert. Aber nichts zum Besseren. Vor einem Jahr war ich, statt allein aus dem Fenster zu starren, während alle meine Freunde sich ohne mich amüsierten, mit Kelly Faulkner zusammen. Und sie küsste mich, und alles war perfekt. Danach konnte ich es kaum erwarten, dass das Schuljahr wieder begann, damit ich mit Kelly zusammen sein und mit ihr ins Kino und auf Partys und zu Schulveranstaltungen gehen könnte.

Aber nichts davon passierte.

Jetzt war das Schuljahr vorbei, und auf was konnte ich mich in der Zwölften freuen? Mal sehen ...

- Mehr Prüfungen und Hausarbeiten
- Mehr Druck
- Keine Ahnung von zukünftigem Job oder »Karriere«
- Keine Kelly
- Kein niemand
- Kein nichts

Was sind das für »Pfeil und Schleudern des wütenden Geschicks«?

Als ich mich gerade ganz in Suhlen in Selbstmitleid für Fortgeschrittene 401 vertieft hatte, wurde ich durch eine Stimme hinter mir abgelenkt.

»Ismael! Ich such dich schon überall, Mann. Bruder Jerome will, dass wir alle reinkommen und uns hinsetzen, und ich habe eine Neuigkeit für dich, die ist besser als gut, Mann. Du wirst begeistert sein.«

»Gute Neuigkeit? Das glaub ich erst, wenn ich sie gehört habe.«

»Sal hat Kelly gesimst. Hat ihr vom Vorfest erzählt und so.«

»Super.« (Ich erhielt zweifellos eine Bestnote in Suhlen in Selbstmitleid für Fortgeschrittene 401.)

»Aber das ist doch noch gar nicht die gute Nachricht, Mann. Die gute Nachricht ist, dass Sal gerade eben eine Antwort bekommen hat, und was meinst du, was drinsteht?«

»Ich lass mich überraschen.«

Und er überraschte mich tatsächlich. Er überraschte mich

mit der einzigen fantastischen Szene dieses Abends. Sie rettete mein Schuljahr.

»Kelly kommt nach Hause, Mann. Sie kommt zurück mit ihrer Mum und ihrem kleinen Bruder. Sie wird ins Lourdes-Internat gehen. Die Kelster ist wieder da, Mann!«

In meiner Brust ereignete sich ein Déjà vu. Mein Herz machte einen Satz, als hätte es sich von einem Sprungbrett abgestoßen, und es war im Begriff, einen perfekten Dreifachsalto rückwärts in einen felsenfesten Stand zu machen – mit einer ganzen Drehung!

»Na, was meinst du? Du und Kelly wieder zusammen. Hatte ich recht oder hatte ich recht? Das scheint mir eine ziemlich gute Neuigkeit zu sein!«

»Scheint?«, sagte ich und packte Razz vorn an seinem T-Shirt. »Scheint! MIR GILT KEIN ›*SCHEINT*‹!«

Und so endete mein elftes Schuljahr am St Daniel's: Razz und ich rannten zurück in die Old Hall und hörten gerade noch, wie Bruder Jerome den Namen des Schulsprechers im nächsten Jahr verkündete und dann tosender Beifall ausbrach, der fast das Dach der Halle hob.

James Scobie hatte eine solche Wirkung auf Menschen.

Zwölfte Klasse?

HER DAMIT!

Zwölftes Schuljahr

Erstes Halbjahr

Zweifle an der Sonne Klarheit,
Zweifle an der Sterne Licht,
Zweifl', ob lügen kann die Wahrheit,
Nur an meiner Liebe nicht.

William Shakespeare, Hamlet II,2, Zeile 116 bis 119

1
Der letzte letzte Platz

Mir gegenüber wippte ein Kopf rhythmisch auf und ab, und nur noch verschwommen wahrnehmbare Finger schlugen einen furiosen Beat auf die Tischplatte. Dann hörte alles auf, und ein Paar Augen richteten sich wie die Lichtkegel von Taschenlampen auf uns.

»He, Jungs, ist euch klar, dass heute unser letzter erster Schultag nach den Ferien ist?«

Wir hatten unsere erste Pause und saßen um einen der Tische im Pausenbereich der Seniors. Scobie, Bill, Ignatius und ich hörten kurz auf, unsere Frühstücksbrote zu vertilgen, um über Razz' Beobachtung nachzudenken.

»Das war's, Leute«, sagte Razz und ließ den Blick über die Gebäude und die Schüler auf dem Spielplatz schweifen. »Das letzte Mal. Wir werden nie wieder Schulferien haben und denken ›Ach, Mann, morgen wieder Schule! So ein Mist!‹«

»Ich hab das nie gedacht.«

Razz sah die schlaksige Gestalt, die an einem Müsliriegel kaute und in die *Science World* vertieft war, mitleidig an.

»Tut mir leid, mein Fehler, Prindabel. Ich habe eigentlich nur über uns menschenähnliche Wesen gesprochen. Hätte mich klarer ausdrücken müssen.«

»Trotzdem könnte das, was du über den letzten ersten Tag gesagt hast, auch nicht zutreffen. Was, wenn du die zwölfte Klasse noch mal machen musst?«

»Ich? Warum sollte ich wiederholen müssen?«

»Ich habe nicht speziell *dich* gemeint, Orazio ... ob*wohl* ...«

Razz sah ihn durchdringend an, und Ignatius wich ein bisschen zurück.

»Ich sag ja nur, wenn *irgendjemand* das Jahr wiederholen müsste, dann wäre es für ihn nicht der letzte erste Schultag nach den Ferien, oder? Er würde nur denken, dass es der letzte ist, aber in Wirklichkeit wäre es der erste seiner letzten ersten Schultage nach den Ferien, denn er hätte dann noch einen wirklich letzten ersten Schultag nach den Ferien.«

Razz sah uns der Reihe nach an. Dann zeigte er mit dem Daumen auf Ignatius.

»Seht ihr, das ist das Problem, das ich mit den Versuchen habe, menschliches Leben im Labor zu erschaffen. Was machen wir mit den Ergebnissen, die schiefgelaufen sind?«

Ignatius kehrte unbeirrt zu seiner Zeitschrift zurück.

»Orazio hat aber nicht ganz unrecht.«

Sagte ausgerechnet Scobie.

»Endlich erkennt jemand mein Genie! Danke, mein Kapitän und Herrscher über alle Länder.«

Seit Bruder Jerome beim Vorfest der Elfer verkündet hatte, dass Scobie dieses Jahr Schulsprecher sein würde, überschüttete Razz ihn mit zahllosen Titeln: »Der, dessen Füße zu küssen ich nicht wert bin« war mein persönlicher Favorit.

»Erzähl uns mehr, Eure Hoheit aller Hoheiten, sodass diese ignoranten Esel hier das Licht erkennen mögen.«

»Nun«, sagte Scobie und verzog, wie es typisch für ihn war, erst einmal den Mund, »wir haben ein ganzes Jahr von ›letzten Malen‹ vor uns. Den letzten Schwimmwettkampf, den letzten Leichtathletik-Wettbewerb, die letzte Schulversammlung. Und dann kommen die letzte Klassenlehrerstunde, die letzte Stunde in unseren Fächern, die letzte Hausarbeit, die letzte Prüfung und schließlich der letzte Tag.«

»Letzte Stunde, letzte Prüfung, letzte Hausarbeit. Scobes, du verstehst es wirklich, mich aufzuheitern!«

Die lächelnden Gesichter um den Tisch herum verrieten, dass er in dieser Hinsicht nicht allein dastand. Razz schnalzte mit den Fingern in unsere Richtung.

»Und ich hab noch ein letztes Mal: Ein letztes Mal müssen wir erleben, dass Charlton im College Cup den letzten Platz belegt. Der letzte letzte Platz!«

Keiner von uns Charltons würde die jährliche Demütigung vermissen, die mit der Verkündung der erreichten Gesamtpunktzahl im College Cup einherging.

»Dieses Jahr sieht immer besser aus«, meinte Razz.

In der Runde gab es einige nickende Köpfe und lächelnde Gesichter. Bill jedoch wirkte keineswegs so überzeugt wie wir.

»Ja, aber da gibt's auch noch andere Dinge, oder?«, sagte er. »Zum Beispiel unsere letzte gemeinsame Debatte.«

Das allgemeine Lächeln verebbte. Dann wollte Ignatius einen Gedanken beitragen.

»Oder das letzte Mal, dass wir auf Orazio warten müssen, weil er zu spät zu einem Debattiertreffen kommt«, sagte er mit einem durchtriebenen Grinsen.

»Ja«, schoss Razz zurück und drohte mit dem erhobenen Zeigefinger, »und das letzte Mal, dass ich mir gefallen lassen muss, dass der Prindabel-Power-Pointer mir vor dem Gesicht herumwedelt, sobald ich den Mund aufmache.«

»Und das letzte Mal, dass Scobie mit der Faust auf den Tisch hauen und ›Debattiertreffen. Schon vergessen?‹ sagen muss«, meinte ich.

Dann wurde es ein bisschen still. Vielleicht dachten die

anderen so wie ich an die eher denkwürdigen Augenblicke unserer Treffen in den letzten Jahren. Scobie holte uns wieder in die Gegenwart zurück, als er noch ein »letztes Mal« im Zusammenhang mit den Debatten ins Spiel brachte.

»Letzte Chance, die Debattiermeisterschaft zu gewinnen.«

Razz schlug auf den Tisch: »Mann, wir hätten letztes Jahr *wenigstens* die Endrunde erreichen sollen«, sagte er. »Ich sag's euch. Wenn der Richter, den wir gegen Claremont hatten, noch ein klein bisschen weniger Hirn gehabt hätte, wäre er eine Kartoffel gewesen.«

»Das ändern wir jetzt nicht mehr«, meinte Scobie. »Aber für dieses Jahr können wir noch was tun. Damals in der Neunten sind wir auch in die Endrunde gekommen. Es spricht also nichts dagegen, dass wir es nicht noch einmal schaffen könnten und vielleicht sogar ganz durchziehen. Wir müssen das dann aber wirklich ernst nehmen.«

»Und was genau meinst du mit *ernst* nehmen, o du höchstes Wesen und Jumbospeicher aller Weisheit?«

»Nun, Orazio, für den Anfang würde es schon genügen, wenn alle pünktlich zu den Treffen kommen würden. Außerdem wäre es sehr hilfreich, wenn wir dann alle *konzentriert* und *organisiert* wären und keine Zeit damit vergeudeten, absolut unwichtige *persönliche* Fragen zu erörtern, wie Probleme, die wir mit einzelnen *Lehrern* oder *Hausarbeiten* haben oder auch das Liebesleben oder der Mangel an demselben eines anderen Mitglieds der Mannschaft.«

Razz zeigte nacheinander auf Bill, Ignatius und mich. »Hört ihr, Jungs, was unser ruhmreicher, allwissender Führer sagt? Wenn wir gewinnen wollen, müsst ihr *all das* sein lassen, okay?«

Dann wandte Razz sich wieder an Scobie.

»Keine Sorge, mein Kapitän. Ich werde sie auf Linie halten. Und sei nicht zu streng mit ihnen. He, vielleicht habe ich mich sogar selbst einiger dieser Vergehen schuldig gemacht.«

»Ganz sicher nicht«, antwortete Scobie. Dann schleuderte er seine Hand nach vorn und legte sie, die molligen Finger gespreizt mit der Handfläche nach unten, auf den Tisch. Sein Blick machte einmal die Runde. »Seid ihr dabei? Senior-Debattierchampions?«

Wir alle stapelten nacheinander unsere Hände auf seine.

»Senior-Debattierchampions«, antworteten wir im Chor.

Als wir gerade unsere Hände zurückzogen, schritt Miss Tarango auf dem Weg ins Lehrerzimmer winkend über den Schulhof. Unter dem Arm trug sie einen Stapel Schnellhefter. Wir sahen ihr nach, bis sie im Innern des Gebäudes verschwunden war. Ich glaube, dass uns allen derselbe Gedanke durch den Kopf ging, aber Bill fasste ihn in Worte.

»Das letzte Jahr mit Miss Tarango.«

Das dämpfte unsere Freude daran, wie alles sich entwickelte, ein bisschen.

»Wir müssen ihr zum Abschied was richtig Nettes schenken.«

»Geile Idee, Billy Boy!«, sagte Razz und boxte Bill leicht gegen den Oberarm. »Aber nicht das Übliche, Pralinen oder Blumen. Muss was ganz Besonderes sein.«

Wir stimmten ihm vollkommen zu. Aber was?

»He, ich weiß, was wir machen könnten«, schlug Razz vor. »Ganz einfach: Wir werden den Debattierpokal gewinnen, ja? Na, warum holen wir dann nicht einfach den College Cup für Miss Tarango, solange wir noch da sind?«

Wir lachten alle zusammen mit Razz über diesen absolut lächerlichen Vorschlag.

Das heißt, alle außer James Scobie.

»Vielleicht sollten wir das tatsächlich prüfen.«

Wir warteten auf die Pointe. Aber sie kam nicht.

»Vergib mir, o Herr über gigantische Mengen an grauen Zellen, aber bist du *verrückt* geworden?«

»Das wäre das perfekte Geschenk für sie«, bemerkte Scobie ruhig. »Sie hat Charlton immer unterstützt, auch bevor sie zu unserer Vertrauenslehrerin ernannt wurde. Sie unterstützt alles, sie kleidet sich in den Farben des Hauses, sie jubelt immer am lautesten, auch wenn wir – was wir normalerweise immer tun – verlieren, und sie arbeitet weitaus mehr als alle anderen Vertrauenslehrer. Es wird langsam Zeit, dass sie eine Belohnung bekommt. Und ich kann mir keine bessere Belohnung für all ihren Einsatz denken als die, dass wir den College Cup für sie holen. Ich schlage nur vor, dass wir darüber nachdenken sollten, mehr nicht.«

Razz verzog ungläubig das Gesicht.

»Darüber nachdenken? Weißt du, eure Allwissenheit, ich glaube, du lässt ein paar wesentliche Dinge außer Acht. Zum Beispiel zunächst mal *das*, Scobie.« Damit schlug Razz auf den Tisch und stampfte mit den Füßen auf den Boden. »Die Realität. Wo wir anderen alle leben. Warum vergisst du nicht einfach, dass Charlton jemals den College Cup gewinnen könnte, und kommst zu uns?«

»Ich setze mich gern mit der Realität auseinander, Orazio. Bevor wir die Idee verwerfen, sollten wir deshalb meiner Meinung nach genau recherchieren, wie unsere früheren Leistungen aussahen, wo unsere Stärken und unsere Schwächen lagen, wie die Punktetabelle sich zusammensetzte, und dadurch ein Bild der *realen* Lage erhalten.«

Bei der Erwähnung der Worte »recherchieren« und »Punktetabelle« hob Prindabel die Nase leicht aus seinem Wissenschaftsjournal und blickte auf.

»Na, wenn du ein paar Rechercheergebnisse haben willst«, sagte Razz, »dann schau einfach mal, wie wir letztes Jahr bei den Großen Drei abgeschnitten haben: Leichtathletik-Wettkampf – letzter Platz. Schwimmwettkampf – letzter Platz. Crosslauf – was sagt man dazu? Letzter Platz. Das änderst du nicht in einem Jahr. Das ist unmöglich.«

»Es scheint unmöglich«, meinte Scobie und hob gerade noch schnell genug die Hand, um Razz davon abzuhalten *»Mir gilt kein ›scheint‹!«* zu rufen. »Aber nicht alle Punkte, die für den College Cup notwendig sind, kommen aus diesen drei Wettkämpfen. Wir brauchen eigentlich jemanden, der alle verfügbaren *Zahlen* des Wettbewerbs in den letzten Jahren *analysiert* und dann das System, nach dem die Punkte vergeben werden, detailliert – womöglich mit einer *Tabellenkalkulation – aufschlüsselt* und uns *berichtet*.«

Mit jedem Wort, das Scobie besonders betont hatte, war Prindabels Kinn ein wenig höher gekrochen, und seine Augen waren immer größer geworden.

»Wir brauchen jemanden«, sagte Scobie schließlich und tippte mit der Fingerspitze auf den Tisch, »der die *mathematischen* Berechnungen für uns anstellt.«

Der Prindabel-Power-Pointer schoss in die Luft.

»Ich könnte das tun.«

»Wirklich, Ignatius? Würdest du das tun?«, sagte Scobie und schaffte es tatsächlich, wirklich überrascht auszusehen. »Das wäre fantastisch. Dann hätten wir eine bessere Vorstellung davon, wo wir stehen.«

»Ja, klar, Prindabuddy, warum nicht? Los, schlag dich mit deinen eigenen Waffen. Schreib einen Bericht über die Chancen Charltons, den College Cup zu gewinnen. Und um Zeit zu sparen, solltest du mit dem Ergebnis anfangen. Tippe einfach ›Null‹ in die entsprechende Spalte.«

Hier endete die Diskussion. Auch wenn ich mir kein besseres Abschiedsdankeschön für Miss Tarango denken könnte, als den College Cup für sie zu gewinnen, musste ich Razz beipflichten.

Den Rest der Pause verbrachten wir damit, uns gegenseitig weitere »letzte Male« in diesem Jahr zuzuspielen. Es fielen uns viele ein. Ein paar gute und ein paar nicht so gute. Den größten Lacher bekam »letzter Arrest für Razz«.

Aber es gab ein »letztes Mal«, das ich für mich behielt. Eines, das mir nicht mehr aus dem Kopf ging.

Und das war der letzte Tag, an dem Kelly Faulkner noch nicht wieder in mein Leben zurückgekehrt war.

2
Bei »Daten« hattest du mich

Den größten Teil meiner Ferien hatte ich damit verbracht, an das Wiedersehen mit Kelly Faulkner zu denken: wann und wo es passieren und wie es sein würde. Ein bisschen Zeit hatte ich allerdings auch darauf verwendet, auflodernde Zweifel niederzuspritzen, die sich festzufressen und außer Kontrolle zu geraten drohten.

Zum Beispiel, dass Kelly sich vielleicht verändert oder einen anderen kennengelernt hatte. Wir hatten schließlich nur den Abend beim Konzert der Seekühe und einen kurzen, wunderbaren, überwältigenden Kuss. Warum schrieb sie mir keine Mails mehr, wenn sie mich wirklich mochte? Wenn wir uns dann schließlich träfen, würde sie mich nur mit diesen eisblauen Augen anschauen und sagen: »*Kenne* ich dich von irgendwoher?«

Ja, gut, das war nur Spaß. Kelly würde sich schon an mich erinnern. Wie viele Ismaels kannte sie schließlich? *Mich* könnte sie schon vergessen, aber *meinen Namen* leider ganz gewiss nicht. Ich beschloss, positiv zu denken und mich auf das zu konzentrieren, was ich wusste, statt auf das, was ich nicht wusste. Und ich wusste über Razz von Sally Nofke, dass Kelly, ihre Mutter und ihr Bruder Marty wieder zurück waren. Ich wusste, dass sie sehr damit beschäftigt gewesen war, in das Internat des Lourdes Colleges aufgenommen zu werden, und ich wusste, dass Sally und Razz daran arbeiteten, Kelly und mich zusammenzubringen. Genau von diesem Zusammenkommen träumte ich in der Mittagspause, als Ignatius Prindabel seinen Bericht über den College Cup ablieferte. Und als er damit fertig war, änderte sich der Verlauf des gesamten Schuljahres.

Mit Mr Guthries Erlaubnis versammelten wir uns in unserem Klassenlehrerzimmer, um die offiziellen Ergebnisse zu erfahren. Einige versammelten sich mit größerer Begeisterung als andere.

»Willkommen in Fantasien, Kinder, wo Onkel Iggy Wiggy jetzt unsere Zeit vergeuden wird.«

Ignatius ignorierte Razz und zog ein paar Blätter aus einem Schnellhefter. Jeder bekam zwei Seiten mit Schaubildern, Diagrammen, Listen, Tabellen, Zahlen, Prozentsätzen und Spiegelstrichen.

»Du leidest wirklich an einem sehr schweren Fall von chronischem Nerdismus, was, P-buddy?«

»Danke, Orazio«, sagte Scobie. »Ich habe den Bericht schon genau angeschaut, aber wie wäre es, Ignatius, wenn du für alle anderen einfach mal die wichtigsten Punkte durchgehen würdest?«

»Gut. Das Tortendiagramm 1.0 schlüsselt auf, wo beim letztjährigen College Cup die verschiedenen Punkte erzielt werden konnten. In Prozent, offensichtlich.«

»Offensichtlich«, echote Razz.

»Wie ihr seht, lassen sich bei den Großen Drei – Schwimmwettkampf, Leichtathletik-Wettkampf und Crosslauf – 56 Prozent der insgesamt verteilten Punkte holen. Die übrigen Punkte kamen von verschiedenen kleineren Veranstaltungen, die ich Sonstige genannt und genauer in Tortendiagramm 1.1 und Tabelle A dargestellt habe. Dazu gehören die verschiedenen Wettbewerbe zwischen den einzelnen Häusern, wie das Hallenfußballturnier und die Talentiade. Außerdem kann man Punkte für verschiedene Aktivitäten in der Schule bekommen.

Überdies habe ich jeden Wettkampf der Großen Drei noch einmal aufgeschlüsselt und analysiert, um herauszufinden, wo die einzelnen Häuser ihre Punkte geholt haben. Aufgrund von James' Anweisungen habe ich mich dabei besonders darauf konzentriert, welcher Anteil der Punkte aufgrund von Leistungen und welche aufgrund der Anzahl der Teilnehmer erzielt wurde. Diese Ergebnisse seht ihr in Schaubild 1, 2, und 3 und in den Tabellen B und C. Überdies zeigt Tabelle D den Punkteunterschied zwischen den verlierenden Häusern und dem Haus, das schließlich gewonnen hat, einmal rein zahlenmäßig und einmal als Prozentsatz der gesamten Gewinnpunktzahl. Auf der zweiten Seite ...«

»Halt, Prindabel«, sagte Razz und wedelte mit den Handouts. »Das ist sicher brillant, was du hier gemacht hast, Mann, und du wirst wahrscheinlich den Nobelpreis bekommen, aber sag uns bitte, was all das zu bedeuten hat, bevor mir der Schädel platzt.«

Ignatius legte die beiden Blätter aufeinander, stieß sie auf dem Pult vor sich auf Kante und legte sie hin.

»Es bedeutet, Orazio, dass es angesichts der letztjährigen Ergebnisse ... mathematisch für Charlton House möglich ist, *keinen* der Großen-Drei-Wettbewerbe zu gewinnen und trotzdem den College Cup zu bekommen.«

»Du machst Witze.«

»Nein, mach ich nicht. Natürlich ist der Prozentsatz der Punkte, die wir in der Abteilung Sonstige holen müssen, umso kleiner und folglich unsere Chance, den Cup zu gewinnen umso besser, je erfolgreicher wir bei den Großen Drei sind.«

Razz atmete lange und hörbar aus. »Was meinst du, der du weitaus besser bist als wir? Stimmst du mit Professor Tortendiagramm hier überein?«

»Absolut«, antwortete Scobie. »Und ich habe einen Drei-Punkte-Plan entwickelt, der uns helfen wird, unser Ziel zu erreichen.«

Scobie watschelte nach vorn und schrieb *OPERATION TARANGO* an das Whiteboard.

»Der Wahnsinn beginnt«, sagte Razz kopfschüttelnd.

Dann fügte Scobie *1. MOTIVATION* hinzu.

»Zuallererst müssen wir alle Charlton-Schüler motivieren, mitzumachen, hart zu trainieren und ihr Bestes zu geben. Wir müssen unsere Leistungen in den Großen Drei auf jeden Fall möglichst weit verbessern.«

Scobie kehrte zur Tafel zurück und schrieb: *2. BETEILIGUNG.*

»Das ist unsere Geheimwaffe. Beim Crosslauf zum Beispiel bekommt jeder einen Punkt für sein Haus, der innerhalb einer bestimmten Zeit im Ziel einläuft. Das gilt auch für einige Schwimmwettbewerbe und in der Leichtathletik. Die Möglichkeiten in diesem Bereich wurden nie wirklich ausgeschöpft. Unser Ziel ist, was ich gern *Flächendeckende Beteiligung* nennen würde.«

Dann fügte Scobie den letzten Punkt seines Drei-Punkte-Plans hinzu: 3. *Diversifizierung.*

»Wir dürfen uns beim Punktesammeln nicht nur auf die Großen Drei konzentrieren, sondern müssen uns ganz besonders die lange Liste der sonstigen Wettbewerbe anschauen. Wir müssen sicherstellen, dass Charlton House immer in großer Zahl und wettkampfbereit da ist, *wann* immer und *wo* immer College-Cup-Punkte zu holen sind.«

Scobie schob den Deckel auf den Whiteboard-Marker und ging zu den zusammengerückten Tischen zurück, wo wir anderen saßen.

»Motivation, Beteiligung und Diversifizierung. Damit können wir den College Cup gewinnen. Ich glaube, wir sollten Operation Tarango eine Chance geben. Wer ist dabei?«

Wie er es im Zusammenhang mit dem Debattierpokal getan hatte, streckte Scobie seine Hand vor uns aus.

»Was ist mit dir, Ignatius? Sobald wir gestartet sind, müssen viele Daten kontinuierlich zusammengetragen und analysiert werden. Wir brauchen jemanden, der uns genaue und detaillierte aktuelle Berichte über unseren Fortschritt liefert und unseren Angriffsplan koordiniert. Wärst du bereit, das zu übernehmen?«

Ignatius legte sofort seine spinnenartige Hand auf Scobies Hand.

»Bei ›Daten‹ hattest du mich«, sagte er.

»Ausgezeichnet. Und was ist mit dir, Bill? Ein Anhänger des

Herrn der Ringe lässt es sich doch nicht entgehen, mit einer bunt gemischten Truppe von Kameraden an einem merkwürdigen Kreuzzug teilzunehmen, um einen sagenumwobenen goldenen Pokal für ein schönes Burgfräulein heimzubringen.«

Bill hatte ein landkreisgroßes Lächeln im Gesicht, als seine große Hand Prindabels komplett verdeckte. »Bei ›Kreuzzug‹ hattest du mich.«

»Und Ismael – dein Namensvetter war auch ein bisschen ein Mann auf einem Kreuzzug, oder? Ich kann dir zwar kein Abenteuer auf hoher See versprechen, aber dafür ist es auch nicht so gefährlich, wie den berühmten weißen Wal anzugreifen. Folgst du der Bootsmannspfeife, Ismael, und kommst an Bord?«

»Aye-aye, Käpt'n«, sagte ich und legte meine Hand ebenfalls auf.

Blieb nur noch Razz.

»Dann seid ihr alle jetzt auf einem gaaaanz *groooooooooßen* Kreuzzug, was?«, sagte er, als ob er mit Kindergartenkindern sprechen würde.

Wir alle nickten, als wären wir Kindergartenkinder. Razz verdrehte die Augen, platzierte aber seine Hand entschieden ganz oben auf dem Händestapel.

»Nun, ich lasse euch vier Irren nicht allen Spaß, während ich allein in Hobbithausen feststecke.«

Einen Augenblick lang grinsten wir einträchtig, dann zog jeder seine Hand zurück.

»Wartet mal«, sagte Razz, »im Kino sagt doch an dieser Stelle immer ein Typ irgendwas Cooles oder Bedeutsames, um alle ein bisschen hochzuputschen, oder?«

Ich schaute automatisch Scobie an. Razz auch. Und Ignatius auch.

Aber Bill sprach.

»Der Kreuzzug für den College Cup steht auf Messers Schneide«, sagte er und erwischte uns alle kalt, »geht nur ein weniges fehl und er wird scheitern, was den Untergang für alle bedeutet. Und doch besteht Hoffnung, solange die Gemeinschaft treu ist.«

»Ich nehme an, das war was aus dem *Herrn der Ringe*, Bilbo?«

Bill nickte.

»Fantastisch«, meinte Razz. »Wir sind auf dem Weg zum Schicksalsberg. Das könnte tränenreich enden.«

3
Standby-Augen

Kelly Faulkner und ich begegneten uns an genau demselben Ort, wo ich sie damals in der Neunten zum ersten Mal gesehen hatte – bei einem Debattier-Workshop an der Moorfield High. Das passte irgendwie, dachte ich, war aber auch irgendwie merkwürdig.

Dieses Mal richteten sich die Vorträge und Seminare an Seniors. Um zu demonstrieren, dass wir unser letztes Debattierjahr ernst nahmen, erklärten sich alle aus unserer Mannschaft bereit, an dem Workshop teilzunehmen. Sally und ihre Mannschaft vom Lourdes College, zu der auch Kelly gehörte, kamen ebenfalls. Am Samstagmorgen war in der Moorfield High ganz schön viel los. Wir hingen vor dem Hauptveranstaltungsort herum und warteten darauf, dass der erste Vortrag begann, als Sally und Kelly zu uns stießen.

Ich erinnere mich kaum daran, was jeder sagte. Ich erinnere mich nur, wie ich Kelly das erste Mal nach über einem Jahr wiedersah. Ihre Haare waren kürzer und dunkler. Und vielleicht war sie ein bisschen dünner geworden. Aber sie war so schön, wie ich sie in Erinnerung hatte. Und wie immer machten Kellys Augen den nachhaltigsten Eindruck auf mich. Aber dieses Mal aus einem anderen Grund. Sie waren immer noch blassblau und klar wie Eis. Aber ihr Funkeln war zumindest teilweise erloschen. Sie sahen aus, als wären sie im Standby-Modus und warteten darauf, dass jemand einen Knopf drückte und sie zum Leben erweckte.

Erst in der Mittagspause konnten Kelly und ich richtig miteinander sprechen. Scobie, Bill und Ignatius hatten sich schon in die Essensschlange eingereiht, und Sally und Razz boten an, uns unser Essen mitzubringen. Ich sah ihnen nach, wie sie zu dem Kiosk gingen. Ich fürchtete den Augenblick, an dem ich sie aus den Augen verlieren würde, denn dann musste ich Kelly anschauen und etwas sagen. Und ich hatte keine Ahnung, was.

»Sieht so aus, als hätte man uns praktischerweise allein gelassen«, sagte Kelly und lächelte zaghaft. »Vielleicht warten wir lieber dort drüben im Schatten.«

Wir gingen zu einer Bank unter einem Baum.

»Es ist wirklich schön, dich wiederzusehen«, meinte Kelly.

Aus den unendlichen Tiefen meines großartigen Gehirns zauberte ich ein »Dich auch« hervor.

Sie lächelte. Ich lächelte. Okay, jetzt war ich an der Reihe, das Gespräch am Leben zu halten.

»Deine Haare sind anders.«

Mann, wirklich? Ich wette, Kelly hatte das bisher nicht gemerkt. Vielleicht war sie das Opfer eines übergeschnappten

Friseurs geworden, der in Häuser einbrach und den Menschen im Schlaf die Haare schnitt und färbte.

»Gefällt mir«, fügte ich hinzu, was mich davor bewahrte, wie ein kompletter Trottel zu klingen. Ganz knapp.

»Danke«, sagte Kelly und strich sich mit den Fingern durch den Pony. »Du hast dich nicht sehr verändert. Du bist nur größer geworden. Ihr Jungs seid alle gewachsen. Sogar Scobie. Ich wünschte, ich würde noch ein paar Zentimeter zulegen.«

»Du brauchst nicht größer zu sein. Du bist gut so. Du bist ... perfekt.«

Kelly schaute in die Ferne. »Nein, das bin ich nicht.«

Es klang nicht so, als sei sie bereit, darüber zu debattieren. Es dauerte eine Weile, bis sie ihre Augen vom Horizont wieder zu mir bewegte.

»Tut mir leid, dass ich so selten gemailt habe und so. Ich wollte eigentlich schreiben, wirklich, aber dann war ... dort in Neuseeland ... einfach ziemlich viel los.«

»Ist okay. Kein Problem. Du hattest bestimmt haufenweise andere Dinge zu tun.«

Kelly sah mich eine Sekunde lang an, dann schaute sie auf ihre Hände hinunter.

»Sieht so aus, als würden sich meine Eltern scheiden lassen.«

Ich saß da, den Mund halb offen, und dachte darüber nach, was ich sagen könnte.

»Mum und Dad ... hatten schon eine Weile ... Probleme miteinander. Ich wusste es eigentlich gar nicht. Aber das war der Grund, warum Mum überhaupt einverstanden war, dass Dad diese neue Stelle annahm, und wir alle nach Neuseeland zogen. Der Umzug sollte helfen, die Probleme zu lösen. Aber es klappte nicht.«

»Kelly, du musst nicht darüber reden …«

»Schon gut, ich möchte es gern. Ich glaube, es gibt ein paar Dinge, die du wissen solltest. Nicht nur über Mum und Dad. Auch über mich. Und … uns.«

Mein Herz bereitete sich darauf vor, in Stücke geschlagen zu werden.

»Ich konnte nicht besonders gut damit umgehen, als das mit meinen Eltern war. Meine Noten gingen in den Keller, aber es war mir egal. Vermutlich war ich wütend auf Mum und Dad und versuchte, es ihnen auf irgendeine blöde Weise heimzuzahlen. Ich weiß es nicht. Ich glaube, man nennt es ›auf die schiefe Bahn geraten‹. Mein Therapeut sagt, es wäre eine ganz natürliche Reaktion.«

Kelly sah mit müdem Lächeln zu mir hoch. »Therapeut«, wiederholte sie. »Wir *perfekten* Menschen haben alle einen.« Dann schaute sie zum Boden und kaute auf ihrer Lippe herum.

»Und dann … dann war da dieser Typ …«

Vorbereitet hin oder her – mein Herz war ganz benommen von dem Schlag.

»… und vielleicht war es wegen der ganzen Sache mit meinen Eltern … oder vielleicht bin ich auch einfach nicht so schlau, wie ich dachte, aber … es sind Dinge passiert, Dinge, die ich gern zurücknehmen oder ungeschehen machen würde … und dann musste ich damit auch noch fertig werden.«

Kelly schloss die Augen und schüttelte den Kopf, als versuchte sie, die Erinnerungen zu verscheuchen.

»Er gibt ihn nicht mehr, diesen Jungen. Er war nichts im Vergleich zu dir, Ismael. Er hat mir nie ein Gedicht geschrieben.«

Das schmale Lächeln auf Kellys Lippen war nur eine Bewegung ohne Gefühl. Dann verschwand es.

»Ich mag dich wirklich. Und ich würde niemals etwas tun, was dich verletzt. Deshalb musst du meine Gefühle kennen.«

Sie sah mich direkt an.

»Ich habe einfach keine Zeit für eine Beziehung. Ich könnte nicht damit umgehen. Nicht im Augenblick. Ich möchte das letzte Jahr hinter mich bringen. Ich möchte meine Noten verbessern, damit ich Journalismus studieren kann. Ich möchte mein Leben wieder finden. Ich möchte *mich* wieder finden.«

Ihre eisblauen Standby-Augen schmolzen.

»Ich habe im Augenblick in meinem Leben keinen Platz für eine Beziehung. Es tut mir leid. Und ich weiß, dass das total dürftig klingt, aber ... ich brauche einen Freund ... wenn du interessiert bist ...«

Ich war.

Als ich am Abend von der Moorfield High zurückkam, schwor ich mir, dass ich das Funkeln in Kelly Faulkners Augen zurückholen würde. Ich hatte noch einen Kreuzzug.

Und diesmal einen ganz persönlichen.

4
Auf direktem Weg ertrinken

Bei unserer ersten Hausbesprechung im neuen Schuljahr wurde es ernst für Operation Tarango. Als Charlton-Sprecher stand James Scobie auf und verkündete stolz, dass wir in diesem Jahr darauf hinarbeiten würden, den College Cup zu gewinnen. Es dauerte eine ganze Weile, bis das Lachen und die allgemeine Heiterkeit verebbt waren.

Scobie war überhaupt nicht beunruhigt. Er stand einfach hinter dem Rednerpult, bis eine unbehagliche Stille sich ausbreitete und haften blieb. Dann wartete er noch ein bisschen.

»Genau aus diesem Grund, meine Herren«, sagte er, »waren in den vergangenen siebzehn Jahren unsere Versuche, Haus-Champions zu werden, nicht von Erfolg gekrönt. Nicht nur die anderen Häuser lachen uns aus, wir lachen uns sogar selbst aus. Nicht nur die anderen Häuser denken, dass wir Loser sind, wie denken es selbst auch. Nicht die anderen Häuser schlagen uns. Wir schlagen uns selbst.«

Scobie schlug mit der Faust auf das Rednerpult, und die Schläge hallten durch das Mikrofon wider.

»Aber das ist vorbei. Ich sage euch: Von diesem Tag an denken wir nicht mehr wie Verlierer, sondern wir handeln wie Sieger. Ich glaube daran, dass wir den College Cup gewinnen können. Und nicht nur das. St Daniel's' mathematisches Topgehirn hat bewiesen, dass es möglich ist.«

Scobie nickte Ignatius zu, der mit einer Fernbedienung auf den großen Schirm neben ihm klickte. Die beiden Seiten mit Prindabels Aufzeichnungen, Diagrammen und Berechnungen erschienen in Großformat auf dem Schirm. Natürlich hatte keiner auch nur einen Schimmer davon, was das alles zu bedeuten hatte, aber in den wenigen Sekunden, die es sichtbar war, sah es ungemein beeindruckend aus.

Scobie nickte Ignatius noch einmal zu, und die Worte *MOTIVATION, BETEILIGUNG* und *DIVERSIFIZIERUNG* erschienen auf dem Bildschirm. In den nächsten paar Minuten bot Scobie seinem Publikum eine leidenschaftliche Verkaufspräsentation der *MBD*-Formel für den Erfolg beim College Cup. Er schloss mit den Worten:

»Ich glaube, meine Herren, mit eurer Unterstützung wird

Charlton dieses Jahr Champion-Haus. Und wir werden es schaffen ...«

Scobies pummeliger Zeigefinger bohrte sich prindabelgleich in die Luft.

»Immer einen Punkt nach dem anderen!«, rief er.

Es war Scobie nicht gelungen, alle Charlton-Schüler zu »echten Gläubigen« zu bekehren, aber wenigstens lachte niemand. Und das war ein gutes Zeichen.

Außerdem stand für die heutige Versammlung noch die Wahl des diesjährigen Sportkapitäns auf der Tagesordnung. Wie erwartet wurde Jimmy »Die Attraktion« Mainwaring, Vizekapitän der Rugby Firsts und St Daniel's Diskus- und Wurfspeer-Champion, vorgeschlagen und begeistert unterstützt. Auch der zweite Vorschlag, Clinton Turner, Tennischampion und Senior-Mitglied der Crosslaufmannschaft des Colleges war keine große Überraschung. Der letzte Kandidat für einige hingegen schon.

»Ich schlage Orazio Zorzotto vor.«

Scobie hatte die Hand gehoben. Ein Murmeln ging durch die Reihen. Razza fuhr auf, als hätte ihn jemand mit einem Viehtreiber gestupst.

»Was?«

»Wer unterstützt ihn?«, fragte Scobie.

Ich reckte die Hand in die Höhe.

»Nimmst du die Nominierung an, Orazio?«

»Nun ... ich weiß nicht ... Ich denke, ja«, sagte Razz und schaute verwirrt in die Runde.

»Gut. Weitere Vorschläge?«, fragte Scobie. »Nein? Okay, dann stimmen wir ab.«

Razz neben mir rutschte ganz tief in seinen Stuhl. »Mann, das wird peinlich.«

In der Tat – für Clinton Turner. Er erhielt zwei Stimmen.

Die restlichen Stimmen verteilten sich fast gleich auf Razz und »Die Attraktion«, wobei Jimmy mit nur drei Stimmen vorne lag. Razz sah aus, als wäre er gerade Zeuge eines Zaubertricks, den er nicht kapierte.

»Wow«, sagte er dauernd und sah sich im Versammlungssaal um, »ich hab mich gut geschlagen.«

Und so war es. Mich überraschte das nicht so sehr. Razz hatte Mr Hardcastle schon immer geholfen, die jüngeren Schüler zu betreuen und zu trainieren, vor allem im Fußball. Und an zwei Tagen in der Woche half er Mr Murphy dabei, die Nachmittage für die jüngeren Internatsschüler zu organisieren und durchzuführen. Wenn nur die Achter, Neuner und Zehner gewählt hätten, dann hätte Razz bestimmt spielend gewonnen.

Zwei Wochen später wurde Operation Tarango erstmals auf die Probe gestellt. Der jährliche Schwimmwettkampf stand an. Traditionell erzielten wir dabei unsere bei Weitem schlechtesten Ergebnisse. Keiner der Topschwimmer gehörte zu Charlton, und wir belegten mit komfortablem Abstand immer den letzten Platz. Aber da jeder Teilnehmer, der beim 50 m Freistil auch nur das andere Ende des Beckens erreichte, einen Punkt bekam, war es Zeit für die Flächendeckende Beteiligung, und Scobie wies die Richtung.

Razz bezeichnete Scobies Freistiltechnik als »auf direktem Weg ertrinken«: Als Scobie anschlug, hatte er den Boden des Beckens fast erreicht. Als man ihn aus dem Wasser gezogen hatte, waren seine Lippen blau, und er konnte nicht sprechen. Aber das spielte keine Rolle. Er hatte gerade noch genug Kraft, einen zittrigen Zeigefinger in die Luft zu recken. Jeder von Charlton hörte die Botschaft laut und deutlich: »Einen Punkt nach dem anderen.«

Das Ziel, das wir uns gesetzt hatten, war bescheiden und

erreichbar gewesen: nicht Letzter werden. Scobie feuerte die Truppen an, und Charlton bemühte sich nach Kräften. Und ... wir wurden Letzte.

Wir hatten dieselbe Punktzahl wie Radley. Und wie sich herausstellte, hatte uns nichts Besseres passieren können, denn es bewies Scobies »Einen Punkt nach dem anderen«-Theorie.

»Nur ein Punkt hat gefehlt, dann wären wir Dritter geworden«, sagte er in seiner Rede auf der nächsten Hausversammlung. »Ein mickriger Punkt. Eine einzige Person, die es versucht. Eine einzige Person, die sich ein bisschen mehr anstrengt. Eine einzige Person, die etwas tut, was sie für die Mannschaft hätte tun können, es aber nicht getan hat. Jeder sollte sich die Frage stellen: Könnte ich das gewesen sein?«

Das waren ziemlich aufwühlende Worte und nach der Enttäuschung über das Ergebnis genau das, was wir brauchten. Unterstützt wurden sie durch Prindabels Analyse, die offenbarte, dass wir verglichen mit vergangenem Jahr unsere Punktzahl um sage und schreibe dreißig Prozent vermehrt hatten und viel näher an den beiden führenden Häusern lagen. Außerdem gab es auch ein paar handfeste positive Ergebnisse von diesem Tag: Bei der Gesamtzahl der gewonnenen Teilnahmepunkte kamen wir (dank Razz, der die jüngeren Schüler ermutigt und organisiert hatte) auf Platz eins, außerdem gewannen wir noch etliche kleine Spaßwettkämpfe. Und im Wettbewerb um die »besten Fans« ließen wir die anderen Mannschaften weit hinter uns.

Dafür mussten wir Miss Tarango danken. Sie führte unsere Jubeltruppe an: gekleidet in Charlton-Farben mit goldenen Strandschuhen, langen goldenen Stutzen, goldener Gesichtsfarbe und goldenen Haarbändern. Sie war praktisch von Kopf bis Fuß golden – als wenn wir *das* nicht schon längst wüssten. Und sie blieb den ganzen Tag dabei. Sie hüpfte wild herum und schrie sich heiser. Als Mr Guthrie das Lehrerrennen für uns gewann, fürchtete ich fast, sie würde ins Becken hüpfen.

Prindabels Analyse offenbarte außerdem, dass ein Charlton-Schwimmer mehr Wettbewerbe als jeder andere absolviert hatte. Wir ließen ihn dreimal hochleben, und Scobie überreichte ihm eine Urkunde für »Flächendeckende Top-Beteiligung« mit seinem Namen. Und dieser Name lautete: *Orazio Zorzotto.* Ich bin mir nicht ganz sicher, für welchen Preis Jimmy »Die Attraktion« Mainwaring sich an diesem Tag bewarb. Vielleicht für den Preis »Ach, was seh' ich gut aus in meiner Badehose«.

Nicht lange nach dem Schwimmwettkampf geschah etwas, was der Operation Tarango einen unerwarteten Schub verpasste. Jimmy »Die Attraktion« Mainwaring platzte am Wochenende betrunken in eine Party, auf der er jedes weibliche Wesen, mit dem er in Kontakt kam, auf zunehmend kreative Weise (meist mit einem deutlichen Hinweis darauf, dass er »Speer«meister war) anmachte. Pech für Jimmy, dass jemand alles mit seinem Handy aufnahm und auf YouTube hochlud. Dort verbreitete es sich wie ein Virus. »Die Attraktion« hatte es endlich geschafft, zur Attraktion zu werden. Als Bruder Jerome das Virus schließlich einfing, sah Jimmy sich mit einer letzten Abmahnung, einer langen Spielsperre und dem dauerhaften Verlust seiner Kapitänsbinde konfrontiert.

Wir in Charlton beklagten den Sturz unseres Führers nicht lange. Zum Glück hatten wir einen Ersatz in petto. Und als wir unseren Ersatz fragten, ob er bereit sei, die Aufgabe zu übernehmen, sagte er, er sehe das »vollkommen entspannt«. Außerdem meinte er bei zahllosen Gelegenheiten, es sei »total geil, Mann«.

Und so war es auch.

5
Vorschlaghammer trifft auf weiches Ei

Den Einsatz, den James Scobie für Charlton House zeigte, brachte er – allerdings in einem viel größeren Maßstab – auch für die ganze Schule.

Bei jeder vierzehntäglichen Versammlung predigte er das Evangelium der Beteiligung. Und wenn Scobie sprach, lauschte das Volk. In gewisser Hinsicht lief es der Operation Tarango entgegen, dass die anschwellende Woge der Begeisterung für die Schule in die Wettbewerbe zwischen den einzelnen Häusern floss. Aber wie James unaufhörlich betonte: »Es ist alles gut.«

Und das waren keine leeren Worte. Schon bald war jedermann klar, dass die Schule nie wieder einen besseren Schulsprecher als James Scobie bekommen würde. Nur ein einziger Mensch am St Daniel's glaubte, er könne noch mehr tun, und das war James selbst. Wir saßen alle zusammen um unseren üblichen Tisch in der Mittagspause, als er erklärte, wie.

»Orazio, ich brauche deine Hilfe.«

Bill, Ignatius und ich erlitten kurzzeitig einen leichten Schock. Razz dagegen schien vollkommen unbeeindruckt.

»Endlich! Dann hast du's jetzt kapiert, was, Scobes. Ich wusste, dass du irgendwann meine überlegene Hirnkapazität erkennen würdest. Schreib mit, Prindabuddy, gleich erlebst du einen Meister bei der Arbeit. Womit kann ich dir helfen, o du Großartiger? Hast du vielleicht ein paar Problemchen mit der alten Relativitätstheorie? Oder dem Ursprung des Universums? Quantenphysik?«

Bevor Ignatius protestierend den knochigen Zeigefinger in den Äther bohren konnte, antwortete Scobie: »Ich brauche eine Sportart, die ich für die Schule ausüben kann. Du musst mir helfen, eine zu finden, für die ich geeignet bin.«

»Du? Sport? Warum?«

»Ich sage bei der Schulversammlung immer allen, dass sie sich am Schulleben beteiligen sollen. Ich muss mit gutem Beispiel vorangehen, und was Wichtigeres als Sport gibt es am St Daniel's nicht.«

Jetzt ergab es wenigstens Sinn, dass Scobie ausgerechnet Razz um Hilfe bat. Wenn es um etwas ging, was auch nur entfernt mit werfen, laufen, rennen, springen, fangen, treffen oder kicken zu tun hatte, dann wusste Razz alles darüber und konnte es aus dem Stegreif.

»Aber du machst doch schon tausend andere Dinge«, sagte Razz und zählte sie mit den Fingern auf. »Debattieren, öffentliches Reden, Schach-AG, Schülerrat. *Außerdem* leitest du den Fanclub, und du schreibst die Kampflieder für die Rugby Firsts. Und dann kommen deine Aktivitäten für Charlton und das ganze Schulsprecherzeug hinzu. Herrgott noch mal, Scobes, niemand tut mehr als du. Du schmeißt hier praktisch den ganzen Laden.«

»Aber ich treibe keinen Sport.«

»Richtig. Aber dafür gibt es einen sehr guten Grund, meine ehrenwerte Großartigkeit.«

»Und zwar?«

»Du bist einfach eine totale Pfeife im Sport, Mann.«

Grausam, aber wahr.

In den vergangenen zwei Jahren hatte Scobie am St Daniel's verschiedene Sportarten ausprobiert, und alle Versuche hatten damit geendet, dass sie als zu gefährlich für ihn eingestuft wurden. Das hatte ein bisschen mit der Hirntumor-Operation zu tun, die er hatte, als er jünger war, vor allem aber mit seinem fast absoluten Mangel an Körpergröße, Kraft, Fitness, Sehvermögen, Schnelligkeit, Wendigkeit und Koordination.

»Es muss irgendwas für mich geben. Ich bin zu allem bereit.«

Razz atmete lange und hörbar aus.

»Nun«, sagte er, »dann schauen wir mal. Cricket geht schon mal nicht.«

Ein allgemeines zustimmendes Gemurmel ertönte.

Scobie hatte es in der neunten Klasse mit Cricket versucht. Als Werfer war er gar nicht *so* übel. Was das Erzielen von Punkten betraf, stellte er die Schlagmänner vor große Herausforderungen. Das lag daran, dass nur wenige seiner Würfe auch nur in der Nähe des Schlagmanns landeten. Etliche dagegen landeten bei eigenen, in der Nähe platzierten Feldspielern und zu ihrer Überraschung, zu ihrem Ärger und ihrem Schmerz meist von hinten auf ihren Köpfen. Einmal gelang Scobie ein Meisterstück der Bowlerkunst, das fast gegen die Gesetze der Physik verstieß: Einer seiner unberechenbaren Bälle schlug einen Feldspieler um, der *hinter* ihm stand.

Was Bälleschlagen betraf, musste man fairerweise sagen, dass Scobie gewisse ... Grenzen gesetzt waren. So konnte er sich beispielsweise, nachdem er mit Helm, Pads, Box und sonstiger beim Cricket üblicher Schutzausrüstung versorgt war, kaum noch bewegen. Er musste praktisch aufs Feld und auf die Pitch getragen werden wie eine pummelige Stofftierausführung des weißen Ritters. Und da wurde es noch verzwickter für ihn. Die kleinsten Pads reichten ihm bis zum Bauch, sodass er unmöglich rennen konnte. Dazu musste er jedoch 4er oder 6er schlagen – und das war ungefähr so wahrscheinlich, wie dass ich mit allen Miss-Universum-Kandidatinnen gleichzeitig ein Date habe. Scobie mangelte es nicht nur an Hand-Auge-Koordination, sondern man hatte den Eindruck, als wären seine Hände und seine Augen gar nie miteinander bekannt gemacht worden.

Nach zwei Spielen wurde einmütig beschlossen, dass Scobie mit dem Cricket aufhören sollte, bevor er jemanden umbringen oder selbst umgebracht würde.

»Und Rugby geht *überhaupt* nicht.«

Das zustimmende Gemurmel wurde noch einen Tick lauter.

Im letzten Jahr hatte Scobie alle mit der Ankündigung geschockt, er werde es mit Rugby versuchen. Wir gaben uns natürlich alle Mühe, ihm das auszureden, und erklärten ihm, es gebe definitiv eine Alternative dazu, den Rest seiner Tage in einem Ganzkörpergipskorsett mit lebenserhaltenden Apparaturen zu verbringen, aber er wollte nicht auf uns hören. James »Ohne Angst« Scobie schreckte vor nichts zurück.

Angst hatte dagegen Mr Hardcastle, der Sportchef. Er bestand darauf, dass Scobie ein ärztliches Attest vorlegte, bevor er spielte, und selbst dann musste Scobie auf Mr Hardcastles Geheiß einen doppelten Kopfschutz und die größten Schulterpolster tragen, die er auftreiben konnte. Und er ließ James auf dem Flügel spielen, »weit weg von allen Möglichkeiten, Schaden zu nehmen«.

Die Kunde von Scobies erstem Rugby-Einsatz verbreitete sich rasch. Als es dann so weit war, hatte es den Anschein, als ob sich die halbe Schule an den Seitenlinien drängte. Als Scobie sich auf das Feld schob, wurde er mit lärmendem Jubel, einer mitreißenden Interpretation des Schullieds und Gelächter begrüßt. Vornehmlich Gelächter. Abgesehen von seinen Händen und einem zusammengequetschten Stück Gesicht war von James Scobie eigentlich nur noch ein schmaler Streifen bleiches Knie zu sehen, der zwischen dem oberen Rand der Socken und dem Saum seiner zirkuszeltartigen Shorts hervorblitzte.

Die ersten zwanzig Minuten des Testspiels brachte Scobie erstaunlich gut hinter sich. Das lag daran, dass er dem Ball nie näher als zehn Meter kam. Tragischerweise änderte sich das aber. Ein Spieler der gegnerischen Mannschaft trat nicht richtig zu. Der Ball rollte trudelnd über das Gras und blieb direkt vor Scobies Füßen liegen. Scobie hob ihn auf, nahm ihn unter einen Arm, biss alle seine kleinen weißen Zähne zusammen und rannte los.

Nun, wenn ich sage »rannte«, dann meine ich, dass Scobie seine Füße schneller bewegte als normalerweise, dass er seine Knie höher anhob und mit seinen Armen kräftiger schwang. Das einzige Problem bestand darin, dass Scobie sich trotzdem nicht schneller fortbewegte als normalerweise. Wenn James Scobie rannte, dann war das so, wie wenn andere schlendern. Er erinnerte an Pantomimen, die scheinbar gegen einen starken Wind anrennen und – scheitern.

Natürlich machte die tödliche Kombination aus Scobies vollkommenem Mangel an Schnelligkeit und seiner totalen Unfähigkeit, die Richtung zu wechseln und einem Gegenspieler auszuweichen, ihn zum leichtesten Ziel, das jemals ein Rugbyfeld geschmückt hatte. Es war nicht mal ein Kinderspiel, sondern eher ein Spiel für einen Säugling.

Um die Sache noch schlimmer zu machen, war die erste Person, der Scobie an diesem Tag begegnete, als er sich mutig mit dem Football auf seinen Jungfern»run« machte, Tommy »Plattmacher« Manu. Tommy Manu liebte den Angriff. Dazu war er geboren, und dafür war er gebaut. Tatsächlich liebte er es einfach, in Dinge hineinzurennen Punkt – in Menschen, Bäume, Mauern, Gebäude, große Tiere. Ich bin sicher, Tommy hätte seine Urgroßmutter angegriffen, wenn sie auf einem Footballfeld mit einem Football unter dem Arm aufgetaucht wäre. Vielleicht sogar auch, wenn nicht.

Noch heute spricht man von dem Tag, als Tommy »Plattmacher« Manu James Scobie in dem Rugby-Testspiel angriff. Razz beschrieb es als: »Vorschlaghammer trifft auf weiches Ei«. Erstaunlicherweise gab es keine gebrochenen Knochen, obwohl Scobie aus dem Zusammentreffen so grün und blau hervorging, dass er in der folgenden Woche von allen Mini-Avatar genannt wurde. Mr Hardcastle meinte, die Schule könne es sich nicht leisten, für Scobies Beerdigungskosten aufzukommen, und verbannte ihn prompt vom Rugby-Feld.

»Und ich denke, alle pflichten mir bei, dass wir nach jüngsten Erfahrungen auch um das Schwimmen einen großen Bogen machen können.«

Auch das verstand sich von selbst. Scobie hatte beim Schwimmwettbewerb nicht umsonst den Spitznamen »der Stein« bekommen.

»Basketball?«, sagte Razz und hob die Augenbrauen. »Eher nicht. Manche Leute sind durch ihre Größe gehandicapt, Scobes, aber bei dir ist eher das Gegenteil der Fall, Kumpel.«

Razz zog sich an seinem Haarschopf. »Was haben wir denn noch? Wir müssen etwas finden, was nicht zu viel Schnelligkeit, Körpergröße, Kraft oder überhaupt irgendein sportliches Talent erfordert.«

Wir warteten, während Razz sich in tiefem Nachdenken verlor. Dann blitzten seine Augen auf, und er schnalzte mit den Fingern. »Ist Schlafen ein Sport?«

Scobie ließ den Kopf hängen. Ich hatte ihn nie zuvor so erlebt. Er sah geschlagen aus.

»Es muss etwas geben. Ich muss gar nicht gut darin sein. Solange ich Mr Hardcastle davon überzeugen kann, dass ich nicht mich selbst oder jemand anders umbringe.«

»Dann lasst uns doch mal nach Prindabel vorgehen und die Sache logisch im Ausschlussverfahren angehen. Erstens: Es kann nichts mit Wasser zu tun haben, das schließt Wasserpolo oder deine Träume vom Synchronschwimmen aus, Scobes. Zweitens: Du brauchst alle Hilfe, die du bekommen kannst. Es sollte also ein Mannschaftssport sein. Drittens: Du kannst weder sehr schnell ... noch sehr weit ... oder sehr gut rennen. Also vergiss so was wie Crosslauf, Leichtathletik und alles, was auf einem großen Feld gespielt wird. Viertens: Wir müssen alles meiden, wo du etwas sehr Kleines fangen, schlagen, treten oder auch nur sehen musst. Also tschüss Hockey, Tennis oder Badminton. Fünftens: Aus offensichtlichen Gründen kann es keine Kontaktsportart sein oder eine, die Kraft oder Ausdauer erfordert. Also ich fürchte, auch Ringen, Boxen oder Gewichtheben fallen für dich weg, mein Lehnsherr.«

Razz holte tief Luft.

»Was haben wir sonst noch am St Daniel's?«, fragte Scobie ohne viel Hoffnung. »Gibt's noch irgendwas?«

»Da fällt mir nur eines ein«, sagte Razz. »Sechs Spieler in einer Mannschaft – also genug Unterstützung. Kleines Spielfeld – nicht viel laufen nötig. Ziemlich großer Ball – leichter zu sehen. Gegner auf der anderen Seite des Netzes – kein Körperkontakt. He, Scobes, ich glaube, wir haben die Nuss geknackt, Mann. Ein oder zwei Spiele könntest du glatt überleben – beim Volleyball.«

Scobie und Razz gratulierten sich noch gegenseitig, als Prindabel zaghaft einen Finger in die Luft reckte.

»Äh, nur ein *winziger* Einwand. Sind Volleyballnetze nicht ziemlich ... hoch?«

»Schon klar, worauf du hinauswillst, Pi-Mann. Aber nicht alle auf dem Volleyballfeld müssen groß sein. Ein typisches Spiel verläuft ungefähr so: Der Gegner schlägt auf, dann darf deine Mannschaft den Ball maximal dreimal schlagen, um ihn wieder übers Netz zu bringen. Dabei darf aber niemand den Ball direkt zweimal nacheinander schlagen, und der Ball darf den Boden nicht berühren. Ganz einfach. Der Typ, der den Aufschlag annimmt, baggert ihn vor, das heißt, er schlägt den Ball mit den Händen oder den Unterarmen wieder in die Luft. Der zweite Typ kommt unter den Ball und stellt ihn. Das heißt, er versucht, ihn hoch in die Luft zu stoßen, sodass er schön nahe beim Netz wieder runterkommt. Der dritte Mann springt dann hoch und greift an, was ungefähr bedeutet, dass er ihn, so hart er kann, ins gegnerische Feld schlägt. Annahme. Zuspiel. Angriff. Drei Schläge. Scobes könnte der Steller sein. Sie sind normalerweise sowieso kleiner als die Angreifer, damit sie unter den Ball kommen und ihn in die Luft schlagen können, sodass er leicht entsorgt werden kann.«

Scobie grinste inzwischen breit und zeigte alle seine spitzen kleinen Zähne.

»Es gibt nur ein Problem. Aber das ist groß.«

Scobies spitze kleine Zähne verschwanden hinter seinen schmalen Lippen.

»Die Volleyball-Saison fängt nächste Woche Samstag an, das heißt, die offenen Volleyball-Testspiele sind schon vorbei. Die Mannschaften sind alle schon letztes Wochenende aufgestellt worden. Sie wollten für das innerschulische Turnier fünf Mannschaften mit je sechs Spielern plus zwei Ersatzspieler. Aber es haben sich zu wenig Leute gemeldet, sodass sie nur vier Mannschaften zusammengekriegt haben. Ich weiß das, weil Melvin Yip es probiert hat, aber nicht genommen wurde. Hardcastle machte ihn zum Ersatzspieler für die vierte Mannschaft. Yippy war nicht sehr begeistert davon.«

»Na, dann muss ich doch bloß eine fünfte Mannschaft zusammenbringen.«

»Deine Chancen stehen nicht gut, Eure höchste Hoheit«, sagte Razz kopfschüttelnd. »Hardcastle hat es versucht und es nicht geschafft. Du hast dich und Yippy, aber auch wenn du keine Ersatzspieler hast, brauchst du immer noch vier weitere Spieler.«

»Vier weitere Spieler?«

Scobies Blick wanderte von Razz zu Ignatius und weiter zu Bill. Als er bei mir angelangt war, saßen seine spitzen kleinen Zähne wieder deutlich sichtbar auf dem Präsentierteller.

6
Der Pi-Mann hält, was er versprochen hat!

»Wir, Scobes? Du willst uns alle in der Mannschaft haben? Ist dir klar, dass Prindabels engster Kontakt mit Sport darin bestand, dass er letztes Jahr von einem Nerfballteam aus Erstklässlern geschlagen wurde?«

»Wenn ihr alle mitmacht, kann ich Mr Hardcastle sagen,

dass wir eine Mannschaft beisammenhaben. Dann muss er mich spielen lassen. Was meint ihr? Bitte! Ich würde euch nicht darum bitten, wenn es nicht sehr wichtig für mich wäre.«

»Ich hab nichts, bis die Fußballspiele anfangen, also ginge es für mich in Ordnung«, sagte Razz.

Jetzt schaute Scobie mich direkt an. Was konnte ich sagen? Er war James Scobie. Wie oft war er zur Stelle gewesen, wenn ich ihn gebraucht hatte? Wie oft hatte er Barry Bagsley Paroli geboten? Wie oft hatte er uns alle vor Debattierkatastrophen bewahrt?

»Na, wenn du es wirklich tun willst, na ja, dann will ich wohl auch.«

Razz legte Bill Kingsley einen Arm um die Schulter. »Und was ist mit dir, Großer Bill, der Menschenberg? Hast du Lust, deinen Hula-Hoop-Reifen zu uns in den Ring zu werfen?«

»Klar.« Bill zuckte die Achseln. »Warum nicht?«

Ich bin mir ziemlich sicher, dass Bill dieselbe Antwort gegeben hätte, wenn Razz ihn gefragt hätte, ob er in die Mannschaft kommen will, die auf Skiern vom Mount Everest abfährt.

Damit blieb nur noch Ignatius übrig. Alle wandten sich zu ihm. Zwei entsetzte Augen blickten uns an.

»Nein, nein, ihr versteht das nicht«, sagte er und hob abwehrend die Hände. »Einmal im Leben hat Orazio recht. Ich mache keinen Sport. Tut mir leid, James. Ich mach es nicht. Ich *kann es nicht.* Sport und ich, wir ... schließen uns gegenseitig aus. Wir sind binäre Gegensätze. Ich bin ein natürlicher Feind des Sports. Ich habe es versucht, ehrlich. Es endet immer damit, dass ich ausgelacht oder angebrüllt werde. Ich bin ein hoffnungsloser Fall. Ich bin nicht nur der Letzte, der in eine Mannschaft gewählt wird. Ich bin derjenige, der überhaupt nicht gewählt wird. Ihr seid besser dran, wenn euch ein Spieler fehlt, als wenn ihr mich in der Mannschaft habt. Ihr könnt alle fragen.«

»AAAAAAAhhhhhhh, Prindabubbles! Schätzchen!«, rief Razz und breitete die Arme weit aus. »Komm zu mir. Du brauchst eine große – dicke – Umarmung!«

Ignatius wich entsetzt zurück.

»Okay«, sagte Razz, »vielleicht später. Aber, Mann, merkst du es nicht, du *wirst* ausgewählt. *Wir* wählen dich, Mann. Und *nicht nur*, damit wir genügend Leute für eine Mannschaft beisammenhaben oder weil wir null Hoffnung haben, sonst irgendjemanden zu finden – auch wenn das insgesamt ungefähr 99,9 Prozent unserer Motivation ausmacht, *sondern auch*, weil wir dich wirklich *brauchen*, Mann. Wir brauchen deine Körpergröße. Du und Billy, ihr seid unsere Männer am Netz, unsere Angreifer.«

»Aber ich habe keine Ahnung von Volleyball.«

»Willst du mich verarschen? Du hast gewusst, dass das Netz hoch ist. Das ist ein klasse Anfang. Ich kann euch beibringen, wie man spielt. Und ich verspreche sogar, dass ich nicht lache oder brülle. Okay, vielleicht lache ich ein bisschen, ich bin schließlich auch nur ein Mensch. Komm schon, Alter. Das wird toll! Und du kriegst auch andere spannende Dinge zu tun: du kannst die Punktzahl anschreiben, die Spielstatistik analysieren, die Abmessungen des Spielfelds überprüfen und die optimale Geschwindigkeit und Flugbahn des Balls bei der Angabe über das Netz berechnen.«

Der besorgte, angespannte Ausdruck auf Ignatius' Gesicht lockerte sich ein bisschen.

»Wir wollen doch nicht einfach noch einen Spieler in der Mannschaft, Prindabuddy. Wir wollen *dich*. Wir sind die Fabelhaften Fünf, wie Miss T sagt. Wir wären keine richtige Mannschaft ohne den Pi-Mann.«

Ich sah, dass Prindabel schwankte, als er mit dem Handrücken seine hohe Stirn rieb.

»Du musst nicht, Ignatius, wenn du wirklich nicht willst«, sagte Scobie, »aber es wäre toll, wenn du könntest.«

Prindabel blickte aus seinen Adleraugen einmal in die Runde.

»Euch ist schon klar, dass die sehr reale Möglichkeit besteht, dass ich einen fatalen Bruch im Raum-Zeit-Kontinuum auslöse, sobald ich den fixen Parametern einer Sporthalle ausgeliefert bin, und das kann zum Kollaps des Universums und der Zerstörung allen uns bekannten Lebens führen.«

»Für dich, Ignatius, nehmen wir dieses Risiko gern in Kauf«, meinte Scobie.

»Gut. Wenn ihr mich wirklich braucht, dann bin ich wohl dabei«, sagte Ignatius in einem Ton, als ob er sich freiwillig zu einer Ganzkörperenthaarung mit Wachs melden würde.

»Geil!«, rief Razz. »Der Pi-Mann hält, was er versprochen hat!« Dann hob er die Hände hoch über den Kopf und ließ sie dort. Ignatius sah ihn einen Augenblick an, dann leuchtete sein Gesicht auf, weil er verstand. Er zog selbst seine Hände zurück, konzentrierte seinen Blick und peilte vorsichtig Razzas offene Handflächen an, um ihn abzuklatschen.

»Nun, Scobes«, sagte Razz, nachdem er es knapp geschafft hatte, einem Schlag auf den Kopf auszuweichen, »sieht so aus, als hättest du dein Dream-Team beisammen. Jetzt brauchst du nur noch einen Trainer.«

Scobie verzog den Mund.

»Aber du trainierst uns doch, oder?«

»Klar. Ich kann euer *tatsächlicher* Trainer sein, aber ihr braucht auch noch einen Lehrer an Bord. Regel von Mr Hardcastle. Kein Lehrer, keine Mannschaft. Könnte ein bisschen verzwickt werden. Hardcastle hat schon jeden Lehrer erpresst oder ihm gedroht, um einen Trainer für die vierte Mannschaft zu bekommen. Schließlich musste er es selbst machen, dabei hat er doch schon die erste an der Backe.«

»Was muss der Lehrer machen?«

»Nicht viel. Und er muss nichts von Volleyball verstehen. Wir können selbst nach uns schauen. Er muss eben da sein, wenn wir trainieren und spielen. He, wie wäre es mit Miss Tarango?«

»Sie würde es tun«, sagte Scobie, »aber ich finde, wir sollten sie nicht fragen. Nicht noch zusätzlich zu ihrem Oberstufenberaterjob. Das wäre nicht fair.«

»Wir brauchen ein leichtes Opfer«, sagte Razz. »Jemand, der es tut, auch wenn er eigentlich viel zu viel um die Ohren hat. Jemand, der ein schlechtes Gewissen hat, wenn er uns abweist.«

In diesem Augenblick schlenderte Mr Guthrie in unser Klassenzimmer und grüßte alle mit einem warmen »Guten Morgen, Jungs«. Er stellte seine Baumwolltasche auf dem Lehrerpult ab, zog ein Plakat heraus und pinnte es an das Schwarze Brett.

Scobie hielt den Blick auf Mr G gerichtet, während er sich mit der nächsten Frage an Razz wandte.

»Jemanden, der sich nicht scheut, auch einen scheinbar hoffnungslosen Fall zu übernehmen?«

Razz nickte ernst. »Mann, hast du unsere Mannschaft gesehen? Das hört sich nach der Minimalvoraussetzung für diesen Job an.«

Mr Guthrie drückte eine letzte Reißzwecke in den unteren Rand des Plakats und trat zurück. *Stoppt den Hunger auf der Welt! Sofort!* schrie es uns vom Schwarzen Brett an.

Scobie vollführte eine seiner typischen Verrenkungen mit seinem Mund und lächelte dann.

»Der rechte Mann zur rechten Stunde«, sagte er.

7
Der Braune-Unterhosen-Effekt

Obwohl Mr Guthrie alle Hände voll damit zu tun hatte, die Welt zu retten, rettete er auch uns und willigte ein, unser Volleyball-»Trainer« zu werden. Manche Superhelden kaufen ihre Strumpfhosen und Capes wohl im Secondhandladen.

Kaum hatte Mr G sich verpflichtet, trafen sich Scobie und Razz mit Mr Hardcastle, und bald war die fünfte Volleyball-Mannschaft des St Daniel's ans Licht der Welt geholt und strampelte. Na ja, zumindest ans Licht der Welt geholt. Als sportliche Einheit waren wir nicht gerade eine gut geölte Maschine. Viel eher die Überreste eines kaputten, rostigen Traktors, der irgendwo in einer zugewachsenen Scheune vor sich hin gammelte und den Hühnern als Schlafplatz diente. Versteht mich nicht falsch. Ich will damit nicht sagen, dass wir die schlechteste Mannschaft in der langen, stolzen Volleyball-Geschichte des St Daniel's waren. (Das waren wir natürlich. Aber es ist einfach so, ich sage es nicht. Jedenfalls nicht laut. Ich habe schließlich meinen Stolz.)

Auf der Haben-Seite gab es zwei Dinge, die für uns sprachen: Razz und Mr Guthrie. Was Razz betraf, so wussten wir alle, dass er ein Volleyball-Naturtalent war und unser bester Spieler sein würde, aber wir hatten keine Ahnung, was für ein großartiger

Trainer er war. Nach nur zwei Trainingseinheiten hatte er aus einem vollkommen hoffnungslosen, unfähigen Haufen etwas geformt, was man als sehr unterdurchschnittliche Volleyballmannschaft bezeichnen konnte. Und er sorgte dafür, dass das Training Spaß machte. Es war ein kleines Wunder.

Mr Guthrie war unser zweites Plus, denn für ihn bedeutete siegen nicht alles. Manchmal fragte ich mich sogar, ob so etwas wie Sieg auf seinem Radar überhaupt angezeigt wurde. Das machte Emerson Guthrie natürlich zu einem perfekten Partner für die Fantastisch Fightende Fünfte Mannschaft, denn es war offensichtlich, dass wir niemals irgendwas gewinnen würden.

So viel zu unseren Pluspunkten. Auf der Minus-Seite war ... nun, im Wesentlichen der Rest von uns.

Zunächst einmal Bill und ich. Wenn wir an einem sehr guten Tag in die absolut äußersten Grenzbereiche unserer Fähigkeiten vorstießen, konnte man unsere Leistung fast als ordentlich bezeichnen. Bill war besser als ich. Er beherrschte den Ball eigentlich ganz gut und machte keinen schlechten Aufschlag. Ich denke, Hula-Hoop half, und Bill trainierte viel mit dem Hula-Hoop-Reifen. Andererseits war er nicht besonders wendig, denn er musste immer noch einiges an Körpermasse bewegen. Zu seinen Gunsten kann ich aber sagen, dass er ziemlich schnell war, wenn es um mehr als zwei Schritte ging.

Als Nächster kam Ignatius Prindabel. Ignatius auf einem wie auch immer gearteten Sportplatz war ungefähr so erstaunlich wie ein Flamingo im Polareis. Und ihn in Sportklamotten zu sehen war geradezu verstörend. Razz bezeichnete ihn als Kreuzung zwischen einer Giraffe in einem Faschingskostüm und einer Vogelscheuche ohne Stroh. Und Ignatius hatte absolut recht, als er sagte, er sei der natürliche Feind des Sports, denn der Volleyball schien es tatsächlich darauf anzulegen, ihn umzubringen.

Egal wo Ignatius seine Hände hatte, der Ball fand immer einen Weg, ihnen auszuweichen und irgendwo gegen seinen Körper zu prallen. Oft gegen die Leiste. Ich hatte dazu meine eigene Theorie: Prindabels Arme waren so lang, dass Botschaften bei ihm länger brauchten als bei anderen, bis sie von seinem Hirn bei seinen Händen angelangt waren, und wenn sie dann ankamen, war es zu spät. Razz dagegen vertrat eine Theorie, die unter anderem beinhaltete, dass Ignatius einen »extrem hohen Nerd-Hormonstatus« hatte.

Der Nächste in unserer herausragenden Aufstellung war James Scobie. Ich habe Scobies Heldenmut in verschiedenen Sportarten bereits beschrieben, du musst meine Ausführungen also einfach nur auf ein Volleyballfeld übertragen. Sein größtes Problem bestand darin, einen Aufschlag anzunehmen, und seine Entscheidung, aus Sicherheitsgründen seine Brille nicht zu tragen, war dabei nicht sehr hilfreich. Während der Ball auf ihn zuraste, blinzelte Scobie in Richtung Grundlinie, in dem verzweifelten Versuch, sie irgendwie scharf zu bekommen. Nach allem, was ich mir zusammenreimte, gelang ihm das nicht, bis kurz vor dem Zeitpunkt, da der Ball auf dem Boden aufschlug oder gegen James prallte.

Der letzte in unserer langen Negativliste war Melvin Yip. Zumindest war er typgerecht besetzt, denn er besaß jedes erdenkliche Teil an Markensportklamotten oder Markenausrüstung, und er trug gern so viele Teile gleichzeitig, wie es menschenmöglich war. Seine Sportschuhe waren noch einmal ein ganz anderes Thema. Abgesehen davon, dass sie in allen Farben eines fluoreszierenden Regenbogens schimmerten, wiesen Melvins Sportschuhe jede Art von Stoßdämpfung und Kontrastfärbung auf sowie die topaktuellste, ultramodernste Technologie der neuesten Raumfahrtforschung, die eine blitzschnelle Anpassung an jeden Untergrund garantiert. Eines Tages fragte Razz Yippy im Scherz, ob er mit seinen Schuhen auch E-Mails abrufen könne. Melvin runzelte ein bisschen die Stirn und meinte: »Ich bin mir nicht sicher. Ich habe die Anleitung noch nicht ganz gelesen.« Das wäre eine gute Retourkutsche gewesen, wenn er es nicht ernst gemeint hätte.

Yippy hatte nicht nur die richtige Ausrüstung, er war auch klein, drahtig, aufmerksam und superfit, und er hatte steinharte Wadenmuskeln, die sich aus seinen säbelkrummen Beinen hervorwölbten. Wenn er auf einem Volleyballfeld stand, sah er zweifellos aus, als wäre er eine Million Dollar wert. Leider spielte er nur wie eine Handvoll Kleingeld. Das störte ihn aber nicht im Geringsten. Er hielt sich nämlich nicht nur für den besten Volleyballspieler der ganzen Schule, sondern hatte es auch irgendwie geschafft, sich selbst davon zu überzeugen, dass er entweder einer langen Ahnenreihe japanischer Samurai oder einer geheimen Gesellschaft von Ninja-Kämpfern entstammte – obwohl die Yips ursprünglich nicht aus Japan, sondern aus Malaysia kamen und Melvin selbst ein Australier der zweiten Generation war. Mit der Realität nahm Melvin Yip es nicht so genau.

Unser großes Problem bestand darin, dass Melvin auch auf dem Volleyballfeld seine Ninja- und Samurai-Einlagen einbaute, wann immer es ihm möglich war. Wenn der Ball auf ihn zuflog, sprang er in die Luft schrie »Yeee-aaaaa!«, warf seine Arme in Richtung Ball und landete dann wieder auf dem Feld, wo er ein paar Sekunden lang in einer geduckten Ninja-Haltung verharrte, um dann flink nach hinten auf seine Position zu springen. Wir anderen mussten in der Zwischenzeit herausfinden, wo der Ball abgeblieben war. Es war deshalb kaum überraschend, dass Melvin Yip in Volleyballkreisen als der Samurai-Psycho oder der irre Ninja bekannt war. Beide Titel trug er mit großem Stolz.

Das also war unsere Mannschaft. Nur wir sechs. Aber das sollte sich ändern. Am Ende unseres zweiten Trainings informierte Razz uns nämlich von seinem genialen Einfall.

»He, hört mal, Leute, ich hatte gerade diesen raketengeilen Einfall.«

Alle schauten in Razz' Richtung, aber niemand ließ sich davon abhalten, sich weiter umzuziehen oder Sachen in Taschen zu stopfen. Angesichts der Erfolgsbilanz seiner »raketengeilen Einfälle« waren unsere Erwartungen nicht wahnsinnig hoch.

»Passt auf, wie brauchen noch wenigstens einen Mann im Team, damit wir einen Ersatzspieler haben, ja?«

Wir nickten.

»Also, ich habe überlegt, wen wir kriegen könnten. Hier meine Frage: Was fehlt unserer Mannschaft?«

Zunächst herrschte ziemlich langes Schweigen, während jeder darüber nachdachte, welche der unzähligen möglichen Antworten er wählen sollte. Zum Glück kam Razz uns zu Hilfe.

»Ich sag es euch. Der Einschüchterungsfaktor. Hardcastle labert immer davon. Ich persönlich nenne es den ›Braune-Unterhosen-Effekt‹.«

»Einschüchterung?«, fragte Scobie. »Hier geht's um Volleyball, nicht um Football.«

»Macht nichts. Funktioniert trotzdem, Eure höchste Wichtigkeit. Wir brauchen einen Typen, der sich direkt ans Netz stellt und das andere Team mit seinem Blick niederzwingt. Jemand, der ihre Blockspieler und Aufschläger aus dem Konzept bringt. Auch wenn ich der Erste bin, der einräumt, dass

Prindabel in seinen Volleyballshorts ziemlich furchterregend aussieht, brauchen wir mehr als das. Wir brauchen jemanden, der den Gegnern den ... Blick ... gibt.«

»Den Blick?«

»Genau, Scobes. Den Blick. Den Blick, der sagt ›Wenn du diesen Punkt machst, komm ich rüber und stopf dir das Maul mit dem Ball, und als Beilage schieb ich deine eigenen Sporthosen hinterher‹.«

»Ach so«, sagte Scobie. »Und wer schwebt dir für so eine *ruhmreiche* Aufgabe vor?«

»Denkt doch mal einen Augenblick nach. Wer in unserer Stufe könnte das durchziehen?«

»Bagsley etwa?«

»Ja, an den hatte ich auch gedacht. Aber er würde nie mit uns spielen. Egal, der Typ, den ich im Auge habe, lässt Bagsley ungefähr so bedrohlich aussehen wie einen Teletubby mit einem Ballonschwert.«

Darauf folgten einige Sekunden gemeinsamen Stirnrunzelns, das von zunehmend fassungslosen Mienen abgelöst wurde, als jedem einzelnen von uns dämmerte, wen genau Razz meinte.

Scobie verzog seinen Mund enorm weit nach rechts und nach links.

Melvin Yip kniff in einem vergeblichen Versuch, unergründlich zu erscheinen, die Augen zusammen.

Ignatius stieß ein nervöses Lachen aus. »Das meinst du doch nicht ernst?«

Bill wurde ein bisschen blasser. »Du meinst nicht etwa ...«

Ich brachte nur ein: »Nicht ...«

Razz antwortete uns der Reihe nach: »Ich *meine* es ernst, Prindabuster. Ich meine in der Tat, Bilbo. Und doch, Ismael, mein Kumpel, ... *ihn*. Wenn wir von Einschüchterung reden, dann können wir gleich die richtig große Nummer anvisieren, oder? Was meinst du, Scobes? Diese ganze Show ist dein Baby.«

James Scobie entspannte seinen schiefen Mund und rückte seine Brille zurecht. Seine beiden Knopfaugen konzentrierten sich auf die Frage. Dann schob er die Unterlippe nach vorn und nickte.

»Also gut!«, sagte Razz, nahm einen Ball und ließ ihn mühelos so schnell auf der Spitze seines Zeigefingers rotieren, dass seine Konturen verschwammen.

»Es ist Zeit für einen Besuch beim Schlamm-Mann.«

8
Razzman vs Schlamm-Mann

Der Schlamm-Mann hieß eigentlich Theodore Bungalari. Er war im vergangenen Jahr aus Papua Neuguinea zu uns an die Schule gekommen. Das war eigentlich nichts Besonderes. Viele Internatsschüler kamen aus Übersee und gar nicht wenige aus PNG. Aber keiner war wie Theodore Bungalari.

Als Theodore uns in der Klassenlehrerstunde vorgestellt wurde, erfuhren wir, dass er aus Goroka im Hochland kam. Mr Guthrie war in einem seiner Trekking-Urlaube dort gewesen und erzählte uns, dass die Region berühmt sei für ihre spektakulären Festivals und Feierlichkeiten und ganz besonders für die Goroka Mudmen – die Schlamm-Männer, die großen Kopfschmuck tragen und ihre Körper mit Schlamm einreiben. Ein paar Tage später bekam Theodore seinen Spitznamen:

Ein Junge suchte ihn und sagte: »Wenn jemand den Schlamm-Mann sieht – der soll ins Rektorat kommen.« Ein solcher Name musste haften bleiben.

Aber weder seine Herkunft noch sein Spitzname hoben Theodore Bungalari von den anderen ab. Wie Razz richtig gesagt hatte: Theodore besaß den Einschüchterungsfaktor. Sogar die anderen Jungen aus Papua Neuguinea hatten Ehrfurcht vor ihm. Er war erst ungefähr sechzehn, so wie wir anderen auch, aber mit seinen kurz geschorenen Haaren und dem Gesicht, das aussah, als wäre es grob aus schwarzem Marmor gehauen, wäre er wahrscheinlich auch für sechsunddreißig durchgegangen. Außerdem war er zwar nicht besonders groß, aber dafür sehr kompakt, mit festen Muskeln und schweren Knochen. Wenn man nicht aufpasste und in einem überfüllten Flur mit Theodore zusammenstieß, fühlte sich das ziemlich genau so an, als würde man gegen eine Mauer laufen. Das Einzige, was zurückprallte, war man selbst. Und dann war man mit Theodores absolut bewegungslosen Augen konfrontiert, die einen anstarrten wie zwei Kanonenrohre aus dem Dunkel einer Höhle. Vom ersten Tag an machte jeder automatisch einen großen Bogen um Theodore Bungalari.

Und die Sache mit dem Kannibalismus vergrößerte die Aura des Geheimnisvollen, die ihn umgab.

Das war Thema, als wir einmal auf unseren Mathelehrer Mr Xiang warten mussten. Danny Wallace nutzte die Gelegenheit, den Neuen mit Fragen zu bombardieren.

»He, Schlamm-Mann, wie ist es bei euch da oben im Hochland? In letzter Zeit mal guten Schlamm gefunden? Du verstehst dich wahrscheinlich gut mit Schweinen, was? Stimmt es, dass ihr euch den ganzen Schlamm auf die Haut reibt, um die sieben Zeichen des Alterns anzugehen?«

Die ganze Klasse schwieg fassungslos. Sogar Barry Bagsley war klug genug, Theodore Bungalari in Ruhe zu lassen. Aber nicht so Danny Wallace. Offenbar benötigte man ein gewisses Minimum an grauer Substanz, damit der Selbsterhaltungstrieb wirksam wurde.

Und Danny wärmte sich noch auf.

»He, habt ihr da oben bei euch auch *Mud*Donald's? Du kannst bestimmt ein paar Viertelpfünder verdrücken. Du magst *Fleisch*, was, Muddy? Hab ihr Schlamm-Männer früher nicht auch Menschen gekocht und gegessen?«

Theodore blieb ruhig hinten im Raum sitzen und füllte seinen Schulkalender aus, während all diese Fragen ihm entgegenflogen. Dann legte er den Stift hin und hob ruhig den Kopf. Er verschränkte die Arme und legte sich mit dem Oberkörper über das Pult, um Danny Wallace besser anschauen zu können. Sein blaues Schulhemd spannte an seinen Schultern und seinem Bizeps. Langsam ließ Theodore den Blick über Danny Wallace gleiten, vom Kopf bis zu den Füßen und wieder zurück. Dann blickte er Danny direkt in die Augen und runzelte die Stirn.

»Was meinst du mit ... *früher?*«, sagte er mit seiner tiefen, rollenden Stimme.

Wir alle wussten natürlich, dass er das nicht ernst meinte. Er macht offensichtlich nur Spaß. Allerdings sah Theodore Bungalari nicht aus wie der typische Junge, der nur Spaß macht. Aber da in diesem Augenblick Mr Xiang das Klassenzimmer betrat, hatten wir die Sache ziemlich schnell vergessen. Danny Wallace allerdings nicht. Die ganze Stunde über schaute er immer wieder zu Theodore hinüber, der dann die Augen aufriss und sich mit der Spitze seiner rosafarbenen Zunge genießerisch über die Lippen fuhr.

Seit diesem Tag ließ jeder Theodore Bungalari in Ruhe, auch Danny Wallace. Ihm schien das nichts auszumachen. Soweit ich das beurteilen kann, war Theodore »eine Insel für sich allein«. Dieses Zitat stammt von einem Poster in Mr Guthries Klassenzimmer.

Aber die Insel Theodore Bungalari stand kurz vor einer Invasion. Und Anführer des Einmarsches war kein anderer als Orazio Zorzotto:

Razzman vs Schlamm-Mann.

9
Der Stolz Gorokas

Am Tag nach Razz' raketengeilem Einfall und nur zwei Tage vor unserem ersten Volleyballspiel rekrutierten wir Theodore Bungalari. Die halbe Mittagspause hindurch hatten wir ihn gesucht, schließlich spürten wir ihn in einem leeren Klassenzimmer im obersten Geschoss des Senior-Blocks auf.

Er saß in der hinteren Ecke direkt am Fenster und schrieb irgendwas aus seinem Geschichtsbuch ab. Theodore erledigte jede Aufgabe und jede Schularbeit höchst penibel. Und er machte es in der saubersten Handschrift, die ich jemals gesehen hatte. Seine Schulhefte waren kleine Kunstwerke. Lehrer schwärmten von ihnen. Im Ernst. Sie gerieten wirklich und wahrhaftig ins Schwärmen.

»He, hier ist der Typ, den wir suchen. Der Stolz Gorokas! Schlamm... äh, Theodore, mein Kumpel! Siehst gut aus, Mann. Was läuft, Bunga?«

Razz klopfte dem Schlamm-Mann leutselig auf die Schulter. Es klang, als würde er auf einen Betonklotz hauen. Theodore hörte zu schreiben auf und sah uns der Reihe nach langsam an. Er lächelte nicht. Auf einmal erschien mir unser Vorhaben als eine ganz schlechte Idee. Aber Razz ließ sich nicht aus dem Konzept bringen.

»Schlammi«, sagte er, »heute ist dein Glückstag, Junge. Ob du's glaubst oder nicht, aber ich biete dir die Chance, in unser exklusives Volleyballteam aufgenommen zu werden! Nein, bitte, du brauchst dich nicht zu bedanken.«

Theodore starrte Razz an. Ich versuchte, mich zu erinnern, ob ich jemals gesehen hatte, dass er blinzelte. Razz räusperte sich und fuhr fort.

»Bitte zügle deine Begeisterung noch einen Augenblick lang, TB, und lass mich erklären. Wir wollen, dass du, ja, *du*, Mitglied unserer Fantastisch Fightenden Fünften Mannschaft wirst. Als solches trittst du einer elitären Auswahl von Athleten bei – all diese feinen Exemplare, die du hier vor dir siehst und ... ähm ... *dieser* Typ da.«

Razz zeigte aus dem Fenster in den Hof, wo Melvin Yip zu einem schnell hereinkommenden Bowler aufschaute und seinen Cricket-Schläger wie ein Schwert herumschleuderte. Wir warteten auf den Aufschlag. Er kam, und wir alle zuckten zusammen. Alle außer Theodore Bungalari. Melvin krümmte sich vor Schmerzen und hielt sich ein sehr empfindliches Körperteil.

»Vermutlich nennen sie ihn deshalb den irren Ninja«, sagte Razz. Alle lächelten. Alle außer Theodore Bungalari.

»Jeeeeeedeeeeeenfaaaaaalls«, sagte Razz, »wie ich bereits sagte: Das ist die Chance deines Lebens, Buddy. Du kannst alles haben, Mann – sportlichen Ruhm, millionenschwere Werbeverträge und heiße Groupies, die sich auf dich stürzen. Zu gut, um wahr zu sein? Glaub ich nicht!«

Während Razz redete, hatte Theodore keinen Muskel gerührt und seinen Gesichtsausdruck nicht verändert. Ich war versucht, ihn mit dem Finger anzustupsen, um zu sehen, ob er überhaupt lebte. Aber ihr müsst wissen, dass es mir überhaupt nicht schwerfiel, dieser speziellen Versuchung zu widerstehen.

»Ähhh, Theodore«, sagte Scobie, trat vor und stellte sich neben Razz. »Ich würde gern ein paar Dinge *klarstellen,* die mein *fachkundiger* Freund hier ... gesagt hat ... um *Missverständnisse* und spätere *Enttäuschungen* zu vermeiden. Ich fürchte, dass er sich in seiner verständlichen Freude darüber, dich an Bord zu haben, ein paar *leichte* Übertreibungen hat zuschulden kommen lassen.«

Theodore ließ seine Blicke langsam von Razz zu Scobie wandern.

»Erstens kann außer Orazio hier niemand von uns richtig Volleyball spielen. Und ich kann das sagen, denn ich bin zweifellos der schlechteste im Team. Du jedoch wärst, wenn du in unsere Mannschaft kommen würdest, aller Wahrscheinlichkeit nach *mindestens* der zweitbeste Spieler. Zweitens wird kein sportlicher Ruhm zu ernten sein. Überhaupt keiner. Wahrscheinlich werden wir kein einziges Spiel gewinnen. Angesichts dieser zwei Dinge kannst du sicher deine eigenen Schlussfolgerungen ziehen, sowohl was die »millionenschweren Werbeverträge« als auch »die heißen Groupies« betrifft. Die Wahrheit, Theodore, ist: Wir brauchen noch einen Spieler. Und wir wünschen uns wirklich sehr, dass du dieser Spieler sein wirst.«

Razz beugte sich hinunter und flüsterte Scobie hinter vorgehaltener Hand zu: »Gut gemacht, Scobes. So ruinieren wir unsere Chancen komplett. Und hier noch ein kleiner Hinweis.

Du kennst doch die Formulare zu unseren Berufswünschen, die wir immer ausfüllen müssen? Hinter Vertriebler, PR-Typ und Motivationstrainer machst du am besten einen dicken schwarzen Strich.«

Die nächste Stimme, die wir hörten, gehörte Theodore. Sie erinnerte mich immer an dicken, zähflüssigen Sirup, der langsam aus einer Dose tropft.

»Ich werde in eurer Volleyballmannschaft spielen.«

»Ja, gut«, sagte Razz, »kann nicht sagen, dass ich es dir übel nehme. So wie der Scobster uns dargestellt hat, müsstest du verr... *Was?* Was hast du gesagt?«

»Ich sagte, ich werde in eurer Volleyballmannschaft spielen.«

Überall lächelnde Gesichter. Zumindest auf unserer Seite.

»Das ist fantastisch, Mann«, sagte Razz und kratzte sich am Kopf. »Aber ich muss dich fragen, Mann. Warum? Ich meine, warum willst du in unserer Mannschaft spielen?«

Theodore Bungalari warf uns allen noch einen raschen, prüfenden Blick zu.

»Ihr Typen bringt mich zum Lachen«, sagte er, ohne dass ein einziges Atom im Umkreis eines Lichtjahrs von seinem Gesicht lächelte.

10
Prindabels Po-Ball

Unser erstes Spiel spielten wir am Samstagmorgen gegen die Harrisville High. Theodore hatte nicht die Möglichkeit gehabt, auch nur einmal mit uns zu trainieren. Aber das war vielleicht gar nicht so schlecht. Womöglich hätte es ihn abgeschreckt.

Alle Spiele wurden auf zwei Gewinnsätze gespielt. Zwei Sätze bis fünfzehn Punkte und, wenn es eins zu eins nach Sätzen stand, einen Entscheidungssatz bis sieben. Eine Weile schlugen wir uns ganz wacker gegen Harrisville. Aber dann war das Aufwärmen vorbei, und das richtige Spiel begann.

Wir verloren fünfzehn zu drei und fünfzehn zu fünf.

Ob ihr es glaubt oder nicht: Das Ergebnis schmeichelte uns. Vier unserer sagenhaften acht Punkte kamen von der anderen Mannschaft, die den Aufschlag ins Netz spielte. Weitere drei holte Razz praktisch im Alleingang. Unseren letzten Punkt bekamen wir, als Ignatius versuchte, einen Ball zu schmettern, ihn aber komplett verfehlte, sodass der Ball von seiner hohen Stirn abprallte und als Punktgewinn über das Netz ging. Das war einer der Höhepunkte unseres Spiels. Er wurde damit gefeiert, dass wir uns alle gegenseitig abklatschten.

Zu weiteren Höhepunkten zählte, wie Melvin Yip in die Luft sprang, eine 360°-Ninja-Drehung vollführte und dann den Ball mit einem weit herumschwingenden Arm direkt – in das Gesicht des Schiedsrichters schlug. Oder wie Bill das Gleichgewicht verlor, als er einen flachen Aufschlag annehmen wollte und auf mir landete. Ich dachte, das Dach über uns sei eingebrochen.

Auf der Plus-Seite hatten wir unseren Einschüchterungsfaktor. Wenigstens eine Zeit lang. Razz hatte die Wirkung des Schlamm-Manns genau richtig eingeschätzt. Als wir ihn zu Beginn des Spiels beim Netz aufstellten, wichen die Jungs aus Harrisville, die am Netz standen, zwei Schritte zurück, und ihr Aufschläger schlug seinen ersten wackeligen Ball direkt einem Mannschaftskameraden gegen den Hinterkopf. Es stand eins zu null. Wir waren auf dem besten Weg zu gewinnen! Wenn genau in diesem Augenblick ein gewaltiger Meteoreinschlag alles Leben auf der Erde ausgelöscht hätte, dann wäre der Sieg unser gewesen. Aber dieses Glück war uns leider nicht vergönnt.

Nach unserem brillanten Auftakt holte Harrisville sechs Punkte hintereinander. Dann gelang es Theodore noch einmal, den Braune-Unterhosen-Effekt bei einem anderen Aufschläger zu erzielen. Das brachte Ignatius in die Position des Aufschlägers. Zu diesem Zeitpunkt wussten wir es noch nicht, aber er würde unseren Einschüchterungsfaktor noch übertreffen.

Ignatius stellte sich hinter der Grundlinie auf und warf den Ball hoch über seinen Kopf. Sein langer Arm schlenkerte durch die Luft. Zu unser aller Überraschung berührte Prindabels Hand tatsächlich den Ball, aber nur fast. Statt über das Netz zu fliegen, schoss der Ball nach links unten, direkt in James Scobies kleines, rundes Hinterteil.

Das löste eine unselige Kette von Ereignissen aus. Scobie, der ein wenig nach vorn gebeugt stand und von Prindabels Po-Ball, wie dann später bekannt werden sollte, vollkommen überrascht war, schnellte nach vorn wie ein Schwimmer beim olympischen Finale über 50 m Freistil vom Startblock. Die Sache endete dann ganz grauenhaft, als James in dem vergeblichen Versuch, sich zu retten, nach dem Einzigen griff, was in seiner Reichweite war – dem hinteren Bund von Bill Kingsleys

Sportshorts. Razz sagte später, das sei der einzige Augenblick gewesen, in dem jemals ein Vollmond in der Turnhalle des St Daniel's zu sehen gewesen sei.

Kurz nachdem Bills Bürzel seinen großen Auftritt hatte, hörten wir ein Quieken. Es klang, als würde jemand ein hyperventilierendes Meerschweinchen strangulieren. Beide Mannschaften schauten in die Richtung, aus der das Geräusch kam. Es kam von Theodore. Er hielt sich den Bauch und zeigte auf uns, während er unkontrolliert zitterte. Sein hartes dunkles Marmorgesicht wurde von dem breitesten und weißesten Lächeln zerschnitten, das ich je gesehen habe. Theodore hatte nicht gelogen. Wir brachten ihn wirklich zum Lachen.

Das Problem bestand darin, dass Lachen für den Schlamm-Mann dasselbe bedeutete wie Kryptonit für Superman. Wenn Theodore lachte, verlor er seine ganze Kraft und sein Koordinationsvermögen. Wenn also etwas nur ansatzweise Lustiges, Merkwürdiges oder Unerwartetes auf dem Platz passierte (was dank unserer Mannschaft ungefähr bei jedem zweiten Ballwechsel der Fall war), brach Theodore buchstäblich auseinander und wurde so nutzlos wie eine superjumbogroße Stoffpuppe.

Und das verursachte noch ein Problem. Sobald die Gegner sahen, wie sich der Schlamm-Mann von einem bedrohlichen, Ehrfurcht einflößenden Berg aus kaltem schwarzem Marmor in eine kichernde, wabbelige Masse aus Schokopudding verwandelte, war es ihm praktisch unmöglich, den Braune-Unterhosen-Effekt bei ihnen zu erzielen. Und um die Sache noch schlimmer zu machen, stellten wir im Laufe der Zeit fest, dass man kaum hoffen konnte, jemals einen netteren Typen kennenzulernen als unseren Einschüchterungsfaktor.

Nachdem wir den Eröffnungssatz in diesem ersten Spiel

an Harrisville verloren hatten und im zweiten zwölf zu null zurücklagen, verlangte Mr Guthrie eine Unterbrechung und sprach ein paar aufmunternde Worte. Sie gaben den Ton für die ganze restliche Saison vor. Wir stellten uns in einem engen Kreis um ihn herum auf.

»Jungs, es tut mir leid, dass ich euch das sagen muss«, sagte er, »aber ich fürchte, ich höre schon das Ende vom Lied. Die Lage ist langsam verzweifelt.«

»Wenn Bill den Gegnern vielleicht noch mal den Mond zeigt, könnten wir ihren Schreck ausnutzen und ein paar Punkte machen«, schlug Razz vor.

Theodore neben mir quiekte, als ob jemand auf einer Maus Trampolin springen würde, und alle, auch Mr Guthrie, lachten.

»Lass uns das als Geheimwaffe aufbewahren, falls wir in die Endrunde kommen, Orazio.«

»Auweia, Bills Bürzel geheim halten, das ist eine *echte* Herausforderung, Mr Guthrie.«

Noch mehr Gelächter – und Gequieke.

»Glauben Sie wirklich, wir können den Rückstand wettmachen und das Ding gewinnen?«

Wir alle sahen Mr Guthrie an – St Daniel's' Schutzheiligen der hoffnungslosen Fälle. Seine Augen leuchteten vor Optimismus und Hoffnung.

»Keine Chance, Orazio«, sagte er lächelnd. »Aber das bedeutet nicht, dass wir nicht weiterkämpfen und versuchen sollten, unser Bestes zu geben, dass wir uns weiter gegenseitig ermutigen und Spaß haben. Und vielleicht erringen wir unterwegs ein paar Mini-Siege. Macht kleine Baby-Schritte.«

»Baby-Schritte? Haben Sie gesehen, wie wir spielen? Vielleicht sollten wir mit Embryo-Schritten anfangen und uns dann hocharbeiten«, meinte Razz.

»Okay, wie wäre es dann damit: Harrisville braucht drei Punkte, um das Spiel zu gewinnen. Lasst uns als Erstes das Ziel anpeilen, nicht mehr zu null gegen sie zu verlieren. Lasst uns dafür sorgen, dass wir wenigstens einen Punkt kriegen. Das ist unser erster ... Embryo-Schritt. Wenn wir das geschafft haben, peilen wir Ziel zwei an, Wer weiß, vielleicht können wir sie zu drei Punkten schlagen. Was meint ihr?«

Als alle zustimmend brummten, fasste Mr Guthrie hinter sich und stellte seine Sporttasche in die Mitte unseres Kreises. »Und als zusätzlichen Ansporn ...«, sagte er, öffnete den Reißverschluss und hielt die Tasche auf.

Gegenüber von mir weiteten sich Theodore Bungalaris Augen zu zwei weißen Ringen und seine rosafarbene Zunge kam zwischen seinen Lippen hervor. Die Tasche war voller kleiner Schokoriegel.

»Okay, hier ist unsere Abmachung. Einen Schokoriegel für jeden Spieler pro Punkt, den wir machen; einen Bonus-Riegel für jeden, wenn wir die drei Punkte vor den anderen erreichen. Und zwei Bonus-Riegel für jeden, wenn wir sie an Punkten übertreffen.«

»Und wenn wir den Satz gewinnen, Mr Guthrie?«

»Wenn ihr den Satz gewinnt, Orazio, schreibe ich augenblicklich eine SMS an Willy Wonka und buche eine Besichtigung der Firma inklusive All you can eat.«

Darauf streckte Mr Guthrie eine Hand in die Mitte des Kreises und sieben Hände stapelten sich auf seine. Darin wurden wir langsam richtig gut. Wir stießen den St-Daniel's-Schrei aus und gingen zurück auf das Feld.

Am Schluss hatten wir uns jeder vier Mini-Schokoriegel verdient. Und wir holten diese vier letzten Punkte, wie wir jeden anderen Punkt in der restlichen Saison auch holen würden:

füreinander, für Mr Guthrie, für St Daniel's, für die Schokoriegel und für den Spaß. Und das Beste war: Da niemand irgendwas von uns erwartete, standen wir niemals unter Druck.

Bis zu den Tag, als sich das änderte. Und dann war es eine ganze Wagenladung voll.

11
Davon spreche ich

Nach unserer ersten Volleyball-Niederlage schafften wir es erfolgreich, unsere Pechsträhne nicht abreißen zu lassen. Das passte zu meinem Erfolg mit Kelly: Seit unserem Treffen in Moorfield hatte ich sie weder gesehen noch von ihr gehört.

Glücklicherweise lief es bei unserem Kampf um den Senior-Debattierpokal besser: zwei Debatten, zwei Siege. In der Operation Tarango stand uns die nächste große Prüfung bevor: der Crosslauf-Wettbewerb zwischen den Häusern. Es war an der Zeit, Scobies Strategie der »Flächendeckenden Beteiligung« im Turbogang umzusetzen. Zu diesem Zweck versammelten wir uns an unserem üblichen Lunch-Tisch. Alle Augen waren auf die Tür zum Sportbüro gerichtet.

»Meine Güte, Scobes, das ist ganz schön auf Kante genäht, was? Der Hardcastle hat gesagt, dass die Nominierungen *vor* dem Ende der Mittagspause am Schwarzen Brett sein müssen, weißt du noch? Und wir haben nur noch zehn Minuten. Komm, gib sie mir. Ich bring sie hoch.«

»Nicht nötig«, meinte Scobie und zeigte über den Pausenhof.

Mr Hardcastle verließ gerade den Hof und ging schnurstracks auf das Schwarze Brett zu. Der direkte Weg würde ihn genau an unserem Tisch vorbeiführen.

»Entschuldigung, Mr Hardcastle.«

»Ja, Mr Scobie. Was kann ich für Sie tun?«

»Ich habe einige *wenige* Last-Minute-Nominierungen von Charlton für den Crosslauf. Ich wollte sie gerade rüberbringen und aufhängen, aber wenn Sie sie ohnehin gerade einsammeln, könnte ich Sie Ihnen doch gleich direkt geben, oder?«

Mr Hardcastle sah auf die Uhr. Dann nahm er das Blatt von Scobie und schaute es genau an. Ungefähr fünfzig Namen standen darauf. Eine einzige Augenbraue hob sich in seine sonnengebräunte Stirn.

»Vielleicht halten Sie mich für argwöhnisch, Mr Scobie, aber mein Bauch sagt mir, dass Sie all diese Namen bis zur allerletzten Minute bei sich behalten und sie mir direkt ausgehändigt haben, damit die anderen Häuser nicht sehen, wie viele Läufer Sie ins Rennen schicken, und versuchen gleichzuziehen. Gegen die Regeln verstoßen Sie damit nicht direkt, aber manche Leute könnten das ein bisschen ... hinterhältig finden.«

Scobie lächelte unschuldig, antwortete aber nicht. Wir warteten. Mr Hardcastle faltete die Namensliste zusammen, schob sie in seine oberste Tasche und klopfte darauf.

»Großartig. Sie werden mir wirklich fehlen, Scobie«, sagte er, bevor er frohen Mutes davonschritt.

Wie zu erwarten, fand Mr Hardcastle sich am Tag des Crosslaufs von den ungehaltenen Mienen der anderen Haussprecher umringt.

»Jetzt ist es zu spät herumzujammern, meine Herren«, beschied er sie. »Sie hatten genau dieselben Chancen, Läufer zu nominieren wie Charlton. So sind die Regeln. Tut mir leid, Jungs.«

Er sah nicht so aus, als täte es ihm sehr leid.

Nur mehr Läufer zu haben bedeutete natürlich nicht viel. Sie mussten innerhalb einer bestimmten Zeit ins Ziel kommen, um einen Teilnahmepunkt zu ergattern. Gott sei Dank gelang dies drei Vierteln unserer Läufer. Es war ein großer Tag für Charlton und ein großer Tag für unseren frischgebackenen Sportkapitän.

Ich glaube, Razz hatte fast drei Crossläufe absolviert, bis alle am Ziel waren. Er rannte den ganzen Tag an der Strecke hin und her, feuerte die Charlton-Läufer an und heiterte sie mit Witzen auf. Am Ende hielt er das Zeitlimit selbst nur knapp ein. Das lag daran, dass er Ignatius die letzten hundert Meter praktisch hinter sich herzog.

Aber Razz wurde in seinen Bemühungen hervorragend unterstützt. Melvin Yip und Theodore Bungalari schafften die Zeit und trieben die Nachzügler mit einer Mischung aus Ninja-Bewegungen und freundlicher Einschüchterung ganz wunderbar an. Und unser ehemaliger Sportkapitän Jimmy »Die Attraktion« Mainwaring tat viel dafür, seinen Ruf wiederherzustellen, indem er ein halbes Dutzend Nachzügler aus der achten Klasse huckepack über die Ziellinie trug. Sogar Bill schlug die Zeit. Das viele Joggen und Üben mit dem Hula-Hoop-Reifen zeigte langsam richtig Wirkung. Er war immer noch sehr korpulent, aber immer mehr von ihm bestand aus Muskeln. Und ob ihr's glaubt oder nicht, auch ich schaffte es, auch wenn ich eine ganze Weile brauchte, bis ich den Feuerball in meinen Lungen gelöscht hatte und wieder in der Lage war zu sprechen.

Doch der lauteste Jubel des Nachmittags blieb dem »Läufer« vorbehalten, der als Letzter durchs Ziel lief. Zwanzig Minuten nach Ablauf der Qualifikationszeit tauchte die pummelige Gestalt von James Scobie am Ende der Geländestrecke auf und schleppte sich über die halbe Runde auf dem Rundkurs, bevor sie beim Erreichen der Ziellinie zusammenbrach. Und in diesem Augenblick jubelte nicht nur Charlton, sondern auch alle anderen Häuser mitsamt den Lehrern. Ich stand gerade neben Mr Hardcastle und hörte, wie er – zu keinem bestimmten – sagte: »Genau das meine ich.«

Charlton gelang im Vergleich zum vergangenen Jahr eine geradezu wundersame Kehrtwende: Wir beschlossen den Tag als Sieger. Dieser Sieg katapultierte uns in der Gesamtpunktzahl vor Radley und Franklin klar auf Platz zwei. Razz hatte seine erste Bewährungsprobe als Charltons Kapitän mit Bravour gemeistert und hielt unter dem Gebrüll seiner Mannschaftskameraden stolz den Crosslauf-Pokal hoch über den Kopf.

Aber Razz sollte bald einer ganz anderen Herausforderung begegnen, einer Herausforderung, die ihm eine Heidenangst einjagte.

Und das lag am Studientag für die Zwölftklässler.

12
Sprache im Blut

»Hat sie dich schon gefragt?«

Razz und ich saßen beim Lunch und warteten auf die anderen. Ich schüttelte den Kopf. Diese Frage stellte er mir seit einigen Wochen praktisch jeden Tag. Es ging darum, ob Kelly mich zum Abschlussfest des Lourdes Colleges eingeladen hatte.

»Keine Sorge, Mann. Sie macht's schon noch. Sal meint, die

Kelster ist ganz schön ruhig geworden, seit sie wieder da ist. Vergräbt den Kopf nur noch in Bücher und bleibt für sich allein. Aber es ist noch genügend Zeit. Wahrscheinlich will sie dich nur auf die Folter spannen.«

Wenn das stimmte, dann klappte es vorzüglich.

»Ich weiß nicht, Razz. Ich bin mir nicht mal sicher, ob sie überhaupt hingehen will.«

»Natürlich will sie. Jeder geht zu seinem Senior-Abschlussfest.«

Ich hoffte, dass das stimmte. Ich hoffte es wirklich.

»He, Jungs. Habt ihr euch von eurem haushohen Sieg im Crosslauf schon erholt?«

Miss Tarango. Sie hatte Pausenaufsicht. Sie trug eine blaue St-Daniel's-Sportkappe und eine große Sonnenbrille mit weißem Rand. Bei ihr sah einfach alles gut aus.

»Ich spüre langsam meine Beine wieder«, sagte Razz.

»Super. Immer einen Punkt nach dem anderen«, sagte sie augenzwinkernd. Allerdings gelang ihr das Zwinkern nicht recht, und sie schloss beide Augen. Aber auch das sah gut aus.

»Ja, aber was ich eigentlich wissen will: Hab ihr schon überlegt, an welchen Vorträgen und Präsentationen ihr nächste Woche teilnehmen wollt?«

Miss Tarango sprach vom großen Studientag an der Universität. Alle Schüler der zwölften Klasse nahmen teil.

»James schaut sich die Angebote in den Fächern Jura und Politik an«, sagte sie, »und Bill möchte sich über Veranstaltungen zum Thema Film informieren. Ignatius geht zu den Naturwissenschaftlern.«

Razz fuhr zurück. »Boah! Prindabel und Naturwissenschaften? Was für ein Schock. Ich hab ihn viel eher beim Ausdruckstanz gesehen.«

»Und wie sieht es bei dir aus?«, fragte Miss Tarango. »Was hält die Zukunft für Orazio Zorzotto bereit?«

»Weiß nicht genau, Miss Tarango. Ich schwanke zwischen Schönheitschirurg für Stars und Playboy-Millionär, aber wahrscheinlich werde ich einfach für einen meiner Onkel arbeiten. Sie wissen schon, auf dem Bau oder in einer Autowerkstatt. Außerdem spiele ich immer noch Schlagzeug im italienischen Kulturverein. Wahrscheinlich versuche ich das noch auszubauen.«

»Dann willst du nicht studieren, Orazio, oder sonst eine Ausbildung machen?«

»Ich, Miss? Was sollte ich tun?«

»Irgendwas mit Sport würde ich meinen. Physiotherapie, vielleicht. Du könntest auch Personal Trainer werden oder vielleicht sogar Sportlehrer.«

»Sportlehrer? Das sagt meine Freundin auch. Sie belabert mich immer damit, dass ich ›mein Potenzial vergeude‹.«

»Klingt nach einer sehr klugen jungen Dame«, bemerkte Miss Tarango. Dann legte sie den Kopf schief: »Und sie ist tatsächlich deine Freundin, Orazio?«

»Ignatius hält das auch für eines der großen, ungeklärten Mysterien des Universums«, informierte ich sie.

»He, Vorsicht«, rief Razz und versuchte, beleidigt auszusehen, »mein Selbstwertgefühl könnte Schaden nehmen.«

Er bekam nicht viel Mitleid. Jeder wusste, dass man eine ganze Wagenladung voll strategisch richtig platzierten Sprengstoffs brauchte, um Razz' Selbstwertgefühl auch nur anzukratzen.

»Im Ernst, Orazio, du musst mir versprechen, dass du dir ein paar Kurse anschaust.«

»Das hat doch keinen Sinn, Miss, mit meinen Noten.«

»Du weißt doch noch gar nicht, was für Noten du brauchst? Genau das kannst du am Studientag herausfinden. Außerdem könntest du deine Noten verbessern, wenn du dich auf die Schule konzentrierst. Jetzt versprich mir, dass du deine Zeit am Studientag nicht verplemperst, Orazio. Versprich mir, dass du ernsthaft darüber nachdenkst und dich schlau machst. Versprichst du mir das?« Razz hob kapitulierend die Hände. »Okay, Miss. Ich verspreche es, ich verspreche es.«

Dann wandte sich Miss Tarango an mich. Diesen Augenblick hatte ich gefürchtet. Ich hatte keine Ahnung, was ich nach der Schule machen würde.

»Ismael, welchen aufregenden Weg wirst du nach der Zwölften erkunden?«

»Hmmmmm, ich hab mich noch nicht richtig entschieden, Miss. Vielleicht nehme ich eine Auszeit und such mir einen Job und denke noch ein bisschen darüber nach. Ich weiß eigentlich nicht, worin ich gut wäre.«

»Ich glaube, du wärst in vielen verschiedenen Bereichen gut. Aber hast du noch nie darüber nachgedacht, in die Fußstapfen deines Namensvetters zu treten?«

Natürlich wusste ich, dass mein Namensvetter die Figur Ismael aus *Moby Dick* war, aber ich verstand nicht ganz, worauf Miss Tarango hinauswollte.

»Auf einem Walfänger anheuern und Wale jagen, Miss?«

»Meine Güte, Miss Tarango«, sagte Razz, »eigentlich hätte ich gedacht, dass Sie total gegen den Walfang und so sind. Ich weiß, dass Mr Guthrie dagegen ist. Er redet dauernd davon ...«

Razz zögerte, und sein Blick richtete sich nach innen. Man sah förmlich, wie sich eine Idee den Weg zur Oberfläche seines wahnsinnigen Gehirns bahnte.

»He, Sie sollten mit Mr Guthrie darüber reden, Miss Tarango. Über Walfang, meine ich. Er interessiert sich sehr dafür und weiß eine Menge. Außerdem ist er ein klasse Typ, finde ich. Wie er immer versucht, die Regenwälder zu retten und die Wombats und so. Und Menschen hilft er auch immer, so wie uns, mit unserer Volleyballmannschaft. Er ist der Beste. Und was er da im Lehrerrennen beim Schwimmwettbewerb gebracht hat? Das war geil, was, Miss? Außer für die Badegäste. Vielleicht sollten Sie beide ...«

Miss Tarangos Lippen waren fest zusammengepresst. Ihre Augen wurden immer schmaler, und eine Augenbraue kroch mit jedem Satz, den Razz sagte, ein Stückchen höher. Sie sah aus wie eine Kobra, die angreifen würde, wenn Razz sich noch einen Schritt weiter in die verbotene Zone hineinwagte.

»... Also ... egal ... hmmmmm ... was haben Sie vorhin gesagt über Ismaels Namensvetter, Miss?«

Miss Tarango stellte sicher, dass Razz ausreichend Gelegenheit hatte, ihren Gesichtsausdruck zu verstehen und sich einzuprägen, bevor sie sich wieder an mich wandte.

»Ich will definitiv *nicht*, dass du Wale jagst, Ismael. Ich meinte die andere wichtige Rolle, die dein Namensvetter in dem Buch spielt.«

Ich versuchte verzweifelt, mich daran zu erinnern, was Ismael getan hatte, bevor er sich Ahab und seiner Mannschaft auf der *Pequod* anschloss. Schließlich hatte Miss Tarango Mitleid mit mir.

»Okay, die Zeit ist abgelaufen. Er war der *Erzähler*, erinnerst du dich? Er hat die Geschichte erzählt. Vielleicht könntest du in diese Fußstapfen treten. Schließlich ist Englisch dein bestes Fach, und du weißt, wie sehr mir die Auszüge aus deinen Tagebüchern gefallen haben, die du mir gezeigt hast.«

Miss Tarango blinzelte und zeigte mit dem Finger auf mich. »Das erinnert mich an etwas, Mr Leseur. Warum habe ich noch nichts aus der diesjährigen Produktion gesehen? Du hast mir schon vor ewigen Zeiten was versprochen.«

»Sorry, Miss, ich vergess es dauernd. Ich bring Ihnen nächste Woche was mit.«

»Gut, dann mach das aber auch. Und schau dir beim Studientag alle Kurse für Kreatives Schreiben an. Dein Vater schreibt Songtexte, du hast Sprache im Blut. Denk darüber nach.«

Damit verließ Miss Tarango uns und ging ins Lehrerzimmer. Sie kam in dem Augenblick bei der Tür an, als Mr Guthrie herauskam. Es gab ein bisschen hin und her, bis sie geklärt hatten, wer zuerst durch die Tür gehen sollte.

Razz schnalzte mit der Zunge.

»Ich muss die beiden zusammenbringen.«

Ich schaute ihn fassungslos an.

»Razz, hast du nicht gerade eben Miss Tarangos Gesicht gesehen, als du, ach so subtil, versucht hast, sie mit Mr Guthrie zu verkuppeln?«

Razz tat meinen Einwand mit einer Handbewegung ab. »Boah! Das hat nichts zu bedeuten. Sie wird mir noch dankbar sein. Du wirst schon sehen.«

Da ich Razz nicht von seinem Vorhaben abbringen konnte, wie ich wusste, wechselte ich das Thema.

»Machst du, was die Miss dir vorgeschlagen hat? Schaust du dir den Sportlehrer-Studiengang ernsthaft an?«

»Ich habe gesagt, dass ich's mache, dann muss ich wohl. Aber es ist ein bisschen blöd, meinst du nicht? *Ich* und Lehrer?«

»Ich finde das gar nicht blöd«, sagte ich. »Du trainierst und unterrichtest doch schon jüngere Schüler und außerdem noch unsere Volleyballmannschaft. Du machst einen Superjob als

Kapitän, und Mr Murphey sagt, dass du die Nachmittagsaktivitäten der Internatsschüler praktisch allein organisierst. Ich glaube, du wärst ein toller Lehrer.«

»Echt?« Razz schien mehr als nur ein bisschen erstaunt.

In diesem Augenblick traten Scobie, Bill und Ignatius an unseren Tisch.

»He, Jungs, wollt ihr was Saukomisches hören? Miss Tarango und Ismael meinen, ich sollte Sportlehrer werden.«

»Hervorragende Idee«, bemerkte Scobie. Bill nickte.

»Was? Ehrlich? Ihr auch?«

Razz sah Ignatius an. »Ich habe das Gefühl, dass diese Jungs nur nett zu mir sein wollen, Prindabuddy. Du kämpfst mit harten Bandagen, Mann. Sag mir ehrlich – ich kann es aushalten –, siehst du mich wirklich als Sportlehrer wie Mr Hardcastle?«

Ignatius dachte einen Augenblick darüber nach.

»Nein«, sagte er.

Jetzt war es an Scobie, Bill und mir, ein bisschen überrascht zu sein.

»Seht ihr? Ich hab's euch gesagt, Jungs«, sagte Razz, bemüht, erfreut darüber auszusehen, dass er recht gehabt hatte. »Ich kann auf keinen Fall ...«

Er wurde von Prindabels Power-Pointer zum Schweigen gebracht, der sich vor seinem Gesicht in den Äther bohrte.

»Ich bin noch nicht fertig«, sagte Ignatius. »Mr Hardcastle hätte es niemals geschafft, mich auf ein Volleyballfeld zu bringen. Du hast es geschafft. Und ich hasse es nicht, und ich habe auch keine Angst mehr davor. Deshalb – nein, ich sehe dich nicht als Sportlehrer *wie* Mr Hardcastle. Sondern – und wahrscheinlich bedaure ich irgendwann, dass ich das gesagt habe – ich denke, du könntest ein ganz anderer werden ... ein besserer.«

»*Wirklich?*«, fragte Razz, der total baff war. »Meine Güte ... danke ... danke, Ignatius ... danke, Kumpel.«

Die Klingel verkündete das Ende der Mittagspause, und alle standen auf. Razz bewegte sich als Letzter. Ich denke, er versuchte immer noch, sich eine Zukunft für sich auszumalen, die er vorher nicht einmal für möglich gehalten hatte.

Er war nicht der Einzige.

13
Operation »Bringt Razz an die Uni«

Wie ich hielt Razz das Versprechen, das er Miss Tarango gegeben hatte, und entdeckte beim Studientag, dass der Studiengang für Sportlehrer an der Universität durchaus für ihn in Frage kam – *wenn* er seine Noten genügend verbessern könnte. Und wenn man sich Razz' Noten so anschaute, dann war es ein echt großes *WENN*.

Das Problem waren nicht seine Ergebnisse in Sport und Gesundheit. Hier bekam er Top-Noten, zumindest im praktischen Teil. Neuere Geschichte war ebenfalls solide. Dafür hatte Miss Heckenvaal gesorgt. Auch Englisch und Film und Fernsehen waren nicht *allzu* schlecht. Aber Mathe, Naturwissenschaften und besonders Wirtschaft waren echte Sorgenkinder. Razz musste eine wichtige Entscheidung treffen, und ausnahmsweise konnte er sich nicht mit schlauen Sprüchen durchmogeln oder sich darauf verlassen, dass sein Naturell ihm beistehen würde.

»Wenn es dir wirklich ernst damit ist, deine Noten zu verbessern«, sagte Scobie zu ihm, »dann werden wir alle dir helfen. Ist es dir ernst?«

Ich hatte Razz noch nie zuvor so nervös erlebt. Er brauchte eine Weile, bis er antwortete.

»Ja. Ja. Es ist mir ernst.«

Wahrscheinlich war es Razz noch nie zuvor so schwer gefallen, etwas zu sagen. Und kaum hatten die Worte seine Lippen verlassen, hatten wir ein neues Ziel: Operation »Bringt Razz an die Uni«. Wir beschlossen, dass Scobie den Gesamtablauf überwachte, Ignatius würde sich auf Razz' Leistungen in den Naturwissenschaften und Mathe konzentrieren, ich wäre verantwortlich für Englisch, und Bill würde Film und Fernsehen abdecken. Wir wussten, dass auch Sally eine große Hilfe sein würde. Zuerst mussten wir jedoch Razz überreden, zu Mr Barker zu gehen und ihn zu bitten, dass er das Fach Wirtschaft abwählen durfte, wo er wirklich bodenlos schlecht war, damit er die gewonnene Zeit dazu nutzen könnte, sich in den anderen Fächern zu verbessern.

»Der erlaubt mir das nie im Leben. Nach der *Hamlet*-Geschichte letztes Jahr hält der Barker mich ohnehin für eine Platzverschwendung.«

»He, wetten, deine Mutter könnte ...« Prindabels Bemerkung schrumpelte in der Hitze von Razz' zornigem Blick zusammen.

»Wie wäre es, wenn ich dich begleiten und deinen Fall vertreten würde, Orazio?«, bot Scobie an.

Es wurde eine Zeit der harten Entscheidungen für Razz, aber er willigte schließlich ein. Als Scobie und Razz am nächsten Tag von ihrer Besprechung zurückkamen, berichteten sie, Mr Barker würde Razz das Fach Wirtschaft erlassen, wenn Razz beweisen könne, dass er sich wirklich auf seine Schularbeiten konzentrierte: Er musste alle Klausuren am Ende des Schuljahres bestehen, und seine Noten mussten allesamt eindeutig besser werden.

»Barker meinte, das würde nicht leicht werden. Aber er traut es mir zu. Er hat mir sogar Glück gewünscht.« Razz schüttelte ungläubig den Kopf.

»Hart, aber gerecht«, sagte Ignatius grinsend. »Mr Barker würde für gewisse Typen hier einen prächtigen Vater abgeben.«

Aber Razz war zu sehr in seine Gedanken vertieft, um ihn zu hören.

Während Operation Tarango bereits stetig Fortschritte machte, erwachte Operation »Bringt Razz an die Uni« ins Leben. Wenn nur Operation »Bring Kelly dazu, Ismael zum Abschlussfest des Lourdes Colleges einzuladen« so gut vorangehen würde. Und was die Operation »Gewinnt wenigstens ein Volleyballspiel« betraf, da würde bald der letzte Würfel fallen.

Aber niemand von uns ahnte, wie viel davon abhängen würde!

14
Die armen Schweine sind wir

Am letzten Spieltag der Volleyball-Saison hatten wir den umwerfenden Rekord von sechs Niederlagen und einem Sieg (weil die andere Mannschaft nicht erschienen war) aufgestellt.

Unser letztes Spiel war das Rückspiel gegen Windermere High. Beim Hinspiel traten sie nicht an, weil praktisch die ganze

Mannschaft von der Grippe niedergerafft worden war. Das verschaffte uns unsere einzigen Punkte. Wir werteten diesen Punktgewinn nicht einmal als Embryo-Schritt, weil wir nichts dazu beigetragen hatten. Ignatius schlug vor, wir sollten ihn als Zygoten-Schritt bezeichnen. Dieser Scherz gefiel ihm so gut, dass er fast die ganze folgende Woche in sein komisches zischendes Lachen ausbrach, wenn er nur daran dachte.

Die Mannschaft von der Windermere High lag auf dem vorletzten Platz der Tabelle, hatte aber zweimal fast gewonnen. Keinen Preis für denjenigen, der errät, wer zwei Punkte hinter ihnen ganz unten in der Tabelle stand. Am Montag vor dem Spiel winkte Ignatius uns alle morgens vor der Klassenlehrerstunde zu sich. Er wirkte ziemlich aufgeregt und erzählte uns, er habe etwas »Interessantes« entdeckt.

»Ein ganz neues Level bei Super Nerdio Brothers?«, vermutete Razz.

Ignatius ließ sich nicht stören.

»Nein, es hat mit Volleyball zu tun. Gestern Abend habe ich für Mr Hardcastle einen genauen Überblick über die gesamte Saison zusammengestellt, die genaue Punktzahl aller Tabellen für die verschiedenen Altersgruppen überprüft und die Position jeder Schule analysiert«, sagte Prindabel, legte einen Schnellhefter auf den Tisch und tätschelte ihn zärtlich mit seiner knochigen Hand. »Wie ihr wisst, gibt es Pokale für jede der fünf Altersgruppen von den Achtklässlern bis zur offenen Klasse. Den Großen Pokal in der Gesamtwertung gibt es, wie der Name schon sagt, für die Schule, die quer durch alle Altersgruppen am besten abschneidet. Jede Mannschaft erhält Punkte für ihre Altersgruppe, je nachdem, wo in der Tabelle sie am Ende steht, und diese Punkte tragen ...«

Razz fasste sich an den Kopf und verdrehte die Augen. »Hilfe!

Hilfe! Überlastung durch Langeweile. Hirn blockiert. Brauche Hilfe!«

»Vielleicht könntest du ›auf den Punkt kommen‹, wie man zu sagen pflegt, Ignatius?«, meinte Scobie.

»Ja, gut, also. So wie es aussieht, hat St Daniel's schon am vorletzten Spieltag die Pokale für die U-13 und die U-16 sicher in der Tasche, und das gilt auch für das Churchill College in der Altersgruppe U-14 und U-15. Die einzige Altersgruppe, in der es noch nicht klar ist, ist unsere, die offene Klasse. Das heißt: Wer den Pokal in der offenen Klasse gewinnt, der wird zur Volleyball-Champion-Schule gekürt. Interessanterweise liegen St Daniel's und das Churchill College in der offenen Klasse beide auf dem ersten Platz, und nach meinen Berechnungen hängt es von *einem einzigen* Ergebnis bei allen Spielen in der offenen Klasse am kommenden Wochenende ab, ob die Mannschaft von St Daniel's oder die Mannschaft von Churchill nach oben oder unten rückt in der Tabelle und so das Patt beendet.«

»Wow, echt, Mann?«, sagte Razz und fuhr sich mit der Hand durch die Haare. »Du meinst, der Pokal in der Gesamtwertung hängt von einem Spiel und einer Mannschaft ab? Warum hast du das nicht einfach gesagt? Von dem gigantischen *Druck* gesprochen! Welches Spiel ist das? Wer sind die armen Schweine?«

Ignatius Prindabel hielt den Spielplan für Samstag hoch und zeigte mit einem langen Finger ganz unten auf die Liste.

»St Daniel's gegen Windermere High. Die fünfte Mannschaft in der offenen Klasse«, sagte Ignatius. »Die armen Schweine sind ... wir.«

»Was? Nie im Leben! Dein Taschenrechner hat Alzheimer, Prindabel. Das können *unmöglich* wir sein. Wir können das Pokalding für die offene Klasse nie im Leben drehen. Wir sind

Tabellenletzter. Und egal, ob wir am Samstag gewinnen oder verlieren, wir bleiben Letzter.«

»Nicht *ganz*, Orazio. Wenn wir am Samstag verlieren, sind wir auf dem letzten Platz, das stimmt. Aber wenn wir am Samstag *gewinnen*, dann sind wir auch Letzter, aber *gleichauf* mit Windermere.«

»Gleichauf auf dem letzten Platz?«, sagte Razz und ahmte Kevin in *Allein zu Haus* nach. »Oh, wow! Juhu! Was für ein glücklicher Tag! Ja! Informiert die Presse! Lasst uns einen gesetzlichen Feiertag ausrufen!«

Razz lehnte sich vor und tätschelte Prindabel die Hand.

»P-buddy, ich will dir ja nicht die Tour vermasseln, Alter, aber ›gleichauf auf dem letzten Platz‹ ist immer noch ›Letzter‹.«

»Außer«, sagte Ignatius und zog seine Hand unter Razz' Hand hervor. »Regel 13, Absatz d Satz VII besagt, dass ›wenn zwei Mannschaften punktgleich sind, werden die Punkte für die beiden Tabellenplätze zu gleichen Teilen verteilt‹. In unserem Fall heißt das: Du nimmst die Punkte für den letzten Platz, das sind zwei, und addierst sie zu den Punkten für den vorletzten Platz, das sind vier, insgesamt also sechs ...«

»Ich überprüf das später, nur für den Fall, dass du uns übers Ohr hauen willst«, sagte Razz.

»... Dann vergibst du diese Punkte zu *gleichen* Teilen an die beiden Mannschaften, die im Patt lagen. Also erhält jede Mannschaft drei Punkte.«

Razz machte keine Faxen mehr. Seine Augen wurden einfach immer größer, und sein Mund öffnete sich langsam.

»Wenn wir Windermere schlagen und mit ihnen zusammen den letzten Platz belegen, dann bekommen wir einen zusätzlichen Punkt für St Daniel's.«

»Genau. Und mit diesem zusätzlichen Punkt gewinnt St Daniel's den Pokal in der offenen Klasse, und das macht uns zur Volleyball-Champion-Schule. Ist Mathematik nicht etwas Wunderbares!«

Ignatius strahlte.

Razz wurde blass. »Aber was passiert, wenn wir nicht gewinnen?«

»Wenn wir nicht gewinnen, bleiben wir in der offenen Klasse punktgleich, aber Churchill bekommt den Pokal in der Gesamtwertung, weil ihre Erste Mannschaft der offenen Klasse in der Tabelle höher steht als unsere. Das ist Regel 16.8.«

Alles um uns herum schien sich zusammenzuziehen und uns niederzudrücken, als ob jemand den Knopf auf der Gravitationsskala auf »zerquetschen« gedreht hätte.

Razz streckte die Arme aus und nahm Prindabels Gesicht in beide Hände.

»Hör mal, Ignatius. Ich meine es ernst. Was immer du tust, Mann, erzähl Hardcastle nichts davon, okay? Wenn er das erfährt, wird er total austicken und uns das Leben zur Hölle machen.«

Da Prindabels Gesicht immer noch zwischen Razz' Fingern feststeckte, schossen nur seine Augen hin und her, und sein Blick hüpfte von einem zum anderen. Dann drang ein Wort aus seinem zusammengedrückten Fischmund.

Und dieses Wort war leider »Ups«.

15
Versponnener Öko-Schlabberlook-Räucherstäbchen-Hippie-Quatsch

Razz' Bitte kam zu spät. Ignatius hatte, kaum dass er am Morgen in der Schule angekommen war, eine Kopie seiner »Ergebnisse« an Mr Hardcastle weitergegeben. Und wie sich herausstellte, hatte Razz vollkommen recht. Mr Hardcastle tickte total aus.

Es begann damit, dass er während unseres Trainings auftauchte und uns für das in seinen Worten »wichtigste Spiel der Volleyball-Geschichte von St Daniel's« einige »intensive, individuelle Instruktionen« verpasste. Offenbar hatte es St Daniel's (wie uns Mr Hardcastle bei jeder sich bietenden Gelegenheit unter die Nase rieb) in zweiundzwanzig Jahren nicht ein einziges Mal geschafft, die Volleyball-Gesamtwertung zu gewinnen. Fabelhaft, kein Druck.

Außerdem kündigte Mr Hardcastle an, dass er in der Woche vor dem »großen Spiel« tägliche Trainingseinheiten für uns ansetzen werde. Das nahm Mr Guthrie zum Anlass, um ein »ruhiges Gespräch unter vier Augen« zu bitten. Am Ende hörten alle in der Turnhalle und wahrscheinlich auch die meisten, die sich außerhalb aufhielten, den größten Teil des »ruhigen Vieraugengesprächs« mit.

Von Mr Guthries Seite kamen Worte wie »zu viel des Guten«, »zu viel Druck«, »nur ein Spiel« und »sich gebärden wie ein Irrer«. Mr Hardcastle dagegen argumentierte eher im Sinne von »charakterbildend«, »hart auf hart«, »wie Babys behandeln« und »genug von Ihrem versponnenen Öko-Schlabberlook-Räucherstäbchen-Hippie-Quatsch«.

Eine Einigung wurde erst erzielt, als angelockt von dem Gebrüll, Mr Barker die Turnhalle betrat. Die Parteien einigten sich darauf, dass wir auch in dieser Woche bei unseren üblichen zwei Trainingstagen bleiben würden. Allerdings würde Mr Hardcastle am ersten Tag mit uns trainieren. Das machte er auch, und es war gnadenlos. Danach brachen wir in einem erschöpften Haufen von Körpern auf dem Hallenboden zusammen und harrten der aufmunternden Worte von Mr Hardcastle. Er sah angespannt aus. Nachdem er sich unsere Mannschaft genauer angeschaut hatte, sah er seinen Traum von einem ersten St-Daniel's-Sieg in der Volleyball-Gesamtwertung schneller schwinden als Falten bei einer Botox-Party.

Nach allem, was ich trotz meiner keuchenden Lungen und meines hämmernden Herzens hören konnte, schien die Schlüsselbotschaft von Mr Hardcastles aufmunternden Worten darin zu bestehen, dass wir »der Mannschaft von Windermere einen Tritt in ihre lilienweißen, pickeligen Hintern verpassen« und den »weinerlichen Weibern« vom Churchill College zeigen, woraus »richtige Männer« gemacht sind. (Ich hatte das Gefühl, dass Mr Hardcastle Miss Heckenvaals Unterrichtseinheit über die Geschichte des Feminismus nicht kannte.) Der Rest von Mr Hardcastles Ansprache bestand in Lebensweisheiten wie »Wer sich drückt, gewinnt nie, und wer gewinnt, drückt sich nicht!« oder »Steig hart ein, oder geh heim!« oder »Was dich nicht umbringt, macht dich stärker« und »Verlieren ist KEINE Option!«.

Unsere zweite und letzte Trainingseinheit verlief nicht ganz so turbomäßig. Wir konzentrierten uns auf das Aufschlagtraining und beendeten die Einheit mit einem kleinen Spaßspiel, bei dem auch Mr Guthrie mitmachte. Als es beinahe Zeit war, nach Hause zu gehen, hörten wir zum zweiten Mal in dieser Woche aufmunternde Worte, aber diesmal im »Woody«-Guthrie-Stil.

»Passt auf, Jungs«, sagte er und schüttelte seine Dreadlocks. »Wenn wir am Samstag gewinnen, wäre das natürlich toll. Eigentlich sogar erstaunlich. Aber denkt daran, wenn wir nicht gewinnen, dann stirbt niemand, und die Welt geht nicht unter. Ich möchte nicht, dass die Erwartungen und Obsessionen anderer Leute euch belasten, okay? Geht raus auf's Feld und habt Spaß, gebt alles und spielt füreinander. So wie ihr das die ganze Saison über gemacht habt. Tut das, und ihr gewinnt, egal wie das Spiel ausgeht. Noch Fragen?«

»Wussten Sie, dass Miss Tarango auch gegen den Walfang ist, so wie Sie, Mr Guthrie?«, fragte Razz.

Mir gefiel Mr Guthries Ansprache besser als Mr Hardcastles. Und was er sagte, leuchtete ein. Aber als am Samstag kurz vor dem Spiel die normalerweise leere Tribüne der Sporthalle gerappelt voll war mit St-Daniel's-Fans darunter auch Bruder Jerome, Mr Barker, Miss Tarango und natürlich Mr Hardcastle, hatte ich nur noch diese Worte im Kopf:

»Verlieren ist KEINE Option!«

16
Der Razzinator

Zum Auftakt des Spiels gegen Windermere sprach alles für uns. Wir wurden zu Hause von einer überwältigenden Menge Fans unterstützt, hatten den Titel in der Gesamtwertung als Motivation und einen Gegner, der nicht viel zu gewinnen hatte.

Überdies hatte Mr Hardcastle Razz im Montagstraining für eine spezielle Einheit beiseitegenommen und ihn eine halbe Ewigkeit Aufschläge gegen die erste Mannschaft üben lassen. All die harte Arbeit zahlte sich aus. Abgesehen von seinem Standardaufschlag beherrschte Razz nun einen langsamen Aufschlag, einen Flatteraufschlag, einen angeschnittenen Aufschlag und einen Kugel-aus-dem-Rohr-Aufschlag, den Scobie den »Razzinator« taufte.

Und da Windermere beim letzten Mal nicht angetreten war, hatte die Mannschaft nie erlebt, wie sich Theodore in ein kicherndes, quiekendes Etwas verwandelte. Der »Braune-Unterhosen-Effekt« ließ sich also voll ausspielen, und zudem war der Schlamm-Mann in Top-Form.

Noch mehr Glück hatten wir, als wir den ersten Aufschlag gewannen. Die ersten sechs Aufschläge von Razz waren praktisch nicht zu spielen. Dazu gehörte auch der krachende Razzinator, der den Windermere-Annahmespieler einfach umschlug. Dann schafften sie es endlich, einen Aufschlag zurückzuspielen, und einer der Windermere-Spieler blockte erfolgreich einen von Theodores Schussbällen am Netz. Der Schlamm-Mann schaltete seinen Todesblick auf »vernichten«, während Razz vor ihn hinsprang und schrie: »Nein, Bunga! Bleib! Böse! Nicht anfassen! Denk an letztes Mal! Was da passiert ist! Du willst nicht wieder das rote klebrige Zeug überall auf deinen Sachen haben, oder?« Windermeres Block schien danach nicht mehr ganz so engagiert.

Schließlich beendeten wir den Eröffnungssatz problemlos mit einem unglaublichen fünfzehn zu fünf. Unser Embryo-Schritt war schnurstracks zur Pubertät übergegangen.

Der zweite Satz verlief ein kleines bisschen anders. Inzwischen hatte sich herumgesprochen, warum wir das Spiel unbedingt gewinnen wollten. Jetzt hatte auch Windermere etwas, wofür es sich zu spielen lohnte: uns die Suppe versalzen und verhindern, dass St Daniel's den Pokal in der Gesamtwertung gewinnt. Da andere Spiele schon zu Ende waren und immer mehr Windermere-Fans und -Spieler auftauchten, um unser Spiel anzuschauen, schmolz unser überragender Heimvorteil langsam dahin.

Aber wir hatten noch mehr Probleme. Windermere hatte inzwischen nicht nur unsere Stärken ausgemacht, das heißt Theodore und Razz, sondern auch unsere Schwächen erkannt, das heißt, den Rest der Mannschaft. Also konzentrierten unsere Gegner ihre Bemühungen auf Ignatius und Scobie und lenkten jeden Ball in ihre Richtung. Besonders Scobie wurde ein beliebtes Aufschlagsziel.

Wir verloren den zweiten Satz fünfzehn zu neun.

Es ging jetzt um den dritten und letzten Satz, den Tiebreak bis sieben Punkte. Kein Vorteil. Wir machten eine kurze Pause, in der uns Mr Guthrie und Razz mit Ermunterungen überhäuften, und kehrten dann auf das Feld zurück, entschlossen, einen so guten Start hinzulegen wie im ersten Satz. Wir wollten uns auf keinen Fall ein sechs zu sechs einhandeln, mit dem Gewicht der ganzen Schule auf uns, und alles hing am seidenen Faden des nächsten Punkts. Zehn Minuten später stand das

Spiel unentschieden sechs zu sechs, wir hatten das Gewicht der ganzen Schule auf unseren Schultern, und alles hing am seidenen Faden des nächsten Punkts.

Beide Trainer gaben gleichzeitig durch Handzeichen zu verstehen, dass sie eine Unterbrechung wünschten. Es sah schlecht für uns aus. Windermere hatte Aufschlag beim letzten Punkt. Ihr bester Spieler hatte den Ball in der Hand. Scobie steckte in seiner Position als Hinterspieler fest. Er gab sein Bestes, aber er hatte das ganze Spiel über kaum einen Aufschlag angenommen. Ihn hätten sie sicher im Visier. Razz, Scobie, Bill, Ignatius, Theodore, Melvin und ich versammelten uns in einem engen Kreis um Mr Guthrie und warteten auf seine weisen Worte.

»Nun, Jungs«, sagte er, »ihr fragt euch wahrscheinlich, warum ich euch hierhergerufen habe.«

Die grimmigen Gesichter im Kreis entspannten sich und lächelten.

»Hat es womöglich damit zu tun, dass wir alle nach Sibirien verbannt werden, wenn wir den nächsten Punkt nicht machen, Sir?«, fragte Scobie.

»Ja, Scobie, genau das wollte ich ansprechen«, antwortete Mr Guthrie. »Also gut, Jungs, Zauberworte habe ich nicht für euch, aber ich möchte, dass ihr Folgendes wisst: Was immer passiert, ob ihr gewinnt oder verliert: Für euch den Volleyballtrainer zu spielen hat mir großen Spaß gemacht ... und es war mir eine Ehre. Und wenn die Dinge sich nicht in unserem Sinn entwickeln – ich könnte mir keine Truppe von Jungs vorstellen, mit denen ich lieber nach Sibirien verbannt werden würde. Geht raus und gebt euer Bestes.«

Mr Guthrie irrte, als er behauptete, keine Zauberworte zu haben.

»Und jetzt«, fuhr er fort, »sollte ich an jemanden übergeben, der mehr von diesem Spiel versteht als ich. Razz, willst du der Mannschaft noch was sagen?«

»Na, wir müssen uns eine Chance geben. Wir müssen wenigstens dafür sorgen, dass die Typen um diesen Punkt kämpfen müssen, dass sie ihn sich verdienen müssen. Das heißt: Zuerst müssen wir den nächsten Aufschlag annehmen und den Ball zurück ins Spiel bringen.«

Wir alle wussten, wem der Aufschlag gelten würde, und diese Aussicht gefiel uns gar nicht.

»Sie werden auf mich aufschlagen, nicht wahr?«, fragte Scobie.

Razz nickte. »Ja, klar. Die wären blöd, wenn nicht – nichts für ungut, Kumpel. Aber keine Bange. Ich nehm für dich an, Scobes. Sobald er aufgeschlagen hat, ziehst du dich zurück. Ich komm rüber und stell mich vor dich.«

Das klang nach einem hervorragenden Plan und war wahrscheinlich unsere einzige Chance, im Spiel zu bleiben. Folgerichtig traf Razz' Vorschlag auf einen Kreis nickender Köpfe. Nur Scobie nickte nicht.

»Nein, ich nehme den Aufschlag an.«

Wir alle betrachteten die blasse, pummelige Gestalt vor uns, die sich den Schweiß aus den kurzsichtigen Augen blinzelte.

»Das musst du nicht, Kumpel. Ich bin mir ziemlich sicher, dass ich ...«

»Ich nehme den Aufschlag an, Razz.«

Etwas in James Scobies Stimme sagte uns, dass die Diskussion damit beendet war.

»Ich weiß, dass du der Kapitän bist, aber ich bin der Grund, warum wir hier sind. Ich wollte Sport machen, und ihr alle helft mir dabei. Wenn also jemand hier Mist baut und dafür geradestehen muss, dann bin ich das. Ich nehme den Aufschlag an.«

Scobie verzog seinen Mund trotzig nach einer Seite und ließ ihn dort.

»Okay, ich bin froh, dass ich all das jetzt von der Backe habe«, sagte Razz strahlend. »Also, dann sage ich euch, wie es meiner Ansicht nach laufen muss, und ich dulde keine Widerrede, okay? *Scobie* hier wird den Aufschlag annehmen, und wir anderen sind bereit, danach einfach alles zu geben. Es ist vollkommen egal, wie wir das machen, wir müssen den Ball nur so schnell wie möglich auf die andere Seite bringen. Dann verteidigen wir wie wahnsinnig und hoffen, dass sie einen Fehler machen.«

Razz streckte die Hand in die Mitte des Kreises. Wir andern legten unsere darauf.

»Der Kampf um die Meisterschaft steht auf Messers Schneide, Leute«, sagte er. »Jetzt zeigen wir ihnen, aus welchem Holz die Fantastisch Fightende Fünfte Mannschaft geschnitzt ist.«

17
Eine heftig angetörnte Giraffe

Wir drückten unsere Hände fest zusammen und stießen überschwänglich den St-Daniel's-Schlachtruf aus. Über uns klatschten, jubelten, stampften und pfiffen unsere Fans, während wir zum letzten Mal auf dem Feld unsere Positionen einnahmen.

Ignatius, Melvin und Theodore standen am Netz, Razz und ich waren hinten auf der Grundlinie und Scobie zwischen uns.

Bill hatte sich im letzten Satz den Knöchel verstaucht und saß neben Mr Guthrie auf der Bank. Der Schiedsrichter blies in seine Pfeife. Mein Herzschlag geriet aus dem Takt.

Die Jungs von der Windermere lösten sich aus ihrem Kreis und nahmen ihre Positionen ein. Ich sah hinüber zu Scobie. Er stand vornübergebeugt da, hatte die Arme ausgestreckt und die Hände in Erwartung des Aufschlags leicht geöffnet. Er trug zum ersten Mal in der ganzen Saison seine Brille. Sie rutschte dauernd von seiner schweißbedeckten Stupsnase, und er musste sie immer wieder hochschieben.

Auf der anderen Seite des Netzes wartete der beste Windermere-Spieler darauf, dass der Schiedsrichter das Signal zum Aufschlag gab. Seine Haare waren an der Seite kurz geschoren, dafür hingen sie ihm in einem langen Pony in die Stirn. Er war groß. Der Ball würde aus großer Höhe in unser Feld sausen.

Ich fragte mich, was wohl gerade in seinem Kopf vorging. Wahrscheinlich dachte er an den Aufschlag, versuchte, zu einer Entscheidung zu kommen, was er tun würde. Würde er auf Nummer sicher spielen, oder würde er alles reinlegen, was er zu bieten hatte, und den großen Heldenaufschlag versuchen, um das Spiel zu gewinnen?

Der Schiedsrichter pfiff an. Der Junge mit den Ponyfransen warf den Kopf zurück, um die Haare aus den Augen zu bekommen. Dann kratzte er sich ein bisschen an der Leiste und ließ den Volleyball auf der Spitze seines Fingers kreiseln. Das sah definitiv nach dem großen Heldenaufschlag aus. Wir warteten. Die Nerven waren zum Zerreißen gespannt.

Der Junge mit den Ponyfransen packte den rotierenden Ball mit beiden Händen, prellte ihn dreimal auf den Boden und warf ihn dann hoch in die Luft. Als er wieder nach unten fiel, beugte er die Knie, bog sich mit ausgestrecktem Arm nach hinten und sprang dem Ball entgegen. Ein Knall wie ein Gewehrschuss hallte durch die Sporthalle, als seine offene Handfläche den Ball mit maximaler Geschwindigkeit zentral traf. Der daraufhin erfolgende Aufschlag war bilderbuchmäßig – wenn man nicht zufällig James Scobie hieß und zusah, wie eine zornige weiße Kugel auf einen zuraste wie ein außer Kontrolle geratener Komet. Dann war er ein schlimmer Albtraum.

Der Ball zischte mit nur wenigen Zentimetern Luft über das Netz, fiel dann fies nach unten ab und zielte genau auf Scobies Brust. Es ging so schnell, dass Scobie kaum Zeit hatte zu reagieren. Aber er wich nicht von der Stelle und schaffte es irgendwie, seine Arme nach oben zu bringen. Der Ball donnerte gegen seine Handgelenke. James' Kopf wurde nach hinten geschleudert, und seine Brille flog ihm von der Nase, als er zu Boden stürzte.

Den St-Daniel's-Fans wurde ganz bang ums Herz, als sie sahen, wie der Ball hoch über Scobies Kopf flog und der Rückwand der Sporthalle entgegensegelte. Die Windermere-Fans jubelten. Alle aus unserer Mannschaft rannten ein paar verzweifelte Schritte in Richtung Ball und blieben dann wie gebannt von der Unausweichlichkeit der bevorstehenden Niederlage stehen.

Alle außer Razz.

Er sprintete unter der Fluglinie des Balls, schaute über die Schulter nach hinten, als sie hoch über ihm ihren Scheitel erreichte und sich dann rapide senkte. Es war ein Rennen darum, wer die Rückwand der Halle zuerst erreichen würde. Das Beste wäre noch ein Unentschieden gewesen, aber dann, ungefähr einen Meter davor, sprang Razz auf einmal hoch und schmetterte den Ball, so fest er konnte, mit der Rückseite seiner Faust. Und während der Ball durch die Luft flog, landete

Razz in der Wand. Ein abscheuliches Knirschen ertönte beim Zusammentreffen von Schulter und solidem Mauerwerk. Und zum zweiten Mal in zwei Jahren gewann die Mauer. Razz prallte von der Mauer ab und stürzte mit einem dumpfen Schlag zu Boden. Ein mitleidiges »Ohhhhhhh« erfüllte den Raum.

Razz schien okay, aber eigentlich hatten wir keine Zeit, genau nachzusehen. Alle Augen, auch die von Razz, klebten wieder an der kleinen weißen Synthetik-Kugel, die in einem Bogen zur Decke hinaufflog. Wenn sie die Decke irgendwo berührte, konnte St Daniel's sich die Meisterschaft abschminken. Der Ball bewegte sich immer näher auf einen der nach unten aus der Decke ragenden Träger zu und wurde langsamer. Näher. Langsamer. Näher. Langsamer. Nääääääheeeeeer. Laaaaaaangsaaaaaaaaameeeeeeer. Näääääääääääääääääääheeeeeeeeeeeeeeeeer. Stopp!

Die Windermere-Fans stöhnten im Chor auf. Die St-Daniel's-Fans brüllten. Miss Tarango quietschte. Wir mischten noch mit. Aber der Ball fiel, und es war unmöglich vorherzusagen, auf welcher Seite des Netzes er landen würde.

Alles, was ich jetzt beschreibe, spielte sich innerhalb von fünf Sekunden ab: Kurz bevor der Ball von der Decke herabkam, rannte ich als Erster ins Feld, falls ich dort gebraucht würde. Da ich den Ball im Visier hatte, bemerkte ich Scobie nicht, der auf allen vieren nach seiner Brille suchte. Das erste Anzeichen für ernste Schwierigkeiten war ein Knirschen unter meinen Sportschuhen. Gleich darauf machte ich einen Überschlag über James und rutschte auf meinem schweißnassen Rücken über den gebohnerten Holzboden.

Wahrscheinlich wäre ich unter dem Netz hindurch ins gegnerische Feld geschlittert, wenn ich nicht mit etwas kollidiert wäre, das sich wie zwei Betonpfeiler anfühlte. In Wirklichkeit waren es Theodore Bungalaris Beine. Wenn ich Theodore normalerweise von hinten in die Beine krachte, hatte das ungefähr den Effekt, als würde ein Kissen gegen zwei gigantische Rothölzer schlagen. Aber diesmal nicht. Denn die Füße des Schlamm-Mannes hatten keinen Kontakt zum Boden. Das lag daran, dass Theodore genau in diesem Moment nach oben gesprungen war, um den Ball zu schmettern (ihr erinnert euch, der Ball?) und das Spiel für uns zu gewinnen.

Nun, *das* geschah nicht.

Vielleicht wäre Theodore in der Lage gewesen, den fast sicher zum Sieg führenden Schmetterball durchzuführen, obwohl ich ihm in die Beine krachte, aber in genau derselben Sekunde passierte noch etwas anderes. Und das ereignete sich in der fliegenden Gestalt von Melvin Yip. Bis zu diesem Zeitpunkt im Spiel war Yippy in der Lage gewesen, seine Begeisterung im Rahmen des Normalen zu halten, aber unter der Anspannung rastete er aus. Als der Ball fiel und das Spiel in der Schwebe hing, hielt er die Zeit für gekommen, den Ninja in sich in seiner ganzen Größe rauszulassen.

Mit Anlauf sprang Melvin Yip wie ein fliegender Angreifer dem Ball entgegen. Und was die Sprünge anging, muss ich zugeben, war Melvin gar nicht so schlecht. Leider traf das, wie immer, auf sein Timing nicht zu. Während Theodore gerade den Boden verlassen hatte, war Melvin schon über einen Meter weit durch die Luft geflogen und schon wieder auf dem Weg nach unten, als sie zusammenstießen. Und während ich eifrig damit beschäftigt war, dem Schlamm-Mann die Beine unter dem Körper wegzureißen, prallte Melvin Yip gegen seine Brust, sodass er einen Salto rückwärts über mich schlug und auf dem Boden landete.

Nach dem Spiel sagte Miss Tarango, die Sporthalle hätte ausgesehen wie die letzte Szene in *Hamlet*, wo die Bühne mit Toten und Sterbenden übersät ist. Razz beobachtete alles von der Rückwand aus, wo er bäuchlings auf dem Boden lag und sich die Schulter hielt. Scobie krabbelte immer noch auf allen vieren herum und suchte die verschiedenen Bruchstücke seiner Brille zusammen. Und ich lag mit dem Schlamm-Mann und dem irren Ninja in einem wilden Knäuel aus Armen und Beinen.

Nur ein St-Daniel's-Spieler stand noch in der Senkrechten.

Ignatius Albert Prindabel.

Irgendwie hatte Ignatius es geschafft, sich aus dem Chaos um ihn herum herauszuhalten. Nur er konnte uns noch retten, und er wusste es. Mit der Anmut einer heftig angetörnten Giraffe schritt er in Richtung Ball. Aber er würde es niemals schaffen. Der Ball würde ihn immer schlagen.

Und so kam es auch ... gewissermaßen.

Doch statt auf der einen oder anderen Seite des Netzes auf den Boden zu fallen, überraschte der Ball uns alle und fiel ziemlich genau auf die Netzkante. Das Netz wackelte, senkte sich ab und nahm fast die ganze Bewegungsenergie aus dem Ball. Er prallte ab und flog ungefähr zehn Zentimeter hoch in die Luft. Während er hochflog, kippte er ein bisschen und ging auf unserer Seite in den Sinkflug. In diesem Augenblick verlor Prindabel den Halt und stolperte. Die Spieler von Windermere hoben schon die Arme und drehten sich triumphierend aufeinander zu.

Aber der Pi-Mann war noch nicht fertig. Auf den Knien liegend startete er einen letzten Angriff und streckte seinen dünnen rechten Arm aus wie eine Teleskopstange. Und dann, im allerletzten Moment, als es aussah, als würde er den Ball ganz knapp verfehlen, entrollte sich ein vertrauter langer, knochiger Finger. Der Prindabel-Power-Pointer! Vollkommen ausgestreckt arretierte er sich und bohrte sich von der Seite in den Volleyball. Der Ball hüpfte nach oben, landete für eine Sekunde auf der Netzkante, verharrte einen Moment und rutschte dann auf der anderen Seite des Netzes hinunter. Bis die Spieler von Windermere kapiert hatten, was passierte, war es zu spät. Zwei Spieler hechteten sich zwar noch verzweifelt nach dem Ball, aber er prallte von ihren Fingern ab und landete im Feld.

Die St-Daniel's-Fans flippten völlig aus. In dem ganzen Chaos erhaschte ich einen Blick auf Mr Hardcastle, der wie ein Verrückter immer wieder die Faust in die Luft stieß, auf Mr Barker und Bruder Jerome, die wie wild applaudierten, und Miss Tarango, die ihren zu Recht berühmten Kriegstanz aufführte. Unten auf dem Feld beruhigte Mr Guthrie uns und bat uns, nicht vollkommen durchzudrehen, bis wir der gegnerischen Mannschaft die Hand geschüttelt und gratuliert hatten.

Und danach drehten wir vollkommen durch.

Nachdem wir uns abgeklatscht, auf den Rücken geklopft, umarmt und gejubelt hatte, hoben Theodore und Razz (der ein bisschen zusammenzuckte) Prindabel auf die Schulter und paradierten mit ihm durch die Halle, während der Jubelblock über uns eine lärmende Interpretation des Schulsongs zum Besten gab. Ignatius winkte der Menge zu und hielt den langen, knochigen Zeigefinger hoch, der dem College den ersten Pokal in der Volleyball-Gesamtwertung gesichert hatte. Ein sichtlich bewegter Mr Hardcastle würde ihn in der Schulversammlung der kommenden Woche als den »Finger Gottes« bezeichnen.

In den nächsten Tagen hielten viele Jungen in der Schule

Prindabel bei jeder Begegnung die offenen Handflächen hin, damit er sie abklatschte. Und wie es sich für sein neues Ansehen als Volleyball-Legende des St Daniel's gehörte, schaffte er es sogar, einige auch tatsächlich zu berühren.

18
OMG! OMG! OMG!

Es war eines der besten Halbjahre, die ich erlebt habe. Zusätzlich zu unseren Siegen im Crosslauf und Volleyball gewannen wir auch noch unsere letzten beiden Debatten und qualifizierten uns ungeschlagen für die Endrunde. Das waren die großen Highlights. Aber es gab noch zwei Ereignisse im ersten Halbjahr der zwölften Klasse, die ich sicher niemals vergessen werde.

Das erste war Razz' Gesichtsausdruck, als er sein Halbjahreszeugnis sah. Er deckte sich wahrscheinlich mit dem von Mr Farmer, als Razz ihm die traurige Nachricht überbrachte, dass er nicht mehr an seinem Wirtschaftskurs teilnehmen würde.

Und das zweite war dieser Anruf.

(Titelmusik von *Mission Impossible,* zunehmende Lautstärke)

Ich: *Hallo, Familie Leseur. Ismael am Apparat.* (Ja, ich weiß. Aber so wurde es mir als Kind beigebracht.)

Stimme in der Leitung: *Hi, Ismael. Ich bin's, Kelly. Kelly Faulkner.*

Ich: *Hi, Kelly. Wie geht's?* (In Wirklichkeit jedoch: O mein Gott! Kelly! OMG! OMG! OMG!)

Kelly: *Mir geht's gut. Und dir?*

Ich: *Gut. Prima. Ausgezeichnet. Ja, supi.* (Hatte sie die Botschaft bekommen, dass bei mir alles okay war?)

Kelly: *Schön zu hören. Also, warum ich anrufe ... Du weißt ja wahrscheinlich schon von unserem Abschlussfest in zwei Wochen.* (Ja, ich weiß, und ich werde kommen!) *Also, mir ist schon klar, dass ich wirklich spät dran bin mit meiner Frage* (Na und? Frag schon! Ich werde kommen!) ... *und ich habe echt ein schlechtes Gewissen* (Ich nicht! Ich werde kommen!) ... *aber ich war mir nicht sicher, ob ich überhaupt hingehe, aber dann dachte ich, dass man ja nur ein Abschlussfest in der Zwölften hat* (Absolut! Und übrigens, ja, ich werde kommen!) ... *und ich hoffe jetzt sehr, dass du ... wenn du Zeit hast* (Machst du Witze? Ich hab Zeit wie Heu. Ich werde kommen!) ... *und Lust* (Na klar! Und wie! Ich werde kommen!) ... *vielleicht an diesem Abend mein Partner sein willst.* (Hmmmmmmmmmmmmmmmmmmmm. Darüber müsste ich vielleicht noch ein bisschen nachdenken. Ich möchte nichts überstürzen.)

Ich: *Das wäre großartig. Gerne. Ja, sicher. Danke. Toll. Gern. Toll. Toll.*

Kelly: (mit einem Kichern) *Ich nehme das dann als »ja«.*

Und so gingen Razz, Sal, Kelly und ich zusammen zum Abschlussfest des Lourdes Colleges. Razz' Onkel Georgiou chauffierte uns in einem roten Cadillac-Cabrio Baujahr 1956 zu dem Ereignis. Außer für seine »Lieblingsmelodien« hatte Onkel Georgiou noch ein Faible für auffällige Autos.

Der Abend wurde sehr schön, und wir lachten viel. Wie könnte es auch anders sein in Gesellschaft des Razzman in Bestform? Und obwohl Kelly recht still war und sich offenbar nicht traute, wirklich fröhlich zu sein, fühlte ich mich neben ihr am besten Ort der Welt.

Als der Abend zu Ende war, gingen Razz und Sally noch zu einer Post-Abschlussfest-Party, aber die Internatsschülerinnen wurden von einem Bus abgeholt, der sie zurück zur Schule brachte. Kelly schien das nichts auszumachen.

Draußen dankte sie mir für einen »wunderschönen Abend« und dafür, dass ich sie begleitet hatte, obwohl alles »erbärmlich kurzfristig« gewesen war. Außerdem sagte sie, dass sie froh sei, einen »Freund« wie mich zu haben, der sie »erträgt wie sie ist«. Dann küsste sie mich auf die Wange und dankte mir noch einmal für alles. Sie wollte gerade in den Bus einsteigen und ein großes Stück meines Herzens mitnehmen, da schaffte ich es, die eine Frage rauszuquetschen, die ich schon den ganzen Abend stellen wollte.

»Kelly, es ist noch eine halbe Ewigkeit hin, und du musst dich natürlich auch nicht sofort entscheiden. Aber ich habe mich gefragt ... Willst du zu unserem Abschlussfest kommen ... du weißt schon, mit mir ... als meine Partnerin?«

Ein winziges Lächeln stahl sich auf Kellys Gesicht und blieb.

»Ich dachte schon, du würdest nie fragen«, sagte sie.

Zwölftes Schuljahr

Zweites Halbjahr

Den Freund, der dein und dessen Wahl erprobt,
Mit eh'rnen Reifen klammer ihn an dein Herz.

William Shakespeare, Hamlet, I,3, Zeile 62 bis 63

19
Männliche Chauvi-Schweine

Ein paar Wochen nach Beginn des neuen Halbjahrs trafen wir uns wieder in einem Besprechungszimmer in der Bibliothek. Scobie saß an der Stirnseite des Tisches und hatte einen aufgeklappten Laptop vor sich. Ich saß neben Razz, und gegenüber von uns hatten Bill und Ignatius Platz genommen. Da Scobie sich über die Tastatur beugte, ragte hinter dem Computerbildschirm nur die Hälfte seines Hinterkopfs hervor.

»Schon was da?«, fragte ich.

Scobie drückte eine Taste und wartete. Sein blasses, rundes Gesicht erschien über dem Bildschirm. Er rückte seine Brille zurecht.

»Noch nicht«, antwortete er.

Wir warteten darauf, dass die Debattiergesellschaft das Thema der diesjährigen Endrunde auf ihrer Website postete. Ja, wir hatten es geschafft! Scobie, Bill und Ignatius hatten das Viertelfinale mit dem Thema *Dass wir die Todesstrafe wieder einführen sollten* gewonnen und Scobie, Razz und ich das Halbfinale mit dem geheimen Thema *Der Klimawandel ist das einzige Problem.* Das Finale würde schon in einer Woche stattfinden.

Um die Mittagszeit sollte das Thema veröffentlicht werden. Mr Slattery hatte uns ausdrücklich erlaubt, dem Englischunterricht fernzubleiben, damit wir unverzüglich mit den Vorbereitungen beginnen könnten. Inzwischen war es schon fünf nach zwölf.

»Mann, ich fass es nicht, dass wir im Finale sind. Unsere letzte Debatte, und dann ein so dicker Brocken. Wesley wird hart, Mannomann. Sie haben im Viertelfinale Sals Mannschaft geschlagen. Tödlich!«

Wesley Senior College war eine exklusive Mädchenschule mit einem exzellenten akademischen Ruf. Razz meinte, ihre Schuluniformen hätten einen höheren IQ als viele Jungs am St Daniel's. Ich war dabei, als sie gegen das Lourdes College angetreten waren. Dort hatte ich auch Kelly das einzige Mal seit dem Abschlussfest gesehen. Wir kamen nicht dazu, viel miteinander zu reden.

Scobie klickte noch einmal den Refresh-Button. Wir warteten. Er schüttelte den Kopf.

»Mann, ich halt die Spannung nicht mehr aus«, sagte Razz und schlug auf den Tisch. »Hoffentlich kriegen wir ein gutes Thema. Weißt du noch, die Debatte mit dem geheimen Thema in der Neunten, Bilbo? Kein Scobes da an diesem Abend, und wir dachten, wir würden untergehen. Und dann kriegten wir dieses Fantasy-Science-Fiction-Thema, und du hast sie fertiggemacht. He, vielleicht hast du wieder Glück, Billy, und wir müssen die Pro-Position für *Hula-Hoop sollte als Pflichtfach in der Schule eingeführt werden* vertreten. Oder wir bekommen ein Prindabuddy-Spezialthema wie *Dass die Geeks die Erde erben werden.*«

Vom oberen Ende des Tisches ertönte ein Klicken. Scobies Kopf duckte sich nach unten und war fast hinter dem Bildschirm verschwunden.

»Ist es da, Scobes?«

Wir sahen nur James' Kopf, der auf und nieder hüpfte.

»Wie heißt es? Was ist es? Komm schon, Mann, sag's uns.«

Scobie klappte langsam den Bildschirm ein Stück nach unten und lehnte sich zurück. Den Mund hatte er ganz zu einer Seite hin verzogen.

»Das wird höchst interessant«, verkündete er. »Wir sind eine reine Jungenschule, wir treten gegen eine reine Mädchenschule an, zwei der drei Schiedsrichter einschließlich der Vorsitzenden Richterin sind Frauen, und unser Thema lautet ...«

Scobie klappte den Deckel seines Laptops zu.

»*Dass Frauen das schwächere Geschlecht sind*. Wir vertreten die ... Pro-Position.«

Einen Augenblick hatten wir das Gefühl, als wäre jemand gestorben. Aber in Wirklichkeit hatten unsere Chancen, die Debatte zu gewinnen, einen nahezu tödlichen Zusammenbruch erlitten.

»Aber ... wie um Himmels willen sollen wir das argumentativ vertreten?«, fragte Bill.

Scobie vollführte mit seinem Mund eine komplette Umrundung seines Gesichts und gab dann seine wohlüberlegte Antwort.

»Sehr, sehr vorsichtig«, sagte er.

»Du sagst es, Scobes«, meinte Razz. »Sonst stehen wir danach da wie eine Herde männlicher Chauvi-Schweine.«

Ignatius machte sich nicht einmal die Mühe zu widersprechen, sondern sagte nur: »Vielleicht könntest du eine Passage aus den ›Sonne – aber sicher‹-Abenteuern von Britney und Amber zum Besten geben, um sie zu widerlegen, Orazio.«

Razz setzte zu einer Retourkutsche an, aber dann hielt er inne und schlug sich gegen die Stirn.

»Oje, mir ist gerade was ganz anderes eingefallen. Die Beckenwal will auch zum Finale kommen. Wir sind erledigt, Leute. Auch wenn ein Wunder geschieht und wir gewinnen, werden wir da niemals lebend rauskommen.«

»Jetzt übertreib mal nicht, Orazio. Wir müssen das Positive betrachten. Zum Ersten wissen wir, dass es stimmt, nicht wahr? Frauen *sind* das schwächere Geschlecht, richtig?«

Wir nickten automatisch.

»Klar«, sagte Razz.

»Absolut«, meinte Ignatius.

»Keine Frage«, bemerkte Bill.

»Versteht sich von selbst«, fügte ich hinzu.

Wir hatten es weit gebracht, seit wir in der Neunten mit dem Debattieren begonnen hatten. Wir beklagten uns nicht mehr über ein Thema, und Scobie hatte Razz verboten, jemals wieder zu sagen, dass wir die Scheiß-Position vertreten müssen. Inzwischen glaubten wir automatisch von ganzem Herzen an die Position, die wir vertreten mussten.

»Prima!«, sagte Scobie. »Nachdem wir alle darin übereinstimmen, dass Frauen tatsächlich das schwächere Geschlecht sind, müssen wir nur noch herausarbeiten, *warum* das so ist.«

Alle starrten auf ihre Stifte und fummelten eine Weile an ihren Notizzetteln herum, bis Ignatius das Wort ergriff.

»Nun, wenn wir schwach definieren als ›nicht so kräftig‹, dann sind Frauen, zumindest was die physische Stärke angeht, durchschnittlich nicht so stark wie Männer. Die Zahlen aus verschiedenen Kraftsportarten werden das beweisen.«

»Danke, Ignatius. Das ist ein Anfang, aber wir werden mehr brauchen als das. Und denkt daran: Zu sagen, dass Frauen nicht so stark sind wie Männer, bedeutet nicht, dass sie den Männern unterlegen sind oder nicht so intelligent oder nicht so leistungsfähig wie Männer.«

»Nein, nein, das sagen wir nicht. Auf keinen Fall«, sagte Razz und lachte nervös, als er rasch einen prüfenden Blick über beide Schultern warf, »denn jeder weiß ja, dass das so überhaupt gar nicht stimmt. Oder nicht, Miss Heckenvaal? Nur falls Sie uns gerade mit so einem Spionageapparat abhören.«

»Apropos Miss Heckenvaal, Orazio. Was meinst du, wie sie dieses Thema vertreten würde?«

»Was, du meinst, nachdem sie es ausgedruckt und demjenigen in den Mund gestopft hat, der es sich ausgedacht hat? Tut mir leid, Scobes, aber ich sehe nicht, dass die Beckenwal jemals damit einverstanden wäre, dass Frauen schwächer sind als ...«

Razz hielt inne, als hätte ihn jemand auf den Kopf geschlagen. »Wartet mal. Sie hat doch gesagt, dass Frauen weniger Macht haben ... und weniger Einfluss ... oder?«

James nickte lächelnd.

»Ja, genau. Und haben sich nicht all diese Suffradingens immer genau darüber ausgelassen? Dass Frauen nicht wählen dürfen ... dass sie politisch nicht so stark sind wie Männer. Und wisst ihr noch, wie wir uns bei diesem Feminismus-Zeug immer die Länder angeschaut haben, wo die Frauen immer noch nicht dieselben Rechte haben wie die Männer? Das könnten wir verwenden, oder? Dass sie deshalb irgendwie *schwächer* sind?«

Wir alle nickten gemeinsam mit Scobie und begannen, unsere Notizzettel vollzukritzeln.

»He, ich glaub, ich hab noch was! Was ist mit der gleichen Bezahlung und dass Frauen die Top-Jobs nicht bekommen? Auch deshalb sind sie nicht so stark, oder?«

Razz war jetzt Feuer und Flamme.

»Und, wartet, wartet, wartet. Da gibt's ja noch den ganzen kulturellen und religiösen Bereich, den wir behandelt haben. In manchen Ländern werden Frauen den Männern untergeordnet, und sie dürfen nicht Priester werden und so. Das nimmt ihnen Stärke, oder? Ich meine, hat die Beckenwal nicht gesagt, dass es bei dieser Feminismus-Geschichte darum geht, dass Frauen ihren gerechten Anteil an der Macht bekommen? Und in vielen Ländern sind sie noch nicht so weit, richtig? Das könnten wir doch nutzen, oder, Scobes?«

Scobie antwortete nicht sofort. Er fing nur langsam und kräftig an zu klatschen. »Was für ein Meisterstück ist ein Razzman«, sagte er.

Wir anderen fielen in den Applaus ein. James Scobie mochte in der Lage sein, Hamlet zu paraphrasieren, aber Orazio Zorzotto war einfach nicht zu toppen.

»Ich bin der Razzman mit dem großen Hirn, das könnt ihr nicht einfach ignorier'n.«

Zum Zeichen unserer Wertschätzung bewarfen wir ihn mit Papierkügelchen und unseren Stiften.

20
Anmut unter höchstem Druck

Die Endrundendebatten aller Klassenstufen wurden vom Preston College ausgerichtet und fanden im dortigen Theater der darstellenden Künste statt. Das Senior-Finale war die letzte Debatte des Abends. Das Theater war gerappelt voll.

Die beiden Mannschaften saßen sich auf den beiden Seiten der Bühne gegenüber. Zwischen ihnen stand der Tisch des Zeitnehmers und der Vorsitzenden. Auf den Tischen vor uns lagen Stifte und Notizzettel sowie Gläser und Krüge mit kaltem Wasser. Hinter uns standen große Vasen mit Blumen. An der Rückwand der Bühne hingen die Schulfahnen und Farben des

St Daniel's und des Wesley Colleges. An einer solchen Debatte hatten wir noch nie teilgenommen.

Scobie saß zwischen Razz und mir. Wir drei waren unsere Mannschaft für die Endrunde. Bill und Ignatius teilten sich zusammen mit den Wesley-Ersatzleuten die Aufgaben, die beim Zeitnehmen und im Vorsitz anfielen. Toll, dass bei unserer allerletzten Debatte die ganze Mannschaft komplett auf der Bühne war. Und wir sahen alle ziemlich gut aus. Wir trugen die Ausgehjacketts – dunkelblau mit einem roten Zierstreifen für die offiziellen Vertreter des St Daniel's Colleges. Und dank Mrs Zorzotto hatte jeder eine rote Nelke im Revers.

Ich schaute hinüber zu den Mädchen vom Wesley College. Vor jedem stand eine einzelne langstielige Rose. Das Mädchen neben Bill roch gerade an seiner und lächelte. Diese Rosen kamen von uns. Als wir vor ein paar Minuten die Bühne betreten hatten, machten wir uns mit unserem jeweiligen Gegenpart in der anderen Mannschaft bekannt, schüttelten ihnen die Hand, wünschten ihnen Glück und schenkten ihnen je eine Rose. Ich glaube nicht, dass uns das Sympathien bei den Richtern einbrachte, aber dem Publikum gefiel es. Und den Mädchen vom Wesley College wohl auch. Wie Scobie im Vorfeld dieses Abends nicht müde wurde zu betonen: »Es ist unsere letzte Debatte. Wir zeigen Stil, egal, wie das Ergebnis ausfällt. Wie der heilige Daniel in der Löwengrube demonstrieren wir Anmut unter höchstem Druck.«

»Wir zeigen Stil« und »demonstrieren Anmut unter höchstem Druck« waren unsere Mantras für diesen Abend geworden. Aus diesem Grund stellten wir sicher, dass unsere Schuluniformen so perfekt saßen wie bei Gerard Carlson-Steel, und legten unsere Karteikarten, mit blauen Bändern verschnürt, in drei unberührten, ordentlichen kleinen Stapeln auf die Tische vor uns. Auch das war Scobies Idee gewesen. Das würde den Gegnern die Botschaft vermitteln, dass wir zuversichtlich und gut vorbereitet seien und alles im Griff hätten.

Als Scobie auf unserem letzten Vorbereitungstreffen vorschlug, die Karten zusammenzubinden, hatte ich fast eine Panikattacke. An diesem Abend würde ich bestimmt so nervös sein, dass ich das Band abkauen und meine Notizen durchblättern würde wie ein hyperventilierender Kartenhai. Aber es war überhaupt nicht so. Ich will nicht sagen, dass ich ruhig war, aber nachdem ich akzeptiert hatte, dass ich meine Notizen nicht mehr anschauen würde, bis die Vorsitzende aufstand und die Debatte begann, machte ich mir keine Sorgen, sondern genoss das Lampenfieber und freute mich, dass ich dabei sein durfte. Alles kam mir ein bisschen vor wie ein Wunder, besonders nach meiner ersten katastrophalen Debatte in der Neunten, als ich ohnmächtig wurde und auf Kelly landete. Zum ersten Mal musste ich beim Gedanken daran lächeln. Als ich mich umschaute, sah ich, dass auch Razz und Scobie lächelten. Und Bill und Ignatius. Vermutlich war nicht nur ich aufgeregt und glücklich.

In wenigen Minuten würde es losgehen, und der Zuschauersaal füllte sich immer noch. Inzwischen mussten einige Zuschauer schon hinten und seitlich an der Wand stehen. Ich suchte nach vertrauten Gesichtern. Außer einigen Jungs aus anderen St-Daniel's-Debattiermannschaften und ihren Fans sah ich Mum und Dad und Prue zusammen mit Prindabels Eltern, Mrs Zorzotto, Onkel Georgiou, Mrs Kingsley und Mr Scobie. Sie saßen alle nebeneinander. In der Reihe vor ihnen entdeckte ich etliche Lehrer, darunter Bruder Jerome, Mr Barker, Mr Slattery, Mr Guthrie, Miss Heckenvaal und Miss Tarango.

Razz stieß mich an und grinste wissend, als er sah, wie Mr

Guthrie zu Miss Tarango hinschaute, die ein paar Plätze weiter mit Bruder Jerome plauderte. Als sich jedoch Mr Barker umdrehte und mit Razz' Mum redete, verflüchtigte sich sein Grinsen. Dem breiten Lächeln auf Mrs Zorzottos Gesicht nach zu schließen, hatte *sie* nicht das Geringste dagegen.

Es gab aber noch mehr vertraute Gesichter. Auch Sally und Kelly waren gekommen. Sie saßen zusammen mit Sallys Mum ganz hinten im Theater. Sie winkten, als sie sahen, dass ich zu ihnen hinschaute. Ich winkte kurz zurück und bemühte mich, dabei möglichst stylish zu wirken. Sogar Raychell Taylor entdeckte ich, die beim Abschlussvorfest in der Elften meine Partnerin gewesen war, wenn sie nicht gerade weg war und mit anderen geredet und gelacht oder eine SMS in ihr Handy getippt hatte. Ich sah immer noch Gesichter, die ich kannte, als die drei Richter das Theater betraten und ihre Plätze einnahmen.

Razz beugte sich zu Scobie und mir: »Jetzt geht's gleich los, Jungs«, sagte er. »Bist du bereit, es rocken zu lassen, Ismael?«

Wir mussten die Pro-Position vertreten. Ich würde als Erster sprechen. Ich nickte. »Und, Alter, wenn du um der alten Zeiten willen eine letzte Ohnmacht einstreuen willst, dann mach das diesmal bitte erst, wenn du mit deiner Rede fertig bist, ja?«

»Klaro«, sagte ich, und wir alle lächelten sehr stylish.

»Ach ja, jetzt hab ich's fast vergessen, Kumpel. Die kleine Prudels bat mich, dir das zu geben«, sagte er und fasste in die Tasche. »Sie meinte, du wärst vielleicht entspannter, wenn du genau weißt, wo sie ist.«

Damit reichte er mir eine alte hölzerne Wäscheklammer mit einem Beatles-Kopf. Die alte Ringo-Wäscheklammerfigur war in ganz gutem Zustand, wenn man bedenkt, dass ihr letzter peinlicher Auftritt (unter meinen Shorts hervor im Rahmen einer Debatte in der neunten Klasse) stattgefunden hatte. Vielleicht hat Prue seinem schwarzen Haarschopf einen neuen Anstrich verpasst.

Ich suchte meine kleine Schwester im Publikum. Sie beobachtete mich und lachte. Inzwischen war sie in der Elften, also wahrscheinlich gar nicht mehr so klein. Ich lächelte zurück und schüttelte den Kopf, als die Vorsitzende vom Wesley College aufstand und alle offiziell begrüßte. Kurze Zeit später nannte sie meinen Namen und rief mich als ersten Sprecher der Pro-Mannschaft auf, die Debatte zu eröffnen. Mein Herz klopfte stürmisch.

Ich stand auf, löste das Band von meinen Notizkarten, legte es auf den Tisch und ging zur Mitte der Bühne. Dort angekommen lächelte ich ins Publikum, holte tief Luft und fing an.

»Meine Damen und Herren, sehr geehrte Vorsitzende, meine Mannschaft wird Ihnen heute Abend beweisen ...«

Ich glaube, ich hab ziemlich stylish ausgesehen, als ich dort oben stand, vor allem weil der Kopf einer Ringo-Wäscheklammerfigur stolz aus der Tasche meines Ausgehjacketts für offizielle Vetreter des St Daniel's ragte.

21
Eine Lehrstunde vom Razzman

Ich hatte definitiv den einfachsten Job aller Sprecher des heutigen Abends. Als erster der Pro-Position musste ich kein Argument der Gegenseite entkräften, sondern nur unser Thema darstellen, einen Überblick über die Fragestellung geben und unser erstes Argument möglichst klar und überzeugend darlegen. Das musste ich tun und mich nicht vor einem Saal voller Menschen, die mich mit ihren Blicken durchbohrten, in eine stotternde, hampelnde Freak-Show verwandeln.

Es war merkwürdig. Es war fast so, als wäre ich jemand anders und würde meiner Rede zuhören. Ich gab mir selbst dauernd gute Ratschläge, während ich sprach – langsam, lass dir Zeit, du machst das klasse, schau das Publikum an, genau, lächle, sprich laut und deutlich, mach Pausen und lass die Worte wirken, denk an deine Gesten, arbeite diesen Punkt klar heraus, nicht mehr lange, du hast es fast geschafft, großes Finish, sorg für ein starkes Ende.

Als alles vorbei war, setzte ich mich, und der Applaus rauschte mir in den Ohren. Razz und Scobie schüttelten mir die Hand und klopften mir auf den Rücken. Ich hielt mich am Tisch fest. Ich fühlte mich so leicht, dass ich Angst hatte zu entschweben. Danach sagten mir alle, ich sei richtig gut gewesen. Raychell Taylor kam zu mir und sagte, sie könne kaum glauben, dass ich derselbe sei, den sie letztes Jahr kennengelernt hatte. Vielleicht waren sie alle nur supernett zu mir, aber so viel wusste ich: Ich hatte meine Aufgabe erfüllt, und ich hatte mein Bestes getan. Das könnte ich jeden Tag haben.

Aber schon bald ließen die Mädchen vom Wesley College keinen Zweifel daran aufkommen, dass sie nicht nur im großen Finale waren, damit die Teilnehmerzahl stimmte. Nicht eine Sekunde lang. Ihre erste Sprecherin wirkte zwar wie eine Ballerina, aber sie holte aus wie ein Schwergewichtler. Als sie fertig war, hingen wir zwar noch nicht in den Seilen, aber sie hatte ein paar klare Treffer gelandet und den Anspruch ihrer Mannschaft auf den Titel sehr deutlich gemacht. Dann kam Razz an die Reihe.

Nachdem er vorgestellt worden war, stand er auf und schob den Stuhl zurück an den Tisch. Als er hinter mir vorbeiging, zog er Ringo aus meiner Tasche und steckte ihn in seine. Ich betrachtete die St-Daniel's-Fans, als Razz zur Mitte der Bühne schritt. Sie sahen angespannt und besorgt aus, Sally und Kelly hatten sich beide vorgebeugt und die Hände auf die Lippen gelegt. Prue schaute gar nicht hin. Ich konnte ihnen nicht verübeln, dass sie nervös waren. Es war ein kniffliges Thema, vor allem für Razz. Außerdem hatte er einen gewissen Ruf, ein unsicherer Kantonist zu sein. Heute Abend jedoch nicht. Heute war der Razzman zuverlässig, differenziert und zielgerichtet. Aber er war immer noch Razz.

»Meine Damen und Herren, heute Abend stehe ich vor einer schweren Aufgabe. Ich muss Sie davon überzeugen, dass Frauen das schwächere Geschlecht sind, während ich vor drei Vertretern genau dieses Geschlechts stehe, die offen gesagt *mir* schwache Knie machen.«

Niemand von uns hatte gewusst, dass Razz das sagen würde. Aber es funktionierte. In den ersten paar Sekunden seiner Rede brachte er das Publikum zum Lachen und gewann es für sich. Und sosehr sich die Wesley-Mannschaft dagegen sträubte, auch sie war nicht ganz immun dagegen. Die Mannschaftskapitänin verdrehte die Augen und lächelte gequält. Die erste Rednerin sah zu Boden und wurde rot. Die zweite Rednerin sah Razz einen Augenblick lang mit dem, wie ich ziemlich sicher bin, Game-over-Blick an, bevor sie ihn unterdrückte und nur die Stirn runzelte. Dann fuhr Razz fort.

»Aber heute Abend muss ich meine persönlichen Gefühle hintanstellen, denn die erste Rednerin für die Kontra-Position hat Argumente vorgebracht, die zwar sehr redegewandt klangen, einer genaueren Überprüfung aber nicht standhalten.«

Darauf widerlegte Razz jedes Argument der gegnerischen Mannschaft, um dann für drei große Bereiche zu zeigen – in der

Gesellschaft insgesamt, in der Politik und am Arbeitsplatz –, dass Frauen oft weniger Macht und Einfluss haben als Männer. Und das machte er mit jeder Menge Charme und genau dem richtigen Quäntchen Humor. Es war eine Lehrstunde vom Razzman in Sachen »Stil«. Scobie und ich applaudierten, während er zu seinem Platz zurückging. Er trug ein ziemlich breites Grinsen im Gesicht. Und es wurde noch breiter, als Miss Heckenvaal ihm zwei hochgereckte Daumen hinstreckte.

Natürlich kam danach die zweite Wesley-Rednerin und warf uns unsere Argumente vor die Füße, indem sie ausführte, dass die Frauen *trotz* aller Ungleichheit und Diskriminierung, auf die wir zu Recht hingewiesen hätten, überlebt hatten und erfolgreich waren. Und das sei ein Beweis ihrer *Stärke*, nicht ihrer Schwäche.

So ging es den ganzen Abend. Wir bauten etwas auf, das fest und solide und unzerstörbar aussah, und sie kamen und untergruben unsere Fundamente, meißelten das Mauerwerk weg und sägten die tragenden Balken durch. Dann bauten sie an derselben Stelle etwas Neues und gleichermaßen Imposantes, und wir begannen mit dem Graben, dem Meißeln, dem Sägen und dem Neuaufbau.

Der Höhepunkt der Debatte war zweifellos das Duell der dritten Redner. Scobie hob sich das Beste bis zum Schluss auf. Er benahm sich auf der Bühne wie ein energiegeladener Ball und nutzte alles, was er hatte, um uns ganz nach vorn zu bringen – einschließlich einer gewissen Holzfigur, die sicherheitshalber aus seiner Tasche lugte. Nachdem Scobie siebeneinhalb Minuten hart daran gearbeitet hatte, die Argumentation der Gegenseite auseinanderzunehmen und unsere in tadellosem Zustand wiederaufzubauen, schloss er mit folgenden Worten:

»Meine Damen und Herren, verehrte Vorsitzende, meine Kollegen und ich haben heute Abend dargelegt, dass die Vertreter des weiblichen Geschlechts den Vertretern des männlichen Geschlechts in jeder Hinsicht unterlegen sind. Wie konnte uns das gelingen«, fragte Scobie und zeigte mit der Hand zu den Mädchen vom Wesley College, »angesichts eines so *überwältigenden* Beweises des Gegenteils? Wir bestreiten die Behauptungen der Gegenseite nicht, dass Frauen sowohl als Individuen als auch als Geschlecht großartige und bemerkenswerte Dinge erreicht haben. Aber wir behaupten dennoch, dass sie das *schwächere* Geschlecht sind, denn, wie wir deutlich gezeigt haben, es wurden und werden Einfluss und Macht von Frauen im politischen System, am Arbeitsplatz, im Haushalt und in der Gesellschaft insgesamt durch jahrelange Diskriminierung, Vorurteile und Chancenmangel unterminiert und geschwächt. Und ich, meine Damen und Herren, liebe Kollegen, muss es wissen, denn leider war im Wesentlichen mein Geschlecht dafür verantwortlich.«

Als letzte Rednerin des Abends trat die Kapitänin vom Wesley auf die Bühne, eiskalt und unbarmherzig. Vor ihr hatte ich keine Rednerin erlebt, die Scobie auch nur annähernd das Wasser reichen konnte. Als alles vorbei war, gesellten sich Bill und Ignatius zu uns, und wir warteten auf die Entscheidung der Richter. Razz riss wie immer Witze, und wir winkten und lächelten ins Publikum. Noch ein »letztes Mal« war fast vorbei. Und es war ein wichtiges »letztes Mal« – unsere letzte gemeinsame Debatte. Ich hatte erwartet, traurig zu sein, aber das war ich nicht. Mir ging es großartig. Nicht weil es vorbei war, sondern weil wir die Chance bekommen hatten, es zu tun. Und ob wir nun gewannen oder verloren – nichts könnte dieses Gefühl stören.

Nur für das Protokoll: Die Hauptrichterin sagte, es sei ein

Debattierfinale der »höchsten Klasse« gewesen. Sie hätte in einem Schülerwettbewerb noch nie zwei bessere dritte Redner gehört. Außerdem meinte sie, die Entscheidung sei »qualvoll eng« gewesen und in diesem Fall treffe das alte Klischee absolut zu, dass »beide Mannschaften gleichermaßen den Sieg verdient hatten«.

Aber natürlich verlor eine Mannschaft.

Ich betrachtete Miss Tarango, während die Richterin sprach. Sie kaute auf ihrem Daumennagel und hielt sich an Bruder Jeromes Arm fest. Kurz bevor das Ergebnis bekannt gegeben wurde, schloss Miss Tarango die Augen und senkte den Kopf. Sie atmete lange und tief ein und hielt die Luft an, als die siegreiche Schule verkündet wurde. Ich wünschte, jemand hätte sie in diesem Augenblick fotografiert. Das Foto hätte man in einem Bilderlexikon unter dem Wort »Freude« abdrucken können.

22
In Harmonie abkratzen

Die offiziellen Glückwünsche zu unserem Sieg nahmen wir bei einer Schulversammlung entgegen, aber wir hatten nicht besonders viel Zeit, in all dem Ruhm zu baden, denn die nächste große Herausforderung zeichnete sich bereits drohend am Horizont ab: der Leichtathletik-Wettkampf zwischen den Häusern, der letzte der drei großen Wettkämpfe. Wenn wir hier nicht gut abschnitten, konnten wir die Operation Tarango den Hasen geben.

Scobie hatte Charlton heiß gemacht und richtig großen Einsatz eingefordert. Er wollte, dass wir »Punkte-Jäger« werden, und verpflichtete Bill und Gerard Carlson-Steel, die beide im Kunst-Leistungskurs waren, für diesen Tag ein neues Charlton-T-Shirt zu entwerfen. Sie präsentierten ein komplett goldenes Shirt mit den Umrissen einer Hand auf der Vorderseite, deren Zeigefinger nach oben wies. Um die Hand herum verlief der Schriftzug: CHARLTON – GEWINNER DES COLLEGECUPS – EIN PUNKT NACH DEM ANDEREN!

Auf dem Rücken prangte die Silhouette des Pokals. Darüber stand: CHARLTON-JÄGER. Darunter WIR KÄMPFEN UM JEDEN PUNKT!. Das T-Shirt war ein echter Renner, und unsere Kunstlehrerin Ms Lagilla erklärte sich bereit, es für einen günstigen Preis zu drucken, wenn alle Überschüsse ihrer Fachschaft zugutekämen.

Bill und Gerard entwarfen auch für Miss Tarango ein besonderes Shirt. Es hatte dasselbe Design wie die anderen, aber statt CHARLTON-JÄGER stand auf den Rücken CHARLTON-VERTRAUENSLEHRERIN, und die Zeichnungen des Pokals und die Hand waren mit roten Pailletten verziert. Miss Tarango war begeistert.

Am Tag des Leichtathletik-Wettbewerbs wollte jeder Charlton-Schüler wenigstens »einen Punkt« für die Gesamtwertung holen, und alle konnten es kaum erwarten, dabei den Zeigefinger in die Luft zu strecken. Scobie ging natürlich mit gutem Beispiel voran, obwohl er sich in keiner Sprung- und Wurfdisziplin qualifizieren konnte und bei seinem letzten Versuch im Hochsprung sogar unter der Latte durchsprang. Razz war ein bisschen erfolgreicher und beendete den Tag als Jahrgangsvizemeister. Sogar Ignatius, Bill und ich schafften es, zusammen eine Handvoll Punkte zu ergattern. Insgesamt erbrachten wir solide Leistungen in den Laufwettbewerben und den Sprung- und Wurfdisziplinen und übertrumpften die anderen Häuser mit der allgemeinen Beteiligungsquote.

Unseren größten Erfolg feierten wir jedoch beim letzten Wettbewerb des Tages, dem Tauziehen, und das verdankten wir hauptsächlich dem formidablen Trio Bill, Theodore Bungalari und Jimmy »Die Attraktion« Mainwaring. Auch wenn die neue und »verbesserte« Auflage von Bill nicht mehr automatisch die erste Wahl für den Ankermann war (diese Ehre war auf Novak »Jobba« Jablonsky übergegangen), leisteten seine vier Jahre Erfahrung unschätzbare Dienste. Und stark war er immer noch. Das galt auch für Theodore und die »Attraktion«. Zusammen mit Jobba, der fest wie ein Fels am Ende des Seils stand, führten sie die Mannschaft der offenen Klasse zu einem überwältigenden Sieg und betreuten und ermutigten die Mannschaften der anderen Altersgruppen bis zu den jeweiligen Finalkämpfen, von denen wir nur einen verloren. Als alles vorbei war, führten Bill und die »Attraktion« zur großen Freude aller Zuschauer auf der Tribüne begeistert einen Jubeltanz auf und sprangen mit der Brust gegeneinander.

Charlton belegte den zweiten Platz, was ein gewaltiger Erfolg für uns war. Aber als Ignatius uns am nächsten Tag mit einem kurzen Bericht über die Operation Tarango auf den neuesten Stand brachte, machte er keinen besonders fröhlichen Eindruck.

»Was ist los mit dir, Pi-Mann? Dein *PlayGeek*-Abo ist doch nicht etwa ausgelaufen?«

»Die Leichtathletik-Ergebnisse machen mir Sorgen.«

»Warum? Wir haben uns toll geschlagen. Zweiter Platz! Juuuuuuhuuuuu! Charlton rockt!«

»Ja«, sagte Ignatius, »aber leider wurde Creswell Erster, und zwar mit gutem Abstand. Wir haben Radley und Franklin in der Gesamtwertung jetzt zwar deutlich hinter uns gelassen, aber Creswell hat seine Führung uns gegenüber ausgebaut.«

»Aber wir haben doch noch Zeit, Punkte zu machen, oder?«

»Theoretisch ja. Aber unser Spielraum für Fehler nähert sich bedrohlich der Marke Null.«

»Was steht dieses Halbjahr noch an?«, fragte Scobie.

»Also, da wäre das Sechser-Fußballturnier.«

»Keine Sorge, Scobie. Das hab ich im Griff. In der offenen Klasse wird unsere Mannschaft die anderen niedermachen, und mit den Achtern und Neunern habe ich trainiert. Ein paar sind richtig gut. Die Zehner und Elfer müssten auch passable Leistungen bringen. Im Fußball können wir gegenüber Creswell aufholen. Dafür bürgt der Razzman persönlich.«

Wenn es um Fußball ging, war eine persönliche Bürgschaft von Razzman eine erstklassige Sicherheit.

»Gut«, meinte Ignatius und setzte einen Haken auf das Blatt Papier, das vor ihm lag. »Dann ist da noch Mr Guthries Aufruf ›Essen für die Obdachlosen‹. Das Haus, das die meisten Dosen spendet, bekommt Punkte.«

»Hak es ab«, sagte Scobie. »Charlton braucht keinen besonderen Ansporn, um das zu gewinnen.«

»Tja, als einziges großes Ereignis kommt dann nur noch die Kunstwoche.«

Wie der Name schon sagt, feierte St Daniel's mit der Kunstwoche alljährlich jede Art von Kunst – Musik, Theater, Malerei, Bildhauerei, Design, was auch immer. Sie fand immer in der letzten Woche des Schuljahres statt und beinhaltete Ausstellungen, Vorführungen, Wettbewerbe und Ehrengäste. Zum Ende gab es am Samstag einen Tag der offenen Tür.

»Was für Punkte lassen sich da holen, P-Puddy?«

»Es gibt ein paar kleinere Sachen wie einen Malwettbewerb und einen öffentlichen Redewettbewerb für die Juniors. Aber das große Ereignis ist der Wettstreit der Bands. Da können wir problemlos etliche Punkte bunkern, aber so wie die Dinge liegen, müssen wir gewinnen.«

»Na, letztes Jahr haben wir gewonnen«, meinte ich, »und wir haben wieder dieselben Typen. Sie dürften dieses Jahr also noch besser sein. Wie heißen sie noch mal?«

Ignatius raschelte mit seinen Blättern.

»Hier. Staubige Straßen.«

Razz neben mir schauderte.

»Hast du ein Problem, Orazio?«

»Na ja, sie sind gute Musiker, Eure Scobeness, aber was für eine Verschwendung! Dieser Country-&-Western-Mist, den sie spielen. Mann, das ist doch keine Musik. Das ist, als ob jemand in Harmonie abkratzt. Noch irgendwas anderes in der Kunstwoche, Prindabel?«

»Nein, eigentlich nicht. Hier ist der Programmentwurf. Mr Barker hat ihn mir gegeben.«

Razz nahm das Heft von Ignatius und blätterte es durch. Dann erstarrte er.

»Au Backe, Mann!«

»Irgendwas nicht in Ordnung, Orazio?«

»Wir sind erledigt, Scobes, mehr nicht. Schau dir die Namen der Richter für den Wettstreit der Musikgruppen an.«

Scobie hob das Programm hoch und schob die Brille seinen kurzen Nasenrücken hinauf.

»Lass sehen. Gastrichter – Eddie Schneider«, las er laut vor. »Wohl ein ehemaliger Schüler.«

»Siehst du? Was hab ich dir gesagt?«, sagte Razz. »Wir sind erledigt.«

Ignatius ließ sich dazu herab, für uns alle die Frage zu stellen.

»Wer ist Eddie Schneider?«

»Wer Eddie Schneider ist? Im Ernst?«, sagte Razz und sah ungläubig in die Runde. »Ihr wisst nicht, wer Eddie Schneider ist? Lead-Sänger und Gitarrist der Dreckschweine. Auf welchem Planeten lebt ihr? Ismael, als Sohn eines Mitglieds der Seekühe solltest du dich schämen.«

»Der Name kommt mir bekannt vor. Aber, was soll's? Eddie Schneider ist Richter. Wo ist das Problem?«

»Das Problem, Ismael, liegt darin, dass die Dreckschweine eine Heavy-Metal-Band waren. Sie waren richtig wild. Am Ende ihrer Auftritte gingen sie mit ihren Instrumenten aufeinander los, weil sie nicht miteinander auskamen. Die meisten Leute dachten, das wäre nur Show. Aber einmal bekam Eddie eine Fender Stratocaster über den Schädel und lag eine Woche im Koma. Als er aufwachte, hatte er all ihre Texte vergessen. Kurze Zeit später löste sich die Band auf.«

»Eine Geschichte, die ans Herz geht, Orazio, aber inwiefern betrifft uns das?«

»Nun, das weiß ich genauso wenig wie du, Scobes. Aber sieht der verrückte Eddie Schneider für dich nach einem Typen aus, der auf Country & Western steht? Ich meine, glaubst du im Ernst, er fährt auf all dieses ›Ich liebe es, dein Haar zu streicheln, weil mein Hund die Krätze hat‹ ab?«

Womöglich hatte Razz recht.

»Wir müssen was tun, Scobes. Du hast gehört, was der Pi-Mann gesagt hat. Wir müssen den Wettstreit der Bands gewinnen, damit wir überhaupt noch hoffen können, Creswell einzuholen. Wir müssen uns was einfallen lassen.«

Und wir ließen uns etwas einfallen. Razz ließ sich etwas

einfallen. Und was er sich einfallen ließ, war selbst an seinen verrückten Standards gemessen ziemlich bizarr.

23
Eine raketengeile Idee

Ein paar Tage später informierte Razz uns in unserem Klassenlehrerzimmer darüber, dass er »unser Problem mit dem Band-Wettstreit mit einem Fußtritt aus der Welt befördert« habe. Alles Weitere würde er uns in der Mittagspause offenbaren. Als die Zeit gekommen war, versammelten wir uns an unserem üblichen Tisch im Senior-Bereich. Nur der Mann persönlich fehlte.

»Was, meint ihr, ist es diesmal?«, fragte Ignatius. »Wurde er nach der Stunde aufgehalten, weil (a) seine Schuluniform kaputt war, er sie nicht korrekt getragen hat oder sie vollkommen fehlte oder weil er (b) seine Schularbeit, Hausaufgabe und/oder ein Referat nicht oder nicht vollständig abgegeben hat oder weil er (c) eingeschlafen ist, zu viel geredet oder sich sonst nicht angemessen im Unterricht verhalten hat oder weil (d) alles Genannte zusammengekommen ist.«

Wir dachten über die verschiedenen Möglichkeiten nach, als Razz über den Schulhof auf uns zujoggte.

»Tut mir leid, Kumpels. Wurde in Naturwissenschaften noch aufgehalten. Wollte mit Mr Caskell noch ein paar Dinge wegen meiner Hausarbeit besprechen.«

Wir starrten ihn an. Wahrscheinlich brauchen wir noch eine Weile, bis wir uns an die neue, verbesserte Auflage von

Razz gewöhnt hatten. Auch wenn ihm die Lehrer und Sally und jeder hier am Tisch halfen und ihm jede Art von Unterstützung boten, sorgte hauptsächlich Razz selbst für die positive Entwicklung seiner Noten.

Er sah uns auch an und fuhr sich mit der Hand über den Mund.

»Was ist los?«, fragte er. »Ist da was in meinem Gesicht?«

»Nur das Übliche«, antwortete Scobie. »Was ist jetzt mit deiner großartigen Idee zum Band-Wettstreit.«

Razz ließ sich auf den Stuhl gleiten.

»Nicht nur einfach eine großartige Idee, o du grausamer Herrscher, der du über unbegrenzte Macht verfügst, sondern die Mutter aller Ideen – eine gigantische, raketengeile Idee, Mann.«

Irgendwie war ich froh, dass die neue, verbesserte Auflage von Razz im Wesentlichen ziemlich genau dem alten Razz entsprach.

»Bitte sag es mir«, meinte Scobie.

»Also zunächst mal war ich bei den Typen von Sengender Sonne oder wie die sich noch mal nennen.«

»Staubige Straßen«, korrigierte Ignatius.

Razz schüttelte sich wie immer bei der Erwähnung des Namens. »Ja, was immer. Jedenfalls hab ich ihnen erzählt, dass der verrückte Eddie Schneider in der Jury sitzen wird und so und dass sie ihren Auftritt ein bisschen verschärfen müssen, wenn sie gewinnen wollen. Ihr wisst schon, ein bisschen verrückter sein. Vielleicht einer Fledermaus den Kopf abbeißen oder so was. Und wisst ihr, was sie da zu mir gesagt haben? Sie haben gesagt, das könnten sie nicht machen. Das würde ihre ›musikalische Seriosität‹ untergraben.«

Razz verzog fassungslos das Gesicht.

»Musikalische Seriosität? Was für eine musikalische Seriosität? Sie haben ein Schifferklavier in ihrer Band. Ein Schifferklavier! Das ist kein Musikinstrument! Das ist ein Folterwerkzeug, Mann. Du kannst einen besseren Klang erzeugen, wenn du ein Schwein zusammendrückst und ihm die Finger in die Nase steckst.«

»So ein schönes Bild«, lobte Scobie. »Aber was machen wir jetzt?«

»*Jetzt*, Scobes – und genau hier entfaltet meine raketengeile Idee ihre Wirkung –, jetzt brauchen wir eine zweite Band, die Charlton repräsentiert.«

»Eine zweite Band?«, fragte Bill. »Haben wir eine?«

»Aber sicher doch, Bilbo«, sagte Razz und sah mit wildem Blick in die Runde. »Wir haben *uns*.«

»Uns?«, fielen wir alle ein wie Hintergrundsänger.

»Jep.«

»Razz«, sagte ich und versuchte es ihm möglichst schonend beizubringen, »abgesehen von dem sehr realen Problem, dass der Band-Wettstreit schon in ... wie viel ... ähm ... in *zwölf* Tagen stattfindet ... siehst du in der Tatsache, dass keiner von uns tatsächlich in einer Band spielt, nicht eine *kleine* Schwäche deiner raketengeilen Idee?«

Razz schüttelte traurig den Kopf. »Mann, Ismael, du suchst auch immer nach dem Haar in der Suppe, was?«

»Eigentlich musste ich gar nicht suchen, Razz, es schwamm dick und fett obenauf. Ich konnte es nicht übersehen.«

»Ich glaube, Ismael hat einen berechtigten Einwand vorgebracht, Orazio.«

»Du auch, Scobes? Passt auf. Es ist ja offensichtlich, dass wir *augenblicklich* keine Band haben, aber das heißt doch nicht, dass wir keine zusammenstellen könnten, oder? Es geht um Heavy

Metal, Punk und Rock. Wie schwer kann das sein? Zwölf Tage sind massig Zeit. Man darf so was nicht zu oft proben, sonst wird es zu glatt.«

Ich war noch Lichtjahre davon entfernt, überzeugt zu sein.

»Also, dann lass uns einen Augenblick lang annehmen, dass das im vagen Bereich des Möglichen liegt. Wer ist in der Band?«

»Also, ich hatte noch keine Zeit, die ganzen kleinen Details auszuarbeiten, aber ich bin am Schlagzeug ...«

Das war unproblematisch. Als Razz vergangenes Jahr beim Comeback-Konzert der Seekühe aushalf, meinte Onkel Ray, er sei ein Naturtalent und einer der besten jungen Schlagzeuger, die er je gehört hätte. Natürlich sagte Onkel Ray auch, dass Razz einem »granatenmäßig auf den Keks gehen« könne, aber das spricht ja nicht automatisch gegen seine musikalischen Fähigkeiten.

»... und Ismael ist an der Gitarre.«

»Ich?«

»Klar. Du bist der Sohn von Ronnie ›dem Roten‹ Leseur, auch bekannt als Seekühe-Legende, oder nicht? Rock'n'Roll liegt dir im Blut, Mann. Und versuch nicht, dich rauszureden, ich weiß, dass du spielst. Ich hab die Gitarre in deinem Zimmer gesehen.«

Das stimmte. Ich hatte tatsächlich in der Grundschule mal zwei Jahre lang Unterricht gehabt, aber die Gitarre hatte mich eigentlich nie interessiert, bis mein Vater die Seekühe wieder zusammenbrachte. Da nahm ich zum ersten Mal wieder meine Gitarre zur Hand und versuchte ein paar Lieder zu spielen, weil ich Lust dazu hatte.

»Wie viele Akkorde kannst du, Kumpel«, fragte Razz.

»Weiß nicht genau. Zwanzig oder dreißig. Vielleicht ein paar mehr.«

Razz sah ein bisschen entsetzt aus.

»Auweia, Mann, vielleicht bist du überqualifiziert. Macht nichts, das können wir dir abgewöhnen. Aber egal, damit sind Schlagzeug und Rhythmusgitarre abgehakt. Jetzt zu dir, Iggy Baby, du bist doch im Schulorchester, oder? Was spielst du noch mal?«

»Hauptsächlich Triangel.«

»Guuuuut! Kraaaaaasssssss!«, knurrte Razz und zeigte Ignatius mit beiden Händen die Pommesgabel. Dann seufzte er. »Leider, leider, mein lieber Prindabel, besteht die Triangel zwar durchaus aus *Metall*, aber sie ist dummerweise nicht *heavy* genug für das, was ich vorhabe. Hast du sonst noch was zu bieten?«

»Fünf Jahre klassisches Klavier.«

»Geil, Mann! Ich merk dich für die Hammondorgel vor. Wir borgen uns eine von der Fachschaft Musik.«

Ignatius blieb keine Zeit zu widersprechen.

»Was ist mit dir, Bill? Spielst du irgendwas?«

Bill schüttelte den Kopf.

»Scobes?«

James folgte Bills Beispiel.

»Keine Sorge. Wir haben ein Schlagzeug und die Rhythmusgitarre und Iggy Pop hier bringt noch ein bisschen Bass und Lead an der Hammondorgel. *Und dann* haben wir noch unsere Geheimwaffe.«

»Wir haben eine Geheimwaffe?«

»Aber sicher haben wir das, Ismael, mein bester Freund. Nach den Wettbewerbsregeln müssen alle Band-Mitglieder aus ein und demselben Haus kommen, aber ein externes Mitglied ist erlaubt, solange es noch irgendwo zur Schule geht.«

»Hast du einen Freund von dir in petto?«

»Nö. Ich habe eine Schwester *von dir* in petto.«

»Prue?«

»Jep, die kleine Prudles. Sie spielt doch ein paar Instrumente, oder?«

»Violine, Saxofon und Klavier.«

»Klavier haben wir schon, aber Saxofon und Violine sind cool. Ist sie gut?«

»Sie ist ein Beinahe-Genie. Natürlich ist sie gut.«

»Na also. Sie ist vielseitig und talentiert. *Und* es sprechen noch zwei Dinge für sie, an denen es unserer Band schrecklich mangelt. Erstens ist sie ein Mädel. Und zweitens ist sie ein scharfes Mädel. Und ich glaube nicht, dass es etwas Schärferes gibt als ein scharfes Mädel, das Saxofon oder Violine spielt. Und ich wäre bereit, mein Leben darauf zu wetten, dass der verrückte Eddie das ganz genauso sieht.«

»Du willst meine Schwester ausnutzen, um billig an ein paar Punkte zu kommen?«

»Genau. Gut, dann haben wir die Instrumentalisten alle zusammen. Jetzt brauchen wir nur noch einen Solosänger. Dazu wäre es ganz praktisch, wenn jemand tatsächlich *singen* könnte, aber das ist nicht unbedingt Voraussetzung. Eigentlich brauchen wir vor allem jemanden, der wie ein Verrückter schreiend vor der Band herumhüpft. Das schließt mich, Ismael, P-buddy und Prudles aus, weil wir Instrumente spielen werden. Was ist mit dir, Bill? Du bist im Schulchor. Vielleicht könntest du beim Singen den Hula-Hoop-Reifen ein bisschen kreisen lassen. Richtig cool wäre es, wenn der Reifen brennen würde.«

»Ich glaube, ich eigne mich besser für ABBA als für Heavy Metal oder Punk Rock.«

Razz runzelte die Stirn und zeigte mit dem Finger auf Bill.

»Kingsley, was habe ich dir gesagt? Du sollt diesen Namen in meiner Gegenwart nicht in den Mund nehmen! Okay, aber ich merk dich als Hintergrundsänger und Roadie vor. Damit bist du noch übrig, Scobes. Du könntest es tun, Mann. Du hast das Selbstbewusstsein dazu. Du hast das Charisma. Die Leute lieben dich. *Bitte,* bitte sag mir, dass du singen kannst.«

Scobie lächelte aufmunternd. »Nicht einen Ton«, sagte er.

»Was? Machst du Witze?«

»Ich fürchte nein.«

»Vielleicht bist du zu streng mit dir, Mann. Du musst nicht so toll sein. Nur laut, und gelegentlich solltest du den Ton treffen. Sing was. Sing die Schulhymne. Los.«

Scobie zuckte mit seinen kleinen, abfallenden Schultern und sang:

Wir ziehen voll Stolz hinein in die Schlacht
Stellen uns Angst und jeder feindlichen Macht.
Wir Männer vom St Daniel's sind bereit Tag und Nacht
Im Kampf um Gerechtigkeit und Recht.

Razz hob die Hand.

»Hör auf, das ist ja zum Steinerweichen! Klingt, als ob jemand in deinem Hals eine Kuh stranguliert.«

Leider übertrieb Razz ausnahmsweise nicht.

»Aber zum Glück hast du definitiv die Stimme eines Band-Managers, Scobes. Abgesehen davon, dass du uns jeden Wunsch von den Augen ablesen darfst, musst du wahrscheinlich viel Zeit mit Prudles verbringen, denn sie ist das einzige Mädel in der Band und fühlt sich vielleicht ein bisschen einsam. Wie hört sich das an?«

»Wann kann ich anfangen?«

»Braver Junge! Und du kommst auch auf die Bühne und tust so, als würdest du zusammen mit Bill im Hintergrund singen.

Das Publikum wird es lieben. Fehlt immer noch der Solosänger«, sagte Razz und ließ den Blick prüfend über die Tische im Senior-Bereich schweifen. Auf einmal sprang er auf.

»Bunga! Hey, Bunga! Hast du eine Minute?«

Theodore Bungalari schlenderte zu uns herüber.

»Hier ist er«, sagte Razz. »Unser Mann. Der Traummann aller Mädels. Der heiße Typ aus Goroka!«

Theodores Miene blieb unbeweglich.

»Egal, Bunga, Schluss mit dem unnützen Geschwätz. Wir suchen einen Sänger für unsere Heavy-Metal-Punk-Rock-Band, und ich glaube, du hast ›es‹. Ich weiß, dass du wie Billy hier im Chor bist. Wie wär's, wenn du uns die erste Strophe unserer Schulhymne vorsingen würdest?«

»Ich werde für euch singen«, sagte er.

Und er sang. Er sang die erste Strophe von »Die Männer vom St Daniel' s« mit hoher, klarer und perfekter Stimme.

Als er fertig war, sprach Razz sein Urteil.

»Bunga, das ist meilenweit entfernt von dem Kannibalismus-Mist, den Wallace verzapft. Du hast einen Engel verschluckt, Kumpel. Das war krass schön, Mann. Aber das Vorspiel hast du damit natürlich vermasselt. Ich kann dir höchstens einen Job als Hintergrundsänger und Roadie zusammen mit Bilbo hier anbieten.«

Theodore sah Bill an und schenkte ihm eines seiner seltenen Lächeln. »Ich nehm ihn«, sagte er und schlenderte davon.

»Mann«, sagte Razz und fuhr sich immer wieder durch die Haare, »wir sind ganz dicht dran. Wir müssen nur noch jemanden finden, der ein bisschen flippig ist. Jemand, der ...«

Ein die Kehle zerfetzender Schrei gellte über den Pausenhof, gefolgt von wildem Jaulen. Drüben auf den Tennisplätzen schleuderte Melvin Yip seinen Schläger herum wie eine Waffe und stürzte sich auf jeden Ball seines Gegners, als ob sein Leben und das Leben aller seiner Familienmitglieder davon abhingen. Melvin sprang in die Luft, um einen hoch springenden Ball anzunehmen. Am höchsten Punkt seines Sprungs schrie er wie ein Berglöwe, machte einen wilden Scherenschlag mit den Beinen und donnerte den Ball über drei Tennisplätze hinweg auf das Dach des Gebäudeteils, in dem die Naturwissenschaften untergebracht waren.

Razz schnalzte mit den Fingern. In seinen Augen glitzerte der Blick eines verrückten Wissenschaftlers, und das breite Grinsen eines verrückten Wissenschaftlers lag auf seinem Gesicht.

»Es ist an der Zeit, Mel von der Leine zu lassen!«, sagte er.

24
Lärm von Björn

Schreiend und winkend schaffte Razz es, Melvin Yips Aufmerksamkeit zu erregen, sodass dieser zu uns herüberjoggte.

»Yippy, sing mal die erste Strophe der Schulhymne. Leg alles rein, was du hast, Mann. Stell dir vor, du singst sie für deine geilen Ninja-Brüder, weil du ausziehen und all die geilen Ninja-Kämpfe bestehen willst.«

Ich fand es ein bisschen beängstigend, dass Melvin gar nicht fragte, warum er das tun sollte, sondern einfach einwilligte. Und es wurde eine Vorstellung, die sich gewaschen hatte. Ungefähr so:

Wir ziehen (grimmiges Gesicht plus zuckende Hände und

wilde Karate-Beinschläge) *voll Stolz* (Hand schlägt auf Brust) *hinein in die Schlacht* (Faust wird in die Luft gereckt + blutdürstiger Schrei).

Stellen uns (Kinn und Unterlippe werden vorgestreckt) *Angst* (verstörend entsetzter Gesichtsausdruck) *und jeder feindlichen Macht* (Zunge raus und Gesicht wie ein hirnkranker Zombie).

Wir Männer (fasst sich zwischen die Beine und bewegt die Hüften vor und zurück) *vom St Daniel's sind bereit Tag und Nacht* (tippt mit dem Zeigefinger auf die Stelle, wo bei anderen Menschen das Gehirn sitzt).

Im Kampf (noch mehr grimmige Grimassen und eine längere Version von zuckenden Händen und wilden Karate-Beinschlägen) *um Recht und Gerechtigkeit* (Wiederholung aller bisherigen Highlights, die in einem begeisterten, aber quälend ungeschickten Versuch endete, einen Spagat zu machen).

Yip bekam den Job.

»Bingo!«, sagte Razz, während Melvin ninjamäßig zurück zu den Tennisplätzen spurtete. »Das letzte Teil des Puzzles ist eingefügt, meine Herren. Jetzt kommt das Wichtigste. Der Name. Wir brauchen etwas, was uns irgendwie alle zusammenbringt. Vorschläge? Was ist mit dir, Scobes. Du bist gut im Umgang mit Worten.«

»Wir wär's mit Die Debattierer?«

»Nun, Eure Hoheit, ich würde nicht sagen, dass das der schlechteste Bandname ist, den ich je gehört habe. ... Nein, warte, eigentlich würde ich es doch sagen: Das ist der schlechteste Bandname ist, den ich je gehört habe.«

Scobie sah Razz aus zusammengekniffenen Augen an, sagte aber nichts.

»Was ist mit dir, Iggy? In deinem gewaltigen Schädel muss doch was rattern, das uns helfen könnte. Wir sind eine Heavy-

Metal-Punk-Rock-Band. Wir brauchen was, was Energie ausdrückt.«

Prindabels Stirn legte sich konzentriert in Falten. Dann entspannte sie sich langsam.

»Wie wär's mit Langerhans-Inseln?«

Razz sagte hinter vorgehaltener Hand zu Scobie: »Stoppt die Druckerpressen, Herr Scobmeister, ich glaube, du bist gerade vom ersten Platz im Ranking der schlechtesten Bandnamen vertrieben worden.«

Dann wandte er sich wieder an Ignatius.

»Die was für Inseln, Prindabel?«

»Die Langerhans-Inseln.«

»Okay«, sagte Razz kopfschüttelnd. »Ich schlucke es. Warum?«

»Du wolltest etwas, was Energie ausdrückt.«

»Jaaaaaaaaaa.«

»Na, das ist doch offensichtlich, oder nicht? Die Langerhans-Inseln sind die Bereiche der Bauchspeicheldrüse, wo Insulin produziert wird. Wenn der Blutzuckerspiegel steigt, wird mehr Insulin produziert. Insulin sorgt dafür, dass wir Glukose als Energievorrat in unseren Zellen speichern können. Andere Teile der Langerhans-Inseln produzieren Glucagon, das diesen Energievorrat wieder in unser Blut freisetzt. Du wolltest was, was Energie ausdrückt. Bei den Langerhans-Inseln dreht sich alles um Energie.«

»Vielen Dank, P-bud. Ich werde über deinen Vorschlag ernsthaft nachdenken, sobald jemand einen Raketenwerfer auf meinem Kopf installiert hat.«

Razz klopfte mir auf die Schulter. »Was ist mit dir, Ismael? Mir ist schon klar, dass das Niveau dieses Wettbewerbs *unglaublich* hoch ist, aber willst du vielleicht trotzdem einen Versuch wagen?«

»Ja, ich habe in der Tat eine Idee. Du hast gesagt, der Name sollte was über uns aussagen, und ich habe gedacht, dass wir alle ja Freunde sind und so. Vielleicht könnten wir uns einfach ›Friends‹ nennen, aber wir schreiben es F-R-E-N-Z.«

»Wow«, sagte Razz, als hätte er einen Schock erlitten, und ich wusste auf der Stelle, dass ich in Schwierigkeiten steckte. »Findest du das nicht ein bisschen zu abgedreht, Mann? Ein kleines bisschen zu kontrovers? Wir wollen ja nicht mit den Hütern der Rechtschreibregeln in Konflikt geraten.«

Mehr sagte Razz nicht. Er kniff nur zwei Sekunden lang die Augen zusammen und riss sie dann wieder auf.

»Okay, Bill, ich bin bereit. Ich kann's verkraften. Was schlägst *du* vor? ABBArama? ABBA Dabba Doo? Lärm von Björn?« Razz hielt inne. »Eigentlich ist Lärm von Björn gar nicht schlecht. Wir legen das mal beiseite. Komm schon, Großer. Was hast du auf Lager? Vielleicht was mit einem Hula-Hoop-Reifen?«

Bill rutschte unbehaglich auf seinem Stuhl hin und her.

»Also, ich habe wirklich was ... mit einem Reifen, aber du wirst es wahrscheinlich nicht mögen und es Scheiße finden.«

»Ja, natürlich werde ich das, aber das hat die anderen auch nicht aufgehalten, oder?«

Bill holte tief Luft und sprach weiter.

»Also gut. Ihr erinnert euch an die mündliche *Hamlet*-Prüfung letztes Jahr?«

»Du meinst die Prüfung, als ich versucht habe, dich an deinem Coming-out zu hindern, stattdessen aber in Mr Slatterys Englischunterricht einen kompletten Idioten aus mir gemacht habe und Mr Barker mir volle zehn Tage lang jeden Nachmittag Arrest aufgebrummt hat? Nein, kann nicht sagen, dass ich mich erinnere.«

»Also, in dieser Rede des Polonius ist eine Zeile, die wir

vielleicht nutzen könnten, denn wie Ismael gesagt hat, geht es ja darum, dass wir Freunde sind. Wisst ihr, die Zeilen ›Den Freund, der dein und dessen Wahl erprobt / Mit eh'nern Reifen klammr' ihn an dein Herz‹.«

Razz grimassierte und legte den Arm um Bills breite Schultern.

»Netter Versuch, Hula-Boy, aber klingt nicht gerade sehr schlagkräftig, oder? Wäre vielleicht ein bisschen schwierig, das alles vorn auf dem Schlagzeug unterzukriegen, meinst du nicht auch?«

»Ich wollte ja auch nicht alles nehmen. Nur den letzten Teil. Die ehernen Reifen. Oder vielleicht ein bisschen cooler: Die Stahlfelgen.«

Einen Augenblick schwiegen alle. Wir ließen den Namen durch unsere Gehirne laufen und versuchten, einen Einwand gegen ihn zu finden. Schließlich ergriff Razz das Wort.

»Weißt du was? Eigentlich finde ich das ziemlich cool. Ja, Die Stahlfelgen. Mann, das ist übel gut. Was meinst du, Scobes?«

»Der Barde ist unschlagbar«, sagte James.

»Ismael?«

»Mir gefällt's.«

»P-buddy?«

»Nun, abgesehen davon, was ich schon im vergangenen Jahr zur relativen Festigkeit von Stahl im Vergleich zu Kohlenstoffnanoröhrchen gesagt habe – bin ich zufrieden damit.«

»Cool!«, sagte Razz. »Dann verkünde ich offiziell: Die ›Stahlfelgen‹ sind bereit, das Haus rocken zu lassen!«

Ich schaute von Razz zu Bill, Scobie und Ignatius.

»Dann wollen wir das wirklich machen?«, sagte ich und hoffte, das Ganze würde sich als Szene in der *Versteckten Kamera* herausstellen. »Uns in nur zwölf Tagen auf die Bühne stellen und als Heavy-Metal-Punk-Rock-Band vor echten Menschen spielen?«

Razz antwortete mir nicht, sondern wandte sich stattdessen an Ignatius.

»P-buddy, wie wichtig ist es für Charlton, den Wettstreit der Bands zu gewinnen?«

»Also wenn Creswell besser abschneidet als wir, dann bauen sie ihre Führung in der Gesamtpunktzahl aus. Und wenn ihnen das gelingt, dann können wir den Pokal vergessen.«

»Und, Ismael, vergiss nicht«, sagte Razz, »Creswell hat im Augenblick *zwei* Bands verglichen mit unserer *einen* Band, und beide Bands sind ziemlich gut, *und* sie werden was spielen, das dem verrückten Eddie wirklich gefallen könnte.«

»Vielleicht mag er ja auch Country & Western?«

»Ismael, die letzte CD der Dreckschweine hieß *Hundekotzesuppe*. Eddie hat den großen Hit ›Du schmeckst wie Hühnchen‹ geschrieben. Glaubst du wirklich dieser Mist von ›die Staaaahaaaaaaße hinunter‹, den die Staubigen Straßen spielen, macht ihn an?«

»Ja, gut, okay ... aber auch wenn wir jetzt eine Band haben. Was spielen wir?«

»Gute Frage. Und hier kommt schon der nächste Teil meines Brilli-Masterplans. Für Originalität gibt's Punkte. Bands, die ihre eigenen Stücke spielen, schneiden immer besser ab. Wenigstens das spricht für die Staubler. Wir müssen also auf jeden Fall ein eigenes Stück spielen.«

»Was! Wir haben noch zwölf Tage bis zu dem Wettbewerb, wir haben als Band noch nie zusammengespielt, und jetzt müssen wir auch noch einen ganzen neuen Song schreiben?«

»Keine Bange, keinen ganzen Song, Ismael. Versteh doch. Das ist ja das Geniale an meinem Brilli-Masterplan. Der Text steht schon. Alles fix und fertig. Wir müssen nur noch ein bisschen möglichst einfache Musik hinzufügen, aber dabei könnte dein Vater uns doch helfen.«

»Von was für einem Text sprichst du?«

Razz zog etwas aus der Brusttasche seines Hemdes, faltete es auf und knallte es mit dramatischer Geste auf den Tisch.

»Von diesem.«

Ich sah ein paar Verse auf einem A4-Blatt. Der Titel, der in fetten Großbuchstaben oben auf der Seite stand, ließ mir das Blut in den Adern gefrieren:

HEISS, ODER?

»Das ist ein Witz, oder?«

Ich konnte es nicht fassen. Razz' altes Sonnett aus der Zehnten. Das ich Kelly geben sollte. Das Ignatius als »vierzehn Zeilen Scheiße« bezeichnete und das sogar Scobie zur »Crème de la Scheiße« krönte. Ich dachte, ich wäre es los, aber es kam immer wieder zurück wie besonders hartnäckige Kopfläuse.

»Ja, übel geil, was? Ich dachte schon, du hättest es verloren. Glück gehabt, dass ich eine Kopie gezogen hab, was?«

»Ja, vielleicht sollte ich Lotto spielen«, antwortete ich.

Scobies Mund war ganz nach einer Seite verzogen. Er brachte ihn wieder in eine mittige Stellung und nahm das Blatt auf. Dann las er den ersten Vers.

»Wie eine Mikrowelle auf Hochtouren – so heiß bist du!
Andere Mädels wären es gern, aber sie sind nicht wie du.
Sie alle hätten so gerne dein Gesicht.
Mann! Du bist der Hammer, ich fasse es nicht.

»Ach, diese Erinnerungen!«, seufzte Scobie und sah uns an. »Dichtkunst? – zweifelhaft. Heavy-Metal-Punk-Lyrik – schon eher.«

»Ich sag dir, Scobie, das rockt spitzenmäßig. Ich finde, es klingt sogar besser als damals, als ich es geschrieben habe. Vielleicht ist es mit der Zeit gereift.«

»Ein bisschen wie Käse?«, schlug Ignatius hilfsbereit vor. »Na ja, hat auf jeden Fall was mit einem alten Blauschimmel gemeinsam.«

»Ha, danke, Prindabuddy! Ich wusste, dass du es irgendwann kapieren würdest. Dann ist ja alles klar. Die Stahlfelgen debütieren beim St-Daniel's-Wettstreit der Bands mit ihrer Originalkomposition ›Heiß, oder?‹. Seid ihr alle dabei?«

Razz legte die Hand flach auf den Tisch. Auf ein Neues. Scobie legte seine darauf. Bill und Ignatius sahen einander an und zuckten synchron die Achseln. Noch zwei Hände legten sich auf den Stapel. Alle Blicke richteten sich auf mich.

»Es ist für Miss Tarango, Alter«, sagte Razz.

Ich hatte ja mal gesagt, dass wir uns für Miss Tarango mit Honig einschmieren und vor einem Rudel Bären tanzen würden. Aber dass wir so was Verrücktes tun würden, hätte ich nie gedacht.

Widerstrebend senkte ich meine Hand, um den Stapel zu vervollständigen.

25
Scharfe Nerd-Mädels

Als wir unsere Hände gerade aus dem Stapel gezogen hatten, kam Miss Tarango höchstpersönlich hereingewuselt. Sie trug einen Riesenpacken Schnellhefter unter dem Arm und mühte sich damit ab, noch ein paar einzelne Blätter mit der Hand festzuhalten.

»Noch ein bisschen was zu korrigieren, Miss?«

»Leider nur die Spitze des Eisbergs, Orazio, und ich bin total im Verzug. Hier, Jungs, nehmt ein Formular, bevor ich alle fallen lasse. Es ist für das Abschlussfest. Das ist ja schon in ein paar Wochen, und ich muss unbedingt die Sitzordnung fertig machen. Und so funktioniert es: Pro Tisch höchstens sechs Paare. Wenn ihr einen Partner braucht, schreibt das in die entsprechende Spalte auf dem Blatt. Ihr müsst das ausgefüllte Formular bis spätestens Montag wieder bei mir abgeben, okay? Vergesst es nicht. Ciao.«

Nach einem kurzen Aufleuchten ihrer Grübchen eilte Miss Tarango auch schon wieder davon.

»Mann, die muss mal ein bisschen chillen«, meinte Razz. »Ich glaube, es ist allerhöchste Zeit, dass ich sie und Woody zusammenbringe.«

»Ich glaube, sie wäre glücklicher, wenn du einfach nur das Formular ausfüllen würdest«, sagte ich ihm.

»Zum Glück ist der Razzman multitaskingfähig«, antwortete er. Er zog das Blatt Papier vor sich und fischte einen Stift aus Prindabels Brusttasche. Es gab Felder für sechs Paare. Razz schrieb seinen Namen in das erste Feld und setzte Sallys Namen daneben.

»Scobes, du hast mit Prudles alles arrangiert? Und Ismael, du bist klar mit der Kelster?«

Wir nickten beide glücklich, und Razz notierte unsere vier Namen.

»Prindabuddy, du bist immer noch mit Goody Lordy Miss Maudie zusammen, oder?«

»Äh, eigentlich nicht mehr«, sagte Ignatius. »Wir haben uns gerade erst getrennt.«

»So ein Mist, Mann! Hat sie dich fallen lassen, was? Hat sie dich dabei erwischt, dass du eine anzügliche SMS an deinen Laptop geschrieben hast, oder hat sie nur eine stärkere Brille bekommen?«

»Nein, *ich* habe mich von *ihr* getrennt.«

»Was! Bist du wahnsinnig? Du hattest ein Mädel, das nichts dagegen hatte, sich in der Öffentlichkeit mit dir zu zeigen. Wie sind die Chancen, dass das jemals wieder passieren wird? Was war los, Mann?«

»Wir hatten nicht viel gemeinsam.«

»Das kannst du nicht im Ernst meinen. Ihr gleicht einander wie ein Nerd dem anderen.«

»Nicht direkt«, antwortete Ignatius. »Sie hat sich mehr für Physik und Chemie interessiert, und ich mehr für Mathe und Biologie.«

»Diese gemischten Ehen funktionieren einfach nicht«, sagte Razz. »Dann notiere ich, dass du einen Partner suchst, ja?«

»Nein, ich habe schon eine andere gefragt.«

Razz fasste sich ans Herz.

»Was? Wen? Wie?«

»Sie heißt Lily Nguyen. Ich habe sie letztes Schuljahr bei der Wissenschaftsausstellung kennengelernt.«

»P-buddy, du bist ein Elektromagnet für Mädels! Jetzt weiß

ich, warum du immer so scharf auf diese Nerd-Seminare bist. Du gehst da hin, um scharfe Nerd-Mädels aufzureißen.«

Ein schiefes Lächeln glitt über Prindabels Gesicht. »Nein«, sagte er und zog seine Krawatte fest, »die scharfen Nerd-Mädels kommen, um *mich* aufzureißen.«

Prindabel lachte wie immer zischend und abgehackt, und alle in der Runde klatschten sich ab.

»Gut, gut, das ist genug Heiterkeit für einen Tag«, sagte Razz und wandte sich wieder dem Abschlussfest-Formular zu. »Billy Boy, ich schreibe deinen Namen als die Nummer fünf auf die Liste. Keine Widerrede, mein Guter. Du kommst. Du kannst uns nicht wieder im Stich lassen wie letztes Jahr. Die Fabelhaften Fünf müssen beim Senior-Abschlussfest beisammen sein. Miss Tarango kann dich für einen Abend symbolisch mit einer Partnerin zusammenspannen.«

Bill stimmte ohne große Begeisterung zu.

»Hast du inzwischen mit deinem Vater gesprochen, Bill?«, fragte Scobie. Diese Frage wollte ich Bill schon eine ganze Weile stellen, hatte aber nie den richtigen Zeitpunkt gefunden.

Bill schüttelte den Kopf. »Er ist schon seit einer halben Ewigkeit in Übersee. Kam nur zweimal kurz nach Hause. In ungefähr einem Monat kommt er wieder zurück und bleibt eine Weile. Dann werde ich mit ihm sprechen. Ganz bestimmt.«

»Nehme sowieso nicht an, dass du jemanden zum Abschlussfest mitbringen wolltest, Bilbo«, meinte Razz.

Bill brauchte einen Augenblick, bis er antwortete.

»Doch, eigentlich schon.«

»*Echt?*«, sagte Razz und beugte sich vor. »Jemanden, den wir kennen?«

Bill nickte wieder.

Razz beugte sich noch weiter vor. »*Echt*? Dann ist es wirklich jemand vom St Daniel's? Jemand aus der Zwölften?«

»Ja«, sagte Bill.

Razz riss die Augen auf. »*Echt*? Wer?«

Bill zuckte die Schultern. »Was spielt das für eine Rolle? Ich kann ja doch nicht mit ihm zusammen kommen.«

»Ich verstehe nicht, warum nicht.«

Alle drehten sich um und schauten Scobie an.

»Warum nicht?«, wiederholte er. »Du solltest mitbringen dürfen, wen immer du willst, wie alle anderen. Wenn du magst, gehe ich mit dir zusammen deswegen zu Bruder Jerome.«

»Ja, Billy Boy. Wie unterstützen dich alle, Mann. Und ich denke, Miss Heckenvaal, Miss Tarango und Mr G wären auch auf deiner Seite. Und wenn sie dich nicht mitbringen lassen, wen du willst, dann kette ich mich an die Fahnenstange. So wie diese Suffradingsbums das immer gemacht haben.«

»Danke, Razz«, sagte Bill, »aber auch wenn Bruder Jerome nichts dagegen hätte, dann gibt es immer noch einen Haufen Leute – andere Zwölfer und Lehrer und Eltern –, die nicht damit einverstanden sind. Irgendjemand fängt an zu stänkern und macht Ärger. Ich will das der Schule nicht zumuten.«

»Das ist ja nur blöd, Mann«, sagte Razz kopfschüttelnd, »aber du hast recht, Bilbo. Das ist bei Sals Abschlussfest passiert. Da gab es die zwei Mädels, eine aus der Zwölften und eine aus der Elften, die zusammen gehen wollten. Und dann wurde ein Riesending daraus. Kam sogar in den Nachrichten. Am Ende hatten die beiden Mädels die Schnauze voll und sind einfach daheimgeblieben. Sally war ganz schön angepisst, dass ihre Freundin aus der Zwölften ihr eigenes Abschlussfest verpasste. Sie dachte ...«

Razz erstarrte, als hätte jemand den Stecker gezogen. Dann

schaute er sich um, als wäre er in *Matrix* und die Welt um ihn herum würde sich endlich offenbaren.

»He, ich hab's!«, sagte er, während sich ein verstörendes Lächeln über sein Gesicht ausbreitete. »Ich hab die Lösung, und sie ist genial, Mann. Sogar mehr als genial. Ich spende mein Gehirn der Wissenschaft. Es wäre ein Verbrechen gegen die Menschheit, wenn ich das nicht täte.«

»Jeder Wissenschaftler, der sich mit dem Studium abnormalen Verhaltens beschäftigt, wäre bestimmt sehr dankbar, wenn er die Gelegenheit bekäme, dein Gehirn zu untersuchen, Orazio«, bemerkte Ignatius.

»Vielleicht könntest du uns an deiner *Offenbarung* teilhaben lassen, Orazio?«

»Klar, Scobes. Wir machen Folgendes«, sagte Razz und legte um der dramatischen Wirkung willen eine Pause ein. »Wir ordnen Billy Boy und seinen ›bevorzugten Partner‹ den beiden Mädels vom Lourdes zu. Und ihr wisst ja, wie es bei diesen Abschlussfesten zugeht. Haufenweise Leute sitzen um Tische und tanzen in Gruppen miteinander. Die halbe Zeit kann man kaum sagen, wer bei wem sitzt oder wer mit wem tanzt. Kapiert ihr, was ich sagen will? Solange sich niemand zu sehr gehen lässt, kriegt kein Mensch was mit. Billy und sein Partner werden glücklich sein. Die Mädels werden glücklich sein. Mal wieder eine klassische Win-Win-Win-Win-Situation.«

Das beunruhigte mich ein bisschen, aber ich glaube, diesmal könnte Razz sogar recht haben. Er dachte das offensichtlich auch und wackelte mit dem Kopf auf und nieder, während er uns der Reihe nach anschaute.

»Was meint ihr, Leute? Bin ich ein Genie?«

Scobie antwortete für uns alle. »Vielleicht muss ich doch noch den Aufnahmeantrag für MENSA für dich runterladen.«

»Cool!«, sagte Razz. »Ich wollte schon immer Astronaut werden! Und du, Billy Boy, was sagst *du*? Sind du und dein geheimnisvoller Typ bereit dafür?«

»Ja, klar«, sagte Bill und sah so glücklich aus, wie ich ihn schon lange nicht gesehen habe. »Ja, wenn wir mit euch allen an einem Tisch sitzen könnten und die beiden Mädels auch glücklich wären, wäre das gut. Das wäre großartig.«

»Geil. Ich kontaktiere Sally und schau, was die beiden Mädels meinen. Und wenn es ein Problem gibt, kann Miss Tarango immer noch andere Partner für euch finden. Also keine Sorge. Egal, was passiert, du und dein Mr X werden an unserem Tisch sitzen.«

Dann schob Razz das Blatt Papier zu Bill und legte seinen Stift darauf.

»Also ... willst du den Namen deines Partners unten in das sechste Feld schreiben?«

Bill zögerte einen Augenblick, dann schrieb er sorgfältig in Druckschrift einen Namen und schob das Blatt wieder in die Mitte des Tisches zurück.

Wir beugten uns alle vor.

»ECHT?«, sagten wir im Chor.

26
KABUUUUUUUUUUUUUUUUMMMMM!

Am folgenden Samstagnachmittag hatten die Stahlfelgen bei mir zu Hause ihre erste Probe. Razz wurde von seiner Mutter schon früh gebracht, damit wir zusammen mit Dad an der Musik zu seinem Gedicht arbeiten konnten, bevor die anderen kamen. Onkel Ray war auch da, weil er und Dad ein paar Gigs der Seekühe organisieren wollten.

Razz und ich bauten unten im Hobbyraum das Schlagzeug auf und warteten auf Onkel Ray, als Prue hereinkam. Sie hatte ihre Violine und ihr Saxofon dabei.

»Prudles! Du siehst gut aus«, begrüßte Razz sie. »Bereit für das Vorspiel?«

Prue sah von Razz zu mir und wieder zurück.

»Vorspiel? Ich mache bei der Band nur mit, um euch allen einen Gefallen zu tun. Warum sollte ich vorspielen? Die anderen mussten das auch nicht.«

»Na ja«, meinte Razz. »Du bist die einzige der Gruppe, die nicht zu Charlton gehört. Außerdem bist du Ismaels kleine Schwester und Scobsters *Freundin* – da könnten gewisse Leute auf die Idee kommen, dass hier eine gewisse Voreingenommenheit den Auswahlprozess beeinflusst haben könnte oder dass du nur in die Band gekommen bist, weil du so scharf bist.«

Prue schaffte es, gleichzeitig wütend auszusehen und zu erröten.

»Das ist bescheuert. Du bist einfach bescheuert. Kein Mensch denkt so was. Ich spiele nicht vor, wenn sonst auch niemand vorspielt.«

»Auch gut«, sagte Razz mit freundlichem Lächeln. »Kein Problem. Wenn du Angst hast, dass du vielleicht nicht gut genug bist, vergessen wir das Ganze einfach.«

Prue funkelte Razz unter ihren dunklen Ponyfransen böse an. Ich erwartete fast, dass gleich Rauch aus ihren Ohren kommen würde. Sie riss ihren Geigenkasten auf, zog das Instrument heraus und schob es unter ihr Kinn. Dann griff sie nach ihrem Bogen.

»Warte eine Sekunde«, sagte Razz, schnappte sich einen Stift und einen Notizblock und zog einen Sitzsack direkt vor Prue. »Okay, wann immer du so weit bist.«

Prue bot eine mitreißende Darbietung sowohl auf der Violine als auch auf dem Saxofon. Als sie fertig war, legte sie beide Instrumente beiseite und wartete, während Razz sich noch seine letzten Gedanken notierte. Schließlich schlug er sein Notizbuch zu.

»Gut, danke, Prudles. Wir sagen dir so schnell wie möglich Bescheid.«

Prues Augen loderten.

»Was? Hör auf, dich so bescheuert zu benehmen, Razz. Und sag es mir sofort.«

»Jetzt?«, fragte Razz. »Aber ich sollte dein Vorspiel wirklich *en detail* mit Ismael hier und meinen anderen Kollegen besprechen. Wir wollen keine übereilten Entscheidungen treffen, die wir später vielleicht bedauern.«

»Was soll das heißen, später vielleicht bedauern?«

»Nun, vielleicht ist es für dich einfach ein zu großer Sprung nach oben, wenn du bei den Stahlfelgen mitspielst.«

Ich schloss die Augen. Es war, als würde ich jemandem zuschauen, der mit einem Hammer auf einen nuklearen Sprengkopf klopft, um zu testen, wie viel er aushält. Als ich die Augen wieder öffnete, kochte Prue vor Wut.

»Hör auf, dich so bescheuert zu benehmen, und sag mir die Wahrheit – jetzt sofort.«

»Weißt du, wir alle bringen nicht bei jeder Gelegenheit unsere Bestleistung. Vielleicht warst du aufgeregt.«

Klopf, klopf, klopf.

»Razz, ich hab es ernst gemeint. Hör auf, mich zu verarschen, und sag mir einfach ehrlich, wie ich war.«

»Nun, da gab es offensichtlich ein paar fragwürdige Töne, aber ich habe dein sehr zartes Alter berücksichtigt.«

Klopf, klopf, klopf.

»Ich habe jeden Ton perfekt getroffen, das weißt du genau! Sag mir die Wahrheit!«

»Also, lass es mich so sagen: Ich glaube, du hast dich sehr bemüht. An deinem Einsatz war nichts auszusetzen.«

Klopf, klopf, klopf.

»Willst du mich jetzt in der Band oder nicht?«

»Prudles«, sagte Razz und machte ein verletztes und entsetztes Gesicht, »*natürlich* will ich das. Aber zu diesem Zeitpunkt deiner Karriere würdest du der Band am meisten helfen, wenn du dich knapp und sexy kleidest und einfach im Hintergrund tanzt und *nur so tust*, als würdest du spielen.«

KLOPF.

KABUUUUUUUUUUUUUUUUUMMMMM!

Prue bewegte sich so rasch, dass ich erst sah, was passierte, als sie Razz mit dem besten Überraschungsangriff überrumpelt hatte, den ich gesehen habe, seit Tommy »Plattmacher« Manu James Scobie in der Zehnten gefoult hatte. Im Bruchteil einer Sekunde lag Razz auf dem Teppich. Prue thronte auf seiner Brust und drückte ihm die Arme mit den Knien auf den Boden.

»Aber, Prudles«, keuchte Razz, »ist das ein angemessenes Verhalten für eine junge Dame?«

»Sag mir die *Wahrheit* über mein Vorspiel«, knurrte Prue.

»Nun, ich finde, dein Vorspiel hat echtes ... *Potenzial* gezeigt und AAAAAAAUUUUUUUUU!«

Prue hatte Razz fest an beiden Koteletten gepackt und sah aus, als sei sie fest entschlossen, sie abzureißen.

»Okay! Okay! Okay! Ich sag's dir. Lass los! Lass los! Lass los! Ich sag's dir.«

Prue lockerte ihren Griff, und Razz holte ein paarmal Luft. Dann fuhr er fort.

»Okay, Prudles. Ich will jetzt ehrlich zu dir sein. Ohne Spaß. Ich fand, du hattest die absolut perfekte ... Haltung ... und AAAAAAAAUUUUUU! Okay! Okay! Okay! Okay! HÖR AUF! HÖR AUF! HÖR AUF!«

Aber Prue hörte nicht auf. Beinahe-Genies lernen schnell. Sie hielt Razz an den Koteletten und würde sie nicht loslassen, bis sie bekam, was sie wollte.

»ALSO GUT! DU WARST FANTASTISCH! DU WARST UNGLAUBLICH! DU HAST MEHR MUSIKALISCHES TALENT IN DEINEM KLEINEN FINGER ALS DER REST DER BAND ZUSAMMENGENOMMEN! WIR VERDIENEN ES NICHT, AUF DEMSELBEN PLANETEN ZU SEIN WIE DU, NICHT ZU REDEN VON DERSELBEN BÜHNE! UND MEHR NOCH: WIE DU SAXOFON SPIELST, IST DAS COOLSTE UND SCHÄFRSTE, WAS ICH IN MEINEM GANZEN LEBEN GESEHEN HABE!«

Prue öffnete die Hände. Razz fiel heftig atmend und stöhnend zurück. Auf seiner Stirn standen Schweißtropfen.

»Ohhhhhhhhh, wie süüüüüüüüüüüßßßß!«, flötete Prue mit einem breiten Lächeln. »Und du sagst das nicht einfach nur so?«

»Prue! Was zum Kuckuck machst du da?«

Es war Mum. Sie stand an der Tür zum Hobbyraum. Dad und Onkel Ray spähten ihr über die Schulter.

»Nach was sieht es aus?«, antwortete Prue, während sie immer noch rittlings auf Razz' Brust saß. »Ich spiele vor.«

Onkel Ray hob die Augenbrauen. »Das ist eine Band nach meinem Geschmack«, sagte er gedehnt.

27
Seekühe aus Stahl

»Du hast das geschrieben?«

Onkel Ray hielt Razz' Gedicht in der Hand. Razz nickte.

»Und du wurdest zu diesem Zeitpunkt nicht gefoltert oder bekamst irgendwelche bewusstseinsverändernden Drogen? Erstaunlich.«

»Danke! Ich finde es auch übel geil. Jetzt brauchen wir nur noch eine geniale Musik dazu, aber nichts, was den Text zu sehr in den Hintergrund drängt.«

»Also nur einen Stock, der auf einen Stein schlägt.«

Razz sah Onkel Ray fragend an. Ich glaube nicht, dass er kapierte, was Onkel Ray gemeint hatte.

Am Ende hat es viel Spaß gemacht, die Musik zu »Heiß, oder?« zu komponieren. Die meiste Arbeit machten natürlich Dad und Onkel Ray, aber Razz, Prue und ich steuerten auch ein paar Ideen bei. Dad meinte, die Musik müsse einfach, schnell und laut sein und sich an den Neandertaler im Menschen richten. Als er ungefähr eine Stunde später die letzte Version einmal durchspielte, waren wir ziemlich sicher, dass wir einen Hit für Höhlenmenschen komponiert hatten.

Nach dem Lunch kamen Ignatius und Melvin. Unsere Hintergrundsänger Scobie, Bill und Theodore würden in der Schule mit uns proben. Die erste Aufgabe bestand darin, Yippy das Lied beizubringen. Nach dem ersten Durchlauf mit Dad an der Akustikgitarre bezeichnete Onkel Ray Mel als das »uneheliche Kind von Jonny Rotten und Bruce Lee«. Das große Problem bestand darin, dass Yippys musikalisches Timing ungefähr so gut war wie sein Timing beim Volleyball. Dad meinte, er sei ein eher »intuitiver Künstler«. Das bedeutete im Prinzip, dass er sang, wann und wie er Lust dazu hatte.

Ein zufälliger Zuhörer wäre bei unseren ersten paar Durchläufen mit der ganzen Band höchstwahrscheinlich nicht darauf gekommen, dass wir alle dasselbe Lied spielten. Die meisten Leute hätten bestimmt einfach angenommen, dass Melvin Yip an einer seltenen musikalischen Ausprägung des Tourette-Syndroms leidet. Ignatius dagegen schien von der ganzen Situation völlig überfordert. Dad redete ihm immer gut zu, er solle sich entspannen und alles vergessen, was er jemals über Musik gelernt hatte, während Onkel Ray nur knurrte: »Zum Teufel, es ist Rock 'n' Roll und nicht Rachmaninow.«

Aber dann, bei unserem dritten oder vierten Versuch, passierte etwas. Ein paarmal ging auf einmal alles zufällig genau zusammen, und ein paar Takte lang spielten und sangen wir auf einmal dasselbe Lied zur selben Zeit. Und es fühlte sich gut an. Richtig gut. Als ob wir alle dieselbe Welle erwischt hätten, die uns davontrug. Natürlich dauerte es nicht lange, und wir wurden mit dem Kopf voraus in den musikalischen Sand geworfen, aber der Kick blieb uns, und wir wollten mehr davon.

Nachdem Dad mit Yippy noch ein bisschen zusätzlich an seinem Timing gearbeitet hatte und Onkel Ray an der Gitarre mit dem Rest von uns noch ein paarmal die Melodie durchgegangen war, kamen die Dinge wirklich langsam zusammen.

Ich will nicht sagen, dass wir uns in die beste Band der Welt verwandelten, aber man merkte wenigstens, dass wir eine Band waren und nicht ein paar Leute, die zusammenstanden und Lärm machten. Am Ende des Nachmittags schafften wir es, das Lied ein paarmal ziemlich gut durchzuspielen. Wir spielten sogar eine Langversion. Onkel Ray beteiligte sich an der Leadgitarre, Dad teilte sich mit Melvin den Gesang, und Prue streute aus dem Stegreif Soli auf der Violine und dem Saxofon ein. Dass wir auf dem richtigen Weg waren, wussten wir, als sogar von Ignatius ein paar spontane Töne kamen. Razz behauptete, wir wären die nächste Super-Band, und begrüßte uns als die Seekühe aus Stahl.

An diesem Abend ging ich müde, aber innerlich aufgewühlt ins Bett. Zum ersten Mal verstand ich wenigstens ein kleines bisschen, was es für meinen Vater wohl bedeutet hatte, dass er vor all diesen Jahren Mitglied der Seekühe war, und was es ihm heute immer noch bedeutete. Und ich wurde langsam zuversichtlich, dass wir es vielleicht wirklich schaffen könnten. Dass die Stahlfelgen so gut spielen könnten, dass sie den Wettstreit der Bands gewinnen. Und wenn uns das gelänge, dann könnten wir etwas erreichen, was uns zu Beginn des Schuljahrs als völlig unmöglich erschienen war. Vielleicht könnten wir den College Cup für Miss Tarango gewinnen.

Aber bis dahin lagen noch viele »Vielleichts« vor uns.

28
Retro-cool

Wir hatten nach der Schule noch drei Proben im Musiksaal zusammen mit unseren drei Background-Sängern. Dann kam nach einer arbeits- und erfolgreichen Kunstwoche der Tag der offenen Tür.

Das besondere Ereignis war immer der Bandwettbewerb. Er wurde auf einer besonderen Bühne ausgetragen, die vor der ovalen Haupttribüne errichtet war. Ich weiß nicht, wie es den anderen ging, aber bei mir hatte sich in den letzten beiden Tagen ein leichter Anflug von totalem und absolutem Entsetzen bemerkbar gemacht.

Jetzt lag nur noch wenig mehr als eine Stunde vor uns. Wir hatten gerade ein paar unverstärkte Durchgänge durch das Lied hinter uns. Razz, Prue und ich warteten in einem freien Klassenzimmer, dass die anderen mit etwas zu essen zurückkamen.

Ich schaute Razz an, konnte aber nicht sagen, ob er nervös war oder nicht. Er trommelte wie ein Wahnsinniger auf seine Knie, während seine Beine wie Kolben auf und nieder stampften. Aber das war Razz' »Normalzustand«. Prue dagegen wirkte nicht ganz wie das selbstbewusste Beinahe-Genie, das sie sonst war. Sie kaute an ihren Fingernägeln und starrte auf den Teppich. Sie schien ein bisschen gereizt.

»RAZZ, ZUM KUCKUCK NOCH MAL! KANNST DU MAL *EINE* SEKUNDE STILLSITZEN UND MIT DIESER TROMMELEI AUFHÖREN!«

Okay, sie klang auch ein bisschen gereizt.

»Was?«, sagte Razz und zog sich einen Ohrstöpsel aus dem Ohr. »Was ist los, Prudles? Nervös?«

»Nein! Na ja ... vielleicht. Ein bisschen.« Prue verzog den Mund. »Vielleicht ein bisschen viel.«

»Ach, komm. Die kleine Prudie-Wudie braucht nur eine große, fette Umarmung und einen Kuss von Onkel Wazzie.«

Prues Gesicht sah aus, als wäre es aus Stein gemeißelt, und zwar von einem nicht sehr glücklichen Bildhauer.

»Na ja, vielleicht auch nicht. Aber was beunruhigt dich denn?«

»Ach, du weißt schon, einfach das Übliche: vor so vielen Leuten zu spielen, nachdem wir nur ein paarmal geprobt haben; totalen Mist zu bauen; Letzter zu werden; ausgelacht und von der Bühne gejagt zu werden. Ich meine, wir sind nicht gerade eine normale Rock-Band, oder? Wir sind ein bisschen ... seltsam.«

»Seltsam? Auf keinen Fall, Prudles. Wir sind retro-cool.«

»Retro-cool. Was soll das sein?«

»Ach«, sagte Razz. Es schüttelte den Kopf und lächelte Prue freundlich an. »Die Kids von heute. Wissen nichts – aber ihr seid hinreißend.«

»Razz, wenn du willst, dass deine Koteletten an deinem Kopf bleiben, dann sag es mir.«

»Dann höre und lerne. Es verhält sich so: Es gibt zwei Arten von cool. Das traditionelle, klassische Cool und das Retro-Cool. Die meisten Leute erkennen das klassische Cool, wenn sie es sehen. Zum Beispiel der übliche Filmstar, die Rockgröße, das Supermodel ... *ich* ... irgendwie cool.«

Prue steckte sich den Finger in den Hals und tat so, als müsse sie sich übergeben. Razz murmelte lächelnd »hinreißend«, aber redete unbekümmert weiter.

»Das alte Retro-Cool ist ein bisschen schwieriger zu erkennen. Um retro-cool zu sein, muss jemand oder etwas so einzigartig *uncool* sein, dass es schon wieder cool ist.«

»Das ist lächerlich«, sagte Prue.

Razz dachte einen Augenblick nach und versuchte dann zu erklären.

»Pass auf, stell dir eine Insel vor, ja, und die ist von Wasser umgeben.«

Prues Mund klappte auf. »Wow, was für eine *ungewöhnliche* Insel.«

»Ja, in der Tat«, sagte Razz und ignorierte ihren Sarkasmus. »Denn alle coolen Menschen der Welt leben an diesem breiten Strand auf einer Seite der Insel. Wie sich herausstellt, bist du umso cooler, je näher du diesem Strand kommen kannst. Und je weiter du vom Strand weggehst, desto uncooler bist du. Kapiert?«

Prue nickte Razz zu, als wäre er ein gefährlicher Geisteskranker.

»Gut. Dann lass uns kurz wiederholen: Wenn du am Strand bist, dann bist du richtig cool. Wenn du im Wasser watest, dann bist du nur ein bisschen cool. Wenn du zwei Kilometer draußen im Meer bist, dann bist du ziemlich uncool. Und wenn du kaum noch sichtbar am Horizont bist, dann ... gehörst du zu Creswell.«

Razz hielt kurz inne, um eine Runde Applaus von Prue und mir zu empfangen.

»Aber jetzt kommt's. Du weißt, dass die Erde rund ist?«

»Ja, ich glaube, ich hab' in Wikipedia so was gelesen«, sagte Prue, »aber ich war mir nicht sicher, ob das stimmte.«

»Ja, gut, Prudles. Egal, was ich sagen will: Je weiter du dich vom Strand der coolen Insel entfernst, desto uncooler wirst du. *ABER* irgendwann erreichst du die andere Seite der Welt, und dann kehrst du zu der coolen Insel zurück, aber von *hinten*, also retro.«

»Und das hast du alles ganz allein ausgetüftelt?«, fragte Prue.

»Das ist zu einhundert Prozent Razz. Ich bin der Cool-Guru.«

»Und du, Mr Guru, meinst also, die Stahlfelgen wären retro-cool cool?«

»Absolut. Pass auf. Zum einen haben wir Bill und den jungen Ismael hier. Sie haben die Retro-Coolness der netten Jungs von nebenan.«

Ich war mir nicht ganz sicher, ob ich das als Kompliment oder als Beleidigung auffassen sollte.

»Dann haben wir Bunga. Er ist retro-cool, weil er nicht mal weiß, dass es den Strand auf der coolen Insel gibt. Und wenn er es wüsste, dann wäre es ihm egal.«

Dem stimmte ich zu. Theodore war eine coole Insel ganz für sich allein.

»Und schließlich haben wir unsere schweren Geschütze. Zuerst Prindabel. Der Prindabuster ist die Retro-Coolness in Person. Er geht bis an die Grenze. Dann haben wir natürlich Melvin. Er ist ein klarer Fall von extrem retro-cool. Entweder das oder klinisch geistesgestört.«

Razz breitete die Arme weit aus.

»Und zu guter Letzt ist da noch der Scobemeister – der amtierende und unangefochtene Champion der Retro-Coolness. Bei Scobes kommt das Retro-Coole aus seinem uncoolen Hinterteil. Er besitzt so viel Retro-Coolness, dass es jeder sehen kann. Deshalb ist er Schulsprecher. Scobie hat den Massen die Retro-Coolness gebracht.«

Prue musterte Razz genau und wartete, dass er fortfuhr, aber Razz schob sich einen Stöpsel ins Ohr und machte es sich in seinem Stuhl bequem.

»Ja, darüber besteht kein Zweifel. Die Stahlfelgen sind retro-cool, dass es kracht«, sagte er und schloss die Augen.

»Ja, großartige Theorie, Razz. Ich freue mich schon darauf, mehr Details darüber in allen Wissenschaftsjournalen zu lesen.«

Razz grinste, sagte aber nichts, während sein Kopf anfing zu einem Rhythmus zu wippen. Prue sah ihn noch ein paar Sekunden lang an, und das schiefe Lächeln auf ihrem Gesicht verschwand. Dann nahm sie eine Zeitschrift und blätterte sie durch. Es sah nicht so aus, als würde es ihr viel Spaß machen. Je weiter sie in der Zeitschrift kam, desto schneller, lauter und energischer blätterte sie, bis ich sicher war, dass die Seiten gleich reißen und durch den Raum fliegen würden. Das passierte nicht. Die ganze Zeitschrift flog. Direkt auf Razz' Brust.

»Hilfe! Ich werde beschossen!«, rief Razz und hielt sich die Hände vor das Gesicht, während die Zeitschrift auf den Boden rutschte. »He, was hab ich getan?«

Prues Blicke waren vor lauter Zorn wie Nadelstiche.

»Und was ist mit mir?«, fuhr sie ihn an. »Du hast alle erwähnt mit deiner blöden Theorie, nur mich nicht. Was ist mit *mir*?«

Razz sah aus wie der Inbegriff von Unschuld und Verwirrung.

»Wie was mit dir ist?«

»Was ist mit mir und retro-cool?«

»Du und retro-cool?«

»Hör auf, alles zu wiederholen, was ich sage!«

»Hör auf, alles zu wiederholen ...«

Sogar Razz hörte jetzt den Atomsprengkopf ticken. »Äh ... Was genau möchtest du wissen?«

»Ob ich Retro-Coolness habe, natürlich!«, schrie Prue und fügte dann hastig hinzu. »Nicht dass ich überhaupt daran glaube ... oder daran interessiert bin, was du denkst ... aber du weißt schon ... Interessehalber ... Wenn diese blöde Theorie stimmen würde ... wäre ich retro-cool?«

Razz zog an den Kabeln seiner Ohrstöpsel, bis sie aus seinem Ohr fielen. Dann schaute er meine Schwester streng an. Auf ihrem T-Shirt war ein Bild der Beatles. Es stammte von dem alten Albumcover mit den vieren auf dem Zebrastreifen. Prue hatte das Bild mit Photoshop bearbeitet, sodass zwei der Beatles jetzt über dem Boden schwebten. Einer war höher, als hätte er eher abgehoben. Auf ihre Rücken hatte sie kleine Flügel aufgenäht.

Razz zog die Nase kraus.

»Du? Retro-cool?«

Prue kreuzte die Arme eng vor der Brust, und alles außer ihren Augen sagte, dass es ihr völlig egal war, was Razz als Nächstes sagen würde.

»Tut mir leid«, sagte Razz und schüttelte langsam den Kopf. »Ich dachte, du wüsstest es. Du bist die Königin des Retro-Cool, Prudles. Du sorgst dafür, dass retro-cool scharf ist.«

»*Echt*?«, sagte Prue vielleicht ein bisschen begeisterter, als sie vorgehabt hatte. »Das ist ... nun ... *interessant* ... weißt du ... Wenn es so etwas wirklich gäbe ... egal, ähm ... He, schau mal, wie spät es ist ... Ich glaube, ich ziehe mich lieber mal um ... du weißt ... der große Auftritt.«

Prue sprang von dem Tisch herab, auf dem sie gesessen hatte, schnappte sich eine Tasche und eine glänzende schwarze Perücke. Sie hob beides hoch.

»Showtime!«, sagte sie und verließ den Raum.

Razz sah ihr hinterher und schob sich dann wieder die Kopfhörer ins Ohr. Er schloss die Augen und lehnte sich zurück.

»Meine Arbeit hier ist getan«, sagte er.

29
Du bist eine Bombe! Eine Bombe!

Es gab sechs Anmeldungen für den Bandwettbewerb. Zwei von Creswell, zwei von Charlton und je eine von Radley und Franklin. Wir waren als Letzte an der Reihe, sodass unsere Nerven genügend Zeit hatten, richtig schön zu flattern.

Von den Bands der anderen Häuser waren die beiden von Creswell ganz klar die besten. Die eine – Snotty und die Fiesen Mutanten – kamen beim verrückten Eddie Schneider wirklich gut an. Andererseits war es schwer zu sagen, wie die Sache bei den Staubigen Straßen lag. Sie waren offensichtlich supertalentiert, und das Publikum mochte sie. Aber während ihres Songs lag der verrückte Eddie ausgestreckt mit geschlossenen Augen in seinem Stuhl. Nur ein leichtes Schaukeln seines Kopfes verriet, dass er noch am Leben war.

Nach fünf Auftritten waren wir dran.

Razz hockte in der Mitte der Bühne hinter dem Schlagzeug. Neben ihm stand Prue mit ihrer Violine und dem Bogen. Das Saxofon hing an einem Ständer. Ein bisschen weiter vorn war Ignatius an der Hammondorgel. Ich platzierte mich mit der Rhythmusgitarre auf der anderen Seite, und neben mir drängten sich Bill, Theodore und Scobie um ein Mikrofon. Ganz vorn stand Melvin Yip. Er trug ein zerfetztes, von Sicherheitsnadeln übersätes schwarzes Ninja-Kostüm, das Gerard Carlson-Steel und die Fachschaft Kunst zur Verfügung gestellt hatten.

Mr Cave, der musikalische Direktor und Moderator, sagte uns an. Die Charlton-Fans unter der Führung von Miss Tarango jubelten laut. Von allen anderen kam lauwarmer Applaus. Razz hob seine Trommelstöcke und schlug sie viermal gegeneinander, während mein Herz versuchte, irgendeinen Blut-Pump-Rekord zu brechen. Aber jetzt gab es kein Zurück mehr.

Nach den vier Schlägen hüpfte Razz aus seinem Sitz hoch, hämmerte drei donnernde Schläge auf die Drums und zweimal trommelfellzerreißend auf die Becken. Dann ließ er einen kreiselnden, achterbahnartigen Beat los, und Prue, Ignatius und ich fielen mit Hammondorgel, Violine und Gitarre ein, während Melvin seinen Maschinengewehr-Gesang anstimmte samt irren Grimassen und wilden Ninja-Bewegungen.

Wie- eine-Mikrowelle-auf-Hochtouren – so-heiß-bist-du!
Andere-Mädels-wären-es-gern-aber-sie-sind-nicht-wie-du!
Sie-alle-hätten-so-gerne-dein-Gesicht!
Mann-du-bist-der-Hammer!

Und nach einer Schlagzeugeinlage von Razz schrie Melvin es raus, als wollte er seine Mandeln schreddern:

Ich fasse es NIIIIIIIIIIIIIIIIIIIIIIIIIIIIIIIIIIIIIICHTTTTTTTTTTTTTT!

Das wurde mit zunehmender Lautstärke und immer verrückter bei den nächsten beiden Strophen wiederholt.

Dein-Körper-ist-heiß-aber-du-bist-COOL
Du-bist-tiefer-als-ein-Swimmingpool
Mann-du-bist-das-heißeste-Mädchen-hier-im-Kreis
Du-machst-mich-an-du-machst-mich-heiß
Du-brennst-Baby-du-bist-scharf
wie ein PFEIEIEIEEIEIEIEIEIEIEIELLLLLLL!

Du-bist-absolut-stark-und-affengeil
Kirsten-Dunst-die-kann-mich-mal
Von-allen-Bräuten-wärst- du
Meine WAAAAAAAAAAAAAAAAAAAAAAAAAHHHHHHHL!

Dann hämmerte Razz einen donnernden, stampfenden Beat, und wir klatschten mit, während Bill und Theodore den Refrain sangen und Scobie sehr überzeugend so tat, als würde er singen.

Du bringst mich zum Glühen / du Wahnsinnsblonde /
Du entzündest mich /
Denn *du bist eine Bombe!*
Du bringst mich zum Glühen / du Wahnsinnsblonde /
Du entzündest mich /
Denn *du bist eine Bombe!*
Du bist eine Bombe! Du bist eine Bombe! Eine-Bombe-eine-Bombe-eine-Bombe-eine-Bombe-Bombe
Du bist eine Bombe! Du bist eine Bombe! Eine-Bombe-eine-Bombe-eine-Bombe-eine-Bombe-Bombe

Während der Refrain im Hintergrund wiederholt wurde und das Publikum in unserem Rhythmus mitklatschte und mitstampfte, tanzte Prue, ihr Saxofon hoch über dem Kopf schwenkend, in die Mitte der Bühne. Sie trug die glänzende schwarze Perücke, dick aufgetragenen schwarzen Lidschatten, schwarzen Lippenstift, ein schwarzes T-Shirt, eine schwarze Jacke mit Nieten und klobige Schnürstiefel. Es war das perfekte Rock-Punk-Gruftie-Outfit – abgesehen von ihren hellen, in allen Farben des Regenbogens gebatikten Baumwollshorts.

Wildes Jubelgeschrei und Gepfeife brach los, und zwar nicht

nur von Charlton, sondern von allen St-Daniel's-Schülern im Publikum, als Prue zu *Du bist eine Bombe! Du bist eine Bombe! Eine-Bombe-eine-Bombe-eine-Bombe-eine-Bombe-Bombe!* einen wilden, durchgeknallten, wirbelnden Tanz aufführte. Nachdem die Königin des Retro-Cool die Bühne ein paarmal umrundet hatte, legte sie ein wahnsinniges Saxofon-Solo hin, das den verrückten Eddie Schneider dazu veranlasste, beide Fäuste mehrfach in die Luft zu stoßen und den Himmel anzuheulen.

Alles steuerte auf einen Höhepunkt zu, als der Chor sich zu einem trommelfellzerreißenden *eine-Bombe-Bombe!* aufschwang, Melvin einen perfekten Karateschlag mit Körperdrehung ausführte und dabei ein klaffendes Loch in Razz' Basstrommel schlug (danke – noch einmal – für die nachgemachte Front, die Gerard Carlson-Steel und die Fachschaft Kunst zur Verfügung stellten).

Ich glaube nicht, dass ich die nächsten Minuten je vergessen werde, die wir auf der Bühne standen, während das Publikum jubelte und lachte und alle Arten von Lärm machte. Ich versuchte, alles in mich aufzunehmen: die glücklichen Charlton-Fans, den verrückten Eddie, der auf seinen Richtertisch trommelte und die winkende und lächelnde Miss Tarango. Sally war auch da und flippte fast aus. Sogar Raychell Taylor entdeckte ich wieder. Sie hüpfte und schrie und wedelte mit den Armen. Neben ihr stand Gary Horsham, der nicht sehr glücklich aussah. Das hatte vermutlich damit zu tun, dass er zu Creswell gehörte.

Ich fand auch Mum und Dad im Publikum. Mrs Zorzotto stand bei ihnen. Und Mr Barker. Sie waren alle aufgesprungen und winkten jubelnd. Und Onkel Ray war gekommen. Er hatte neben Dad die Arme hochgehoben und klatschte wild. Und da entdeckte ich die beiden anderen Typen, die neben ihm dasselbe machten. Einer war ganz in Schwarz gekleidet, und der andere hatte einen rasierten Schädel. Ich rief Razz etwas zu und zeigte auf die beiden. Er brauchte ein bisschen, bis er sie gefunden hatte, aber dann zerschnitt ein breites Lächeln sein Gesicht. Meines war mindestens genauso breit. Schließlich bekommt man nicht jeden Tag Beifallsstürme von den Seekühen.

Ich glaube, der Tag hätte nur noch schöner sein können, wenn Kelly da gewesen wäre ... ach ja, oder wenn wir gewonnen hätten.

30
Für mich bist du es

Wir belegten den zweiten Platz im Wettstreit der Bands vor Snotty und den Fiesen Mutanten. Die Gewinner des Tages waren die Staubigen Straßen.

Der verrückte Eddie Schneider war zu seiner Zeit am St Daniel's der beste Musikschüler und hatte nach seinem Schulabschluss das Konservatorium mit ausgezeichneten Noten beendet. Er erkannte also echtes musikalisches Talent, wenn er es hörte. Aber die Entscheidung war trotzdem sehr eng. Der verrückte Eddie meinte, sein musikalischer Kopf hätte für die Staubigen Straßen gestimmt, während sein Punker-Herz für die Stahlfelgen geschlagen hatte.

Wir waren alle ziemlich froh über das Ergebnis, obwohl Razz es immer noch nicht fassen konnte, dass die Staubigen Straßen uns geschlagen hatten. Er meinte, die Fender Stratocaster, die den verrückten Eddie ins Krankenhaus gebracht hatte, hätte seinen musikalischen Kopf total verstimmt. Die wirklich gute Nachricht aber bestand darin: Da die Charlton-Bands auf dem ersten und dem zweiten Platz gelandet waren, hatten wir gegenüber Creswell einen ganzen Haufen wertvoller Punkte gesammelt und ihren Vorsprung im Rennen um den College Cup verkleinert. Operation Tarango steuerte immer noch auf ihr Ziel zu.

Nachdem unser Heavy-Metal-Punk-Rock-Debüt hinter uns lag, konzentrierte sich die allgemeine Aufmerksamkeit auf das nächste große Ereignis im Kalender des Colleges: das Abschlussfest. Die beiden Mädchen vom Lourdes-College hatten Razz' Plan glücklich zugestimmt, und alles war für den Abend bereit.

Es ging los mit Aperitif und Häppchen und Fotos bei den Zorzottos für alle an unserem Tisch und deren Eltern. Dann chauffierte Onkel Georgiou die fünf Paare in einem seiner protzigen Wagen – diesmal einem metallic-pinkfarbenen Kombi-Van – zum Veranstaltungsort. Zur Feier des Abends trug er eines seiner aufwendigsten Kostüme. Razz' Mum hatte recht mit den Pfauen. Bill war beeindruckt.

Das Abschlussfest selbst machte großen Spaß. Ich hatte den Eindruck, dass Kelly fröhlicher und mir näher war als beim letzten Mal. Und das Ende des Abends werde ich niemals vergessen.

Dad holte Kelly und mich ab und brachte uns zum Lourdes-College. Er wartete, während ich Kelly in das Wohngebäude des Internats begleitete. Am Eingang des Senior-Wohnhauses blieben wir im Schatten des alten Gemäuers stehen und versicherten einander, wie schön der Abend gewesen sei und wie viel Spaß er gemacht habe. Nachdem all die einfachen Dinge gesagt waren, kam das Schweigen.

Als Kelly vor mir stand und so wunderschön aussah, musste ich an unser kurzes Zusammensein nach dem Konzert der Seekühe denken. Unser erster und letzter richtiger Kuss. Ich fragte mich, ob es jemals wieder so sein würde. Würden Kelly Faulkners Augen mich jemals wieder so anstrahlen wie an jenem Abend? Würden wir jemals etwas anderes sein als nur Freunde? Ich wusste, dass nur ein Mensch mir die Antwort auf all diese Fragen geben konnte. Ich hatte endlich den Mut zusammengekratzt, sie zu fragen, als Kelly mir zuvorkam.

»Erinnerst du dich an das Seekühe-Konzert?«, sagte sie.

Eine Sekunde lang dachte ich, ich hätte gesprochen oder Kelly hätte meine Gedanken gelesen.

»Ja ... natürlich.«

»Erinnerst du dich an das Gedicht, das du über mich geschrieben hast? Das über die Tochter des Wettermanns? Erinnerst du dich an die Zeile ... *Doch die Tochter des Wettermanns macht ... dass die Sonne immer lacht*?«

»Ja, klar.«

Sie schaute hoch und sah mich an.

»Findest du das immer noch?«

»Ja, das finde ich.«

Kellys Stirn legte sich in Falten. Ich konnte nicht sicher sein, ob das die Antwort war, die sie hören wollte.

»Ich finde dich wirklich sehr nett, Ismael, und ich weiß nicht, was ich tun würde, wenn ich dich nicht als Freund hätte. Aber ich fürchte, ich bin sehr egoistisch ... und verschwende deine Zeit. Deshalb möchte ich, dass du etwas weißt. Du sollst wissen, dass ich es total verstehen würde, wenn du ... keine Lust mehr hast zu warten ... oder wenn du eine andere kennenlernst ... oder wenn es schon eine andere gibt.«

Kellys Worte gaben mir einerseits ein gutes Gefühl, andererseits ängstigten sie mich. Ich war froh, dass wir Freunde waren, aber ich wollte nicht, dass sie es »versteht«, wenn ich eine andere hätte. Ich wollte, dass ich wichtig war für sie. Ich sah zu, wie ein winziges trauriges Lächeln auf ihrem Gesicht erschien und sie in die Dunkelheit schaute.

»Ich liebe dieses Gedicht«, sagte sie. »Ich habe es an meiner Pinnwand über meinem Schreibtisch und lese es immer wieder. Ich mag das Mädchen in dem Gedicht. Sie ist die, von der ich glaubte, ich wäre es ... oder die ich gern wäre.«

Dann wandte sich Kelly mir zu. Sie sah müde und verloren aus.

»Ich bemühe mich ... aber ich weiß nicht, ob ich dieses Mädchen noch bin.«

Ich war mir nicht sicher, was ich sagen sollte. Ich wusste nicht, welche Worte Kelly in diesem Augenblick wollte oder brauchte. Aber Mum und Dad sagten mir immer: »Im Zweifelsfall bei der Wahrheit bleiben.« Und das tat ich dann auch.

»Nun, für mich bist du es«, sagte ich zu ihr. »Für mich wirst du *immer* dieses Mädchen sein.«

Einen Augenblick lang dachte ich, Kellys Augen hätten angefangen zu leuchten, aber es waren nur die Lichter des Gebäudes, die in den aufsteigenden Tränen in ihren Augen reflektiert wurden. Kurze Zeit später liefen ihr die Tränen über das Gesicht. Dann kam sie näher, schlang die Arme eng um mich und legten den Kopf an meine Brust.

Ich habe keine Ahnung, wie lange wir einfach so dastanden und einander festhielten. Wenn es ewig gedauert hätte, wäre das für mich vollkommen in Ordnung gewesen. Aber dann drangen Stimmen und Gelächter von der Einfahrt her zu uns herunter, und ich spürte, wie Kelly sich zurückzog.

»Ich geh lieber rein, bevor der Ansturm losgeht«, sagte sie

und küsste mich auf die Wange. Am Eingang blieb sie stehen und drehte sich um.

»Ich schulde dir ein Gedicht«, fügte sie mit einem raschen Lächeln noch hinzu und verschwand im Innern des Gebäudes.

Viele andere Dinge sind an unserem Abschlussfest passiert, aber die Zeit, die Kelly und ich uns im Arm hielten und keiner von uns ein Wort sprach, ist mir am besten im Gedächtnis geblieben.

Das – und wie Bill Kingsley und seine »Partnerin« Katie lächelten, als zum Aperitif Katies Freundin Phoebe eintraf, begleitet von ihrem »Partner« ... Jimmy »Die Attraktion« Mainwaring.

31
Drei Anrufe und eine Entscheidung

»Ismael! Alles geritzt, Alter. Big Z hat's mal wieder gebracht!«

Montagmorgen nach dem Abschlussfest. Ich war gerade in die Schule gekommen, und Razz galoppierte mir entgegen. Ich hatte keine Ahnung, was geritzt war und inwiefern er es gebracht hatte.

»Ich habe für uns alle ein Haus am Strand besorgt, Kumpel! In Sunshine Cove. Für eine ganze Woche, gleich am Anfang der Ferien. Gehört meinem Onkel Sasha. Und hier ist das Beste: Die Bude wird abgerissen, weil dort Apartments gebaut werden sollen. Deshalb lässt Onkel Sasha uns umsonst dort wohnen! Ist natürlich eine Bruchbude, aber dafür haufenweise Platz für dich und mich und die anderen. Und wir müssen nicht aufpassen, dass wir was kaputt machen. Ist das nicht geil!«

»Wow! Klingt fantastisch. Apropos, Razz, wie viele Onkels hast du eigentlich?«

»Sieben«, antwortete er, als würde diese Zahl auf der Hand liegen. »He, und weißt du, was noch? Als zusätzlicher extra Spezialbonus mieten Sal und ein paar andere Mädels vom Lourdes dieses Nobelteil ganz in der Nähe von uns. Wie cool ist das? Für Bilbo vielleicht nicht ganz so aufregend, aber geile Nachrichten für dich, Ismael. Sally will nämlich Kelly dazu überreden, dass sie mitkommt, bevor sie in Neuseeland ihren Vater besucht. Alter, stell dir das vor. Du und die Kelster eine Woche lang zusammen am Strand. Du dürftest so begeistert sein wie Prindabel in der Endrunde zur Wahl der nackten Miss Nerd.«

Normalerweise hätte Razz recht. Aber um die Wahrheit zu sagen, war ich mir nicht mehr sicher. Versteht mich nicht falsch. Meine Gefühle für Kelly waren noch genau dieselben, aber ich war mir nicht sicher, wie sie zu mir stand.

»Mann, nicht zu fassen, was?«, sagte Razz und ließ den Blick über den Schulhof wandern. »In weniger als zwei Monaten haben wir keine Schule mehr und eine ganze Woche lang unser eigenes Haus am Strand. Klingt das nicht total abgefahren?«

Es klang total abgefahren – und ein bisschen beängstigend. Bald würden wir St Daniel's für immer verlassen. Nur noch fünf Wochen normalen Unterricht, dann zwei Wochen lang Prüfungen, ein Schulabschluss-Dinner und Sonne, Sand und Surfen ... und vielleicht Kelly Faulkner. Es kam mir alles ein bisschen unwirklich vor.

Am folgenden Wochenende lag ich lesend auf meinem Bett und wartete auf einen Anruf von Razz. Am Ende waren es drei Anrufe – und eine Entscheidung.

Anruf Nummer eins:

Die Titelmusik von *Mission Impossible* ertönt. Ich greife nach meinem Handy, ohne die Augen von meinem Buch zu nehmen.

»Wird langsam Zeit. Wo steckst du?«

»Entschuldigung. Ich hatte keine Ahnung, dass du so fordernd bist.«

»Was? Kelly, bist du das?«

»Ich fürchte, ja. Hoffentlich bist du jetzt nicht enttäuscht.«

»Nein, nein. Ich dachte, du wärst Razz.«

»Hast du öfter Schwierigkeiten, uns auseinanderzuhalten?«

»Nur bei bestimmten Lichtverhältnissen, zum Beispiel wenn's stockdunkel ist. Ach ja, und wenn Razz die abgelegten Klamotten von seinem Onkel Georgiou anprobiert.«

Kelly lachte. »Mehr, als ich wissen wollte. Aber warum ich eigentlich anrufe. Ich wollte fragen, ob du nächsten Samstag in einer Woche was mit mir machen willst? Das ist der Zwanzigste.«

»Ja. Super. Gerne.«

»Klasse. Dann trag ich dich für die Arbeitsbienen am Lourdes College ein. Sie putzen die Toiletten.«

Ich überlegte noch, wie ich es hinkriegen könnte, begeistert zu klingen, als Kelly mich rettete.

»Erwischt! Aber vielleicht willst du wirklich zuerst wissen, um was es geht. Ist jetzt nicht so wahnsinnig toll. Die Betreuerin unseres Wohnheims nimmt alle Internatsschülerinnen aus der Zwölften zu einer *Hamlet*-Inszenierung hier am Ort mit. Wir nehmen das Stück dieses Jahr in Englisch durch. Egal, Miss Entwhistle hat großzügigerweise erlaubt, dass jede einen Gast mitbringen darf. Ich dachte, du hättest vielleicht Lust mitzukommen.«

»Ja, das wäre super. Wir haben *Hamlet* letztes Jahr gelesen.«

»Bist du sicher? Sag nicht Ja, nur weil du nett sein willst.«

»Nein, ich würde wirklich gerne kommen. Danke.«

»Okay. Aber wenn du es dir anders überlegst oder zu viel zu tun hast oder ein besseres Angebot bekommst, dann lass es mich wissen, ja? Das ist gar kein Problem. Ich geh ja auf jeden Fall hin.«

Wir redeten noch ein bisschen und klärten alle Einzelheiten des Abends. Kelly bat mich, am kommenden Wochenende anzurufen und ihr durchzugeben, ob ich definitiv kommen würde. Nach dem Telefonat fühlte ich mich fantastisch. Ich hatte mich gerade wieder auf mein Bett gelegt und die Stelle in meinem Buch gefunden, wo ich aufgehört hatte zu lesen, da meldete sich mein Handy schon wieder.

Anruf Nummer zwei:

Die Titelmusik von *Mission Impossible* ertönt. Ich greife nach meinem Handy, ohne die Augen von meinem Buch zu nehmen.

»He, Razz, du errätst nicht, was passiert ist.«

»OOOOOO, klingt spannend. Was?«

Es war nicht Razz. Es war eine Mädchenstimme. Ich konnte sie nicht zuordnen, aber sie klang bekannt.

»Tut mir leid, ich ... ich dachte, du wärst jemand anders.«

»Ja, hab's mir schon gedacht. Der Razzman, ja? Erinnere mich noch gut an ihn von eurem Abschlussfest in der Elften. Außerdem ein recht guter Debattierer und ein fantastischer Schlagzeuger. Ich hab euch beim Bandwettbewerb gesehen. So was von cool. Wusste gar nicht, was für verborgene Talente in dir schlummern, Ismael?«

»Raychell?«

»Treffer.«

Ich hatte keine Ahnung, warum Raychell Taylor mich anrufen sollte.

»Hoffentlich denkst du nicht, dass ich eine Stalkerin bin oder so. Du weißt schon, Debattierfinale, Bandwettbewerb und jetzt der Anruf. Ich bin keine Stalkerin. Das hab ich aufgegeben. Fraß zu viel Zeit. Dieses dauernde Verstecken hinter Büschen, Anzapfen von Telefonen und jeden Abend das Teleskop für dein Schlafzimmer aufbauen. Es wurde einfach zu viel.«

»Ja, gute Idee, das alles ein bisschen zurückzufahren, jetzt wo all die Prüfungen anstehen und so«, sagte ich und lachte ein bisschen. »Ich hab dich beim Bandwettbewerb mit Gary Horsham gesehen.«

»Igitt! Hör mir auf mit diesem Widerling. Seit zwei Wochen ist er für mich eine absolute Unperson.«

»Das tut mir leid.«

»Kein Problem. Bin froh, dass ich ihn los bin. Das ist übrigens irgendwie auch der Grund, warum ich anrufe. Ich habe mich gefragt, ob du vielleicht zu einer kleinen Party bei mir zu Hause kommen möchtest.«

Zwei Einladungen in fünf Minuten! Wahrscheinlich träumte ich. Vorsichtig schaute ich mich im Zimmer um. Ich erwartete jeden Augenblick, dass wie in dem Film *Inception* ein ausgebüxter Schnellzug durch meine Schlafzimmerwand pflügte. Vermutlich hatte ich mir mit meiner Antwort ein bisschen zu viel Zeit gelassen, denn Raychell fuhr fort.

»Mir ist schon klar, dass das jetzt ein bisschen überraschend kommt, und ich weiß, dass wir an deinem Abschlussfest nicht besonders viel Zeit miteinander verbracht haben, was komplett an mir lag, aber wenn du zu der Party kommst, dann kann ich das vielleicht wiedergutmachen. Es wird keine große Sache. Nur ich und ein paar Freundinnen aus der Schule und ein paar Typen, die ich kenne. Genug zu essen. Und wir haben das ganze Haus für uns, weil meine Eltern ein paar Tage im Ausland sind. Das Haus ist groß. Da gibt's viele ruhige, private Rückzugsmöglichkeiten und massig Gelegenheit, uns besser kennenzulernen. Also ... bist du interessiert?«

Alle möglichen Dinge rasten durch meinen Kopf.

»Ich ... äh ... ja ... klingt gut ... Und wann?«

»Übernächsten Samstag.«

»Aber nicht am Zwanzigsten?«

»Äh, mal sehen ... ja, doch, am Zwanzigsten. Ist das ein Problem?«

»*Könnte* eines sein ... *vielleicht* hab ich da was anderes ... eine ... äh ... so eine *Familiensache* ... Vielleicht kann ich mich drücken ... weiß ich jetzt noch nicht genau. Ich muss schauen. Kann ich dich zurückrufen?«

»Ja, klar, aber lass mich nicht zu lange warten, Ismael. Ich garantiere dir, dass du bei mir zu Hause sehr viel mehr Spaß haben wirst als bei deiner ›Familiensache‹. Ich werde das zu meiner *persönlichen* Aufgabe machen.«

Nachdem ich Raychells Adresse und Handynummer notiert und versprochen hatte, dass ich sie bis Ende der Woche anrufen würde, ließ ich mich zurück auf mein Bett fallen. In meinem Kopf summten die verschiedenen Möglichkeiten. Vor einer Minute noch war alles klar und unkompliziert gewesen. Ich hatte mich so gefreut, dass ich mit Kelly ins Theater gehen kann. Aber jetzt ...

Mein Handy klingelte ein drittes Mal.

Anruf Nummer drei:

Die Titelmusik von *Mission Impossible* ertönt. Ich greife nach meinem Handy. Diesmal schaue ich nach dem Namen. Nummer unbekannt.

»Hallo. Hier bei Familie Leseur. Ismael am Apparat.«

»HAHAAHAHAHHAHAHA! Was machst du da, Mann? Übst du für einen Job als Butler? Du bist zum Schießen, Kumpel!«

»Sehr witzig. Warum zeigt mein Display *Nummer unbekannt* an?«

»Ich benutze Mums Handy. Ich hab meins mit an den Strand genommen und vergessen, dass ich es in der Badehose hatte, als ich zum Surfen bin. Total im Eimer. Mum ist nicht allzu glücklich darüber. Ebenso wenig wie über die Radkappen, die ich zerkratzt habe, als ich rückwärts einparken geübt habe.«

Dann erfuhr ich alles über das Haus von Onkel Sasha. Razz fand es »total geil«, obwohl Mr Zorzotto es als »gerade noch als menschliche Behausung geeignet« einstufte. Es klang perfekt. Und als Razz seine üblichen Fantastereien abgeschlossen hatte, erzählte ich ihm alles über die Anrufe von Kelly und Raychell.

»Mann, es regnet Mädels.«

Das war seine erste Reaktion. Dann erwartete ich, dass er ungefähr Folgendes sagte:

»Wo ist das Problem, Mann? Du hast die Wahl, in einem beschissenen Theater zu sitzen und zusammen mit Kelly ›Lass-uns-einfach-nur-Freunde-sein‹ Faulkner den schokoholischen Dänenprinzen anzuschauen oder eine wilde Nacht allein mit Raychell ›Du-und-ich-allein-in-einem-großen-leeren-Haus‹ Taylor zu verbringen? Was fehlt dir? Liegt doch auf der Hand, was du machst, Alter.«

Aber Razz sagte das nicht, sondern er sagte: »Mann, das ist echt schwierig. Wahrscheinlich wärst du verrückt, wenn du nicht Raychell nehmen würdest. Aber andererseits denke ich mir, was, wenn *ich* die Wahl hätte und wenn das andere Mädel, das ich allein im Theater sitzen lasse, womöglich jemand wie Sally ist. Und ich hätte es nie erfahren? Wäre das nicht richtig schade?«

Ich hatte irgendwie gehofft, dass Razz mir zu Hilfe kommen und mir einfach sagen würde, was ich tun soll. Aber es sah so aus, als hätte der Lebensretter der Liebe gerade eine Auszeit. Es hing alles von mir ab. Ich musste eine Entscheidung treffen. Eine große.

Party mit Raychell oder *Hamlet* mit Kelly?

Das war die Frage.

32
Theater oder Party?

»Sondernotfallsitzung Operation Tarango? Was laberst du, Prindabel?«

Wir anderen fragten uns das auch. Neben unserem ersten und zweiten Platz beim Bandwettbewerb hatten wir auch, wie Razz vorhergesagt hatte, bei dem Fußballturnier gut abgeschnitten. Außerdem konnten wir bei einigen kleineren Wettbewerben im Rahmen der Kunstwoche ein paar Punkte sammeln.

»Wir haben uns super geschlagen. Warum berufst du eine Sondersitzung ein, Kumpel? Wir müssen Creswell inzwischen dicht auf den Fersen sein.«

»Ich habe alle noch ausstehenden Punkte berücksichtigt.

Wir liegen offiziell neun Punkte hinter ihnen«, entgegnete Ignatius ruhig.

»Nur neun Punkte! Auweia, P-bud, wenn das deine Vorstellung von Notfall ist, dann melde dich lieber nie freiwillig zur Zyklon-Beobachtung, Mann.«

»Das Problem, Orazio, besteht darin, dass wir nur noch eine Veranstaltung haben, in der wir diese neun Punkte holen können, und das ist der Talentwettbewerb.«

Beim jährlichen Talentwettbewerb konnten immer nur ein bis zwei Personen zusammen auftreten. Er fand am letzten regulären Unterrichtstag der Zwölfer statt. Jeder konnte mitmachen, aber pro Haus gab es nur zwei Auftritte. Am Ende des Talentwettbewerbs stand die ganze Schule Spalier, und die Seniors verließen unter Jubelrufen das College, bevor der Stress der zwei Prüfungswochen begann.

»Aber das ist doch okay, oder? Wir schneiden normalerweise ziemlich gut ab. Ich bring wieder mein Schlagzeug-Solo. Letztes Jahr wurde ich Zweiter, und ich hab es ziemlich aufgemotzt und ein bisschen was Neues hinzugefügt.«

»Gut zu wissen, Orazio. Denn wenn wir den Talentwettbewerb nicht gewinnen, dann gewinnen wir auch den College Cup nicht.«

Razz musterte Ignatius argwöhnisch.

»Du machst nicht etwa an den Zahlen rum, Prindabuddy, nur um ein spannendes Finale zu bekommen?«

»Schau's dir selbst an. Wir liegen derzeit neun Punkte hinter Creswell. Im Talentwettbewerb gibt es *dreißig* Punkte für den ersten Platz, *fünfzehn* für den zweiten und *fünf* für den dritten. Um die notwendigen Punkte zu bekommen, müssen wir entweder den Talentwettbewerb direkt gewinnen oder hinter Franklin oder Radley den zweiten Platz belegen. Was immer passiert: Wenn Creswell gewinnt, sind wir geliefert. Und darin liegt der eigentliche Notfall: Creswell schickt nämlich ... Slobo Bugslag ins Rennen.«

Nur ausdruckslose Mienen zeigten sich in dem engen Kreis von Gesichtern, als unsere Hoffnung langsam sank. Es war, als hätte man es bis an den Kraterrand des Schicksalsbergs geschafft, und dann sagte jemand: »Ich dachte, *du* hast den Ring.«

»Slobo Bugslag«, wiederholte Razz, und es klang wie das Läuten einer Totenglocke.

Slobo Bugslag war vor vielen Jahren zusammen mit mir an der Moorfield Primary gewesen, eine Klasse unter mir. Er war der beliebteste Typ in der Schule, was zeigt, dass wenigstens manche Leute über ihrem Namen stehen. Dann ging Slobo auf eine andere Schule, aber in diesem Schuljahr war er im St Daniel's aufgetaucht. Erwartungsgemäß war er bereits einer der beliebtesten Schüler und ein heißer Kandidat für den nächsten Schulsprecher. Manche sagten, Slobo sei der neue Scobie.

Unser Problem bestand darin, dass Slobo besaß, was Scobie definitiv abging: musikalisches Talent. Und zwar eine ganze Menge. Er sang, er spielte Klavier, er komponierte und er hatte eine Persönlichkeit von der Größe eines Riesentankers. Letztes Jahr kam er bei der Casting-Fernsehshow *Search for a Star* in die Endrunde. Wenn Slobo Bugslag also bei unserem popeligen Talentwettbewerb mitmachte, würde er nicht einfach nur gewinnen, er würde aus uns allen Hackfleisch machen.

Für einen Notfall was es ziemlich still geworden. Es fühlte sich an, als ob der Notfall vorüber wäre: Der Patient war gestorben, und wir nahmen an der Bestattung teil.

»Na ja«, sagte Razz und versuchte, unsere Begeisterung wieder zum Leben zu erwecken, »wir haben ja noch zwei Wochen.

Ich glaube, ich kann noch an meinem Schlagzeug-Solo arbeiten und versuchen, ob ich noch was Zusätzliches finde.«

»Und wir haben noch das Vorsprechen und Vorspielen im Haus«, fügte Scobie unterstützend hinzu. »Wer weiß, was das zutage fördert? Noch ist nicht alles verloren.«

Nein, verloren nicht. Nur verlegt ... wie eine Kontaktlinse, die man auf einer Sanddüne mitten in der Wüste Gobi vergessen hat.

Als ich am Abend in meinem Zimmer saß, versuchte ich eine Lösung für unser Talentwettbewerbsproblem zu finden. Es gelang mir nicht. Also beschloss ich, meinen Mann zu stehen und wenigstens im Hinblick auf Kelly und Raychell etwas zu tun. Ich hatte meine Entscheidung getroffen, und jetzt war es an der Zeit, zwei Anrufe zu tätigen. Einen leichten und einen schwierigen. Einen, um »Ja« zu sagen, und einen, um »Nein« zu sagen.

Meine Mum meint, wenn man verschiedene Dinge tun muss, dann soll man die schwierigen zuerst erledigen, solange man noch frisch ist, um sie hinter sich zu haben. Ich hatte mein Handy in der Hand.

Ich scrollte zum Namen Kelly hinunter und drückte *Anrufen*.

33
Zeile 116 bis 119

Es war Samstag, der Zwanzigste. Ich stieg aus dem Bus aus und ging das kurze Stück bis zur Norwood Road Nummer 72 zu Fuß. Diese Adresse stand auf einem Fetzen Papier, der in meiner Hosentasche steckte. Sie wartete vor dem Haus auf mich. Mein Herz hüpfte, als ob es sich plötzlich daran erinnerte, warum es schlug. Diese eisblauen Augen hatten immer diese Wirkung auf mich.

Meine Mum ist ziemlich schlau, aber ich stimme nicht immer mit ihr überein. Ich persönlich denke nämlich, dass es manchmal besser ist, die *leichten* Aufgaben zuerst zu erledigen, weißt du, sozusagen um in Schwung zu kommen für die schwierigen.

Zusammen mit Kelly den *Hamlet* anzuschauen war fantastisch. Razz hatte sich immer darüber beklagt, dass das Stück zu lang sei, aber für mich raste der Abend nur so vorüber. Bevor ich mich's versah, gingen die Lichter an. Die Leute verließen im Gänsemarsch den Theatersaal und ergossen sich auf den Vorplatz direkt an der Straße. Miss Entwhistle bat die Lourdes-Mädchen, am Straßenrand zu warten, während sie den Minibus holte.

»Seid dann alle abfahrbereit«, mahnte sie. »Ich möchte nachher niemanden suchen.«

Kelly und ich entfernten uns ein bisschen von der Hauptgruppe und fanden ein ruhiges Plätzchen, wo wir allein waren.

»Hast du den Abend halbwegs überstanden?«, fragte Kelly.

»Ich fand's toll. Ich hatte einen tollen Abend.«

Bleib noch ein bisschen in der Nähe, ich verspreche, dass ich noch mit einem anderen Wort außer »toll« aufwarten werde.

»Echt? Ich auch.«

»Toll.«

Vielleicht auch nicht.

Dann schaute Kelly mich ein paarmal an, als würde sie versuchen, sich zu einer Entscheidung durchzuringen.

»Dann ... wünschst du dir nicht ... dass du stattdessen zu der Party bei Raychell Taylor gegangen wärst?«

Einen Augenblick lang bemühte sich mein Gehirn heftig darum herauszufinden, warum diese Worte nicht zu passen schienen. Dann kam es ihm.

»Aber ... wie ... wer hat dir ...«

Es brauchte nicht lang, um es herauszufinden.

»Razz hat eine große Klappe«, sagte ich.

»Die größte«, meinte Kelly lächelnd. »Und Sally steht ihm in dieser Beziehung nicht viel nach. Du bist jetzt nicht sauer, oder?«

Ich schüttelte den Kopf. »Ich habe mich inzwischen daran gewöhnt.«

Kelly kaute auf ihrer Unterlippe und sagte: »Es klang so, als hättest du dort einen ziemlich ... interessanten ... Abend verbringen können.«

»War trotzdem lieber hier.«

Kelly schaute mich jetzt direkt an.

»Du stehst echt auf *Hamlet*, was?«

Ich schaute sie auch direkt an.

»Ja«, antwortete ich. »Schon immer.«

In diesem Augenblick ließ ein scharfes Hupen Kelly zusammenfahren. Ein weißer Minibus raste vorbei und parkte ein kleines Stück die Straße hinunter. Kelly schaute über die Schulter. Die anderen Lourdes-Schülerinnen verabschiedeten sich schon von ihren Freunden und gingen zum Bus.

»Also gut ... ich geh jetzt lieber. Danke noch mal, dass du gekommen bist. Ich bin echt froh. Sonst hätte es übel ausgehen können. Du weißt schon, ich tauche bei Raychell Taylor auf und kratze ihr die Augen aus und so. Aber bevor ich gehe, wollte ich nur ...«

Die Hupe ertönte noch einmal. Kelly drehte sich wieder um. Die letzten Lourdes-Mädchen stiegen in den Bus. Eine ganze Traube von Gesichtern schaute aus dem rückwärtigen Fenster auf uns herab. Sie schmunzelten und lachten. Kelly drehte sich wieder zu mir und schüttelte den Kopf.

»Großartig«, sagte sie und zog eine ihrer wundervoll uneleganten Grimassen. »Also, das ist wahrscheinlich der falsche Zeitpunkt und *ganz sicher* der falsche Ort ... aber ich wollte nur sagen ...«

Wieder die Hupe. Jetzt zweimal hintereinander.

Kelly ließ die Schultern hängen. Die Mädchen hinter ihr auf der Rückbank des Busses lachten und winkten. Zwei Köpfe kamen aus den Seitenfenstern. Ein ergebenes Lächeln kroch auf Kellys Lippen.

Und da küsste ich sie.

Ich wusste eigentlich nicht, ob sie wollte, dass ich das tue, oder nicht. Aber wie Hamlet gerade ausgeführt hatte, war es oft »ein Viertel Weisheit« und »drei Viertel Feigheit«, wenn man zu lange über etwas nachdachte. Und ich beschloss, dass ich lange genug ein Feigling gewesen war. Anfeuernde Jubelrufe klangen mir in den Ohren. Ich war mir nicht sicher, ob sie von den Mädchen im Bus oder aus meinem Innern kamen. Fast unmittelbar danach ertönte die Hupe in einem ununterbrochenen TUUUUUUUUUUUUT. Das Getute hörte erst auf, als Kellys

Lippen sich von meinen lösten. Sie sah mich eine Sekunde lang an und rannte dann die Straße hinunter zum Bus, wo sie lärmend empfangen wurde.

Kaum war Kelly eingestiegen, fuhr der Bus los, machte eine Kehrtwende und kam dann in meine Richtung. Miss Entwhistle saß am Steuer. Sie sah aus, als wollte sie mit dem Bus auf mich zielen und das Gaspedal durchdrücken. Ich winkte, als der Bus vorbeischoss, aber ein Stück weit die Straße hinunter fuhr er auf einmal an den Bordstein und kam abrupt zum Stehen. Ein Seitenfenster ging auf, und Kelly streckte den Kopf heraus.

»Ismael!«, rief sie. »Hamlet. Zweiter Akt. Zweite Szene. Zeile hundertsechzehn bis hundertneunzehn. Verstanden?«

Ich konnte über dem blechernen Motorengeräusch des Minibus und dem anderen Verkehrslärm gerade so verstehen, was sie sagte.

»Ähm, ja, gut. Zweiter Akt. Zweite Szene«, rief ich zurück. »Zeile ... äh ...«

Der Bus begann sich zu entfernen.

Die anderen Mädchen lachten und winkten. Ich winkte zurück,

»Zeile hundertsechzehn bis hundertneunzehn«, rief Kelly. »Nicht vergessen!«

»Hundertsechzehn bis hundertneunzehn«, rief ich zurück. »Alles klar!«

Kelly fiel kichernd in den Bus zurück und wurde von den anderen Mädchen aufgefangen, während Miss Entwhistle das Gaspedal durchdrückte und in die Nacht hineinraste.

Den ganzen Heimweg lang überlegte ich, wie das Zitat lauten könnte. Zu Hause in meinem Zimmer angekommen, war ich mir ziemlich sicher, dass ich es wusste. Bestimmt waren es die altbekannten Verse mit den »ehernen Reifen« und so über die Freundschaft. Kelly hatte mir erzählt, dass dies eine ihrer Lieblingsstellen sei.

Kaum hatte ich meine *Hamlet*-Ausgabe gefunden, blätterte ich rasch zur zweiten Szene im zweiten Akt. Ich fuhr mit dem Finger die Seite hinunter bis zur Zeile hundertsechzehn und las bis hundertneunzehn. Es ging überhaupt nicht um eherne Reifen. Kelly hatte vielmehr das Gedicht für mich gefunden, das sie mir versprochen hatte.

Sich zu irren hatte sich noch nie so gut angefühlt.

34
Supermann der Lieblingsmelodien

Die Wochen vor den Prüfungen brachten wieder eine ganze Menge »letzte Male« mit sich. Die letzten Hausaufgaben, die letzte Hausversammlung, die letzte Schulversammlung, den letzten regulären Schultag, die letzte Klassenlehrerstunde (wir hatten alle zusammengelegt und Mr Guthrie einen neuen Rucksack für die bevorstehende Urlaubsreise nach Nepal gekauft), die letzten Unterrichtsstunden in unseren Fächern und dann die letzte Stunde überhaupt. Schließlich blieb nur noch der Talentwettbewerb und mit ihm unsere allerletzte Chance, die Operation Tarango erfolgreich zu Ende zu bringen.

Charlton war mit zwei Darbietungen vertreten: Razz und dann noch zwei Jungen aus der Zehnten, die ein Comedy-Programm präsentierten. Sie waren ziemlich lustig, aber ich konnte mir nicht vorstellen, dass sie Slobo Bugslag auch nur annähernd das Wasser reichten. Was Razz betraf, so war er immer nach der Schule in einem der Musiksäle geblieben und hatte an einer »neuen Dimension« seines Schlagzeug-Solos gearbeitet. Wir alle wollten von ihm wissen, was diese »neue Dimension« sei. Aber er meinte, es sei ein Geheimnis und wir müssten einfach abwarten, »wie es dann am Tag X gelüftet« werden würde.

Die Sporthalle war gerappelt voll, und es war sehr laut. Die Seniors hatten alle ganz vorn die besten Plätze belegt. Scobie, Ignatius und ich saßen nebeneinander. Bill half Razz, die Schlagzeug-Ausrüstung zu tragen und das Instrument hinter der Bühne aufzubauen. Bruder Jerome war der einzige Richter.

Die erste Nummer war ein Zauberer von Franklin. Nicht gerade überwältigend. Unsere Zehntklässler waren als Nächste dran. Sie kamen gut an, denn sie nahmen auch einige Lehrer aufs Korn. Aber nach Slobo Bugslags Auftritt war es niederschmetternd offensichtlich, dass wer immer den Talentwettbewerb gewinnen wollte, ihn auf den zweiten Platz verweisen müsste. Ein paar mittelmäßige Nummern folgten, und dann kam Razz.

Nachdem wir uns ein Jahr lang bemüht und uns innerhalb dieses Jahres von der Lachnummer bis auf ein paar Punkte Abstand an die College-Champions herangearbeitet hatten, ruhten nun alle Hoffnungen von Charlton auf dieser einen Darbietung. Wenn wir den Razzman jemals als echten Superhelden gebraucht hatten, dann jetzt.

Nachdem Razz unter dem wilden Beifall der Charlton-Schüler angekündigt worden war, schlug er wie immer seine Stöcke gegeneinander und stürzte sich dann in seinen Auftritt.

Vom allerersten prasselnden, pulsierenden Trommelwirbel stand Razz in Flammen. Er gab alles, aber es fehlte das »gewisse

Extra«, um Slobo zu übertrumpfen. Und dieses »gewisse Extra« kam, nachdem Razz einen donnernden Lauf hingelegt hatte und zu einem gleichförmigen, stampfenden Beat gelangt war. Das Publikum wurde schon fast ein bisschen unruhig.

Da betrat Bill Kingsley die Bühne.

Die Reaktion auf Bill war ohrenbetäubend, ein wildes Durcheinander von Gelächter, Pfeifen und Gejohle. Das überraschte nicht. Denn Bill hatte nicht nur seine Haare mit viel Gel nach hinten gekämmt und dick Lidstrich aufgetragen, sondern steckte in weißen Strumpfhosen und einer Dreivierteljacke, die mit glitzernden Quasten bedeckt war und an deren Schulten jeweils ein ganzes Büschel bunter Federn saß. Ich identifizierte das Kostüm augenblicklich als eine Sonderanfertigung von Onkel Georgiou. Vielleicht hatte Bill endlich mit seinem Vater gesprochen?

Während die Sporthalle tobte, stand Bill einfach mitten auf der Bühne und stützte die Hände in die Hüften wie der Supermann der Lieblingsmelodien. Dann zog er unter lautem Gejohle und Gepfeife seine Jacke aus und warf sie einem Achtklässler zu, der auf die Bühne gekrabbelt war. Unter der Jacke trug Bill ein ärmelloses und bauchfreies, hautenges Muskelshirt in Charlton-Gold. Es war erstaunlich, wie viel er abgenommen und durch wie viele Muskeln ersetzt hatte. Er sah fantastisch aus. Aber das Beste waren die Worte, die in glänzenden roten Buchstaben auf der Vorderseite seines Shirts standen: SEI DIR SELBER TREU.

Dann beschleunigte Razz den Rhythmus, und Bill streckte die Hand aus: Ein glitzernder Reifen flog aus den Kulissen auf die Bühne. In einer Bewegung fing er ihn, drehte ihn in der Hand, zog ihn über den Kopf und ließ ihn mühelos auf den Hüften kreisen. Dann folgte eine umwerfende Abfolge von Hula-

Hoop-Figuren. Ich bin ziemlich sicher, dass ich das »Lasso«, den »Korkenzieher«, die »Drehtür« und möglicherweise auch den »Poknaller« erkannte. Und mit jeder weiteren Figur wurde das Gejohle leiser und die anfeuernden Jubelrufe lauter.

Den meisten Jungen vom St Daniel's war es egal, wie man aussah oder was man war – eine beeindruckende Darbietung motorischer Fähigkeiten und der Hand-Auge-Koordination konnte sie jederzeit überzeugen. Für Mut galt dasselbe. Und Bill gab ihnen eine kräftige Dosis von beidem.

Die Vorstellung endete mit einem erdbebenartigen Trommelwirbel, zu dem Bill gleichzeitig vier Reifen um seinen Hals, beide Arme und um die Knie kreisen ließ. Das Publikum tobte – mit Ausnahme einer Handvoll Jungen, die Schwierigkeiten hatten, ihre Fingerknöchel vom Boden wegzubekommen. Aber niemand tobte mehr als Jimmy »Die Attraktion« Mainwaring, der den Jubel von der ersten Reihe aus anführte. Miss Tarango hätte knapp Zweite werden können, aber mir gefiel der Gedanken, dass Scobie, Ignatius und ich da schon waren. Bill stand auf der Bühne und strahlte.

Und das Endergebnis?

Na ja, ihr kennt ja diese Filme, in der ein paar Leute ein Pferderennen oder ein großes Hockeyturnier oder ein Football-Spiel gewinnen müssen, weil sonst die Welt untergeht oder so? Und wenn man solche Filme schaut, dann weiß man irgendwie die ganze Zeit, dass sie es schließlich schaffen werden – das Rennen oder das Spiel zu gewinnen –, denn es ist ja nur ein Film und man braucht ein Happy End, richtig? Aber manchmal wird die Geschichte so geschrieben, dass man einen Augenblick lang denkt, he, vielleicht schaffen sie es ja doch nicht, vielleicht strengen sie sich wirklich richtig an und kommen ihrem Ziel richtige nahe und verfehlen es, und man wird schon ein bisschen nervös und besorgt, auch wenn man sich dauernd sagt, dass man blöd ist, weil sie es natürlich schaffen werden. Und dann, in der allerletzten Sekunde, wenn alles verloren scheint, dann gewinnen sie das Pferderennen, das Hockeyturnier oder das Footballspiel. Nun, was ich sagen will, manchmal geht es im wirklichen Leben zu wie im Film.

Aber manchmal auch nicht.

Slobo Bugslag gewann den Talentwettbewerb vor Razz und Bill, die auf dem zweiten Platz landeten, und auch in unserem letzten Jahr am St Daniel's holte Creswell den College Cup.

Die Operation Tarango war gescheitert.

Aber als die Zwölfer aus der Sporthalle verabschiedet wurden und Scobie, Ignatius und ich das Ehrenspalier zusammen mit unserem Freund Bill Kingsley durchschritten, der lächelnd und voller Stolz neben uns ging, kam mir das gar nicht so schlimm vor.

35
Perfekt, einfach perfekt!

Zehn Tage später waren auch die Prüfungen vorüber. Ich war ziemlich zufrieden damit, wie sie bei mir gelaufen waren, Scobie, Ignatius und Bill ging es ebenso. Und auch Razz war – zum ersten Mal in seinem Leben – zufrieden mit einer Prüfung. Jetzt stand uns als einziges Ereignis, das offiziell das Ende unserer Zeit am St Daniel's College markierte, nur noch das Abschlussdinner bevor.

Es fand in der Turnhalle statt. An einem Ende war eine

Bühne aufgebaut, die mit Unmengen von Blumen, Luftballons und Girlanden sowie den Bannern der vier Häuser dekoriert war. Den Rest des Hallenbodens bedeckten lange Tische und Stühle, die in den Collegefarben geschmückt waren. Es sah ziemlich feierlich aus.

An unserem Tisch saßen noch: Razz und Mrs Zorzotto mitsamt dem Ehrengast Onkel Georgiou; Ignatius, seine Eltern und seine Schwester Cynthia; Bill und seine Mutter, aber nicht sein Vater (der offenbar einen wichtigen Geschäftstermin hatte, den er nicht absagen konnte); Scobie und sein Vater zusammen mit seiner Mutter, die extra mit dem Flugzeug für diesen Abend angereist war; und ich, meine Eltern und Prue.

Es war ein gigantischer Abend. Natürlich wurden viele Reden gehalten. Die beste kam von Scobie, dem scheidenden Schulsprecher. Er sagte uns, dass wir uns niemals davor fürchten sollten, Unmögliches anzupacken. Wenn wir das nicht machten, würden wir niemals die erstaunlichen Dinge entdecken, zu denen wir fähig sind. Danach überreichte Bruder Jerome ihm seine Schulsprecherurkunde und bezeichnete ihn als den »Standard, den jeder zukünftige Schulsprecher anstreben sollte«. Dieser Satz löste den größten Jubel des Abends und Beifallsstürme aus.

Dann kamen all die anderen Auszeichnungen und Preisverleihungen an die Reihe. Nachdem Creswell den College Cup erhalten hatte, wurden die individuellen akademischen Preise verliehen. Scobie wurde als Jahrgangsbester ausgezeichnet und erhielt den ersten Preis in fast allen Fächern, die er belegt hatte. Ignatius holte sich Preise in den Naturwissenschaften und Mathe. Und ein geschockter, aber »total begeisterter« Razz bekam den Preis im Sport, nachdem sich seine Theorienoten gewaltig verbessert hatten. Bill und ich gingen auch nicht leer aus. Ich bekam eine Urkunde für den dritten Platz in Englisch und einen Preis für pflichtbewusstes Arbeiten, und Bill erhielt eine Urkunde für den zweiten Platz in Film und Fernsehen.

Nach dem Essen schauten wir die zehnminütigen Videos an, die jedes Haus zusammengestellt hatte, um das Jahr zusammenzufassen. Wie die anderen Häuser hatte auch Charlton viele kurze Szenen über Seniors, die den verschiedensten Collegeaktivitäten nachgehen. Aufnahmen des tanzenden Scobie beim Abschlussfest ernteten großes Gelächter. Freundlich ausgedrückt verhielt sich Scobie zum Tanzen nämlich wie ein dreizehiges Faultier zu Speed-Skating. Es gab auch ein paar flüchtige Sekunden des Ruhms für unser Debattierteam, für die Volleyballmannschaften und für die Stahlfelgen. Die lautstärkste Zustimmung bekam der Zusammenschnitt einer Aufnahme von Miss Tarango, die beim Leichtathletik-Wettkampf nach einem der Siege beim Tauziehen einen wilden Glückstanz aufführt, mit der Aufnahme von Bill, der beim Talentwettbewerb vier Hula-Hoop-Reifen gleichzeitig rotieren lässt. Nachdem diese Sequenz über die große Leinwand geflimmert war, erdrückte Mrs Kingsley ihn fast in einer ungestümen Umarmung.

Der offizielle Teil des Abends endete mit der Übergabe der Abschlussmedaillen und einer Darbietung des Collegesongs, die von Theodore Bungalari angeführt wurde. Ich glaube, ich sah, dass sogar Mr Hardcastle den Tränen nahe war. Den restlichen Abend verbrachten wir damit, zu reden, zu lachen und Geschichten zu erzählen. Ach ja, und natürlich, Fotos zu machen.

Mrs Kingsley war die offizielle Fotografin unseres Tisches. Sie fotografierte nämlich in Teilzeit für die Lokalzeitung. Wir stellten sicher, dass wir nichts ausließen: Wir machten Fotos mit unseren Familien, mit anderen Seniors (sogar Barry Bagsley war irgendwo mit drauf) und mit den Fachlehrern. Auf einem besonderen Foto zogen Mr Barker und Bruder Jerome blöde Grimassen, und wir anderen bemühten uns, möglichst grimmig dreinzuschauen,

Aber das war erst der Anfang. Es gab auch Fotos unserer Debattiermannschaft, die den Pokal hochhält, und eines der Fantastisch Fightenden Fünften Volleyballmannschaft zusammen mit Mr Guthrie, auf dem wir Ignatius' legendäres »Finger-Gottes-Spiel« nachstellten. Dann trommelten wir die Mitglieder der Stahlfelgen zusammen, und Mrs Kingsley machte haufenweise Aufnahmen von uns in all unserem retro-coolen Ruhm, während Melvin seine besten Ninja-Figuren zeigte. Die letzten Fotos innerhalb der Turnhalle machten wir von Miss Tarango und den Fabelhaften Fünf.

Dann kam der schwierige Teil: Wir mussten uns von ihr verabschieden.

Zuerst überreichten wir unsere Geschenke – ein paar Blumen, eine große Schachtel Pralinen und eine große, illustrierte und in Leder gebundene Ausgabe der *Gesammelten Werke von Shakespeare*. Aus irgendeinem Grund hatte Scobie gewollt, dass ich die Widmung hineinschrieb, die alle unterzeichnen sollten. Ich fragte ihn immer wieder: »Warum ausgerechnet ich?«, und brauchte eine halbe Ewigkeit, bis ich etwas gefunden hatte, was halbwegs gut klang. Schließlich schrieb ich: »Für Miss Tarango von den Fabelhaften Fünf. Wir hoffen, dass irgendwo hier drin die Worte stehen, die Ihnen angemessen sind.« Als ich es Scobie zeigte, sagte er nur: »*Deshalb*.«

Miss Tarango gefiel das Buch sehr gut. Nachdem sie die Widmung gelesen hatte, starrte sie mit der Hand auf der Brust noch lange darauf. Dann sagte sie: »Das ist ja süß. Danke.«

»Wir wollten Ihnen eigentlich noch etwas anderes schenken, Miss, aber Operation Tarango endete als Schuss in den Ofen.«

»Operation Tarango?«

»Ja, wir hatten diesen Plan schon gleich zu Beginn des Schuljahres. Wir wollten den College Cup für Sie gewinnen. Das sollte unser großes Geschenk zum Schuljahresende werden. Aber wir haben es vermasselt.«

Miss Tarango schaute in die Runde und runzelte die Stirn.

»Vermasselt? Schuss in den Ofen? Ihr habt mir weit mehr geschenkt als einen Pokal. Ihr habt mir dieses Jahr geschenkt und alles, was ihr hineingesteckt habt. Ich habe noch nie im Leben so viel Spaß gehabt. Das ist euer Geschenk an mich, Jungs – das ganze Jahr, jeder einzelne Tag. Und ihr, ihr *alle,* seid von meinem ersten Tag an in der neunten Klasse das Geschenk, das ihr mir gemacht habt.«

Miss Tarango schaute uns der Reihe nach an und knipste ihre Grübchen an.

»Das allerbeste Geschenk, das ich jemals bekommen habe«, sagte sie.

Und wir dachten, James Scobie sei der Meister der richtigen Worte.

Dann holte Miss Tarango tief Luft.

»Ich bin wirklich eine schreckliche Lehrerin«, sagte sie. »Mein Vater war auch Lehrer, und er sagte mir immer, dass gute Lehrer niemals Lieblingsschüler haben. Aber ich kann nicht anders. Ihr Jungs seid meine Lieblinge und werdet es immer bleiben, da bin ich mir sicher.«

»He, Miss, machen Sie sich keine Vorwürfe«, sagte Razz. »Schauen Sie uns doch an. Wir sind einfach anbetungswürdig. Und Sie sind auch nur ein Mensch.«

Miss Tarango lachte und wischte sich die Augen.

»Danke, Orazio. Es geht mir deutlich besser, nachdem ich jetzt weiß, dass ich eigentlich nie die geringste Chance hatte.«

Dann atmete die Miss ein und straffte die Schultern.

»Also gut, es ist Zeit, Abschied zu nehmen. Aber ich werde nicht weinen, denn ich möchte, dass jeder einzelne von euch mir unter Androhung der Todesstrafe verspricht, dass er St Daniel's so oft wie möglich besucht und von sich hören lässt. Und wenn Charlton nächstes Jahr eurem Vorbild nacheifert und den Pokal gewinnt, kommt ihr und feiert zusammen mit uns.«

Dazu musste uns niemand zwingen. Dann sprach Miss Tarango mit jedem einzelnen von uns und beendete ihre Rede mit einer Umarmung und einem Kuss auf die Wange. Prindabel kam als Erster dran.

»Ignatius«, sagte sie, »an wen soll ich mich jetzt wenden, wenn ich die Antwort auf eine obskure Frage brauche? Ohne dich bin ich verloren. Ich lass dich nur gehen, damit du dein unglaubliches Gehirn dafür nutzen kannst, Therapien oder andere wunderbare Dinge zu entdecken und die Welt zu einem besseren Ort zu machen. Also enttäusch mich nicht.«

»Bestimmt nicht, Miss«, sagte Ignatius, während er sich mit dem Prindabel-Power-Pointer hastig über die Augen fuhr.

Miss Tarango fuhr fort.

»Billy«, sagte sie und schüttelte den Kopf. »Die Jedi-Typen sind nichts im Vergleich zu dir. Nach dieser Hula-Hoop-Vorstellung wirst du immer mein Held sein. Und wenn du dann Oskars einheimst für deine brillanten Filme, denk dran, dass ich immer für den roten Teppich zur Verfügung stehe.«

»Danke, Miss, das werde ich«, antwortete Bill.

Scobie war als Nächster an der Reihe.

»James, was soll ich dir sagen? Du hast uns mit deiner Anwesenheit verwöhnt. Du hast im Alleingang aus St Daniel's einen besseren Ort gemacht. Ich kann es kaum erwarten, bis du das Land regierst.«

»Danke, Miss«, sagte Scobie und verzog rasch den Mund ein bisschen. »Werden Sie dann meine Kultusministerin?«

»Glaub mir, zukünftiger Herr Premier«, entgegnete Miss Tarango, »das wäre mir eine absolute Ehre.«

Dann wandte sie sich an Razz.

»Orazio Victor Zorzotto – das Gesicht, aus dem tausendmal ›geil‹ kam. Ich habe zwei Ratschläge für dich, Orazio. Erstens: Tu alles, was in deiner Macht steht, dass deine wunderbare Freundin, mit der ich beim Abschussfest gesprochen habe, bei dir bleibt. Sie ist Gold wert.«

»Das weiß ich doch, Miss.«

»Gut. Der zweite Rat lautet: Wenn du dich für die Universität qualifiziert hast, was du natürlich tun wirst, sorge dafür, dass du dich auf den Hosenboden setzt und arbeitest und den Abschluss machst. Und dann bewirb dich um eine Stelle hier am St Daniel's, denn hier gibt es Jungs, die dich dringend brauchen, und wenn ich mich nicht gewaltig irre, dann wirst *du* ein total geiler Lehrer sein.«

»Wow, Miss ... ich ...« Razz presste die Lippen zusammen und schüttelte den Kopf. Den Razzman zum Schweigen bringen. Gab es etwas, was Miss Tarango nicht konnte?

Dann, bevor ich mich versah, stand Miss Tarango vor mir.

»Junger Ismael«, sagte sie. »Mister Stille Wasser gründen tief. Ich hab was für dich.« Miss Tarango zog ein kleines rechteckiges Stück Karton aus ihrer Tasche und wedelte mir damit vor der Nase herum.

»Was ist das, Miss?«

»Das, Ismael, ist eine Visitenkarte. Aber nicht irgendeine Visitenkarte. Diese hier gehört der Freundin einer meiner Freundinnen, die Verlegerin ist. Buch-Verlegerin. Ich hoffe, du hast nichts dagegen, dass ich ihr Auszüge aus deinen Aufzeichnungen der letzten Jahre gezeigt habe. Sie haben ihr gefallen. Allerdings meinte sie, dass ihnen noch der letzte Schliff fehlt. Da müsse noch viel dran gearbeitet werden, vor allem an den frühen. Aber sie zeigten ›echtes Potenzial‹. Die Verlegerin will dich unbedingt kennenlernen. Du sollst sie kontaktieren, wenn es dir *ernst* ist mit dem Schreiben und du an der Uni einen Kurs in Kreativem Schreiben belegen willst. Wirst du sie ... anrufen, Ismael?«

»Ich ... äh ... ja ... klar ... danke, Miss ... Ich kann es kaum glauben.«

Ich konnte es wirklich kaum glauben. Die anderen Jungen klopften mir auf den Rücken, und ich hörte, wie sie mir gratulierten, aber es fühlte sich total unwirklich an. Als ich damals in der Neunten anfing zu schreiben, konnte ich mir nicht vorstellen, dass irgendjemand sich jemals für meine Aufzeichnungen interessieren könnte. Ich dachte an die ersten Worte:

Ich weiß nicht, wie ich es sagen soll, deshalb sage ich es einfach geradeheraus – es wird Zeit, sich der Wahrheit zu stellen: Ich bin vierzehn Jahre alt und leide am Ismael-Leseur-Syndrom.

Heilung ausgeschlossen.

Das schien alles so lange her zu sein.

Miss Tarangos Stimme brachte mich zurück in die Gegenwart.

»Und wenn du dann deinen Bestseller übers St Daniel's schreibst, Ismael, dann ist das Allerwichtigste, dass du mich gut aussehen lässt.«

»Wenn, dann müsste ich Sie eher ein bisschen runtertunen, sonst glaubt niemand, dass es Sie wirklich gibt.«

Die anderen bedachten diese Worte mit einem Chor aus

gestöhnten Oooooohhhhhs. Aber Miss Tarango setzte ein gekünsteltes Lächeln auf und sagte. »Hab's euch doch gesagt, dass er ein Händchen für Wörter hat.« Dann drehte sie sich zu mir. »Aber bedenke, wie du sie benutzt, Ismael, denn sie sind mächtige Instrumente, die Worte.«

»Verstanden, Miss.«

Nach einer Umarmung und einem Kuss auf die Wange trat sie einen Schritt zurück und schaute uns an.

»Das steht ihr also alle miteinander. Seht ihr, keine Tränen. Alles mit einem Lächeln erledigt.«

»Und Grübchen«, ergänzte Razz.

»Grübchen? Was redest du da, Orazio? Ich habe keine Grübchen.«

Wir lachten Miss Tarango an, als sie sich absolut widerlegte und breit grinste.

»Jetzt muss ich aber definitiv gehen«, sagte sie und sammelte ihre Geschenke ein. »Im Gegensatz zu ein paar anderen Glückspilzen habe ich noch drei Wochen Schule und einen ganzen Stapel von Korrekturen vor mir.«

»Aber dann geht's bestimmt wieder an den Strand, Miss, wetten?«, sagte Razz. »Vergessen Sie nicht, einen Hut aufzusetzen, eine Creme mit einem Lichtschutzfaktor über dreißig zu verwenden und niemals länger als eine Viertelstunde am Stück in der Sonne zu sein. Das habe ich in der Elften gelernt. Ich bin ein ›Sonne – aber sicher‹-Guru, Miss.«

»Guter Rat, Orazio ... aber eigentlich geht's dieses Jahr nicht an den Strand.«

»Wie kommt's, Miss? Sie fahren doch immer an den Strand.«

Miss Tarango zuckte die Achseln.

»Kein bestimmter Grund ... wollte einfach mal was anderes ausprobieren ... Weißt du ... so wie ihr.«

»Wo fahren Sie dann hin, Miss?«

»Nichts Besonderes, Orazio ... ich will einfach nur ein bisschen rauskommen.«

»Und wo?«

Miss Tarango schüttelte den Kopf ein bisschen, als wäre die Antwort nicht wichtig.

»Nur ... weißt du ... Nepal.«

Wir sahen einander an und lächelten.

»*Nepal*, Miss Tarango?«, sagte Razz.

Miss Tarangos Miene wurde ernst.

»Ja, Nepal, Orazio. Habt ihr ein Problem damit?«

Ein ungeordneter Chor von *Nein, Miss* ertönte, während wir uns bemühten, ernst zu bleiben.

»Gut«, sagte sie, beäugte uns aber nach wie vor argwöhnisch. Sie war erst ein paar Schritte weggegangen, als Razz ihr hinterherrief.

»He, Miss Tarango, in Nepal ist es vielleicht ein bisschen gefährlicher als am Strand. Sie sollten einen guten Führer mitnehmen.«

Miss Tarango blieb wie angewurzelt stehen, dann drehte sie sich langsam um und richtete ihre großen braunen Augen auf Razz.

»Besten Dank für deine Besorgnis und deinen Vorschlag, Mr Zorzotto. Ich habe bereits einen gefunden. Und ich weiß aus zuverlässiger Quelle ... dass er der beste ist.«

Miss Tarangos Grübchen kehrten für einen letzten Vorhang zurück.

»Eine Einschätzung, die ich von ganzem Herzen teile«, sagte sie.

36
Ich weiß nicht, wie ich es sagen soll

Unser letztes Foto machten wir auf dem Pausenhof: Die Fabelhaften Fünf an ihrem Stammplatz im Senior-Bereich. Das allerallerletzte. Nachdem wir dann sichergestellt hatten, dass alle wussten, was wir für die Woche am Strand vereinbart hatten, machten sich Bill, Ignatius, Scobie und ihre Familien nacheinander auf den Heimweg.

Nur Razz und ich blieben nebeneinandersitzend zurück.

Vor der Turnhalle auf der anderen Seite des Schulhofs standen immer noch ein paar Grüppchen zusammen und unterhielten sich. Eine Gruppe bestand aus Mum und Dad, Mrs Zorzotto und Mr Barker. Drinnen sahen wir Mr Guthrie und Miss Tarango, die zusammen mit einer kleinen Truppe Elfer die Tische und Stühle aufstapelten und aufräumten. Prue half auch mit. Den Internatsschülern schien das gut zu gefallen.

»He, wie findest du das, dass ich Mr G und Miss T zusammengebracht habe. Wie abgefahren ist das? Hier habe ich mal wieder die alte razzsche Verkuppelungsmagie eingesetzt.«

»Du? Was hattest du denn damit zu tun?«

»Willst du mich verarschen? Ich habe den Samen gelegt, Mann.«

»Ach ja, natürlich. Aber verrat's mir nicht, lass es mich herausfinden. Du bist der Gärtner der Lieeeeeehiiiiiiiiebe ... ähm ... du kultivierst romantische Verbindungen ... auf dem ... kargen Boden ... gebrochener Herzen.«

»Mann«, sagte Razz mit einem Ausdruck des Erstaunens. »Hast du die Kurzfassung meines Lebenslaufs gelesen?«

Wir lachten beide, aber dann wurde Razz auf einmal ernst.

»He, Mann, hast du was von der Kelster gehört? Du weißt schon, wegen Strand und so.«

Abgesehen von zwei E-Mails, in denen wir uns gegenseitig Glück für unsere Prüfungen wünschten, hatte ich seit dem Abend, an dem wir zusammen *Hamlet* gesehen hatten, keinen Kontakt zu Kelly gehabt.

»Nö, nichts. Hat Sal irgendwas gesagt?«

Razz wand sich in seinem Sitz und schaute mich nicht an. Das war kein gutes Zeichen.

»Nicht direkt, Mann.«

Das war ein noch schlechteres Zeichen. Wenn Kelly mit an den Strand kommen würde, dann hätte sie inzwischen etwas zu Sal gesagt. Und wenn Sally etwas wusste, dann wusste es auch Razz.

»Du musst sie morgen unbedingt anrufen, Alter. Da ist am Lourdes der letzte Tag. Dann hast du noch den ganzen Freitag, bevor's zum Strand geht. Du solltest herausfinden, ob sie was machen will, Mann. Ernsthaft.«

»Ja, wahrscheinlich sollte ich das.«

Razz ließ den Blick über den Pausenhof schweifen.

»Es ist schon irre, dass wir nicht mehr hierher zurückkommen. Nächstes Jahr *Uni*. Hätte nie gedacht, dass ich das mal sagen würde. He, wäre das nicht geil, wenn wir alle an einem Ort aufschlagen würden – du, ich, Sal, Kelly und die anderen Jungs. Wie abgefahren wäre das?«

»Das wäre super, aber wir müssten ganz schön viel Glück haben. Alles hängt davon ab, welchen Schnitt wir schaffen und wer welchen Platz bekommt.«

Das Lächeln auf Razz' Gesicht erlosch, und er zupfte einen Augenblick lang an einem losen Stück Holz auf dem Tisch.

»Ja, so wird's sein. Aber egal, was kommt ... wo wir auch landen ... du und ich, Mann ... wie beide halten immer zusammen. Wie werden immer eherne Reifen sein, was?«

Ich sah in das Gesicht, das mich durch die Höhen und Tiefen der letzten vier verrückten, aber unbedingt lebenswerten Jahre begleitet hatte.

»Das weiß ich nicht, Razz.«

Das Gesicht glotzte mich jetzt an, als wäre ich Ignatius Prindabel und würde gerade die erweiterte Chaostheorie erklären. »Was? Was redest du, Kumpel? Was weißt du nicht?«

Ich gab ihm das klassische Bill-Kingsley-Achselzucken.

»Ob wir eherne Reifen sind.«

Razz starrte mich mit irrem Blick an, bis ich es nicht mehr aushielt und ihn in scobiescher Manier mit genau den richtigen Worten traf.

»Ich denke, eher Nanokarbonröhrchen.«

Ein Grinsen, so groß wie ein zunehmender Mond, erschien auf Razz' Gesicht. Dann legte er den Arm um meinen Hals und drückte mich in den Schwitzkasten.

»Du glaubst wohl, du bist ein kleiner Witzbold, was, Ismael? Dachtest wohl, du könntest mich ein Weilchen an der Nase herumführen? Keine Minute lang hab ich mich zum Narren halten lassen, kleiner Drecksack. Lass dir das eine Warn–«

Auf einmal erstarrte Razz und lockerte seinen Griff. Er sah sich um und schaute unter den Tisch.

»He, wo ist mein Jackett? Mannomann, Mum bringt mich um, wenn ich das Ding verloren habe. Sie will es verkaufen. Ach, Mann! Meine Abschlussmedaille ist auch drin. Wahrscheinlich hab ich es in der Halle vergessen. Warte hier, Kumpel. Bin gleich wieder da.«

Razz sprang auf und rannte ein paar Meter weg, dann drehte

er sich um und hüpfte rückwärts weiter, während er wie ein Revolverheld mit zwei Fingern auf mich zielte.

»Ich mag dich, mein Junge!«, rief er. »Aber ganz und gar nicht auf die Hula-Hoop-Art.«

»Ich dich auch, Razz«, lachte ich. »Auf dieselbe Art und Weise.«

»Das seh' ich vollkommen entspannt!«, sagte er. Dann rannte er in Richtung Turnhalle davon, streute aber auf dem Weg vorsichtshalber immer wieder mal eine von Melvin Yips Ninja-Figuren ein.

Dann war ich allein.

Es fühlte sich merkwürdig an, ohne das übliche Pausenchaos und ohne die anderen an unserem üblichen Tisch zu sitzen. Nach dem Stress mit den Prüfungen und all der Hektik und Aufregung mit der Entlassung kam mir jetzt alles so ruhig und still vor. Ein bisschen so, als würde ich im Auge eines Zyklons sitzen, und ein bisschen war es wohl auch so. Es war ein kurzer Moment der Ruhe zwischen dem Ende des Schullebens und dem Beginn dessen, was die Zukunft bereithalten mochte. Die Zukunft? Einen Augenblick lang versuchte ich mir vorzustellen, wie sie aussehen könnte.

Es war eine perfekte Hollywoodfilm-Zukunft mit Happy End: Miss Tarango und Mr Guthrie würden zusammenbleiben und heiraten und die glücklichsten Kinder der Welt aufziehen; Mr Barker würde Teil von Razz' und Mrs Zorzottos kleiner Familie werden und der Partner und Vater sein, den beide verdienten; die Seekühe würden ein brandneues Album herausbringen, es würde ein Hit werden und Preise gewinnen, und mein Dad würde weiterhin auftreten und Lieder schreiben und müsste nie wieder Versicherungen verkaufen; der stellvertretende Schulleiter würde auf sein Herz hören, den Schuldienst für immer verlassen und Manager einer legendären Rockgruppe werden; Scobie, Bill, Ignatius, Razz und ich würden an einer Uni landen und für immer Freunde bleiben.

Aber manchmal ist das Leben wie solche Filme und manchmal auch nicht.

Und meine persönliche Zukunft? Nun, wenn es perfekt liefe, dann wäre ich in nur zwei Tagen zusammen mit Kelly Faulkner in Sunshine Cove. Wir würden zusammen lachen und schwimmen gehen, und eine ganze magische Woche würde sich vor uns ausdehnen. Ich würde zur Uni gehen und Schriftsteller werden. Und dann schriebe ich alles über meine verrückten, peinlichen und wundervollen Schultage am St Daniel's und über die besten Freunde, die man überhaupt haben konnte. Und ich würde diese Freunde mit Worten an meiner Seele festmachen, denn sie sind stärker und mächtiger als Stahl und sogar als Nanokarbon.

Und wenn ich diese Geschichte schriebe, dann würde sie genau hier enden: Mit mir, idiotisch grinsend am Tisch der Fabelhaften Fünf, wo ich auf den Zyklon Razz wartete, der zurückeilen und uns beide in die Zukunft reißen würde. Und zwar mit diesen paar Worten.

Ich weiß nicht, wie ich es sagen soll, deshalb sage ich es einfach geradeheraus – es wird Zeit, sich der Wahrheit zu stellen: Ich bin siebzehn Jahre alt und leide am Ismael-Leseur-Syndrom.

Heilung ausgeschlossen.

Und weißt du was?

Ich sehe das *total* entspannt.

37
Falls es euch interessiert

Falls es euch interessiert, wie mein Telefonat mit Kelly Faulkner am folgenden Abend lief:

Kelly: *Hallo.*

Ich: *Kelly? Hi, ich bin's, Ismael.*

Kelly: *Hi, Ismael.*

Ich: *Wie sind die Prüfungen gelaufen?*

Kelly: *Gut. Ich war echt zufrieden. Hoffentlich reicht es für die Journalistik. Wie lief's bei dir?*

Ich: *Auch ganz gut.*

Kelly: *Super.*

Ich: *Ähm, also, ich habe überlegt ... jetzt, wo die Prüfungen vorbei sind und so ... vielleicht hast du Lust, morgen was zu unternehmen? Kino vielleicht?*

Kelly: *Tut mir leid, ich kann nicht. Ich hab zu tun. Ich bin verabredet.*

Ich: *Ach so, keine Sorge ... Nein, das ist okay. Ich habe nur gedacht ... aber wenn du zu tun hast ...*

Kelly: *Ja, tut mir leid. Ich geh einkaufen.*

Ich: *Einkaufen? Ach ja, toll. Das ist wirklich toll.*

Kelly: *Mit Sally.*

Ich: *Oh ... cool ... das wird bestimmt lustig ... Das musst du unbedingt machen ... Weißt du, was ich vorhin gesagt habe ... dass wir was zusammen machen könnten ... ich habe gemeint ... natürlich nur, wenn du ... nichts Wichtiges ... geplant hast ...*

Kelly: *Na ja, was könnte wichtiger sein, als einen neuen Badeanzug zu kaufen?*

Ich: Schweigen.

Kelly: *Für den Strand.*

Ich: Schweigen.

Kelly: *Wir wollen doch gut aussehen, falls wir zwei heißen Typen begegnen sollten, wenn wir unten in Sunshine Cove sind.*

Ich: *Du kommst mit?*

Kelly: *Hm-Hm.*

Ich: *Die ganze Woche?*

Kelly: *Ich fürchte, ja.*

Ich: *Das ist ... das ist ... toll. Das ist richtig gut. Das ist ... fantastisch.*

Kelly: *Es sollte ein Geheimnis sein, aber du hast es aus mir rausgequetscht. Ich kann's nicht fassen, dass du es noch nicht weißt. Sag mir nicht, dass Razz tatsächlich ausnahmsweise mal die Klappe gehalten hat. Das könnte man glatt als Wunder bezeichnen.*

Ich: *Ja, aber es ist einfach so toll, dass du kommst.*

Kelly: *Na, ich dachte, es wäre schon besser, wenn ich kommen würde. Wer sonst sollte dort unten ein Auge aufs Wetter haben, wenn ich nicht dabei bin? Ich meine, es muss ja jemand sicherstellen, dass Sunshine Cove seinem Namen gerecht wird, oder?*

Ich: *Ja, genau.*

Kelly: *Aber ich muss dich warnen, Ismael, ich bin ein bisschen aus der Übung mit diesem ganzen Wettergöttin-Zeug. Ein paar Wolken könnten mir schon hin und wieder durchrutschen ... vielleicht sogar ein paar gelegentliche Schauer.*

Ich: *Das ist mir egal. Vielleicht kann ich dir helfen?*

Kelly: *Du meinst, zusammen könnten wir die Sonne eine ganze Woche lang scheinen lassen?*

Ich: *Na klar. Wer weiß, vielleicht starten wir ja sogar eine Hitzewelle.*

Kelly: *Echt? Na, was das betrifft, müssen wir wohl einfach abwarten, nicht wahr ...*

Und so wie Kelly Faulkner das sagte, wusste ich, dass sie lächelte und die wunderschönen eisblauen Augen glitzerten wie das Meer.

Dank

Mein unendlicher Dank und meine grenzenlose Dankbarkeit gelten:

Dyan Blacklock, meinem Verleger bei Omnibus Books, der mir ermöglicht hat, Ismaels Geschichte zu erzählen, und Celia Jellett, meiner Lektorin, die dafür gesorgt hat, dass die Geschichte besser erzählt wurde als ohne sie. Ich liebe euch!

Allen bei Scholastic Australia, besonders aber Claire Pretyman und den Damen aus der Lizenzabteilung, die Ismael in die Welt geschickt und es mir so ermöglicht haben, ausschließlich vom Schreiben zu leben.

Steve Wells für seine großartige Arbeit an den tollen neuen Ismael-Covern.

Meiner Familie, besonders meiner Frau Adriana, weil sie das Allerbeste in meinem Leben ist und weil sie mir mit ihrem Wissen als Mathe- und Biologielehrerin geholfen hat, Ignatius Prindabel passende Nerd-Wörter in den Mund zu legen; meinem Sohn Joe für seine aufmerksame und hilfreiche Lektüre des Manuskripts sowie für seine Ermutigung und Unterstützung; meiner Tochter Meg, deren eigener wundervoller Stil mich anspornt, mich noch mehr zu bemühen.

Meinen Freunden und Kollegen, die mich immer unterstützen. Besonders erwähnt seien diesmal Natalie, die mir bei allem im Zusammenhang mit Hula-Hoop geholfen hat; Ruth, die so begeistert von der Reihe ist und die mir erlaubte, ihren Nachnamen für eines der St-Daniel's-Häuser zu benutzen; und Margaret, die mich auf Facebook unterhalten und informiert hat, wenn ich eigentlich hätte schreiben können; außerdem hat sie mir mit den Bandnamen geholfen.

Und schließlich danke ich ganz aufrichtig allen Lesern, die Ismael vom ersten bis zum letzten Wort gefolgt sind. Ich hoffe, die Reise hat ihnen gefallen und sie konnten ein paarmal lachen oder die eine oder andere Freudenträne vergießen. Mir jedenfalls ging es so. Es war mir eine Freude und eine Ehre (und total abgefahren!), in Ihrer Gesellschaft zu sein.

MGB